HEYNE
BÜCHER

Von Jacqueline Marten ist
als Heyne-Taschenbuch erschienen:

Nacht der Leidenschaft · Band 04/5

JACQUELINE MARTEN

REISE INS GLÜCK

Roman

Deutsche Erstausgabe

WILHELM HEYNE VERLAG
MÜNCHEN

HEYNE ROMANE FÜR »SIE«
Nr. 04/30

Titel der Originalausgabe
IN THE LONG GREEN GRASS
Aus dem Amerikanischen
übersetzt von Uschi Gnade

Printed in Germany 1990
Umschlagzeichnung: Pino Daeni / Schlück
Umschlaggestaltung: Atelier Ingrid Schütz, München
Satz: Werksatz Wolfersdorf GmbH
Druck und Bindung: Presse-Druck, Augsburg

ISBN 3-453-04655-2

In alten Tagen,
Als wir unschuldig waren,
Tollten wir am Flußufer im hohen grünen Gras.
Die Zeit stand still für uns, sie war unser Freund,
Wir fürchteten den Lauf der Jahre nicht

Und glaubten auch nie, daß sie enden würden.
Die Tage lagen alle vor uns,
Einer nach dem anderen wie Perlen auf einer Schnur,
Wer konnte wissen, daß sie so flink vorüberziehen
würden
Wie Vögel auf ihren Schwingen?

Wir wuchsen heran,
Unsere Freundschaft wurde vom Schicksal entzweit,
Wir wurden weit auseinandergerissen,
Doch nur, um viel zu spät zu merken,
Daß unsere Herzen einander gehörten.

Und jetzt, tief in meinem Innern,
Trauere ich immer
Um die Jahre, die vergehen.
Ich bin von tiefer Sehnsucht erfüllt,
Mich niederzulegen und dich zu lieben im hohen
grünen Gras.

Kwai-Lin Lee

Prolog

Besucher auf Schloß Wadsworth in Derbyshire stellten ihrer jeweiligen Mentalität entsprechend belustigt oder entgeistert fest, daß Leisa Holloway, die in Amerika geborene Lady Wadsworth, dem weitläufigen alten Schloß und seinen Bewohnern den Stempel ihres Heimatlandes und dessen Kultur aufgedrückt hatte.

In dem steinernen Gemäuer herrschte eine bestürzende Zwanglosigkeit, von der selbst die Hausangestellten infiziert waren, denn es schien, als sei ihnen nicht wirklich klar, daß ihnen die Rolle des niederen Gesindes zukam.

Die Kinder der Holloways bekam man nach Auffassung von Besuchern allzu häufig zu sehen, von Jay-Jay, dem späteren Nachfolger des Viscount Wadsworth bis hin zu dem jüngsten Kleinkind, das sich ständig schmutzig machte. In jedem ordentlichen Haushalt, murrten manche Gäste, hätte man die gewaltige Kinderschar mit den Kindermädchen in einem Flügel des Gebäudes untergebracht oder sie Gouvernanten oder Hauslehrern anvertraut und von den Erwachsenen ferngehalten.

Statt dessen gestatteten die Holloways ihren Kindern, das Frühstück, das Mittagessen und das Abendessen gemeinsam mit der Familie im Eßzimmer einzunehmen, sobald sie den Löffel selbst zum Mund führen konnten.

Lady Elsie Ellsworth, die dem Begräbnis eines betagten Onkels beigewohnt hatte, schwor, selbst miterlebt zu haben, daß der kleinste Säugling der Holloways wirklich in ein kleines Frühstückszimmer gebracht und auf zwei dicke Wörterbücher gesetzt worden war, um über den Tisch sehen zu können. Dann war ihm eine edle Damastserviette umgebunden worden, auf die der widerlich aussehende Brei rann, den ihm Lady Wadsworth mit einem Löffel einflößte, während sie von einem gebutterten Toast abbiß.

Das neueste Gerücht hielten die meisten, denen es zu Ohren kam, für eine unfeine, aber entschuldbare Übertreibung, die auf den Kummer der Dame zurückzuführen war, denn man hatte sie nicht etwa aufgefordert, für längere Zeit zu Besuch zu bleiben, sondern gleich nach dem Leichenschmaus Pferde anschirren lassen und sie in der prächtigen Kutsche des Schlosses nach London zurückgebracht.

In einem Punkt waren sich jedoch fast alle Besucher einig – daß sich Glennys St. John, Lord Wadsworths Pflegetochter, schockierend unangemessen verhielt.

Es wäre ziemlicher gewesen, wenn sie sich unauffällig und bescheiden zurückgehalten hätte, wie es sich für ein Mädchen schickte, das keine Holloway und noch nicht einmal in England geboren war und daher weit unter ihrer Schwester und ihren beiden Brüdern stand.

Frei von jeder solchen Überlegung tanzte Glennys fröhlich durch das Schloß und lief glücklich, furchtlos und zuversichtlich durch das Leben.

In ihren jungen Jahren waren viele Verleumdungen über sie im Umlauf gewesen, und bei ihren seltenen Besuchen in London hatten gehässiges Lachen und verächtliche Seitenblicke Leisa und ihren Mann begleitet. Man ließ durchsickern, Thorne Holloway sei nicht immer so sehr in seine Frau verliebt gewesen, und das kleine Pflegekind, das er ihr aufgehalst hatte, sei vielleicht die Folge eines seiner Seitensprünge.

Es war eine herbe Enttäuschung für alle bösen Zungen, daß Glennys' Eltern, die Amerikaner Robert Glendenning und Craig St. John aus New Jersey, einen langen Besuch in London abstatteten, als Glennys etwa acht Jahre alt war.

Im Haus der Holloways, das gewöhnlich während der

Saison in London leerstand oder vermietet war, wurde eine Reihe von großen Festen veranstaltet. In dieser Zeit wurde die Frage der Vaterschaft direkt und mit dem typisch amerikanischen Mangel an Feingefühl angesprochen.

Leisa und Thorne mochten zwar für Glennys St. John ›Mama‹ und ›Papa‹ sein, doch das amerikanische Paar, dessen Zuneigung füreinander niemand bestreiten konnte, wurde überall als die leiblichen Eltern vorgestellt.

»Ist es in Amerika üblich, seine Kinder wegzugeben?« wurde Craig St. John von einer enttäuschten Klatschbase öffentlich gefragt.

Craig riß ihre braunen Augen anscheinend verblüfft auf. »Meine Güte, nein!« sagte sie. Dann sagte sie bissiger: »Um Himmels willen, Ma'am, wie kommen Sie denn darauf? Tut man das in England häufig?«

»Aber gewiß nicht!« sagte Mrs. Ashley, deren gewaltiger Busen vor Empörung anschwoll. »Wir hier in England vergöttern unsere Kinder.«

»Ach, wirklich?«

Craigs Stimme war so klar und deutlich und drückte ihr ungläubiges Mißtrauen aus, und die Umstehenden unterbrachen ihre Unterhaltung, um sich den Rest dieses faszinierenden Wortwechsels anzuhören.

Ehe Mrs. Ashley sich wieder soweit gefaßt hatte, um diese anmaßende Amerikanerin zu vernichten, sprach Craig weiter.

»Ich muß zugeben, daß mich die Zuneigung verwundert, die Sie für Ihre Kinder bekunden«, sagte sie zögernd. »Nach meinen Beobachtungen werden englische Kinder im Säuglingsalter ausschließlich Ammen und Kindermädchen überlassen, und wenn sie etwas älter sind, teilt man ihnen Gouvernanten und Hauslehrer zu. Im frühestmöglichen Alter werden sie dann in die Schule geschickt, und dort bleiben sie, bis die Mädchen im heiratsfähigen Alter sind und die Jungen schon zu Männern heranwachsen. Sagen Sie mir um Himmels willen, Ma'am, wie die Engländer ihre Kinderliebe zeigen, von der Sie sprechen?«

Mrs. Ashleys Stimme drückte Empörung aus. »Wenigstens«, sagte sie überheblich, »geben wir sie nicht weg wie einen Wurf Katzen.«

Das war der Moment, auf den Leisa und Craig nicht nur gewartet hatten, sondern den sie seit längerem hatten herbeiführen wollen. Da es so aussah, als solle Glennys ihr weiteres Leben in England verbringen, mußte ihre Herkunft offengelegt werden, um zukünftigen unerfreulichen Gerüchten jede Grundlage zu nehmen und alle bisherigen Spekulationen zum Schweigen zu bringen.

»Ich versichere Ihnen, Mrs. Ashley«, antwortete Craig mit volltönender Stimme, während fast alle Anwesenden im ganzen Saal begierig ihre Antwort erwarteten, »daß mein Mann und ich unsere Tochter aus keiner anderen Überlegung heraus weggegeben hätten als aus der, die uns dazu veranlaßt hat. Hätte *ich* sie auf dem britischen Gefängnisschiff bei mir behalten, auf dem sie geboren wurde, nachdem man mich als Spionin verhaftet hatte, wäre sie sicherlich gestorben. Viele Tausende von amerikanischen Matrosen und Soldaten sind während unseres Unabhängigkeitskrieges auf solchen Schiffen gestorben und noch nicht einmal anständig begraben, sondern von Ihrem Volk auf die Sandstrände von Long Island geworfen worden. Bei Ebbe konnte man ihre abgenagten Knochen meilenweit am Flußufer liegen sehen. Ich habe Gott gedankt und danke ihm heute noch jedesmal dafür, wenn ich Blumen an diese Küste lege, daß Lady Wadsworth unter großem persönlichem Einsatz den Hudson überquert hat und in das von Briten besetzte New York gekommen ist, und sowohl *unser* General Washington als auch *Ihr* General Clinton haben es ihr ermöglicht, mein Baby in Sicherheit zu bringen. Wir – mein Mann und ich – haben Glennys zur Welt gebracht; Leisa hat ihr das Leben gerettet.«

»Das ist ja kaum zu glauben! Nein, so kann ich das nicht hinnehmen«, setzte Mrs. Ashley an, doch sie wurde sofort unterbrochen.

»Ja, Ma'am, es ist wirklich kaum vorstellbar, daß sich ein zivilisiertes Land wie England eine solche Unmenschlichkeit zuschulden kommen läßt. Aber leider ist es nur zu wahr.«

Eine junge Dame, die erst in dieser Ballsaison in die Gesellschaft eingeführt worden war, meldete sich kühn zu Wort, ohne sich von dem finsteren Stirnrunzeln ihrer Gouvernante abschrecken zu lassen.

»Ma'am, das klingt wie aus einem altertümlichen Roman.«

Craig lächelte sie freundlich an. »Schlachten und Verwundungen, Pest und Gefängnisse und die Grausamkeit und Unsinnigkeit von Kriegen klingen nur in alten Geschichten romantisch. Im realen Leben ist all das zu widerwärtig, um es mit Worten zu beschreiben.«

Ihr Mann hatte stumm neben ihr gestanden. Bei diesen letzten Worten legte er seine Arme beschützend um sie, und sie sah lächelnd zu ihm auf. In den wenigen Sekunden, in denen sich ihre Blicke trafen, schien es dem aufmerksamen Mädchen, als existiere für sie nichts und niemanden außer ihnen beiden.

Mrs. Ashley stolzierte mit wogendem Busen entrüstet von dannen. Das anständige englische Fräulein schwieg respektvoll, bis die beiden Amerikaner in die Gegenwart zurückkehrten, in die Welt dieses Empfanges, der sich kaum von den anderen Empfängen dieser Saison unterschied.

»Aber das Kind«, beharrte die junge Dame entschlossen. »Die Kämpfe sind seit Jahren vorüber. Hätten Sie Ihr Baby nicht nach dem Kriegsende wieder zu sich nehmen können?«

»Wir hätten es tun können«, sagte Craig behutsam, »aber wir wollten es nicht tun.« Sie nahm die Frage vorweg, die auf vielen Lippen stand. »Sowie sie erfuhren, daß ich den Krieg im Gegensatz zu früheren Meldungen überlebt hatte, haben Lord und Lady Wadsworth mein Kind nach Amerika gebracht. Sehr schnell wurde meinem Mann und mir schmerzlich bewußt, daß die beiden und nicht wir für Glennys Mama und Papa waren. Jay-Jay war ihr Bruder, und England war ihr Zuhause. *Wir* waren nichts weiter als interessante Fremde, die sie abwechselnd küßten, weinten und ihr Geschenke machten. Als sie hingefallen war und sich das Knie aufgeschlagen hatte, war sie zu ihnen und nicht zu uns gelaufen. Wenn sie nachts wach wurde und sich fürchtete, wollte sie von ihnen getröstet werden und nicht von uns. Daher haben wir offen und ehrlich miteinander geredet, mein Mann und ich und unsere lieben Freunde, die Holloways. Wir haben unsere eigenen Wünsche und Vorstellungen außer acht gelassen und uns überlegt, was für Glennys das Beste ist. Gemeinsam sind wir zu der Entscheidung gekommen, daß sie zur Familie gehört und sich dort zu Hause fühlt. Trotzdem haben wir sie nicht ganz und gar aufgegeben. Wir kommen so oft wie möglich über den Atlantik zu Besuch. Wir teilen uns in sie.«

Der Debütantin, die von ihren eigenen Eltern als bezaubernd unkompliziert und angemessen zurückhaltend betrachtet wurde, wurde plötzlich etwas klar. Sie spürte den gewaltigen Kummer, der hinter der betont leichtfertigen Erklärung stand.

»Ich bewundere Sie, Ma'am«, sagte das Mädchen spontan. »Und wenn auch Kriege, wie Sie sagten, vielleicht nichts Romantisches an sich haben, scheinen Sie dennoch Romantik in Ihrem Leben gefunden zu haben.«

Craig lachte ganz unerwartet. Es klang sorglos und glücklich, und Robert Glendenning sah die junge Engländerin dankbar an. Leisa warf ihr einen wohlwollenden Blick zu.

»Ich werde Ihnen ein Geheimnis verraten, meine Liebe«, flüsterte Craig und beugte sich zu ihr vor. »Das, was ich gefunden habe, ist nicht Romantik, sondern Liebe, und ich habe sie vor langer Zeit in einem Klassenzimmer in Virginia gefunden. Sie war nicht etwa wegen des Krieges, sondern trotz des Krieges von Bestand.«

»Entmutige das Kind nicht, Craig«, schalt Rob seine Frau liebevoll aus und wandte sich dann direkt an die Debütantin. »Es gibt nichts Romantischeres als eine Liebe, die Bestand hat. Wenn Sie sich selbst den richtigen Wert beimessen, werden Sie sich eines Tages mit nichts Geringerem begnügen.«

Die Anwesenden, die das Dreiergrüppchen immer noch im Auge hatten, stellten erstaunt fest, daß die junge Lady Lydia aus dem Geschlecht der Herzöge von Westminster einen Hofknicks machte.

»Ich danke Ihnen, Sir. Ich danke Ihnen beiden. Ich glaube, daß ich heute abend eine wertvolle Lektion in Mathematik und in romantischer Literatur bekommen habe. Von jetzt an werde ich meinen eigenen Wert nach vollkommen anderen Kriterien messen als bisher.«

Teil I

GLENNYS: AN BORD DER LONELY STAR

1. Kapitel

Ich bin fest entschlossen, liebste Mama und liebster Papa, mein Versprechen zu halten, keinen Monat ohne einen langen, geschwätzigen Brief aus Amerika an euch in England vergehen zu lassen, und ich beginne hiermit an meinem ersten Tag auf See . . .

An einem unerwartet unfreundlichen und naßkalten Julitag des Jahres 1802 kniete eine graugekleidete Gestalt vor dem Kamin im besten Schlafzimmer eines Gasthauses in der Nähe des Londoner Hafens. Minutenlang versuchte sie mit Reisig und Papier den stark riechenden, glühenden Holzscheiten wärmende Funken zu entlokken.

Schließlich gab sie sich mit einem Achselzucken geschlagen und trat an das Bett. »Miß Glennys«, flüsterte sie und legte dann sanft eine Hand auf die Schulter des schlafenden Gastes, ehe sie wesentlich lauter sagte: »Miß Glennys, Sie haben kaum noch Zeit, um aufzustehen und sich anzuziehen.«

Glennys setzte sich abrupt auf. Sie gähnte und schüttelte sich vor Kälte. »Ach, du bist es, Alice.« Sie zog sich die Decke bis ans Kinn, und ihr verging das Lächeln. »Ich hatte einen so schönen Traum«, sagte sie mit belegter Stimme. »Wir haben alle zusammen auf Wadsworth ein Picknick veranstaltet, und es ist nie dazu gekommen.«

»Eilen Sie sich. Das Frühstück ist schon bestellt.«

Thorne Holloway, Lord Wadsworth, erwartete sie am unteren Treppenabsatz. Er legte einen Arm um Glennys und führte sie in den kleinen privaten Salon, in dem ein knisterndes Feuer so wohlige Wärme verbreitete, daß die modrigen Wände, die abgetretenen Teppiche und die wackligen Stühle nicht mehr weiter störten.

»Das Frühstück wird jeden Moment serviert, Glennys.«

»Eigentlich bin ich nicht allzu hungrig, Papa.«

»Es ist besser, wenn du etwas Warmes ißt«, sagte er freundlich und nahm ihr Gesicht in die Hände. »Du wirkst heute morgen noch matter als gestern abend.«

»Wie du schon bei unserer Ankunft betont hast«, sagte Glennys obenhin, »ist dieses Gasthaus nach seiner Nähe zum Hafen und nicht nach dem leiblichen Wohlergehen ausgesucht worden. Das war nur zu wahr, Papa. War deine Matratze auch so durchgelegen und deine Decke auch so fadenscheinig wie meine?«

Ohne eine Antwort abzuwarten, fuhr sie mit der selben aufgesetzten Fröhlichkeit fort. »Außerdem werde ich mir merken, daß ich nie mehr ein Schlafzimmer mit meiner guten Alice teilen will. Ich glaube, mit ihrem Schnarchen könnte sie Tote zum Leben erwecken. Fest steht, daß sie die Lebenden um den Schlaf bringt.«

Lord Wadsworth wies ihr einen Platz an dem kleinen, wackeligen Tisch zu, und sie schwiegen beide, bis die Tür mit einem Tritt geöffnet wurde und ein Mädchen mit einer schmutzigen Morgenhaube das Frühstück auf einem runden Holztablett servierte.

Glennys wandte sich angewidert ab, als ein Teller mit Eiern und Speck vor sie hingestellt wurde. Die Eier waren nicht durchgebraten, der ledrige Schinkenstreifen dafür um so länger. Eine Fliege saß auf bleichen Bratkartoffeln.

Vater und Tochter schoben die Teller gleichzeitig zur Seite.

»Bleiben wir doch lieber beim Tee«, sagte Glennys mit einem matten Lächeln, während sie zwei Tassen einschenkte.

Es war ein bitteres Gebräu, doch zumindest hatte es

den Vorteil, heiß zu sein. Während sie beide wortlos davon nippten, trat ein Kutscher in der Livree von Wadsworth durch die Tür, die das Mädchen bei seinem Verschwinden nicht geschlossen hatte.

Glennys trank noch einen letzten Schluck Tee und stellte selbstzufrieden fest, daß ihre Hand ruhig war. Papa würde ihr nicht anmerken – er durfte es nicht wissen –, wie innerlich aufgewühlt und ängstlich sie sich fühlte.

»Es ist an der Zeit.« Sie versuchte, es mit jener Fröhlichkeit zu sagen, die sie über diese letzten qualvollen Tage gerettet hatte, doch offensichtlich mißlang es ihr, denn als sie sich beide erhoben und ihr Vater ihr den Umhang mit der Kapuze um die Schultern hing, sagte er heiser: »Glennys, es ist selbst jetzt noch nicht zu spät. Bist du sicher, daß du tust, was du tun willst?«

»Was ich *will?*« wiederholte Glennys verdrossen. »Ich will nichts anderes, Papa, als die Zeit zurückdrehen, um diese letzten Monate ungeschehen zu machen. Da das nicht möglich ist, *ist* es zu spät. Er muß in England bleiben, und ich habe keine andere Wahl, als von hier fortzugehen.«

Nach einer kurzen Fahrt mit der Kutsche begrüßte Kapitän Forman seinen hohen Gast respektvoll. Dann zog er sich wieder auf sein Schiff zurück, und Glennys sah ihren Vater mit einem unsicheren Lächeln an.

»Wenn du mich lieb hast, Papa, dann geh jetzt bitte« flehte sie. »Ich ertrage es nicht mehr, den Abschied in die Länge zu ziehen.«

Er zog sie kurz an sich, und sie umklammerte ihn dankbar.

»Auf Wiedersehen, meine geliebte Tochter. Gott segne und beschütze dich, wo auch immer du sein magst, bis du eines Tages zu uns zurückkehrst.«

»Auf Wiedersehen, Papa. Ich werde dich und Mama immer in meinem Herzen tragen.«

2. Kapitel

Wir sind jetzt zehn Tage unterwegs, und wie ich gerade in einer meiner Brieffolgen an Mama und Papa geschrieben habe, habe ich auf der Lonely Star *viele nette Menschen kennengelernt. Nicht berichtet habe ich ihnen, daß ich mich entschlossen habe, mich selbst so herablassend zu distanzieren, wie es auf einer Schiffsreise eben möglich ist. Dabei werde ich es noch ein wenig belassen, ein paar Tage lang, vielleicht auch eine volle Woche. Dann werde ich mein neues Leben als die neue Glennys beginnen, die uramerikanische Glennys und nicht die, die in einem englischen Schloß gelebt hat und Träume träumte, die sich nicht verwirklichen lassen. Ich werde mich dazu zwingen, mich den beiden kichernden jungen Damen gleichen Alters anzuschließen, Beth Lindsey und Anne Askew. Ich werde mit der albernen Horde von Männern flirten, mit mindestens einem Dutzend zwischen zwanzig und vierzig. Ab und zu werde ich mich vielleicht sogar zu den alten Klatschweibern setzen und mich bemühen, sie durch meine gefestigte und anständige Art einzunehmen. Im Moment bedenken sie mich mit strengen Blicken, denn ihnen mißfällt, daß ich mich in das Lesen und Schreiben vertiefe und mich allen und allem fernhalte. Vielleicht versuche ich sogar – ich weiß nicht, ob es mir gelingen wird – auf die schönste halbe Stunde des Tages zu verzichten, die, in der ich mich mit einer köstlichen Mischung aus Freude und Kummer der Erinnerung – an eine meiner schöneren Erinnerungen – an die Vergangenheit hingebe und sie nahezu noch einmal durchlebe. Heute habe ich meine kostbare halbe Stunde nicht gehabt, aber gestern, ach, gestern, ist sie wie ein Geschenk des Himmels über mich hereingebrochen . . .*

Am vergangenen Tag war Glennys wie fast jeden Morgen eher als alle anderen Passagiere an Deck. Die Seeleute hatten sich daran gewöhnt, daß sie ihre eigenen Wege ging.

Während sie mehrfach auf und ab ging, lächelte sie jeden Matrosen an, dem sie begegnete, oder sie nickte ihnen zu, als seien sie Menschen und nicht unbeseelte Gegenstände, durch die man hindurchsah.

Dann stützte sie die Ellbogen auf die Reling, obwohl von England schon lange nichts mehr zu sehen war, sondern nur noch die schäumenden Wasser des großen grauen Atlantiks.

Wenn sie sich umsah, stand manchmal ein seltsamer Blick in ihren ansonsten lächelnden braunen Augen. Das löste Diskussionen unter einigen Passagieren aus, die in ihren Hängematten lagen. Ihre Augen schienen so fremdartig und unergründlich wie der Ozean selbst.

Sie hatten Miß St. Johns höfliches, mechanisches Lächeln oft genug gesehen, doch bis zu diesem Julimorgen hatten die Seeleute nie ihr kehliges, impulsives Lachen gehört.

Sie stand am Bug und sah den Possen eines Delphinschwarmes zu, dessen Bewegungen einer Choreographie zu folgen schienen.

»Oh, wie schön sie sind, wie schön!« hatte sie laut ausgerufen. Ein zerlumpter Matrose mit einer schwarzen Klappe über dem rechten Auge, der neben einem Eimer mit Schmutzwasser auf dem Deck kniete, sah zu ihr auf. Er war dreister als manche seiner jüngeren Kumpane, und als er grinste, zeigte sich, daß ihm drei Schneidezähne fehlten. Er besaß die Unverschämtheit, einen Moment lang das Schrubben des Decks zu unterbrechen und zu sagen: »Und gut schmecken tun sie auch, Ma'am. Auf dem unteren Deck werden schon die Netze ausgeworfen.«

»Das kann doch nicht Ihr Ernst sein!« rief Glennys schockiert aus. »Sie können doch unmöglich derart schöne Geschöpfe essen!«

»Wir haben schon Schlimmeres gegessen, Ma'am. Sie schmecken besser als Pökelfleisch oder ein Stück Rind mit soviel Maden, daß es sich von allein von der Stelle bewegen könnte.«

»Ja, natürlich«, murmelte Glennys beschämt und dachte dabei weniger an die reichhaltigen, wenn auch abwechslungslosen Mahlzeiten am Tisch des Kapitäns, sondern eher an den kleinen Koffer in ihrer Kabine, der mit delikaten Konserven gefüllt war, die für drei von ihrer Sorte für die ganze Reise gereicht hätten.

Sie dachte immer noch darüber nach, wie sie den gewöhnlichen Matrosen ein paar Delikatessen zukommen lassen konnte, als sie einen schrillen Schrei hörte, auf den erst ein Fluch und dann Ausrufe folgten. In ihrer Neugier begab sie sich auf das untere Deck.

Ein großer junger Matrose lehnte an der Reling, und drei oder vier seiner Kameraden standen um ihn herum und schrien, der ›verdammte Haken‹ müsse rausgezogen werden.

»Lassen Sie mich durch«, sagte Glennys und bahnte sich einen Weg durch die Männer.

Beim Klang ihrer Stimme – eine Frau und noch dazu eine, die zu den Passagieren gehörte – wichen alle zurück und sahen sie bestürzt an.

»Lassen Sie mich Ihre Wunde ansehen!« sagte Glennys zu dem Matrosen. Instinktiv und doch unter größtem Widerstreben reagierte er auf ihren Befehlston. In seiner linken Hand steckte zwischen Daumen und Zeigefinger ein großer, schmutzverkrusteter Angelhaken.

»Natürlich muß der Haken raus«, stimmte Glennys zu, als ein Offizier zu ihnen trat und schnaubte: »Was hat all das zu bedeuten? Warum seid ihr nicht bei der Arbeit?«

»Ach, Sie sind es, Lieutenant Barlow«, sagte Glennys lächelnd, als die anderen Männer gegangen waren. Sie sah ihn so strahlend an, daß er überrascht und ungläubig blinzelte. Bisher waren all seine Versuche, die Aufmerksamkeit der unzugänglichen Miß St. John auf sich zu lenken, mit desinteressierter Höflichkeit abgewimmelt worden.

»Dieser Mann«, sagte Glennys, »hat eine Verletzung, die sofort behandelt werden muß.«

»Gewiß«, sagte der verblüffte Lieutenant. »Hobart, hol den Apotheker, und mach dich dann wieder an die Arbeit.«

In seiner Verzweiflung wandte sich der Matrose an Glennys, die ihm plötzlich als letzte Zuflucht erschien. Er schluckte, warf einen furchtsamen Seitenblick auf den erzürnten Offizier und sah dann diese ungewöhnliche junge Dame an.

»Dr. Kincaid meint es gut, aber als er das letzte Mal eine Hand behandelt hat, ist sie angeschwollen wie der Bauch einer Frau, und schließlich hat er sie am Handgelenk abgenommen. Und wozu ist ein einhändiger Matrose nütze«, sagte er nachdrücklich. »Er taugt nur noch dazu, das Deck zu schrubben.«

»Ich habe einen Arzneikasten in meiner Kabine, Lieutenant. Ich würde mich gern persönlich um die Hand dieses Matrosen kümmern.«

Sie änderte eilig ihre Taktik, ehe er die Ablehnung, die in seinen Augen stand, in Worte fassen konnte. »Meine Mutter – Lady Wadsworth, Sie wissen schon –«, sagte sie herablassend, »ist gewissermaßen eine laienhafte Ärztin. Sie nimmt sich persönlich aller niederen Angestellten auf unserem Gut an. Ich habe bei ihr und auch bei Dr. Ben-Asher aus Morristown, New Jersey, einem guten Freund der Familie, einiges gelernt.« Sie klapperte mit den Wimpern, wie sie es am Vorabend bei Beth Lindsey gesehen hatte; sie zwang ihre Lippen zu dem Schmollen, das Ann Askews wesentlichster Trick beim Flirten zu sein schien. »An Bord ist es so unheimlich langweilig«, sagte sie sehnsüchtig. »Keine Tanzveranstaltungen. Keine Feste. Keine Theatervorstellungen. Mir ist langweilig. Schrecklich langweilig. Lassen Sie mich meine medizinischen Kenntnisse an diesem Matrosen anwenden. Ich habe noch nie einen Seemann behandelt. Das hilft sicher gegen Langeweile.«

»Selbstverständlich, Miß St. John; das ist nur zu liebenswürdig von Ihnen.«

Glennys machte einen artigen Knicks und streckte ihre Hand aus. Der Lieutenant gab ihr einen Handkuß und murmelte: »Immer zu Ihren Diensten, Miß St. John.« Dann sah er Hobart ein letztes Mal finster an und ging.

»So ein beschränkter Esel!« murmelte Glennys und hielt sich die Hand auf den Mund, um nicht nervös zu kichern, als sie Hobarts erstaunten Blick bemerkte. »Kommen Sie, Mr. Hobart. Eilen wir uns lieber, ehe wir dem nächsten galanten Offizier begegnen.«

Aus Gründen der Schicklichkeit ließ sie die Kabinentür offenstehen, obwohl niemand, der zufällig vorbeikommen konnte, so schockiert gewesen wäre wie Hobart, als sie ihn formlos auf den einzigen Stuhl stieß und sich über ihn beugte.

Seine Laune wurde sichtlich besser, als sie ihm ein Glas Schnaps einschenkte. »Trinken Sie das«, sagte sie und reichte ihm das Glas.

Als er ihr das leere Glas zurückgab, grinste er breit. »Beste Ware, Ma'am, wirklich beste Ware.« Er hielt seine blutende Hand hoch. »Ich spüre jetzt schon nichts mehr«, sagte er und grinste dämlich.

»Das war der Zweck der Übung«, sagte Glennys. Sie band sich eine Schürze um und goß Schnaps in die offene Wunde, ohne sich an den Flüchen des Matrosen zu stören, die einem das Blut gerinnen lassen konnten. Im ersten Moment versuchte er aufzuspringen.

»Wenn Sie stillhalten, Mr. Hobart, haben wir es gleich.«

Sie brauchte zwar wirklich nur eine Minute, doch eine Reihe von weiteren Matrosenflüchen entrang sich ihm. Sie waren so wunderbar bildhaft, daß Glennys sich bemühte, sie sich für die Zukunft einzuprägen.

Als sie den Haken herausgeholt und durch das Bullauge geworfen hatte, goß sie noch mehr Schnaps in die Wunde, ehe sie sie verband.

»Jetzt müssen Sie dafür sorgen, daß diese Hand sauber bleibt, Mr. Hobart!« sagte sie streng. »Schmutz führt zu Entzündungen, und eine Entzündung bewirkt die Anschwellung, die Ihrem Freund die Hand gekostet hat. Ich will die Hand jeden Morgen und jeden Abend sehen, bis die Wunde verheilt ist.«

Hobart ließ den Kopf hängen und murmelte etwas, was sich auf den Lieutenant bezog, doch Glennys sagte lachend, den könne er ihr überlassen. »Hier, trinken Sie noch einen Schluck«, sagte sie freundlich, schenkte aber eine weniger großzügige Menge ein als vorher.

Der Matrose kippte den Schnaps zu begierig in sich hinein. Die Augen traten ihm fast aus dem Kopf, als Glennys die Flasche wieder in ihre Truhe packte und mit einer Handvoll Trockenobst zurückkam. »Hier. Stecken Sie sich das ein.«

»Meine Güte«, sagte er, während er seine Taschen mit Früchten füllte. »Das und zwei Gläser Schnaps! Irre, aber dafür würde ich mir jeden Tag einen Angelhaken durch die Hand bohren.« Er bedankte sich immer noch bei ihr, als er die Kabine schon verlassen hatte und sich die Tür hinter ihm schloß.

Glennys zog ihre Schürze aus und warf sie achtlos auf den Stuhl. Sie wusch sich gründlich die Hände und trocknete sie ab. Dann legte sie sich auf ihre Pritsche und sah zu den verwitterten Balken auf.

Ein Angelhaken. Ein verdammter alter dreckiger Angelhaken. Und eine Flasche Schnaps. Sie sog die Luft in der Kabine ein, wie Hobart es getan hatte. Ein schwacher Geruch von Alkohol hing darin.

Sie hielt die rechte Hand hoch und sah sich versonnen die Handfläche an. Die Narbe war so klein und blaß, daß sie kaum noch zu sehen war. Es war vor mehr – sie dachte einen Moment lang nach: Ja, es war seit diesem Geschehen mehr als ihr halbes Leben vergangen...

3. Kapitel

An jenem Nachmittag hielten sich ein Dutzend, wenn nicht mehr Gäste im Salon auf. Die Männer standen an dem einen Ende des Raumes und unterhielten sich über Pferde und Politik. Glennys saß am anderen Ende wie alle anderen Frauen auch und mußte einer gräßlichen Darbietung auf dem Pianoforte lauschen, die von Lady Jane Garth gegeben wurde.

Während des Beifalls, der auf die letzten Akkorde folgte, sah Glennys, daß Jay-Jay den Kopf durch die Tür steckte. Sie sprang prompt auf und lief durch die aufgestellten Stühle. Mehrfach stolperte sie über ausgestreckte Füße in Sandalen.

»Entschuldigen Sie, Ma'am... Ich bitte um Verzeihung, Ma'am... Es tut mir ja so leid...« Trotz ihrer atemlosen Entschuldigungen blieb sie nicht stehen und lief auch nicht langsamer, solange sie nicht ihr einziges Ziel dieser langweiligen Situation zu entkommen, erreicht hatte.

Jay-Jay stand mitten in der geräumigen elisabethanischen Eingangshalle und hielt eine Angel in der Hand; er übte das Auswerfen.

»Hast du mich gesucht?« fragte sie beiläufig und ging auf die Stelle zu, nach der er die Angel auswarf.

Wenn sie nicht zusammen waren, war immer einer von beiden auf der Suche nach dem anderen. Folglich war es eine rein rhetorische Frage, und Jay-Jay ging ebenso wenig darauf ein wie Glennys auf die eindringliche Pantomime von Fithian, dem Butler, der ihr bedeuten wollte, sich hinter dem jungen Angler in Sicherheit zu bringen.

Sie lächelte Fithian wohlwollend zu, doch sie blieb, wo sie war und beobachtete kritisch, wie Jay-Jay die Angel auswarf.

»Nicht weit genug«, merkte sie an.

Er sah sie höhnisch an und warf die Angel wieder aus. Als sie das Ergebnis sah, sagte Glennys hämisch: »Habe ich es dir nicht gleich gesagt?«

»An diesem Satz kannst du dich wohl nie satthören?« ärgerte sich Jay-Jay.

Sein wütender Blick entlockte Glennys nur ein Kichern. Er ging nicht auf sie ein, sondern zog den Arm zurück, um kräftiger auszuholen, und diesmal war der Erfolg durchschlagender als alles, was er je erwartet oder angestrebt hatte. Die Angel landete einen halben Meter weiter als bisher, doch leider stand Glennys im Weg. Die Angelschnur wickelte sich um ihre Taille, und nur eine eilig hochgerissene Hand schützte ihr Gesicht.

Sie stieß einen durchdringenden Schrei aus. Dann stand sie benommen da und starrte ihre blutüberströmte Hand an, in der der Haken steckte.

Jay-Jay stand Sekunden eher bei ihr als Fithian.

»Hol Mama«, wies er den Butler an. Er packte Glennys am Handgelenk und löste die Angelschnur vom Haken. »Sieh nicht hin«, sagte er mit zittriger Stimme zu ihr. Sein Gesicht war fast so weiß wie ihres. »Mama weiß sicher, was zu tun ist. Es tut mir leid, Glennys. Das wollte ich nicht...«

»Das weiß ich doch«, versicherte ihm Glennys und rieb ihre Wange zärtlich an seiner Schulter. Da sie seine Schulter als Trost und Stütze empfand, blieb sie so stehen, bis Leisa aus dem Salon geeilt kam.

»Bringen Sie Schnaps und meinen Arzneikasten ins Schreibzimmer, Fithian«, sagte Leisa nach einem flüchtigen Blick auf Glennys' Hand.

»Ich verlasse mich ganz darauf, daß du ihre Hand festhältst, Jay-Jay«, sagte Leisa, als sie sich neben den Lehnstuhl kniete, auf dem Glennys saß, deren Gesicht sehr jung und furchtsam wirkte.

Mit einem schnellen, dankbaren Blick auf seine Mutter kniete sich Jay-Jay auf die andere Seite von Glennys und hob ihre Hand wie einen kostbaren Gegenstand. »Sieh nicht hin«, sagte er noch einmal gewollt barsch, während er ihre Finger wie Blütenblätter auseinanderbog.

In den nächsten Minuten hielt er ihre Hand vollkommen still, doch als alles vorbei war, schwitzte er genauso sehr wie Glennys.

»Schon fertig«, sagte Leisa schließlich. »Nur noch ein bißchen Schnaps zur Krampflösung.« Glennys stimmte in den vertrauten Chor ein. »Ich fürchte, es wird wohl ein wenig brennen.«

Jay-Jay war der einzige, der bleich und ernst blieb. Er wurde noch blasser, als Glennys einen schrillen Schrei ausstieß, während der Schnaps über ihre Handfläche geschüttet wurde. »Es brennt einfach höllisch«, murmelte sie.

Leisa ging nicht darauf ein, sondern hielt die offene Flasche an Glennys' Lippen. »Trink ein paar kleine Schlucke.«

Glennys tat es nur zu eifrig. »Iiieh!« sagte sie. »Ich verstehe nicht, warum Männer so gern trinken.«

»Du auch«, sagte Leisa zu ihrem Sohn.

Er nahm die Flasche gern entgegen und trank einen großzügigen Schluck.

Als seine Mutter erleichtert feststellte, daß wieder Farbe in sein Gesicht kam, entschloß sie sich, es auch mit dem Heilmittel zu probieren. Alle drei lachten hysterisch, als Lord Wadsworth ins Zimmer geschlendert kam.

4. Kapitel

Es fällt mir schwer, zu glauben, daß die Zeit so schnell vergangen ist und wir schon volle drei Wochen auf See sind. Alle Passagiere an Bord haben sich halbwegs miteinander angefreundet – ihr erinnert euch sicher, Mama und Papa, wieviel schneller man sich auf einem Schiff kennenlernt als an Land. Ich habe sogar zwei Verehrer, die ich (nur ganz für mich, versteht sich) den Dünnen und den Dicken nenne, da einer eher kräftig gebaut ist, wogegen der andere...

Glennys hörte in ihrer Kabine einen wüsten Fluch, doch nicht der Wortlaut der Verwünschungen ließ sie zusammenzucken, sondern der Name, der angehängt wurde.

»Mein Gott!« sagte sie laut vor sich hin. »Ein derart gewöhnlicher Name!« Würde es ihr für den Rest ihres Lebens so ergehen? Würden sich ihre Augen mit Tränen füllen, ihre Kehle sich zuschnüren; würde der heimtückische, unerträgliche Schmerz sie wie ein Messer durchbohren, weil irgendwo irgendein Mann zufällig Jack hieß?

In seinen ersten Lebensjahren kannte man Jordan Jacques Joris Holloway in seiner Familie und unter Freunden nur als Jay-Jay. Die Nachbarn nannten ihn so, die Hauslehrer und die Bediensteten. Nur sein Vater nannte ihn Jordan – und das gewöhnlich auch nur, wenn er ihn zur Disziplin rufen wollte.

An seinem neunten Geburtstag hatte Jordan Jacques Joris seine eigene, persönliche englische Unabhänigigkeitserklärung verkündet. »Ich bin nicht mehr Jay-Jay. Von jetzt an möchte ich Jack genannt werden.«

Diese simple Erklärung löste fast soviel Wirbel am Tisch aus wie damals die amerikanische Unabhängigkeitserklärung.

»Ich habe dich dein Leben lang Jay-Jay genannt«, rief

ihm seine Mutter ins Gedächtnis. »Das ist der Name, den deine Urgroßmutter Miquet dir gegeben hat, als du noch ein ganz kleines Baby warst und ich dich in ihrem Zimmer in Grace Hall auf ihr breites Bett gelegt habe.«

Er mied ihren Blick, weil er fürchtete, schwach zu werden. »Du wirst dich mit der Zeit daran gewöhnen, Mama«, versicherte er ihr mit männlicher Zuversicht. »Wie du ganz richtig gesagt hast, ist Jay-Jay ein Name für ein Baby, und ich bin kein Baby mehr, und für einen großen Jungen ist der Name albern. Ich heiße Jack.«

»Jay-Jay heißt Jack«, piepsten seine kleinen Geschwister fröhlich. Matt schlug mit dem Löffel auf den Tisch.

»Aber du *bist* Jay-Jay«, warf Glennys ein. »Du bist immer Jay-Jay gewesen. Und für mich wirst du immer Jay-Jay bleiben. Siehst du.« Sie verschränkte die Arme und sah ihn triumphierend an. »Was hast du dazu zu sagen?«

Er aß weiter und beachtete Glennys so wenig, als hätte sie kein Wort gesagt. »Gibt es heute keinen Speck, Mama?« fragte er höflich.

»Auf der Anrichte, Jay – Jack.«

Er lächelte sie bei diesem eiligen Nachsatz an. »Danke, Mama.«

Beide wußten – wie alle anderen auch –, daß er sich nicht für den Speck bedankte.

»Warum antwortest du mir nicht?« fragte Glennys mit schriller Stimme.

Ohne sie auch nur anzusehen, stand er vom Tisch auf und holte sich drei Scheiben Speck.

»Papa, wärst du so freundlich, Glennys zu erklären«, bat er mit schneidender Stimme, »daß sie die Frage an Jay-Jay gestellt hat und ich auf diesen kindlichen Namen nicht mehr reagieren werde. Hier gibt es keinen Jay-Jay, und daher kann er ihr auch nicht antworten. Wenn sie von *mir* etwas hören will, dann muß sie sich gefälligst an Jack wenden.«

Glennys sprang auf. »Verflucht und zugenäht...«, setzte sie barsch an.

»Setz dich, Glennys!« sagte Papa dröhnend, und sie gehorchte ihm wortlos.

»Ich muß feststellen, daß ich mich der Meinung meines Sohnes anschließe«, sagte er und sah ihn mit einem verschwörerischen Zwinkern an. »Es ist sein Recht, sich gegen einen Kosenamen zu verwehren, den er kindisch findet, und da er zwischen drei wunderbaren Namen wählen kann, die von seinem englischen, französischen und holländischen Großvater stammen, ist es sein Recht, sich Jack zu nennen. Bei allem Respekt vor deinem Vater, Miquet«, sagte er lächelnd zu seiner Frau, »ziehe ich persönlich die englische Variante vor. Und was dich angeht, Glennys, muß ich sagen, daß mich meine amerikanische Tochter ein wenig enttäuscht«, sagte er.

Glennys sah ihn finster an und biß auf ihre Unterlippe.

»Ist das dasselbe Mädchen, das sich mit einem unserer Gäste gestritten hat, als deine Eltern uns das letzte Mal besucht haben? Ich glaube, mich zu erinnern, daß *dieses* Mädchen sich dafür stark gemacht hat, man könne sich seinen Namen selbst aussuchen.«

Glennys errötete bis zu den Haarwurzeln. Sie erinnerte sich nur allzu deutlich an den Vorfall. Der Gast, um den es ging, Mrs. Wintergreen, hatte Glennys damit aufgezogen, daß ihre Mutter befremdlicherweise den Namen St. John für sich und ihre Tochter ausgesucht hatte, statt von ihrem Vater den Namen Glendenning anzunehmen.

»In der Familie meiner Mutter«, hatte Glennys damals hochnäsig geäußert, »konnten die Frauen, wenn sie wollten, immer ihren eigenen Namen behalten. Wir sehen das als unser Recht an.«

Zwei volle Minuten lang herrschte Schweigen, bis eine äußerst kleinlaute Glennys murmelte: »Tut mir leid, Papa.« Sie sah über den Tisch. »Tut mir leid, Ja...« Sie schluckte den Rest herunter. »Jack. Ich werde versuchen, es mir zu merken.«

»Wir werden uns alle bemühen«, sagte Leisa kläglich und sah ihren Sohn an, »aber du wirst uns gelegentlich Rückfälle verzeihen müssen, Jack. Nach neun Jahren kann man nicht so schnell auf einen neuen Namen umstellen.«

»Ich werde euch dabei helfen, Mama«, sagte ihr Sohn. »Ich gebe keine Antwort, wenn ihr mich mit dem falschen Namen ansprecht. Dann werdet ihr euch schnell wieder daran erinnern.«

»Aber merk dir eins«, sagte sein wesentlichster Verbündeter. »Es steht dir zu, dich für deine Rechte einzusetzen, aber erwarte nicht, daß deine Mutter und ich Ungehorsam dulden.«

»Auch, wenn er sich Jack nennt«, murmelte Leisa an ihren Mann gewandt, »aber er hat überhaupt keine Ähnlichkeit mit meinem Großvater Jacques, diesem leichtlebigen Vagabunden.«

»Du braucht mir nicht zu erzählen, meine Liebe«, sagte Lord Wadsworth freundlich, »daß unser ältester Sohn nicht nur die Augen und das Haar, sondern auch die Sturheit von den van Guliks hat. Hast du je einen stureren Menschen kennengelernt als Joris van Gulik?« fragte er vielsagend. »Oder eine störrischere Frau als die Tochter deines Großvaters?«

Leisas Augen sprühten Funken. »Aber nur dann, wenn wir der festen Überzeugung sind, im Recht zu sein.«

»Dieser Überzeugung ist dein Sohn im Moment. Ihr Amerikaner«, sagte er liebevoll, »habt den ermüdenden Hang, eure Unabhängigkeit pausenlos zu betonen.«

Leisa wandte sich eilig an ihren Sohn. »J-Jack, wenn du mit dem Frühstück fertig bist, könnten wir doch in den Stall gehen? Dort warten deine übrigen Geschenke.«

»In den Stall?« Er strahlte vor Begeisterung. »O Papa! Die neue braune Stute! Die ist für mich?«

Sein Vater stand auf, und alle folgten seinem Beispiel. Als sein Sohn auf ihn zukam und vor Aufregung auf und ab hüpfte, zerzauste ihm Thorne das blaßblonde Haar der van Guliks. »Ja, sie ist für dich.«

Ein Kindermädchen kam, um den kleinen Matt ins Kinderzimmer zu bringen. Leisa und Thorn nahmen Tina an der Hand. Glennys und Jack liefen voraus und fütterten die neue Stute schon mit Zuckerstücken und Karotten, als ihre Eltern sie mit ihrer kleinen Schwester eingeholt hatten.

Nachdem das Pferd ausgiebig bewundert worden war, wandte sich Lord Wadsworths Erbe an Glennys. »Und wo bleibt mein Geschenk von dir?« fragte er. »Von Mama und Papa habe ich die Stute und das Geld und den Siegelring geschenkt bekommen, und die Geschenke aus Amerika habe ich längst ausgepackt. Von der kleinen Tina habe ich das schöne Buch mit dem ledernen Einband, aber von dir bisher gar nichts. Was ist los mit dir, Glennys?« spottete er. »Hast du dein ganzes Geld für Haarschleifen und Spitze ausgegeben und hattest nichts mehr für mich übrig?«

Tim, der neue Stallmeister, der gerade frisch aus Irland gekommen war, näherte sich ihnen mit einer Lederpeitsche.

»Das soll ich Ihnen von der jungen Dame überreichen, wenn Sie den Braunen gebührend bewundert haben«, sagte er.

»Danke, Tim. Die ist aber schön, Glennys!« Er brauchte sich kaum zu bücken, um sie zu umarmen. »Aber ich bin ja so enttäuscht. Dieses Jahr keine Taschentücher?«

Die handgesäumten, bestickten Taschentücher, die Glennys herstellte, lösten in der Familie beidseits des Atlantik Heiterkeit aus. Sie haßte Handarbeiten und führte sie nie freiwillig aus. Zur Strafe für ihre mutwilligen

Streiche, mußte sie manchmal doch zu Handarbeiten greifen, die dann an die männlichen Familienangehörigen weiterverschenkt wurden, und es waren Klagen laut geworden, sie seien gezwungen, Glennys' Strafen mitauszubaden.

Glennys' amerikanischer Vater sagte, ein Taschentuch, das sie fabriziert habe, müsse man selbst gesehen haben, um eine solche Unglaublichkeit für möglich zu halten.

Ihr englischer Vater sagte, ein Taschentuch von Glennys gehöre zusammen mit anderen Beispielen für primitive Kunst in ein Museum.

Der Erbe des Titels von Lord Wadsworth hatte einmal geäußert, ein Taschentuch von Glennys' Hand eigne sich ideal dafür, sich die Schuhe abzuwischen.

Glennys zog ein kleines Päckchen aus ihrer Rocktasche.

»Ich wußte doch, daß du das Gefühl hast, dein Geburtstag würde nicht gebührend gefeiert, Jack«, sagte sie mit einem schelmischen Blick, als sie ihm das Päckchen überreichte.

»O nein!« stöhnte Jack, als er das Papier aufriß und die erwarteten Taschentücher hochhielt. »Ich darf mich wohl glücklich schätzen, weil es diesmal nur zwei sind. Im letzten Jahr mußte ich sechs Stück über mich ergehen lassen.«

»Letztes Jahr«, sagte sein Vater, »hat sie im Monat vor deinem Geburtstag die Schlange aus dem Garten in die Kirche mitgenommen und sie zu Beginn der Predigt freigelassen.«

Glennys ging nicht auf die spöttischen Bemerkungen der beiden ein. »Wie gefällt dir das Monogramm, Jack?« Sie sprach seinen Namen überdeutlich aus.

Er sah sich beide Taschtücher genauer an und grinste. Zwei schiefe J's standen vor dem H für Holloway.

»Als ich es gestickt habe, konnte ich nicht ahnen, daß du deinen Namen ändern wirst«, sagte Glennys hämisch.

Er biß nicht auf ihren Köder an. »Das obere J steht für Jordan, das untere für Jack. Es ist dir besser gelungen als sonst«, sagte er freundlich und trat zurück. »Tritt mich nicht ans Schienbein, Glennys. Denk daran, daß ich heute Geburtstag habe.«

»Ich denke an alles, woran ich denken soll, *Jay-Jay*«, sagte sie mutwillig, doch er ging nicht auf sie ein, sondern sagte: »Ich glaube, ich habe einen Frosch quaken gehört, Mama. Ich frage mich, was ein Frosch im Stall zu suchen hat.«

Es war ein schöner und denkwürdiger Geburtstag für alle Beteiligten, doch die weise Prophezeiung von Jacks Vater sollte sich bewahrheiten. Mit der Zeit bissen sie sich alle an der ausgeprägten Sturheit der van Guliks die Zähne aus.

Sie konnten sagen: »Du mußt dich jetzt zum Abendessen umziehen« oder »Dein Hauslehrer sucht dich«. Oder: »Dein Vater will dich auf der Stelle sprechen« oder auch: »In der Bibliothek liegt ein Brief für dich«.

Sie konnten sagen: »Hau ab! Das Haus brennt!« doch ganz gleich, was von alledem sie sagten, es fiel auf taube Ohren und löste nur ein Lächeln aus, das einen um den Verstand bringen konnte, wenn sie ihre Worte an Jay-Jay und nicht an Jack richteten.

Er ließ sich weder von Schelte, noch von Verwarnungen oder gelegentlichen Schlägen beeindrucken. Nichts half, solange sie ihn nicht Jack nannten.

5. Kapitel

In den letzten Tagen sind ungewöhnlich starke Auguststürme aufgekommen, und ich mußte unter Deck bleiben. Ich bin übellaunig und unzufrieden mit meinen Reisebekanntschaf-

ten, und ich kann nur beten, daß die Sonne morgen wieder scheint ...

Strahlend erwuchs eine helle Sonne aus den Wolken der Morgendämmerung – als seien ihre Gebete erhört worden. Die ersten Strahlen weckten Glennys. Sie sprang aus dem Bett, zog sich etwas über und ging an Deck.

Die Matrosen waren schon bei der Arbeit, und auf dem unteren Deck rief eine Männerstimme: »Jetzt packt schon zu, ihr blöden Idioten, oder ihr bekommt meine Faust zu spüren!«

Zwei Matrosen, die in ihrer Nähe standen, wandten sich alarmiert zu Glennys um, doch sie machte nicht den Eindruck, als würde sie auf der Stelle ohnmächtig, und sie hielt sich auch kein Riechsalz unter die Nase, wie man es bei solchen Worten von einer anständigen Dame zu erwarten hätte. Statt dessen lachte die kleine Miß St. John fröhlich.

Die Seeleute fanden, es sei besser, wenn sie lachte und nicht so melancholisch war wie manchmal. Ein weiblicher Passagier, der den Matrosen heimlich Trockenobst und Kekse und Heilkräuter zukommen ließ, hatte es verdient, fröhlich zu sein.

Glennys lauschte weiterhin den üblen Beschimpfungen, mit denen die Matrosen bedacht wurden. Sie nahm sich vor, einige dieser Flüche bei nächster Gelegenheit selbst zu erproben.

Bei dieser Vorstellung lachte sie wieder, und ihr fiel auf, daß einige der Seeleute schockiert wirkten. Lag es an ihrer Reaktion auf Unflätigkeiten oder etwa daran, daß sie die Bedeutung der Worte verstand?

Am liebsten hätte sie den Männern zugerufen: »Keine Sorge, Leute. Worte wie ›Bastard‹ kenne ich seit meiner frühesten Kindheit nur zu gut. Sogar in die Geborgenheit des Schlosses konnte das Munkeln, *ich* sei ein Bastard, zu mir vordringen, obwohl ich nicht genau wußte, was das

Wort eigentlich bedeutet, bis ich eines Tages Jack als Bastard beschimpft habe.«

Sie lehnte an der Reling und konnte sich nicht erinnern, was diesen Streit ausgelöst hatte. Sie wußte nur noch, daß sie sich den Kopf zerbrochen hatte, um das schlimmste Schimpfwort auszukramen, das sie kannte.

»Du bist ein Bastard, Jack Holloway.«

Jack hatte teilnahmslos die Achseln gezuckt. »Zufällig habe ich«, hatte er hämisch gesagt, »einen Vater.«

»Na und?«

»Man kann kein Bastard sein, wenn man einen Vater hat.«

Glennys vergaß auf der Stelle, daß sie wütend auf ihn war. »Wieso nicht?« erkundigte sie sich interessiert.

»Weil Bastard bedeutet, daß jemand keinen Vater hat.«

»Ist das alles?« Glennys sah ihn enttäuscht an. »Und ich dachte immer, es sei ein irrsinnig schlimmes Wort.« Einen Moment lang sah sie Jack stirnrunzelnd an. »Jack – ich verstehe das nicht. Mama hat mir das mit den Babys erklärt, als Hercules ein Fohlen bekam, und sie hat gesagt, bei den Menschen sei es genauso; es muß also immer eine Mutter *und* einen Vater geben. Verstehst du, die Mutter trägt das Baby in ihrem Bauch, wenn es aus einem Samen heranwächst, aber sie braucht einen Vater, damit es in den Bauch kommt. Und zwar tun die beiden...«

»Ich weiß, was sie tun«, warf Jack hastig ein und bekam einen roten Kopf.

»Aber wenn Bastard heißt, daß jemand keinen Vater hat, und wenn man einen Vater braucht, um ein Baby zu bekommen«, fragte Glennys, die logisch dachte, »wie kann dann jemand überhaupt ein Bastard sein?«

»Bei einem Bastard«, erklärte Jack schweißtriefend, »heiratet der Vater die Mutter nicht, und er gibt dem Baby nicht seinen Namen.«

»Ach so«, sagte Glennys.

»Was überlegst du dir jetzt?«

»Ach, nichts weiter.«

Er sah sie argwöhnisch an. »Und warum wirst du dann so still?«

»Ich muß mir das genauer überlegen. Vielleicht sage ich es dir ein anderes mal.«

Jack stand prustend auf. »Vielen Dank, Gnädigste. Komm schon, wir müssen uns eilen, damit wir rechtzeitig zum Abendessen kommen. Bei so vielen Gästen fallen wir zu sehr auf, sollten wir zu spät kommen.«

Glennys sprang auf, und die beiden zogen sich so schnell um, daß sie als erste am Eßtisch saßen.

Wenn Gäste zum Essen kamen, machte Leisa ein kleines Zugeständnis an die Vorstellung, daß man von Kindern weder etwas hören, noch etwas sehen sollte. Sie setzte sie zu ihrem Hauslehrer, damit sie Frieden bewahrten.

Leider saß Glennys an diesem Abend einer Dame gegenüber, die sich am Nachmittag ausführlich erkundigt hatte, in welchem Verwandschaftsverhältnis Glennys zu den Holloways stand. Mrs. Leeds-Lester war eine sauertöpfische Witwe mit einer Perücke und einer spitzen Nase, die immer die Leiche im Schrank anderer witterte. Sie war wild entschlossen, ihre diskreten Nachforschungen zu einem günstigeren Zeitpunkt fortzusetzen. Glennys dagegen konnte es keinen Moment mehr abwarten.

»Mrs. Leeds-Lester«, sagte sie zutraulich und beugte sich über den Tisch, als der erste Gang serviert wurde, »jetzt verstehe ich, worauf Sie hinauswollten, als Sie mir heute nachmittag all diese Fragen gestellt haben, aber Sie brauchen sich dieserhalb wirklich keine Sorgen zu machen, Ma'am. Meine beiden Mamas und Papas waren verheiratet, und daher«, schloß sie mit einer triumphierenden und alles andere als gesenkten Stimme, »kann ich unmöglich ein Bastard sein.«

Fithian, der dem Personal gerade seine Anweisungen erteilte, ließ eine große Saucenschüssel fallen.

Horace, ein Lakai, hatte sich gebückt, um aufzuwischen, und das Dienstmädchen, das ihm helfen sollte, schlug sich die Schürze über den Kopf und floh bestürzt aus dem Zimmer.

»Meine Liebe, Sie haben mich falsch verstanden – ich versichere Ihnen, Miß Glennys...«, sprudelte Mrs. Leeds-Lester mit purpurrotem Gesicht heraus.

Ehe Glennys etwas sagen konnte, legte sich die Hand ihres Hauslehrers auf ihre Schulter, und Jack kniff sie so fest in den Schenkel, daß sie es nicht ignorieren konnte.

Da sie ohnehin schon gesagt hatte, was sie zu sagen hatte, gab sie sich damit zufrieden, zu einem anderen Gesprächsthema überzugehen, und sie entschied sich sofort für das englischste aller Themen: »War das heute nicht ein schöner, sonniger Nachmittag, Ma'am? Glauben Sie, daß es morgen regnen wird?«

Mrs. Leeds-Lester griff den Faden dankbar auf, und für mehr als fünf Minuten sprachen sie über das Wetter. Der skandalöse Zwischenfall hätte sich nicht von diesem Tischende aus weiterverbreitet, wenn er nicht ein so guter Gegenstand für Klatsch und Spedkulationen gewesen wäre. So jedoch war es kaum ein Wunder, daß noch während des Essens alle davon erfuhren; im ganzen Raum wurde gemunkelt und gelacht.

Kurz darauf beschlossen Lord und Lady Wadsworth, es sei klug, die beiden Kinder eine Zeitlang voneinander fernzuhalten. Sie ließen sich aber doch so lange Zeit, daß die beiden den Zusammenhang zu diesem Zwischenfall nicht herstellten.

Jack wurde in die einzige Schule geschickt, die für seine Mutter in Frage kam; die Academy of Cornwall, deren Direktor, Mr. Jonah Glenfree, war ein Freund und früherer Sklave von Robbie Glendennings Familie, als die Jungen in Virginia aufgewachsen waren.

Leisa Holloway, die so brutale Bildungsinstitutionen wie Eton und Harrow mit einer gerümpften amerikanischen Nase ansah, war bereit, ihren Sohn dem strengen, aber privaten Klima anzuvertrauen, das bei Glenfree herrschte.

Wenige Wochen nach Jacks Abreise kamen Craig St. John und Robert Glendenning nach England, eine Reise, die sie fast alle zwei Jahre unternahmen, um ihre Tochter zu sehen, und es wurde beschlossen, Glennys für ein Jahr zu ihren Eltern nach Amerika zu schicken. Dieser lange Besuch sollte ausgleichen, daß sie ihren Bruder und besten Freund verloren hatte.

6. Kapitel

Ich glaube, der Flirt zwischen Beth Lindsey und Mr. Ernest Dedham wird ernst. Ich hatte nicht vor, die beiden zu belauschen, aber wenn sie regelrecht neben meinem Bullauge stehenbleiben, um leidenschaftliche Enthüllungen von sich zu geben, höre ich zwangsläufig mit. Und als dann langes Schweigen herrschte, nachdem er sie zweimal als einen wunderschönen Engel bezeichnet hatte, mußte ich doch kurz hinauslugen. Mr. Dedham kann bestimmt nicht gut küssen; seine Umarmung wirkte so kräftig wie die eines toten Fischs. Nachdem er ihr einen kurzen Schmatz gegeben hatte, hat Beth ihn doch wirklich gefragt, ob er jetzt denn noch Respekt vor ihr habe, und daraufhin (mir wäre fast das Frühstück hochgekommen) hat er gesagt: »Meine Königin, ich bete dich an.« Für einen ersten Kuß (falls es ein erster Kuß war) kam sie mir zufriedener vor, als ich es an ihrer Stelle gewesen wäre. Gütiger Himmel, Mr. Dedham muß ganze acht- oder neunundzwanzig Jahre sein. Mit nur dreizehn Jahren hat Jack mich besser geküßt, als Mr. Dedham es bis heute kann.

O Gott, wird je die Zeit kommen, zu der ich vergessen kann, wie großartig seine Küsse waren...

»O Gott!« sagte sie laut und warf ihren Stift hin. Die flüchtige Süße der Erinnerung war den Schmerz nicht wert, den sie nach sich zog. Aber sie hatte jetzt keine andere Wahl mehr; ihr Herz, das sich der Erinnerung hingegeben hatte, hatte gegen ihren starken Willen gewonnen...

Es war der letzte Augusttag, und sie saßen an der Anlegestelle. Jacks Boot war bereits aus dem Wasser gezogen und umgestülpt worden, weil es geschrubbt und frisch gestrichen werden sollte. Die beiden hatten ihren letzten gemeinsamen Vormittag auf Wadsworth angeblich mit Angeln verbracht.

In Wirklichkeit hatten sie nur mit ausgeworfenen Leinen dagesessen, die wie ihre nackten braunen Beine im Wasser baumelten. Die bevorstehende Veränderung ihres Lebens hatte den üblichen Wettbewerbseifer, wer die meisten und die größten Fische fing, völlig verdrängt.

»Ich kann einfach nicht glauben, daß du mich morgen – daß du morgen von hier forgehst.«

Glennys' kläglicher Seufzer schien aus ihrem tiefsten Innern zu kommen, und da Jack sie nur allzu genau kannte, las er neben dem Kummer auch den Vorwurf aus ihrer Äußerung heraus.

»Ich gehe doch nicht von dir weg, du dumpfe Nuß. Ich werde zur Schule geschickt.«

»Versuch nicht, mir einzureden, es täte dir leid.«

»Nein, bestimmt nicht. Es tut mir nicht leid. Ich möchte gern zur Schule gehen. Es klingt alles so, als sei es ganz toll in Mr. Glenfrees Schule. Und jetzt hör mir zu.« Er nahm sie an beiden Händen. »Du sollst mir zuhören, habe ich gesagt. Es ist nicht so, daß ich von dir fortgehen will, aber ich will nun einmal etwas anderes tun und andere Orte sehen und mir andere Freunde suchen.«

»Ich dachte, ich sei dein bester Freund. Du bist doch auch mein bester Freund.«

»Du bist mein bester Freund, aber du bist ein Mädchen, Glennys. Man kann nicht sein Leben lang nur ein Mädchen zum Freund haben. In dieser Schule in Cornwall gibt es fünfzig Jungen.

Vielleicht sogar noch mehr. Fünfzig Jungen!«

Wenn sie es auch nicht wußte, so war es doch ein erstes Anzeichen für ihre knospende Reife, daß die Worte, die ihr auf der Zungenspitze lagen, nie über ihre Lippen gingen. *Du bist der einzige Freund, den ich je brauche oder will, Jack,* hätte sie gern gesagt, doch ihr wurde instinktiv klar, daß sie das jetzt nicht sagen durfte, vielleicht sogar nie. Der Umstand, daß sie nicht mehr mit Jack reden konnte, löste nahezu physische Schmerzen aus, die schlimmer waren als alle Qualen der bevorstehenden Trennung.

Sie wußte auch das nicht, doch sie war mehr denn je in ihrem noch so kurzen Leben die Tochter von Craig und Leisa, und Glennys streckte plötzlich die Hand aus, um an der Locke zu ziehen, die Jack immer ins linke Auge hing.

»Hör dir uns bloß an«, sagte sie lachend. »Es ist Unsinn, unseren letzten Tag auf Wadsworth mit so düsterem Gerede zu vergeuden, statt noch einmal genüßlich all die Plätze aufzusuchen, die ganz uns gehören. Laß uns schwimmen und fischen gehen und auf unseren Hügel klettern, auf dem die Narzissen wachsen. Aber laß uns vorher etwas essen. Ich sterbe vor Hunger.«

Sie lief vor ihm her zu den gewaltigen Eichen am Südende des Sees. Dort hatten sie ihre Limonade von einem Ast herab ins Wasser gehängt. Jack zog die Limonade an der Schnur hoch und packte ihre Brote aus, während Glennys im Kreis um ihn herumsprang.

»Komm her, und setz dich«, rief Jack ihr über die Schulter zu, als er alles ausgepackt hatte. Als sie nicht gehorchte, zog er an ihrem Rocksaum, bis sie rücklings in das Gras purzelte und neben ihm zu liegen kam.

Sie blickte zum Himmel hinauf und murmelte: »Der Himmel ist so blau, Jack. Ich kann mich nicht mehr erinnern, ob er in Amerika auch so blau ist wie hier. Ist das Gras dort auch so grün?«

»Es ist derselbe Himmel«, sagte Jack achselzuckend. Er mampfte eine dicke Scheibe Roastbeef. »Und Gras ist Gras.«

»Es ist nicht derselbe Himmel. Er ändert sich ständig. Und das hier«, warf sie ihm entrüstet an den Kopf, »ist unser ganz besonderer Platz, und das Gras kann hier nicht so sein wie anderswo; es ist etwas Besonderes, du Riesendummkopf!«

»Wie du meinst, Glennys«, stimmte Jack ihr zu. »Der Himmel ist blauer, das Gras ist grüner, und da du jetzt doch keinen Hunger zu haben scheinst, könnte ich deine Brote eigentlich auch noch aufessen.«

»O nein, das wirst du nicht tun!« rief Glennys aus. Sie rollte sich auf den Bauch und nahm sich ein dickes Käsebrot. »Schenk mir Limonade ein, ja, Jack?« nuschelte sie mit vollem Mund.

Jack kam ihrem Wunsch nach und füllte einen zerbeulten Blechbecher mit Limonade, die sie so schnell herunterstürzte, daß sie anfing zu husten und zu würgen. Er sprang auf, zog sie auf die Füße und schlug ihr auf den Rücken.

»Ist alles wieder in Ordnung?« fragte er, als sie weniger hustete.

»Ich glaube, ja.« Ihre Stimme klang immer noch erstickt, und er ließ die Hand auf ihrem Rücken liegen, weil es doch sein konnte, daß er ihr noch ein paar Klapse versetzen mußte.

Glennys zitterte ein wenig und fragte sich, warum sie Jacks Hand, die sie berührte, plötzlich so seltsam überdeutlich wahrnahm. Schließlich waren seine Hände ihr so vertraut wie ihre eigenen. Seine Hände hatten sie ihr Leben lang geschubst und gestoßen, an ihr gezerrt und sie gekniffen. Und wie oft hatte er sie ausgestreckt, um sie über Zäune, in Bäume hinauf und auf steile Hänge zu ziehen?

Sie wandte sich abrupt um, blieb dicht vor ihm stehen und packte seine beiden Handgelenke.

»Was ist los?« fragte Jack, dem unbehaglich zumute war, als sie ihn nicht losließ und seine Handflächen musterte. »Stimmt mit meinen Händen etwas nicht?«

»Ich weiß es nicht«, sagte sie mit bebender Stimme. »Ich möchte...« Sie sah ihm in die verwirrten blauen Augen. »Ich fühle mich so – Jack, würdest du mir heute und nicht morgen einen Abschiedskuß geben?«

»Ja, wenn du willst, aber warum?«

»Ich will mit dir allein sein, wenn wir uns voneinander verabschieden. Nicht vor allen anderen. Die schönsten Momente waren meistens die, in denen wir allein miteinander waren.«

»Ich habe nichts dagegen«, sagte Jack, dem immer noch nicht ganz wohl dabei war, doch er versuchte, Glennys bei Laune zu halten. Mädchen – selbst die besten, solche wie Glennys – mußte man ab und zu bei Laune halten. Er beugte sich etwas unbeholfen zu ihr herunter, da sie seine Hände immer noch festhielt. Dann drückte er ihr einen schnellen, schmatzenden Kuß auf die Wange.

Glennys stieß seine Hände von sich und trat zwei Schritte zurück. »Nennst du *das* einen Abschiedskuß?« fragte sie verächtlich.

»Warum denn nicht?« Dann fragte er zögernd: »Du etwa nicht?«

»Ich meinte einen *richtigen* Kuß. Einen Kuß, wie ihn *richtige* Männer geben. Auf den Mund.«

»Und was«, fragte Jack spöttisch, um ihr die Beleidigung heimzuzahlen, »weiß ein Baby wie du über richtige Küsse?«

»Ich wette, daß ich mehr darüber weiß als du!« gab Glennys trotzig zurück.

Er kam auf sie zu; diesmal drückten seine vertrauten Hände, die er gehoben hatte, eine Drohung aus. »Wie zum Beispiel?«

»Wie zum Beispiel«, antwortete Glennys glühend, »daß ein richtiger Mann ein Mädchen erst festhält. Er legt seine Arme halb um sie und wiegt sie eine Zeitlang. Dann dreht er ihr Gesicht zur Seite – so.« Sie illustrierte es ihm mit einer Kopfbewegung. »Dann senkt sich sein Gesicht ganz, ganz langsam zu ihr herunter, bis das Mädchen ihm, wenn sie will, ihr Gesicht zuwendet, damit es so ist, na ja, jedenfalls fast so«, fuhr sie verträumt fort, »als ob sich die beiden Lippenpaare treffen. Dann drückt man sie immer fester und immer fester zusammen, bis die Lippen von beiden ganz plattgedrückt sind, aber das ist viel hübscher, als es klingt. Man hat sogar ein ganz wunderbares Gefühl dabei.« Sie schloß die Augen und wiegte sich. »Man fühlt sich durch und durch ganz zittrig.«

Sie spürte seine Hände, die sich grob auf ihre Schultern legten und sie rüttelten. Er schüttelte sie nicht so, als wolle er Spaß machen, sondern ganz ernst gemeint. Überrascht schlug sie die Augen auf und starrte ihn an. Die eine ungebärdige Locke fiel ihm wie üblich über das linke Auge, doch in dem einen blauen Auge, das sie sehen konnte, stand entschiedene Entrüstung.

»Wo, zum Teufel«, sagte Jack und schüttelte sie bei jedem seiner Worte heftig, »hast du soviel über das Küssen gelernt?«

»Hör auf, mich zu schütteln«, sagte Glennys. »Dann sage ich es dir.«

Er hörte auf, sie zu schütteln, ließ sie aber nicht los. »Erzähl schon«, gebot er ihr finster. »Hat jemand dich so geküßt, wie du es eben beschrieben hast?«

»Nicht direkt«, sagte Glennys ausweichend, und im

nächsten Moment keuchte sie: »Schon gut, ich sage es dir. Aber hör bitte auf, mich so zu schütteln. Mir ist schon ganz schwindlig.«

»Los, erzähl.« Sein Blick war immer noch finster.

»Es gibt nichts zu erzählen – jedenfalls nicht über mich«, sagte Glennys seufzend. Sie trat mürrisch auf das Gras ein. »Es war Cora, das Zimmermädchen. Sie ist so geküßt worden. Ich habe mir nur eingebildet, es wäre mir passiert.«

»Du und deine Einbildung!« Trotz seiner Worte wirkte er seltsam erleichtert und fröhlich. »Du solltest nicht zuhören, wenn Cora über solche Dinge redet.«

»Ich habe nicht zugehört. Ich habe zugesehen. Am letzten Freitag kurz vor Sonnenuntergang bin ich in den Stall gegangen, um Rascal ein paar Zuckerwürfel zu bringen. Tim war ganz hinten im Stall. Er hat mich nicht gesehen und Cora auch nicht, als sie ein paar Minuten später in den Stall gekommen ist. Er hat sie geküßt, und sie hat ihn zurückgeküßt, genauso, wie ich es dir beschrieben habe. Zwei oder drei Mal. Zwischendurch haben sie viel gemurmelt; man hat gemerkt, daß es ihnen Spaß gemacht hat. Sie hat immer wieder gesagt: ›Das sollte ich wirklich nicht tun‹, und er hat immer wieder gesagt: ›Damit ist doch keinem geschadet, Kleines.‹ Aber jedesmal, wenn sie nein gesagt hat, haben sie einander wieder geküßt, als wollte sie mit diesem ›Nein‹ in Wirklichkeit ›Ja‹ sagen. Und nach einer Weile haben sie sich dann auf das Stroh fallen lassen, und das war, als sie gesagt hat, daß sie sich ganz zittrig vorkommt. Ich dachte, vielleicht würden sie diese Sachen tun – du weißt schon, die man tun muß, um ein Baby zu kriegen, aber in dem Moment haben sie die Stimmen von Mama und Papa gehört, und Cora hat die Leiter so schnell wie möglich auf den Heuboden hochgezogen und ich habe so getan, als hätte ich Rascal gefüttert und keinen Ton gehört. Aber seit da an denke ich ständig über das Küssen nach – und ich dachte...«

»Du dachtest was?« fragte Jack, der jetzt nicht mehr wütend war. Seine Augen blitzten sogar belustigt.

Glennys war froh, doch es fiel ihr immer noch nicht ganz leicht, ihn zu bitten. »Ich dachte, meinen ersten richtigen Kuß hätte ich am liebsten von dir, Jack«, erklärte sie.

Er sah sie ganz merkwürdig an. Funken schienen zwischen ihnen zu fliegen und sie von innen heraus zu wärmen, von Kopf bis Fuß.

Ihr Leben lang würde sie sich an seine zarten Fingerspitzen erinnern, die über ihre Schultern und ihren Nakken glitten, und an die unerwartete Kraft, mit der er ihr Gesicht zu sich bog. Sie würde sich an seine belegte Stimme erinnern, die so verblüffend zärtlich klang. »Ich glaube, mir wäre es auch das Liebste, wenn ich es wäre, Glennys.«

Da er für sein Alter groß war und sie noch recht klein, stellte sie sich auf die Zehenspitzen, damit seine Lippen ihren Mund leichter erreichen konnten. Ihre Lippen berührten einander kaum. Zart und weich und trocken lagen sie aufeinander, und Glennys nahm diese Berührung still hin und wollte dann einen Schritt zurücktreten. Sie kam kaum dazu, ihre Unruhe als Enttäuschung auszulegen, weil ein Traum unerfüllt geblieben war, als Jack auch schon blinzelte und sein ganzer Körper wie elektrisiert zu beben schien.

»Nicht fortlaufen, Kleines. Komm wieder her«, sagte er mit leisem Spott. »Du vergißt eine Reihe von Dingen, die du mir aufgezählt hast. Zum Beispiel habe ich meine Arme nicht um dich gelegt.«

Im nächsten Moment war es geschehen. »Ich habe dich auch nicht sachte gewiegt.« Sobald er es ausgesprochen hatte, tat er es. »Es stimmt, unsere Lippen haben sich aufeinandergelegt, aber nicht fest genug, um sie plattzudrücken.«

»Aber, Jack«, setzte sie an, doch weiter kam sie nicht.

Der Druck seiner Lippen raubte ihr den Atem. Ihr Körper schien ihr schwerelos, und sie war froh um seine Arme, die sie auf den Beinen hielten. Wer hätte sich träumen lassen, daß ein Kuß so viele Körperteile ansprach?

Jack küßte sie immer noch, anscheinend mühelos, bis sie sich matt und benommen fühlte. »Ich bin ganz zittrig«, sagte sie, als er sie losließ.

Sie ließ sich in das Gras sinken und lehnte sich an den dicken Stamm ihrer Lieblingseiche, um wieder zu Kräften zu kommen. Jack schien bis auf sein gerötetes Gesicht und den schweren Atem vollkommen ruhig zu sein, doch zu ihrer hellen Freude, sagte er zaghaft und mit einem verschämten Lächeln: »Ich fühle mich auch ganz zittrig.«

Sie strahlte. »Du dich auch? Wirklich?« Als er entschieden nickte, sagte sie: »Ach, ich bin ja so froh, so froh. Es wäre gräßlich, wenn vom Küssen nur einem von beiden schummerig wird.«

»Kein Grund zur Sorge.«

»Jack, hast du geahnt, daß Küssen so geht?«

»Herr im Himmel, natürlich nicht. Glaubst du etwa, ich hätte es nicht viel eher probiert, wenn ich...«

Er unterbrach sich entsetzt, und Glennys lachte vor Freude laut auf. »Dann war es für dich auch das erste Mal! Das war es doch, oder?«

Jack nickte wieder, doch diesmal brummig, und Glennys, die nett zu ihm sein wollte, versicherte ihm ernstlich: »Ich wäre nie darauf gekommen, wenn du es mir nicht gesagt hättest. Ehrenwort, du warst genauso gut wie Coras Tim. Vielleicht sogar noch besser. Ich glaube, er hat zwischendurch öfter Pause machen müssen.«

Jack setzte sich zu ihr unter den Baum und streckte voller Stolz die Brust heraus, als er ihre ungekünstelten Schmeicheleien hörte, obwohl er wußte, daß sie bisher noch keine großen Erfahrungen gemacht hatte.

»Hauptsache, dein erster Kuß hat dich nicht enttäuscht«, zog er sie auf.

Glennys drückte seinen Arm. »Natürlich nicht. Ich werde mich ewig daran erinnern«, sagte sie, »und ich werde immer froh sein, daß du es warst.«

Eine Zeitlang blieben sie stumm sitzen, und jeder von beiden war in seine eigenen Gedanken vertieft. Glennys brach das wohltuende Schweigen. »Mir kommt es selsam vor, daß du älter bist als ich und bisher nichts über das Küssen gewußt oder dir jedenfalls keine Gedanken darüber gemacht hast. Ich denke seit mindestens einem Jahr darüber nach.«

»Jungen – ich meine Männer – ein Kerl – wir«, sagte Jack unbeholfen, »denken an andere – äh – Dinge. Ich dachte mir immer, das Küssen sei – na ja, nicht weiter aufregend.«

Es erstaunte ihn nicht allzu sehr, daß Glennys, dieser starrköpfige Esel, genau in die Kerbe hieb, von der er gehofft hatte, sie habe sie übersehen. »Was für Dinge?«

»Darüber kann ich mit einem Mädchen nicht sprechen«, teilte ihr Jack in grenzenloser Würde mit, doch sein roter Kopf verriet ihn, und Glennys brach in schallendes Gelächter aus.

»Du meinst die Sachen, von denen man ein Baby kriegt«, brachte sie gurgelnd heraus. »Jack...«

»Nein.« Er stand auf. »Darüber rede ich nicht mit dir. Ich beantworte dir keine weiteren Fragen. Thema beendet. Schluß. Aus. Wenn du etwas wissen willst, dann frag Mama oder Tante Craig.«

Glennys stand auch auf, denn sie wußte, wann sie nachgeben mußte. »Aber jetzt findest du, daß das Küssen auch aufregend ist, oder nicht?« fragte sie ihn schüchtern.

»Das kann man wohl sagen. Ich wünschte nur, ich hätte es eher herausgefunden.«

»Warum?«

»Dann hätte ich nicht so lange damit gewartet.«

»Letztes Jahr war ich erst elf. Das ist zu jung, um geküßt zu werden.«

»Herr im Himmel, das weiß ich selbst! Dann hätte es eben jemand anderes sein müssen.«

»Jemand anderes als ich?«

»Jemand anderes, bis du alt genug bist«, sagte er hastig.

»Aber du hast mir doch gesagt, dir sei es auch das Liebste, daß ich die erste für dich bin.«

»Mir wäre es das Liebste, wenn – ich nehme an, ich dachte weniger an das erste Mal«, sagte Jack und machte einen bösen Schnitzer, »als an das zweite und das dritte und das...«

Sie sah ihn derart schockiert an, daß seine Stimme verklang. »Aber dann bin ich in Amerika!« rief Glennys aus. Dann verstand sie es. »Wie dumm ich doch bin.« Es gelang ihr, schalkhaft zu lächeln. »Du kannst viele andere Mädchen küssen, bis ich wieder zurückkomme.«

»Ich will keine anderen Mädchen küssen«, murrte er.

Glennys starrte ihn an und spürte einen so schmerzhaften Stich, daß sie die Zähne aufeinanderbeißen mußte, um nicht laut aufzuschreien. Sie wußte, daß Jacks schockierende Lüge ein freundlich gemeinter, wenn auch fehlgeschlagener Versuch war, ihre Gefühle zu schonen.

»Das ist nett von dir«, sagte sie höflich und tat so, als würde sie ihm glauben.

Mama hatte oft gesagt, es sei schwierig, erwachsen zu werden, ein ständiges Auf und Ab zwischen heller Freude und bohrendem Schmerz. Das mußte zu den Dingen gehören, von denen sie gesprochen hatte.

»Es wird schon spät. Es ist Zeit, daß wir nach Hause gehen.« Glennys konnte kaum glauben, daß dasselbe Herz, das freudiger denn je in ihrem ganzen Leben geschlagen hatte, als Jack sie zum erstenmal geküßt hatte, jetzt vor Kummer schmerzte.

Sie packte die Reste in den Picknickkorb, während er ihre Schuhe und Strümpfe holte.

Als sie sich auf den Rückweg zum Schloß machten, nahm er ihre Hand und schwenkte ihren Arm hin und her.

Erst hat er mich geküßt, sagte sich Glennys, und jetzt hält er meine Hand.

Wie lautete doch diese gräßliche Plattheit, die das Kindermädchen so oft aussprach, wenn sie einem gerade am wenigstens willkommen war: »Was man nicht heilen kann, muß man durchmachen.«

Nun, er ist eben Jordan Jacques Joris Holloway, sagte sie sich und ich habe mir nie gewünscht, er sei anders, selbst dann nicht, wenn er mir wehgetan hat.

»Glennys«, sagte er und ließ ihre Hand los, als sie oben auf den Stufen angekommen waren.

»Ja?«

»An meinem Geburtstag – lach nicht –, aber würdest du mir bitte Taschentücher schicken – jedenfalls wenigstens ein Taschentuch? Aus Amerika?«

Sie wandte sich zu ihm um und sah ihn mit geröteten Wangen an. In ihre Augen trat wieder ein strahlender Glanz. »Warum?«

»Weil ich dann – wenn du mir auch nur eins deiner albernen bestickten Taschentücher schickst«, sagte er so beiläufig und mürrisch, wie er es nur irgend herausbrachte, »dann weiß ich, daß du noch dieselbe Glennys bist und daß du selbst auf der anderen Seite des Meeres noch an mich denkst.«

Es gab so vieles, was sie gern gesagt hätte, so vieles, was sie hätte sagen können, und doch sagte sie nichts weiter als – zu ihrer beider Zufriedenheit: »Ja, Jack, ich werde dir zum Geburtstag Taschentücher schicken, bis in alle Ewigkeit. Amen.«

7. Kapitel

Beim Abendessen ist es heute zu einer recht hitzigen politischen Diskussion gekommen. Da es sich bei der Hälfte der Passagiere um Engländer, bei der anderen Hälfte um Amerikaner handelt, haben sie natürlich ganz verschiedene Auffassungen. Ich war die einzige, die in der nicht allzu glücklichen Lage war, die Differenzen, die zwischen meinen beiden Ländern herrschen, von beiden Seiten zu verstehen. Seltsamerweise entstanden die weit heftigeren Streitigkeiten nicht zwischen den Engländern, sondern zwischen den amerikanischen Republikanern und den Föderalisten. Sie haben sich die Köpfe heißgeredet, bis Mr. Springton eher hochtrabend verkündet hat, wenn General Washington noch am Leben sei, wäre er zur republikanischen Partei übergetreten. Ich warf ein, ich bezweifle, daß der General trotz all seiner Tugenden durch und durch Aristokrat gewesen sei. Diese Bemerkung wußte niemand zu schätzen, selbst diejenigen nicht, deren Standpunkt ich verfocht. Sie drückten, wenn nicht in Worten, so doch in ihrem Verhalten deutlich aus, daß eine Frau in einer politischen Diskussion nichts zu sagen habe. Daraufhin bin ich aufgebraust und habe gesagt, meiner Meinung nach könne niemand das Recht für sich beanspruchen, für Mr. Washington zu reden, doch ich hätte ihn zumindest während seiner Präsidentschaft getroffen und mich mit ihm unterhalten. Im nächsten Moment habe ich diese großmäulige Prahlerei bereut, aber es war schon zu spät. Alle rissen sich darum, die Geschichte von diesem Treffen zu hören, und ich berichtete ihnen so kurz wie möglich davon. In England erhöht es meinen Status, Lord Holloways Adoptivtochter zu sein, und auf der Lonely Star *werde ich – sogar von einigen Engländern – mit grenzenlosem Respekt behandelt, weil meine Adoptivmutter ›der goldene Engel‹ ist, der während des harten Winters in Jockey Hollow die amerikanischen Truppen unterstützt hat, während meine leiblichen Eltern*

Craig St. John und Robert Glendenning sind, Geheimagenten für General Washington im Unabhängigkeitskrieg. Es klingt recht merkwürdig, aber wenn ich jetzt daran zurückdenke, wird mir klar, daß, so aufgeregt ich auch war, Präsident Washington und seine Frau kennenzulernen, der Mann, der an diesem Abend den größten Eindruck auf mich gemacht hat, ein gewöhnlicher Bürger war, ein Kaufmann, ein Reeder...

Als sie vor Präsident Washington einen Knicks machte, fiel ihr unwillkürlich auf, wie enorm groß und breit gebaut er war, und wie steif und militärisch er sich hielt, aber er war nur zu nett und zu gütig, nahm sie an der Hand und hieß sie freundlich in Amerika willkommen und äußerte sich zu ihrer Ähnlichkeit mit ihrer hübschen Mutter, von der sie sich nur in ihrer Haarfarbe unterschied.

Glennys, die sich von dem großen Mann nicht beirren ließ, der trotz seines gegenteiligen Rufes so umgänglich zu sein schien, sagte treuherzig: »Daddy sagt, ich habe das rote Haar der Glendennings wie mein Onkel Charley, aber Mama hat zwischen dem Braun auch rötliche Strähnen und nur die eine breite Strähne Weiß ganz vorne, die *ich* sehr interessant finde.«

Präsident Washington wandte seinen Blick und seine Hand ihrer Mutter zu. »Die weiße Haarsträhne Ihrer Mutter«, sagte er zu Glennys und beugte sich vor, um Craigs Hand an seine Lippen zu führen, »ist mehr als interessant, mein Kind. Sie trägt sie als Ehrenabzeichen für ihren Mut.«

Schon wieder dieses große Geheimnis, dachte Glennys. Himmel, es mußte sich wirklich um etwas ganz Besonderes handeln!

Craig knickste nur zum Dank, doch sie strahlte, als der Präsident ihr seinen Arm anbot und mit ihr fortging, um sie den anderen Gästen vorzustellen.

Als es an der Zeit war, sich zum Essen zu setzen, trat ein Herr an Glennys heran, der ihr schon aufgefallen war, da er sich von den anderen Gästen abzusondern und sie mit einem herablassenden Lächeln zu mustern schien.

»Sie sind Miß St. John.« Es war eine Feststellung, keine Frage.

»Ich bin Glennys St. John. Vielleicht«, sagte sie freundlich, »wollen Sie mit meiner Mutter sprechen, Craig St. John.«

»Ich bezweifle, daß ich sie dem Präsidenten mit Geringerem als Gewalt entwinden könnte«, sagte er trocken mit einem Blick auf die beiden. »Nein, ich bin gebeten worden, Sie zum Essen zu führen.«

Glennys sah seinen angebotenen Arm an, ohne Anstalten zu machen, sich bei ihm einzuhängen. »Ich glaube, das dürfen Sie mir nicht vorwerfen«, sagte sie freimütig. »Mrs. Washington hat die Sitzordnung festgelegt, nicht ich.«

»Ich bitte um Verzeihung.«

Der Tonfall des Herrn klang eisig, doch Glennys ließ sich nicht so leicht einschüchtern. »Das hoffe ich doch«, sagte sie. »Ich nehme Ihre Entschuldigung an, Sir. Schließlich verstehe ich, daß Sie gekränkt sind, wenn Sie beim Präsidenten zum Abendessen eingeladen waren und hinterher den Menschen erzählen müssen, Ihre Tischdame sei nur ein – ein... Wenn Sie die Geschichte erzählen, Sir«, fragte sie ihn mit aufgesetzter Unschuld, »werden Sie mich dann als junges Mädchen hinstellen oder nur als ein Kind, Sir?«

»Ich werde Sie als das bezeichnen, was Sie sind, Miß, als eineinhalb Händevoll.« Sein Mund wirkte grimmig, und seine Stimme klang finster, aber in seinen dreisten dunklen Augen funkelte ein Lächeln.

»Oh, wie schön«, sagte Glennys. »Jetzt schauen Sie wieder so wie vorhin, als Sie mir aufgefallen sind.«

»Und wie, um Himmels willen, habe ich geschaut?«
»Ich dachte, wenn...« Sie gab sich zögernd. »Vielleicht sollte ich den Satz besser nicht beenden.«
Er zog ihren Arm durch seinen. »Da Sie schon angefangen haben, sollten Sie den Satz vielleicht doch beenden, Sie kleine Hexe. Oder Sie müssen mit gräßlichen Strafen rechnen.«
»Ich fand«, sagte sie und lächelte ihn an, »daß Sie sehr viel Ähnlichkeit mit den Bildern von verwegenen Piraten in einigen meiner Bücher haben. Wenn Sie die richtigen Kleider anhätten«, sagte sie und sah mit zusammengekniffenen Augen zu ihm auf, »ja, ich glaube, dann würden Sie wirklich wie ein Seeräuber aussehen.«
»Ich bin in der Schiffsbranche, und eine Reihe meiner Konkurrenten sind der Überzeugung, daß ich mindestens ein Pirat bin.«
Als er ihr den Stuhl zurechtgerückt hatte und sich neben sie setzte, verzog sich sein Mund zu einem Lächeln, das man durchaus als bedrohlich hätte ansehen können. »Erzähl mir mehr über dich, du Knirps«, forderte er unhöflich. »Dein Akzent ist schwer einzuordnen.«
»Ich komme aus England und Amerika«, sagte sie, und während sie den ersten Gang zu sich nahmen, faßte sie knapp, aber verschmitzt zusammen, wie sie aufgewachsen war. »Und Sie, Sir?« fragte sie unverblümt, als sie damit fertig war. »Ich kann Ihren Akzent auch nicht einordnen, und ich kenne noch nicht einmal Ihren Namen«, sagte sie vorwurfsvoll.
Er grinste wieder. »Ich bitte um Verzeihung, Ma'am. Für eine solche Ungehörigkeit dürfen Sie mich wirklich zurechtweisen. Ich heiße Benjamin Ladd, und man könnte mich mehr oder weniger als staatenlos bezeichnen, da ich auf Rhode Island geboren, in Boston aufgewachsen bin, mein Geschäft in New York begründet habe und die Firma nicht nur von hier aus, sondern auch von Alexandria in Virginia leite, denn dort besitze ich ein

Haus in der Nachbarschaft des Präsidenten. Auch hier in der Stadt sind wir Nachbarn, und das erklärt«, sagte er mit schmalen, zusammengepreßten Lippen, »warum ich heute abend diese Tafelrunde ziere. Einige Leute finden, das aristokratische Staatsoberhaupt unserer Republik sei zu demokratisch, wenn es darum geht, wer über seine Schwelle tritt.«

Glennys musterte ihn eine halbe Minute, ehe sie antwortete. »Ich bedaure, Sir, daß ich Sie nicht recht verstanden habe. Aber vielleicht wollten Sie auch gar nicht, daß ich Sie verstehe. Es tut mir leid, wenn Sie unglücklich sind.«

Als er sie ansah, stand Erstaunen in seinen funkelnden dunklen Augen. Es dauerte eine Weile, bis er leise sagte: »Und wieder habe ich mir einen Rüffel eingehandelt.«

»Aber ich wollte doch gar nicht...«

»Ich habe unentschuldbar in Selbstmitleid geschwelgt; und Sie – bei allen Göttern, Glennys St. John, wie alt sind Sie eigentlich?«

»Dreizehn. Na ja – jedenfalls fast.«

»Ein Kleinkind. Ein echtes Kleinkind, über dessen Lippen wahrhaft erstaunliche Weisheiten kommen.« Die Haifischzähne blitzten wieder auf.

»Haben Sie jetzt wieder Mitleid mit sich selbst?« fragte Glennys streng.

»Bei Gott, du bist ein unglaubliches Kind. Ich glaube, du hast recht. Aber du darfst nicht zu rauh mit mir umspringen«, riet er ihr. »Ich besitze genügend gesunden Menschenverstand, um mir darüber klar zu sein, daß dein Charme und deine Worte an die Mehrheit der anwesenden Gäste vergeudet wären.«

Glennys wurde weder rot, noch kicherte sie. Er hatte auch nicht wirklich damit gerechnet. Sie lächelte nur höflich und fragte ihn, was er sie gefragt hatte. »Wie alt sind Sie, Mr. Ladd?«

»Fast dreißig. Somit mehr als doppelt so alt wie du!

Und eine noch unüberwindbare Hürde ist die, daß ich bereits verheiratet bin.«

Glennys schlug die Augen nieder. »Welche der Damen ist Ihre Frau?«

»Keine«, antwortete er barsch. »Sie ist in Philadelphia zu Besuch, und natürlich wird sie tief betrübt sein, weil ihr diese Einladung entgangen ist.«

Glennys sah ihn skeptisch an und sagte dann zutraulich: »Mir ist bewußt, daß es sich eigentlich nicht gehört, einen Erwachsenen nach seinem Alter zu fragen, obwohl *Sie* mich fragen dürfen, ohne gegen die Höflichkeit zu verstoßen – aber ich wollte es wissen, damit ich ins Schloß und nach Cornwall schreiben kann, daß in der Tafelrunde des Präsidenten ein Herr, *der doppelt so alt ist wie ich*, gesagt hat, ich hätte Charme und beherrsche die Regeln der Konservation. Das haben Sie doch gesagt, oder nicht?«

»Und das in einem Maß, mein liebes Kind, daß ich für das männliche Geschlecht zittere und bebe, wenn ich mir die verheerenden Folgen vorstelle, die du in vier bis fünf Jahren angerichtet haben wirst.«

»Wollen Sie...« Diesmal errötete Glennys eine Spur, während sie so unverhohlen auf ein Kompliment aus war. »Soll das heißen, daß ich – daß Männer mich anziehend finden werden?«

»Ich meine damit, daß die Männer dir zu Füßen liegen werden, Glennys.«

»Ich hoffe, Sie haben recht. Das klingt, als könnte es Spaß machen.«

Er schüttelte den Kopf. »Ich hätte nicht gedacht, daß ich so etwas von einer anständig erzogenen Dame höre.«

»Ich bitte um Verzeihung, Sir«, sagte Glennys, und ihre braunen Augen funkelten vor Freude. »Ich wollte lediglich ausdrücken, daß diese Umstände höchst erfreulich wären, sollten sich Ihre Prophezeiungen als richtig erweisen.«

»Ich glaube, die erste Antwort hat mir besser gefallen.«

Als er das sagte, legte Glennys ihre Fingerspitzen zart auf seine Schulter. »Ich glaube, Mr. Ladd, die Dame, die neben Ihnen sitzt, möchte Ihre Aufmerksamkeit auf sich lenken.«

Er drehte sich in die andere Richtung um, und die Dame neben ihm wandte sich mit einer hohen, schrillen Stimme an ihn und bemühte sich gar nicht erst, ihre Worte vor Glennys zu verhehlen. »Ich muß schon sagen, Mr. Ladd, es ist äußerst höflich von Ihnen, eine solche Geduld mit diesem dreisten Kind aufzubringen. Höchst unangemessen, am Tisch des Präsidenten neben ihr sein zu müssen.«

»Ich fürchte, ich muß Ihnen entschieden widersprechen, Madam.« Glennys erkannte die kalte, harte Stimme kaum wieder, die ihr gegenüber so freundlich geklungen hatte. »Miß St. John ist eine unterhaltsamere Tischdame als die meisten, denen man bei einer langweiligen Party begegnen kann. Im übrigen finde ich sie nicht nur hübsch und jugendlich, sondern ihr Gesicht ist auch erfrischend frei von jenen kosmetischen Hilfsmitteln, die ältere Damen gern in ihren vergeblichen Bemühungen einsetzen, ihr Alter zu verbergen.«

Als die Dame vor Wut rot anlief, trat das Rouge auf ihren schlaff herunterhängenden Wangen noch deutlicher hervor.

»Verzeihen Sie mir«, sagte sie mit schlangenhafter Tücke und warf Glennys einen entsprechend giftigen Blick zu. »Ich vergaß natürlich, daß Sie viel mit der Tochter der ach so sehr bewunderten Kriegsheldin gemeinsam haben. Auch sie trägt den Namen ihrer Mutter.«

Glennys konnte nicht ahnen, was Mr. Ladd darauf geantwortet hätte. Sie ließ ihm keine Gelegenheit dazu. In England war sie mit Mrs. Leeds-Lester und vielen anderen dieser Sorte fertig geworden, und sie zweifelte selbst am Tisch des Präsidenten nicht an ihrer Fähigkeit, sich auch dieser widerlichen amerikanischen Version widersetzen zu können.

Sie stützte sich mit der Hand auf ihren Stuhl, beugte sich über Mr. Ladd und zwang ihn damit, angelehnt sitzen zu bleiben.

»Es ist zu gütig von Ihnen, Mitgefühl für mich aufzubringen, aber Sie dürfen keinesfalls glauben, Madam, ich sei ein Bastard.«

Die Dame schnappte nach Luft. Mr. Ladd stieß eine tonlose Verwünschung aus, doch Glennys ließ sich nicht beirren und fuhr mit ihrer zwanglosen Erklärung fort. »Ich verstehe natürlich, daß Sie auf diese Vermutung kommen, da meine Mutter und ich, obwohl meine Eltern miteinander verheiratet sind, den Namen St. John tragen. Aber verstehen Sie, bei den St. Johns ist es in Amerika nie der Brauch gewesen, den weiblichen Nachkommen kein Erbe zu hinterlassen. Unseren Töchtern wird derselbe Anspruch wie unseren Söhnen zugestanden, nicht nur ihren Namen, sondern auch ihr Land zu behalten.«

Die Dame wurde kreidebleich. »Ich verstehe«, sagte sie mit erstickter Stimme.

Glennys strahlte. »Das freut mich zu sehr, Madam. Und warum sollten Sie schließlich Einwände erheben, die mein Vater nicht erhebt?«

Mr. Ladd mischte sich jetzt ein und fragte absichtlich und zweckdienlich: »Wir sollten also davon ausgehen, daß er keine Einwände erhebt, meine liebe Miß Glennys?«

Glennys lächelte ihn an. Sie wußte seinen Beistand zu würdigen. »Einwände?« wiederholte sie, als sei eine solche Überlegung unvorstellbar. »Sehen Sie ihn sich doch an, Mr. Ladd. Sehen Sie *sie* an. Damit erübrigt sich jede weitere Frage.« Mit ernster Stimme glitt sie ins Dramatische ab und verkündete: »Die Frauen aus dem Geschlecht der St. Johns wählen sich ihre Männer weise aus, und die Männer, die sie heiraten, sind treu bis in den Tod.«

Nachdem sie gesagt hatte, was sie zu sagen hatte, lehnte sie sich auf ihren Stuhl zurück. Die Dame, die auf der anderen Seite neben Mr. Ladd saß, wandte den beiden demonstrativ den Rücken zu, und Mr. Ladd verbarg einen Lachkrampf hinter den Falten seines blütenweißen Taschentuchs.

Glennys wartete geduldig, bis er sich von seinem Anfall von Heiterkeit erholt hatte. Neiderfüllt stellte sie fest, daß die schwungvollen Initialen auf einem Taschentuch kunstvoll gestickt waren und daß der säuberlich genähte Saum keinerlei Blutspuren aufwies.

Mr. Ladd tauchte endlich wieder hinter den weißen Falten auf. »Bis heute abend hätte ich geschworen«, sagte er mit einem ungläubigen Kopfschütteln, »daß das ein Thema sei, über das ich nie aus ganzem Herzen lachen könnte. Ich würde es nicht missen wollen, Ihnen begegnet zu sein, Miß Glennys St. John, nicht für die kostbarste Fracht aus ganz Ostindien.«

»Sie sprechen schon wieder in Rätseln«, klagte Glennys, doch ihre Wangen waren gerötet. Es war ein eindeutiges Kompliment gewesen.

»Um offen zu sein, mein liebes Kind, meine Tischdame zur anderen Seite hat zwar ihre Pfeile auf uns beide abgeschossen, doch ich glaube, um Gerechtigkeit walten zu lassen, nicht, daß sie erwartet hat, *Sie* könnten ihre Worte verstehen oder sich gar davon verletzt fühlen. Mich wollte sie damit treffen.«

Als Glennys ihn mit weitaufgerissenen Augen erwartungsvoll ansah, verzogen sich seine Lippen zu einem bedrohlichen Lächeln. »Verstehen Sie, auf mich trifft das Wort Bastard wirklich im ursprünglichen und wahrsten Sinne zu.«

»Wollen Sie damit sagen...«

»Ich will damit sagen...«

»Ich will damit sagen«, sagte er und beugte sich zu ihr herüber, da Hausangestellte das Tischtuch entfernten, um den letzten Gang zu servieren, »daß meine Eltern das klitzekleine Zeremoniell einer Eheschließung unterlassen haben, ehe ich zur Welt gekommen bin.«

Er wartete ihre Reaktion ab. Schließlich war sie erst dreizehn. Würden ihre herrlich unkonventionellen Ansichten nicht verblassen, wenn sie mit der rauhen, unangenehmen Wirklichkeit konfrontiert wurde?

»Und sie hat Ihnen *das* vorgeworfen! Oh, ich wünschte, das hätte ich eher gewußt!« rief Glennys energisch aus. »Dann hätte ich sie noch viel mehr beleidigt, als ich es ohnehin schon getan habe.«

Impulsiv legte sie ihre Hand auf seine. »Sie sollten sich wirklich nicht soviel daraus machen, Mr. Ladd«, sagte sie freundlich und beschwichtigend zu ihm. »Ich weiß, daß es bei Shakespeare heißt, die Sünden der Väter kämen auf die Kinder herab, aber ich halte das nicht für gerecht. Meine Mama und mein Papa haben uns immer beigebracht, wir seien für unsere eigenen Fehler verantwortlich und könnten sie nicht auf andere abschieben. Ich bin sicher...«

Unter seinem eindringlichen Blick wurde sie ein wenig unruhig. »Ich bin sicher, daß es – nun ja, daß es Gründe dafür gegeben hat, Gründe aus denen sie... Aber wie dem auch sei, das gehört doch zu Ihnen wie – wie Ihre Haarfarbe oder Ihre Augenfarbe. Das ist doch nichts, was Ihnen je Qualen bereiten sollte, von Schamgefühlen ganz zu schweigen.«

Sie sahen einander an und es dauerte sehr, sehr lange, bis Benjamin Ladd antwortete. »Ich glaube nicht, daß es mir je wieder etwas ausmachen wird, Glennys St. John.«

8. Kapitel

Seltsam, ich habe seit Jahren nicht mehr an Mr. Benjamin Ladd gedacht, und dann geht er mir an zwei aufeinanderfolgenden Tagen durch den Kopf. Heute wurde nach dem Abendessen nicht über Politik gesprochen, sondern Mr. Henry erklärte sich bereit, uns mit seiner melodiösen, volltönenden Stimme Shakespeare vorzulesen. Beth und Anne wünschten sich Romeo und Julia. *(Mir ist aufgefallen, daß Beth Mr. Dedham einen schmelzenden Blick zugeworfen hat, als sie den Vorschlag machte.) Die Herren haben die jungen Damen jedoch überstimmt, und Mr. Henry las* Othello. *Wie könnte ich den Tag vergessen, an dem meine Shakespeare-Ausgabe in Green Gates eintraf? Und wie genau ich mich an die Enthüllung dessen erinnere, was Jack immer das große Geheimnis nannte, das mich umgab. Wir wußten immer, daß es ein Geheimnis gab und daß es mit den Flüstereien zu tun hatte, die ich so oft zu hören bekam. Sowohl zu Hause in England, als auch in Amerika machte ich oft Anspielungen oder fragte rundheraus, aber nie hat man mir die Wahrheit gesagt, nicht bis zu jenem Tag, jenem denkwürdigen Tag ...*

Die große Holzkiste, die an Miß Glennys St. John adressiert war, traf etwa eine Woche nach jener Abendgesellschaft des Präsidenten aus New York ein. Sie tanzte aufgeregt um die Kiste herum.

Eine vollständige Ausgabe von Shakespeares Werken! Kleine Bände, die in weiches Leder gebunden und mit Blattgold verziert waren.

»Eine schönere Ausgabe habe ich nie gesehen«, sagte Rob, als er *Der Sturm* durchblätterte.

»Es ist ein Brief dabei«, sagte Craig und zog ihn zwischen den Seiten von *Othello* heraus.

Sie reichte ihn ihrer Tochter, die das eine Blatt voller Spannung auseinanderfaltete und las:

Meine liebe Miß Glennys,
in meinen kühnsten Träumen hätte ich mir nicht ausgemalt, am Tisch des Präsidenten neben einer bezaubernden und lebhaften jungen Dame (fast dreizehn) zu sitzen, die als Tröstung gegen die Schlingen und Pfeile, die eine ältere und äußerst unangenehme Dame auswirft, erst Shakespeare zitiert und ihm dann widerspricht.
Ich glaube, daß die Umstände, über die wir gesprochen haben, mich nie mehr verletzen oder beschämen werden; und da ich in Ihrer Schuld stehe, hoffe ich, daß Sie diese Erinnerung an einen äußerst denkwürdigen Anlaß entgegennehmen.
Ihr gehorsamster und unterwürfiger Diener
Benjamin Ladd

»Dürfen wir den Namen der guten Fee erfahren?«

Die Stimme ihres Vaters unterbrach sie, als Glennys den Brief ein zweites Mal las. Wortlos reichte sie ihm das Blatt. Ihre Mutter trat hinter ihn und stellte sich auf die Zehenspitzen, um über seine Schulter sehen zu können.

Beide wandten sich erstaunt zu ihrer Tochter um.

»Was hast du denn gesagt?«

»Wer war die Dame? Was hat *sie* gesagt?«

»Sie war einfach gräßlich!« sagte Glennys aufbrausend. »Sie hat einige äußerst unangenehme Bemerkungen über Menschen gemacht, die nicht verheiratet sind, und ich dachte, sie spricht von unserer Familie, aber dann hat sich herausgestellt, daß sie zu ihm eklig sein wollte, weil seine Mutter seinen Vater nicht geheiratet hat. Also habe ich ihm gesagt, ich glaubte nicht, daß die Söhne für die Sünden ihrer Väter büßen sollten, und er solle sich nicht damit herumquälen oder sich gar schämen, weil er ein Bastard ist. Und er hat gesagt – wie hier in diesem Brief – daß er sich nie mehr etwas daraus machen oder sich dafür schämen wird.«

»Hast du es aus Höflichkeit gesagt, oder glaubst du wirklich daran?«

»Natürlich glaube ich daran!« antwortete Glennys unbeirrt.

»Setz dich, Glennys«, sagte ihr Vater.

»Wir müssen dir etwas sagen«, sagte ihre Mutter.

Lieber Jack,

das hebe ich mir nicht für meinen monatlichen Brief auf, denn ich weiß, daß ich Neuigkeiten habe, die du augenblicklich hören willst. Jetzt kenne ich das ganze Geheimnis, das Große Geheimnis, und es ist mehr als nur ein Geheimnis, es ist die Leiche im Schrank, und du darfst keinem Menschen je etwas davon erzählen.

Als Mam und Daddy im Unabhängigkeitskrieg Spione waren, konnten sie nicht heiraten, obwohl sie schrecklich ineinander verliebt waren, weil sie ihre Rollen spielen mußten und die Engländer sonst vielleicht einen Verdacht geschöpft hätten. Also einigten sie sich darauf, sich ohne einen Priester als verheiratet anzusehen und sich später kirchlich trauen zu lassen. Als ich dann unterwegs war, hatte Mam den Plan, nach Virginia zu fliehen und dort wirklich zu heiraten. Aber vorher ist sie gefangen genommen worden.

Du siehst also, aber denk daran, daß es ein Geheimnis bleiben muß, daß ich wirklich ein BASTARD bin!

Deine teure Freundin
Glennys St. John

P.S. Jack, du siehst mich doch jetzt nicht etwa anders, oder? Ich bin immer noch dieselbe Glennys.

Teil II

DANIELLE: NEW JERSEY

9. Kapitel

Danielle, die älteste der drei Töchter von Phoebe und Eli Ben Asher von Grace Hall, Morristown, New Jersey, hatte zarte, helle Haut, große, dunkle Glutaugen, dichtes gelocktes, schwarzglänzendes Haar, einen Schwanenhals und eine blendend ausgewogene Figur. Ihre Schwestern Zoe und Becka waren auch außergewöhnlich hübsch, doch Danielle galt als nahezu so schön wie ihre Mutter.

Von ihrem Temperament her war Danielle jedoch ganz die Tochter ihres Vaters, praktisch veranlagt und mit trockenem Humor. Sie nahm die Schwächen anderer Leute wahr, konnte aber nachsichtig darüber hinwegsehen. Wie Eli war sie von der Leidenschaft erfüllt, die menschlichen Leiden zu heilen. Phoebe dagegen interessierte sich für Geist und Seele.

Sie war noch keine zehn Jahre alt, als Danielle jedes Heilkraut, das in ihrem Garten wuchs, benennen konnte. Sie wußte auch, welche Kräuter welche Beschwerden linderten.

Mit elf Jahren begann sie mit ihrem Vater die Patienten zu besuchen, und im selben Jahr stand sie ihm in einer Notlage, einer Geburt, bei. Mit zwölf schiente sie ihren ersten Knochenbruch, als ein Patient eingeliefert wurde, der vor Schmerzen laut schrie, und Eli nicht da war. Sie zog sich auch das schlichte graue Kleid, die weiße Schürze und die weiße Haube an, die die Schwestern in der neuen Krankenstation, die ein paar Jahre nach dem Krieg an das Haupthaus von Grace Hall angebaut worden war, gewöhnlich trugen.

Für den Moment reichte es ihr, die Kranken zu betreuen; dabei konnte sie einiges lernen, doch Danielle hatte nicht vor, sich ihr Leben lang damit zufrieden zu geben.

»Ich werde Ärztin«, eröffnete sie ihrem Vater nach ein paar Wochen.

Er sah sie einen Moment lang schweigend an. Von ihren Lebensjahren her war sie noch ein Kind, doch ihr Körper war schon sehr weiblich und ließ erkennen, daß sie eine außerordentliche Schönheit werden würde. Da stand sie jetzt und teilte ihm nüchtern ihren Entschluß mit, den schwierigen Weg einzuschlagen, der Männern vorbehalten war.

»Für eine Frau ist das kein leichtes Leben, Danielle«, sagte er behutsam.

»Ich weiß.« Sie lächelte strahlend. »Aber es ist das Leben, das ich mir wünsche.«

»Wenn überhaupt, so gibt es nur sehr wenige medizinische Fakultäten, die eine Frau annehmen werden.«

»Dann werde ich eben bei dir meine Ausbildung machen und mir von dir die Prüfungen abnehmen lassen, Pa.« Sie lächelte wieder. »Du bist der weiseste Mann und der beste Arzt, der mir je begegnet ist. Einen besseren Lehrmeister könnte ich nicht haben.«

Eli sah seine Tochter an. Was für eine Frau! »Nicht nur der Umstand, daß du eine Frau bist, wird dir Schwierigkeiten machen«, sagte er.

»Ich weiß, Papa«, stimmte sie ihm gelassen zu. »Von deiner Familie habe ich das jüdische Blut, von Mamas Familie das afrikanische Blut, und meinen Namen habe ich von deinem mennonitischen Freund, der im Unabhängigkeitskrieg als Märtyrer gestorben ist. Er ist auf seine Weise in die Höhle des Löwen gegangen, und ich werde es auf meine Art tun. Schließlich bist *du* als amerikanischer Arzt erfolgreich, und Mama ist eine berühmte amerikanische Dichterin. Ich brauche also keine Angst um mich zu haben.« Sie grinste keck. »*Amor vincit omnia.* Und auch Entschlossenheit kann Hindernisse überwinden.«

»Ich glaube, wenn hier jemand Angst um dich hat,

dann bin ich es, Danielle«, sagte er betrübt. »Wie alle Eltern wollen deine Mutter und ich alles Böse und allen Schmerz von dir fernhalten, und wir wissen zu unserem großen Kummer, daß wir das nicht können.«

Danielle schlang ihre Arme tröstlich um ihn. »Mach dir um mich keine Sorgen, Papa. Du darfst dir nie über mich den Kopf zerbrechen.«

»Wenn das so ist, werde ich es nicht tun«, willigte er gehorsam ein und lächelte über ihren gesenkten Kopf hinweg, weil ihre Bitte so einfach klang und doch so unmöglich zu erfüllen war.

Einige Wochen später riß Phoebe beim Frühstück eifrig einen Brief auf und sagte: »Er kommt von Craig in Green Gates. Ich hatte keine Ahnung, daß sie so schnell wieder zurück sind.«

Eilig überflog sie die Seite. »Sie haben Glennys mitgebracht. Sie wird mindestens ein Jahr lang hierbleiben. Dann kommen Leisa und Thorne, um sie wieder nach England zu holen. Ich frage mich – hmm – ach, du meine Güte! Eli!« Sie sah mit leuchtenden Augen von dem Brief auf. »Sie wollen, daß wir sie sobald wie möglich besuchen. Kannst du dir dafür Zeit nehmen?«

Ohne ihrem Mann Gelegenheit zu einer Antwort zu geben, sprach sie weiter: »Danielle, das betrifft eigentlich eher dich. Als sie in New York waren, haben Glennys' Eltern einen Lehrer vom Columbia College engagiert, der sie ein Jahr lang unterrichten wird. Sie hätten dich gern als zweite Schülerin in ihrem exklusivem Kreis, damit es Glennys nicht an einer Freundin fehlt. Hast du Lust?«

»Ja, also...«

»Ich finde die Idee ganz ausgezeichnet«, sagte Eli zu ihr. »Nichts erweitert den Horizont mehr als ein abwechslungsreicher Unterricht, und du hast dich immer prächtig mit Glennys verstanden.«

Danielle sah ihn skeptisch an. »Ich hoffe, du glaubst

nicht, daß ein Lehrer vom Columbia College mich von meinen Plänen abbringen wird.«

»Habe ich das gesagt?« fragte Eli freundlich.

»Nein«, sagte seine unehrerbietige Tochter, »aber ich kann hören, wie es in deinem Kopf klickt.«

»Wenn ich dich so leicht von deinem Vorhaben abbringen könnte«, erwiderte ihr Vater, »dann wäre es dir nicht so ernst, wie du behauptest.«

Danielle errötete. »Das kannst du ja auch nicht!« sagte sie ungewohnt schnippisch.

»Danielle!« sagte ihre Mutter vorwurfsvoll, während Eli gleichzeitig die Achseln zuckte, als sei das alles nicht so wichtig. »Meine liebe Tochter«, sagte er, »bleib zu Hause, wenn du willst. Deiner Mutter und mir liegt es fern, dich zu Glennys zu schicken, wenn du nicht magst.«

Danielle, die nur zu gern zu Glennys fahren wollte, kam sich jetzt äußerst albern vor und wußte nicht, wie sie diesen Wunsch äußern sollte. Sie sah ihre Eltern unwillig an. Ihre Schwester Zoe mischte sich ein und rettete ihren Stolz.

»Ich verstehe nicht, warum Danielle nach Green Gates eingeladen wird und wir nicht«, sagte sie beleidigt.

»Wir sind alle eingeladen«, erklärte ihre Mutter ungeduldig. »Aber die Aufforderung, länger dort zu bleiben, ist nur an Danielle gerichtet, und das liegt daran, daß sie und Glennys Freundinnen und zudem noch gleichaltrig sind.«

»Glennys ist ein ganzes Jahr älter als Danielle«, sagte Becka schmollend.

»Sie ist jedenfalls fünf Jahre älter als du und drei Jahre älter als Zoe, und jetzt hör auf mit deiner dämlichen Haarspalterei«, riet ihr die älteste Schwester taktloserweise.

»Wenn ihr drei euch nicht benehmt«, sagte Phoebe ohne Nachdruck, »fahren euer Pa und ich nach Green Gates und lassen euch *alle* zu Hause.«

Da niemand diese Drohung auch nur im entferntesten ernst nahm, stieg Danielle von ihrem hohen Roß, Zoe warf ihre Griesgrämigkeit ab, und Becka hörte auf zu schmollen. Fröhlich begannen sie, ihre Reisepläne zu schmieden.

»Darf ich den Brief von Tante Craig lesen, Mama?« fragte Danielle nach dem Frühstück.

Phoebe sah sie an, als erwartete sie, daß der Brief sich von selbst materialisierte. »Vor einem Moment hatte ich ihn doch noch...«

»Er liegt unter deinem Teller«, sagte ihr aufmerksamer Mann und küßte sie auf die Wange. »Ich werde jetzt meine Visite im Krankenhaus machen und dann die Hausbesuche bei den Patienten. Du kannst nach Lust und Laune Pläne schmieden, mein Herz. Ich werde mir vier bis fünf Tage frei nehmen. Wenn du magst, kannst du ja länger bleiben.«

»Mama, was soll das heißen?« fragte Danielle, als ihr Vater gegangen war. Sie las einen Absatz aus Craigs Briefs laut vor: »Robbie hat sich Mr. Allens Akten in Columbia angesehen, und seine Referenzen sind ausgezeichnet. Aber ich glaube, Phoebe, es wird dich besonders freuen zu hören, daß ich im Lauf meines ersten Gesprächs mit ihm festgestellt habe, wie vertraut er doch tatsächlich mit den jüngsten Werken von Mary Wollstonecraft ist. Er ist keineswegs entsetzt über ihre Schriften, sondern glaubt wirklich, daß trotz einiger entschuldbarer Übertreibungen von Seiten der Dame vieles für ihre Einstellungen spricht!«

Phoebes Lächeln drückte die Zufriedenheit aus, mit der Craig mit Sicherheit gerechnet hatte. »Mary Wollstonecraft ist eine Engländerin, die sich sehr dafür einsetzt, daß den Frauen all die Rechte zugesprochen werden, von denen sie glaubt, daß die Männergesellschaft sie ihnen streitig macht.«

Als sie den unsicheren Blick ihrer Tochter sah, setzte

ihr Phoebe ein zugkräftiges, persönliches Beispiel vor. »Sie findet zum Beispiel, Frauen sollten ebenso wie Männer das Recht haben, ihre Berufswahl zu treffen. Wenn eine Frau, so wie du, Ärztin werden will, dann sollte sie dieselben Chancen haben, es zu werden, wie ein Mann.«

10. Kapitel

Danielle und Glennys hatten einander zwar schon oft, aber noch nie für so lange und schon gar nicht allein gesehen. Erst jetzt entwickelte sich in ihrer Freundschaft eine Vertrautheit zueinander.

In den Morgenstunden hatten die beiden Unterricht. Da beide Schülerinnen intelligent, selbständig denkend, interessiert und offen waren, stellten sie für Mrs. Allen eine echte Herausforderung dar, und er konnte seinen Unterricht anregend und anspruchsvoll gestalten.

Die Nachmittage hatten sie für sich allein, und meistens ritten sie aus.

Leisa war zwar im Krieg von Eli als Krankenschwester ausgebildet worden und behandelte noch heute die Bediensteten, doch Glennys hatte sich immer vor einer Aufgabe gescheut, die ihr extrem unangenehm erschien. Als sie sah, wie Danielle die Kranken behandelte und sich um die älteren und leidenden Menschen kümmerte, schämte sich Glennys ihre eigene Feigheit einzugestehen. Sie biß die Zähne zusammen und begann schüchtern, Danielle ihre Hilfe anzubieten.

Nach fünf oder sechs Wochen merkte sie plötzlich, daß sie sich beim Anblick von blutenden Wunden oder gebrochenen Knochen nicht mehr abwenden mußte oder davonlaufen wollte und daß Danielle nicht nur half, um ihren Stolz zu wahren, sondern ihr das Wissen echte Freude bereitete, daß auch sie die Leiden derer ein wenig lindern konnte, die sich keinen richtigen Arzt leisten konnten.

»Gott segne euch Mädchen«, hörten sie oft, wenn sie eine Hütte verließen, in der jetzt weniger Leid herrschte als vor ihrem Eintreten.

»Danielle, kein Wunder, daß du Ärztin werden willst!« rief Glennys eines Tages aus. »Es ist zwar harte Arbeit, aber sie wird auch unglaublich belohnt!«

Danielle grinste sie an, als sie auf die Pferde stiegen.

»Würdest du auch gern Ärztin werden?« fragte sie im Spaß. »Wenn das Jahr bei Mr. Allen in Green Gates beendet ist, könntest du immer noch nach Grace Hall mitkommen und bei meinem Vater etwas lernen.«

Glennys grinste auch, doch ein paar Minuten später wurde sie ernst. »Nein, das wäre nichts für mich, nicht als Beruf fürs Leben, aber ich kann dir gar nicht sagen, wie froh ich bin, bei dir etwas gelernt zu haben. Wenn ich wieder in England bin, wird Mama mir mehr beibringen. Bisher habe ich mich nie für ihre Heilkünste interessiert, aber jetzt kann ich ihr eine Hilfe sein.«

»Das bist du mir doch schon«, sagte Danielle aufmunternd.

»Ich möchte ihr eine weit größere Hilfe werden als dir«, gestand Glennys ernsthaft ein. »Im Vergleich zu dir bin ich eine blutige Anfängerin.«

»Kein Grund zur Bescheidenheit«, sagte Danielle fröhlich. »Schließlich wäre ich eine blutige Anfängerin, wenn ich als Hausherrin einem Schloß vorstehen müßte.«

»Was, um Himmels willen, willst du damit sagen?«

»Na, sowas! Tu nicht so unschuldig. Du brauchst deine großen braunen Augen nicht aufzureißen und mich so unschuldig ansehen, Glennys. *Ich* weiß nur zu gut, was *du* dir als Beschäftigung fürs Leben vorstellst. Deine Mama«, sagte sie und schnitt eine Grimasse, »wird dich nicht nur in die Kunst des Heilens einführen. Zweifellos wird sie dich in jeder anderen Hinsicht darauf vorbereiten, Schloßherrin zu werden.«

»Ich weiß nicht, wovon du sprichst!« sagte Glennys entrüstet.

»Oh, doch, du weißt es ganz genau. Du kannst ihn noch so oft deinen Bruder nennen, aber das entspricht nicht deinen Gefühlen für Jack, stimmt's?«

»Er ist neben dir mein bester Freund, wenn du die Wahrheit wissen willst, aber im Moment scheinst du mir gar keine gute Freundin zu sein.«

»Ich bin deine allerbeste Freundin«, sagte Danielle spöttisch. »Jack ist kein Freund, er ist dein Kavalier. Du willst nicht, daß er dich gern hat, du willst, daß er dich liebt. Hat er schon etwas getan? Jetzt komm schon, Glennys, sag mir die Wahrheit. Hat er dich je geküßt?«

»Ja«, sagte Glennys mit ungeheurer Würde. »Ich bin von Jack geküßt worden.«

»Und wie war es?« fragte Danielle eifrig.

Glennys schwieg eine halbe Minute lang und dachte nach. Dann trat ein Anflug von einem Lächeln auf ihre bebenden Lippen; sie breitete die Arme so weit aus, daß sie fast vom Pferd gefallen wäre. »Es war ein wunderbares Gefühl«, sagte sie. »Mir war ganz schummerig zumute.« Sie lachte jetzt aus vollem Herzen.

»Ohh!« sagte Danielle seufzend und neiderfüllt. »Ich kann es kaum erwarten.«

Glennys sah sie verwirrt an. »Aber ich dachte, du wolltest Ärztin werden?«

»Das will ich auch.«

»Und du willst trotzdem geküßt werden – und alles andere?«

»Mein Vater ist Arzt«, hob Danielle hervor, »und er küßt und tut alles andere auch.«

»Aber er – oh! Ach, du meine Güte!«

»Recht hast du! Du solltest dich schämen, Glennys St. John. Du hast geredet und gedacht wie ein Mann von der allerschlimmsten Sorte, von der Sorte, die glaubt, Frauen seien nur dazu da, das Essen zu kochen und Babys zu kriegen!«

»Ich fürchte, du hast recht«, sagte Glennys kleinlaut. »Und dabei dachte ich immer, ich sei so – so...«

»... frei in deinem Denken? Keine Sorge, Glennys«, tröstete Danielle sie. »Meistens bist du das. Aber Mama sagt, sogar die besten unter uns«, sagte sie und zitierte selbstgefällig, »tappen manchmal in die kleinen Fallen des alltäglichen Lebens, die uns zu willigen Gefangenen machen könnten, wenn wir die Ketten nicht selbst abwürfen.«

»Ich nicht!« gelobte Glennys. »Von jetzt an nicht mehr.«

Danielle wollte Glennys aufheitern und schlug ihr vor, um die Wette nach Hause zu reiten.

Glennys fand, es sei an der Zeit, Danielle ein besseres Pferd zu geben, und ihr Vater stimmte zu. Er wollte einen Dreijährigen aus dem Stall der van Guliks kaufen, von dem sich Arend vielleicht trennen würde.

»Du willst Onkel Arend nächste Woche besuchen?« fragte Glennys ihren Vater strahlend. »Dürfen wir mitkommen?«

»Natürlich«, sagte ihr Vater. »Mr. Allen kann Ferien von euch beiden gebrauchen.«

»Es freut mich ja so sehr, daß du mitkommst«, sprudelte Glennys vor Freude heraus, als sie und Danielle sich in die Bibliothek setzten, um sich auf den Unterricht am kommenden Tag vorzubereiten. »Ich meine, es ist immer so schön im Holland Haus, aber wenn du dabei bist, wird es noch mehr Spaß machen. Mein Cousin Nikky ist ein Goldschatz, aber er ist erst sieben.«

»Ich kann mich erinnern, daß ich Nicky einmal gesehen habe, als er drei oder vier Jahre alt und sein Vater nach Green Gates gekommen war. War das nicht der stille kleine Junge, der nicht wie alle anderen Kinder mitgespielt hat?«

»So ist er immer noch. Für einen Jungen ist er schrecklich ruhig, sagt Mama immer. Oma und Opa van Gulik geben Tante Miranda die Schuld.«

»Wer ist diese Tante Miranda?« fragte Danielle und zog die Augenbrauen hoch. »Ich kann mich anscheinend nicht an sie erinnern.«

»Wahrscheinlich hast du sie nie gesehen. Im allgemeinen bleibt sie oben in ihren Zimmern. Es heißt immer, sie sei unpäßlich.«

»Und ist sie nicht unpäßlich?«

»Sie wird hysterisch und darf nicht mit Fremden zusammen kommen. Sie muß Medizin nehmen, und es ist immer jemand in ihrer Nähe, der sich um sie kümmert.«

»Oh«, sagte Danielle. »Eine Geisteskrankheit, das arme Ding. Pa sagt, diese Krankheiten können genauso gefährlich sein wie körperliche Leiden.«

Als sie beim Abendessen am Tisch über Miranda sprachen, redete Craig ungewohnt giftig über sie und brachte wenig von dem Verständnis für sie auf, das Eli an den Tag legte. »Ich weiß, daß man sie bemitleiden müßte und nicht schlecht über sie reden sollte«, sagte sie, »aber es ist schwer, Mitgefühl für einen Menschen aufzubringen, der solchen Ärger macht. Der arme Arend; er hätte ein besseres Leben verdient. Er war ein so fröhlicher und gutgelaunter Junge, als er, Leisa und ich klein waren. Und es ist kaum zu verzeihen, was Miranda Nicholas antut.«

11. Kapitel

Die van Guliks hießen die Familie aus Green Gates herzlich im Holland Haus willkommen. Craig kannten sie schon seit ihrer Kindheit; Rob war der Mann, der sie glücklich gemacht hatte. Glennys war die Adoptivtochter ihrer geliebten Leisa, und Danielle war nicht nur die Tochter des Mannes, der sich Leisa im Krieg als Freund erwiesen hatte, sondern sie war zudem ein hübsches, intelligentes und selbständig denkendes Mädchen, das wie Glennys jene Form von Selbstsicherheit besaß, die nur eine liebende Familie vermitteln konnte. Und beide besaßen eine enorme Lebenslust.

Vielleicht waren es gerade diese Eigenschaften – von den meisten anderen bewundert –, die dazu führten, daß Tante Miranda, ein teilnahmsloses, kränkliches Wesen, die beiden auf den ersten Blick ablehnte. Als kleine Kinder waren sie vielleicht noch erträglich gewesen, aber jetzt nahm sie ihre Anwesenheit im Raum selbst dann wahr, wenn sie mit anderen sprach.

Ständig fragten alle nach ihnen. »Wo ist Glennys? Wo ist Danielle?« Davon bekam sie Kopfschmerzen. Sogar ihr eigener süßer, kleiner Nicholas ließ sich von den beiden verhexen und lief ständig hinter ihnen her.

Mama und Papa van Gulik genossen es, sich mit Glennys zu unterhalten und sie mit Fragen über ihre hochgeschätzte Leisa und die Enkel in England zu bestürmen, die völlig unbedeutend waren. Schließlich war es Nicholas, der einzige Sohn ihres einzigen Sohnes, der den Namen van Gulik führen würde.

Was ihren Mann Arend anging, verursachte es ihr Übelkeit, daß er immer noch an Craig St. Johns Lippen hing und sie hingebungsvoll anlächelte, bloß, weil die beiden als Kinder zusammen aufgewachsen waren und er damals mit dem Gedanken gespielt hatte, sie zu heiraten. Wie oft hatte sie ihm schon diese jugendliche Verliebtheit ins Gesicht geschleudert!

Noch schlimmer war, daß ihr Mann, wenn er Craig St. John gerade nicht anlächelte, mit dieser kleinen Ben Asher redete, diesem Mischling von niederer Herkunft, der nie über ihre Schwelle hätte treten dürfen. Und er behandelte sie auch noch wie einen Ehrengast!

Bebend vor Wut sah Miranda, daß Nicholas die Seite seines Großvaters verließ, um zu Danielle zu laufen, ohne sie, seine hingebungsvolle Mutter, auch nur eines Blickes zu würdigen.

Sie beobachtete, wie ihr Sohn mit gesenkter Stimme mit dieser Außenstehenden sprach, während Arend, ihr eigener Mann, die beiden liebevoll ansah, als existiere sie, seine Frau überhaupt nicht.

Sie hörte Danielles sprudelndes Gelächter. »Nicky, was für ein übler Streich!«

Nicky! Wie vulgär! Wie gewöhnlich! Er trug den Namen Nicholas.

Sie erhob sich zitternd und ging auf die drei zu. »Du mußt deinen Vater um Erlaubnis fragen«, hörte sie Danielle sagen, ehe sie sich mit einem betörenden Lächeln umwandte und fragte: »Darf er mitkommen, Arend? Oh!« Sie hielt sich die Hand vor den Mund und errötete heftig. »Es tut mir leid, Mr. van Gulik«, entschuldigte sie sich. »Es ist mir einfach so herausgerutscht.«

»Mir macht es Freude, wenn du mich Arend nennst. Du kannst mich immer so nennen, wenn du magst.«

Dieser törichte Gesichtsausdruck, mit dem er das sagte! Und die Ungehörigkeit, mit der sie ihm antwortete!

»Dann werde ich dich so nennen. Ich danke dir, Arend. Dein Name gefällt mir. Er klingt so holländisch und so vertraut.«

Sie hatten Mirandas Anwesenheit nicht wahrgenommen, bis sie ihre schrille Stimme hörten. »Wie kannst du es wagen, meinen Mann bei seinem Vornamen zu nennen«, kreischte sie, und alle waren auf diesen Auftritt derart unvorbereitet, daß niemand Gelegenheit hatte, sie zurückzuhalten, ehe ihre Hand zu einer kräftigen Ohrfeige ausholte. Freudig nahm sie die Blutstropfen auf der Lippe des kleinen Luders wahr, die sie mit ihrem schweren Ring getroffen hatte, und sie hätte mit Freuden noch einmal zugeschlagen, wenn Arend nicht inzwischen ihre

Hand gepackt und ihren Arm heruntergerissen hätte. Fast hätte er ihn ihr ausgekugelt.

Das Elend, der Haß und die Übellaunigkeit, die sich in hohem Maß in Miranda anstauten, machten sich oft in gewalttätigen Handlungen Luft, doch diesmal blieb es nicht bei der Ohrfeige. Diesmal trieb die Verachtung, die auf dem Gesicht ihres Mannes stand, sie in hysterische Raserei.

Sie versuchte, sich von ihm loszureißen, während sie Danielle ihr Gift ins Gesicht spuckte. »Du kleines Negerbalg mit jüdischem Blut in den Adern, das dich als Weiße erscheinen läßt! Welches Recht hast du, dich in einem christlichen Haushalt aufzuhalten und so zu tun, als gehörtest du dazu? Als ob deinesgleichen je mit unseresgleichen vertraut sein könnte!«

Einen Moment lang herrschte Schweigen. Dann erhob sich Catherine van Gulik und sagte mit ruhiger Stimme: »Miranda ist nicht ganz bei sich. Sie wird sich in ihrem Zimmer wohler fühlen. Hilf deinem Sohn, Joris«, bat sie ihren Mann, und Joris van Gulik schloß sich Arend sofort an.

Ihr Schwiegervater und ihr Mann nahmen Miranda in die Mitte und führten sie aus dem Zimmer. Catherine ging ebenfalls, um eins der Mädchen zu holen, das während der Anfälle mit Miranda umzugehen wußte.

Nicholas stand mit gesenktem Kopf da, über seine Wangen strömten Tränen. Alle, die noch im Zimmer waren, drehten sich zu Danielle um, um sie zu trösten, doch sie beruhigte den kleinen Jungen.

Sie hatte sich auf den Boden gekniet, um auf einer Höhe mit ihm zu sein. Sie hatte die Arme um seine schmalen Schultern gelegt, wiegte ihn und murmelte liebevoll: »Du brauchst nicht so traurig zu sein, Nicky. Deine Mama wird bald wieder gesund sein. Und alles ist vergessen.«

»Sie hat dich geschlagen. Deine Lippe blutet. Sie macht alles kaputt. Ich hasse sie!«

»Nein, nein, du darfst sie nicht hassen. Würdest du deinen Großvater Joris hassen, wenn er Atemnot hätte? Oder deinen eigenen Papa, wenn er Rheuma bekäme?«

Nicky rieb sich die geröteten Augen mit den Fäusten und schüttelte zögernd den Kopf.

»Dann darfst du deine Mama nicht hassen, die dich sehr lieb hat, denn sie hat da drinnen eine Krankheit«, sagte sie und tippte sich zuerst auf das Herz und dann an die Stirn. »Bist du je schwer krank gewesen, Nicky?«

Nicky schob seine nach wie vor bebende Unterlippe vor, während er nachdachte. »Als ich noch ganz klein war, hatte ich Masern und von Kopf bis Fuß Flecken.«

»Und hat sich deine Mama in der Zeit nicht sehr um dich gekümmert? War sie nicht lieb zu dir?«

»Doch«, sagte er mürrisch. »Wohl schon.«

»Dann mußt du jetzt genauso lieb zu ihr sein.«

In dem Moment kam Catherine van Gulik wieder ins Zimmer. »Nicky, mein Schatz«, sagte sie, »die Köchin hat einen Lebkuchen für dich.«

Nicky, der wieder getröstet und glücklich war, lief davon, und Catherine ging zu Danielle, die noch auf dem Boden kniete. Sie sprach sie mit einer Liebkosung an, die außerhalb des engsten Familienkreises kaum gebraucht wurde.

»Mijn Kind, du bist so intelligent und vernünftig, daß wir uns nicht für die brutalen Worte entschuldigen müssen, die eine Frau ausgesprochen hat, die«, sagte sie seufzend, »weder intelligent noch vernünftig ist. Ich möchte dir nur sagen, daß wir alle zutiefst bedauern, daß dir in unserem Haus eine solche Unfreundlichkeit widerfahren ist.«

»O Ma'am«, sagte Danielle ernst und zog sich auf die Füße. »Lassen Sie das, bitte. Ich verstehe es – halbwegs. Ich habe«, sagte sie und errötete, »im Lauf der Zeit schon Schlimmeres von Menschen gehört, die nicht krank waren. Und sie ist krank, das versichere ich Ihnen, und ich habe gerade versucht, es Nicky zu erklären. Mein Vater ist, seit er während des Unabhängigkeitskrieges einige Untersuchungen im Grace Hall-Hospital durchgeführt hat, der absoluten Überzeugung, daß Geisteskrankheiten und physische Krankheiten miteinander verzahnt sind.«

Catherine tätschelte liebevoll ihre Wange. »Unter dem lieben, bezaubernden Kind steckt eine feine Frau in dir«, sagte sie bestimmt, und dann wurde das Thema gewechselt.

Etwa eine Viertelstunde später kam Arend wieder und ging direkt auf Danielle zu, um sie mit gesenkter Stimme zu fragen: »Machst du einen kurzen Spaziergang mit mir, Kind?«

Glennys merkte, daß diese Aufforderung nur ihrer Freundin galt. Sie machte sich auf den Weg in die Küche, um Nicky zu suchen und Lebkuchen zu naschen, während die anderen eine hitzige Diskussion über die Vorfälle der letzten halben Stunde begannen.

Danielle und Arend liefen schweigend auf dem gewundenen Pfad voran, der nach ein paar Meilen zum Fluß führte.

Er brach das Schweigen. »Es fehlt mir an Möglichkeiten, mich bei dir für die haßerfüllten, verletzenden Bemerkungen und die Ohrfeige zu entschuldigen.«

»Sie haben keinen Grund, sich zu entschuldigen. *Sie* hat diese Worte zu mir gesagt. *Sie* hat mich geschlagen.«

»Du bist in meinem Haus beleidigt worden! Du bist – mein Gott! Mein Gott! Meine eigene Frau war es, die derart üble Dinge gesagt und getan hat.«

Zum drittenmal an diesem Tag redete Danielle jemandem gut zu, der sie trösten wollte. »Sie ist geisteskrank, und eine solche Krankheit ist genauso bösartig wie ein körperliches Leiden.«

Er hatte starr vor sich hingesehen, während sie spazierengingen, und seine Hände steckten tief in seinen Hosentaschen. Jetzt blieb er stehen und legte eine Hand auf ihre Schulter.

»Du bist großmütig – und anmutig – und du hast ein sehr hübsches Gesicht, Danielle«, sagte Arend und legte zwei Finger auf ihre aufgesprungene Lippe. Zwei Finger, die äußerst sachte und liebevoll über ihren Mund und ihre geschwollene Wange glitten.

Danielle blieb mit ernstem Gesicht stehen, doch ihre schwarzen Augen funkelten ihn wie Juwelen an. »Danke, Sir«, flüsterte sie.

»Nicht Sir«, rief er ihr ins Gedächtnis zurück. »Hast du schon wieder vergessen, wie ich mit Vornamen heiße?«

»Danke, Arend.«

Sie warfen einander einen letzten Blick zu, und Danielle ging zu den Ställen. Auf halbem Wege beugte sie sich über einen Zaun. Als Glennys sie dort fand, hatte sie sich nicht von der Stelle gerührt, noch nicht einmal, um die Tränen wegzuwischen, die als ein nie endender Strom über ihr Gesicht und ihren Hals zu fließen schienen und unter den Kragen ihres Kleides rannen.

Glennys schlang den Arm um ihre Freundin. »Oh, ich wußte doch, daß es dir mehr ausmacht, als du gezeigt hast«, rief sie kläglich aus. »Danielle, bitte, Danielle, weine doch bitte nicht. Mach dir doch bitte nichts daraus!« bat sie. Sie stand selbst kurz vor den Tränen.

Danielle löste sich aus der liebevollen Umarmung ihrer Freundin. »Glaubst du etwa, Mrs. van Gulik sei die erste, die solche Dinge zu mir sagt? Oder die mich ansieht und sich Ähnliches denkt? Ich mache mir nur Gedanken um *Arend!«*

»Um Arend?«

»Ja, den Bruder deiner Mama, Jacks Onkel. Er sollte sein Leben mit einem Menschen verbringen können, der warmherzig, genauso sanftmütig und gut ist wie er. Statt dessen ist er mit dieser dummen, gemeinen, egoistischen, gräßlichen, kranken Frau verheiratet! Ich weine nicht um *mich*, ich weine um *ihn!«*

Teil III

JACK: ENGLAND

12. Kapitel

Mr. Jonah Glenfrees Akademie für junge Männer aus gutem Hause hatte trotz ihrer Lage in Cornwall einige höchst unenglische Bräuche. Den Lehrern war es verboten, die Schüler zu züchtigen, und der Direktor lehnte es ab, sie zu schlagen.

Zu den Menschen, die Prügel für einen notwendigen Bestandteil der Erziehung eines Jungen hielten, sagte Mr. Glenfree auf seine liebenswürdige Art: »Wenn ein Vater wünscht, daß sein Sohn eine Tracht Prügel bekommt, dann soll er herkommen und es selbst tun.«

Klang diese Bemerkung auch noch so freundlich, stand sein Vorsatz jedoch unbeugsam fest; die wenigsten Väter äußerten den Wunsch, dieses Privileg für sich in Anspruch zu nehmen.

Führte Mr. Glenfree in seiner Bibliothek ein erstes Gespräch mit einem neuen Schüler, so wurde Tee und Gebäck serviert, er sprach mit einer so volltönenden, herzlichen Stimme, daß selbst die Jungen, die sich besonders unwohl fühlten und unter Heimweh litten, gleich Zuversicht schöpften; selbst denjenigen, denen Mr. Glenfrees fremdartiges, dunkles Gesicht Furcht einjagte, erwies er sich als vertrauenerweckende Person.

Der Direktor und seine Schüler sprachen über Freunde, über ihre Familie, über Pferde, Hunde, Sportarten und anscheinend über alles, nur nicht über den Unterricht, doch in diese Unterhaltungen flochten die Jungen unbewußt ihre kleinen Probleme ein.

Leichten Herzens erzählten sie ihre kleineren Kümmernisse. Mit der Zeit allerdings stellten sie fest, daß sie beim Tee Dinge ausgesprochen hatten, die sich später gegen sie verwenden ließen.

Auch Jack Holloway bildete keine Ausnahme. Da er erst im Alter von dreizehn Jahren zur Schule geschickt wurde, kam er sich nur um so alberner vor, als auch er in Mr. Glenfrees sacht zuschnappende Falle ging.

Der Anblick des Direktors konnte ihn weder erstaunen, noch bestürzen, da er vorher gewußt hatte, daß Mr. Jonah Glenfree ein Schwarzer war. Er hatte kein Heimweh, natürlich nicht. Ein junger Mann von dreizehn Jahren hätte sich geschämt, sich und seiner Umwelt auch nur eine Spur von Heimweh einzugestehen.

Doch verriet er dem Direktor, daß ihm Pferde wichtiger seien als Essen und daß er sich gern unterrichten ließ, es jedoch haßte, Briefe zu schreiben. Etwa zehn Tage später stellte er fest, daß er dem Direktor auf den Leim gegangen war. »Ich soll einen dreiseitigen Brief an meinen Vater schreiben!« rief er voller Entsetzen aus. »Ich habe ihm nicht mehr zu berichten, als man in einen Absatz unterbringen kann!«

»Für den Fall, daß der Brief nur einen Absatz haben sollte«, sagte Mr. Glenfree, »werde ich den Mietstall in der Stadt davon in Kenntnis setzen, daß du diese Woche kein Pferd brauchst.«

»Mein Gott!« sagte Thorne Holloway eines Morgens beim Frühstück. »Ein dreiseitiger Brief von Jack.«

»Das glaube ich nicht«, sagte Leisa und streckte ihre Hand danach aus. »Glaubst du, ihm fehlt etwas?«

»Sehr poetisch«, sagte Jacks Vater, als er die ausführliche und langweilige Schilderung der Räumlichkeiten, die Beschreibung sämtlicher Lehrer, eine endlose Reihe von Namen neuer Freunde und schließlich auf der dritten Seite eine Landschaftsbeschreibung des Cornwall gelesen hatte. »Ich frage mich, aus welchem Reiseführer er das abgeschrieben hat.« Dann lachte er lauthals los. »Jetzt ist mir alles klar.«

Er las den letzten Absatz vor. »Mr. Glenfree hat eine reizende Art, uns dazu zu bringen, genau das zu tun, was wir am wenigsten mögen. Er gewinnt im voraus eine Vorstellung von dem, was jemand ungern tut, und dann veranlaßt er ihn, genau das zu machen. Wenn ich etwas Schlimmes anstelle, darf ich nicht ausreiten. Wenn es weniger schlimm ist, muß ich mehr schreiben.«

»Unser Sohn hat wohl etwas weniger Schlimmes angestellt«, sagte Leisa. »Wenn das heißt, daß er uns schreibt, dann hoffe ich nur, daß er oft nur harmlose Dinge anstellt.«

»Keine Sorge«, sagte ihr Mann lachend. »So wird es kommen.«

Jack fühlte sich im Cornwall wohl, obwohl er oft in Schlägereien verwickelt wurde, weil die Söhne von wohlhabenden Kaufleuten und Grundbesitzern sich vorstellten, der Sohn eines Lord müsse verweichlicht sein. Sein bester Freund war inzwischen Gabriel Glenfree, Gabe genannt, der dritte Sohn des Direktors, und auch mit Ian MacDowell, außer ihm der einzige Abkömmling des Adels in der ganzen Schule, war er gut befreundet.

Gabe und Ian waren dreizehn, so alt wie Jack, und daher wohnten sie zusammen, hatten die meisten Unterrichtsstunden gemeinsam und saßen beim Essen am selben Tisch. Sie wurden behandelt wie alle anderen Schüler auch.

Jacks vierzehnter Geburtstag, zwei Wochen später als Gabes vierzehnter Geburtstag, wurde gefeiert, auch eine Sitte dieser Schule, die an anderen Ausbildungsstätten unüblich war. Leisa und Thorne waren so klug gewesen, die Geschenke in einem bescheidenen Rahmen zu halten und Geld mitzuschicken, von dem sich alle Jungen ›Lekkereien‹ kaufen sollten.

»He, Jack, du hast heute Geburtstag«, sagte Gabe, als sie auf einen Felsen kletterten. »Seit du beim Mittagessen die Geschenke bekommen hast, bist du bärbeißig. Was ist los mit dir? Hast du etwas, was du unbedingt haben wolltest, nicht bekommen?«

»Unsinn«, antwortete Jack gereizt. »Ich habe alles bekommen, was ich wollte, und noch mehr, und mein Vater hat geschrieben, daß mich zu Hause ein neuer Sattel erwartet.«

Jacks Stimmung schien sich zu bessern, doch als sie in die Schule zurückkehrten, hörte Gabe, wie er sich beiläufig erkundigte: »Ist Post für mich da?« Als er ein Nein zur Antwort bekam, zog er die Mundwinkel herunter, und seine blauen Augen blickten erbost vor sich hin.

Als nach dem Abendessen der Geburtstagskuchen serviert wurde, kam Mr. Glenfree an Jacks Tisch und übergab ihm ein kleines Päckchen. »Das ist vor einer Weile aus Amerika gekommen – mit der Bitte, es dir heute abend zu überreichen.«

Jack las den Begleitbrief, und Gabe beugte sich vor, um unaufgefordert mitzulesen.

Lieber Jack,
das ist die goldene Uhr, die Mam im Jahr vor seinem Tod für Opa Thomas gekauft hat. Daddy hat selbst eine, und sie dachten, sie könnte dir vielleicht gefallen.

Der Brief war nur mit einem ›G‹ unterschrieben.

Die Jungen, die in seiner Nähe saßen, bewunderten die neue Uhr, doch noch interessanter war der Umstand, daß sie aus Amerika kam. Gabe sah, wie sein Freund den Uhrdeckel öffnete und ihn eilig wieder hätte zuschnappen lassen, wenn Gabe nicht schnell genug zugegriffen hätte. Er deutete auf das winzige Porträt, das ein Mädchen darstellte, kaum mehr als ein Kind mit einem lachenden Mund, lebhaften großen braunen Augen und einer kastanienbraunen Lockenmähne.

»Wer ist das?«

»Meine Schwester.«

»Ach so«, sagte Gabe unschuldig. »Tina.«

»Nein«, sagte Jack mürrisch. »Glennys. Das Bild ist drei oder vier Jahre alt.«

Gabe steckte einen Finger in das Päckchen. »Ich glaube, da ist noch was drin«, sagte er.

»Nichts Wichtiges. Ich weiß ohnehin, was es ist.«

»Aber *ich* nicht.«

»Es sind Taschentücher«, sagte Jack matt. »Schlichte, ordinäre weiße Leinentaschentücher, die man in jeder Kurzwarenhandlung kaufen kann. Der Unterschied ist nur der, daß sie dann nicht in einer Woche auseinanderfallen. Glennys säumt und bestickt Taschentücher aus dem selben Grund, aus dem ich Briefe schreibe.«

»Zur Strafe?«

Jack nickte.

»Und sie schickt sie dann dir?«

Jack stöhnte. »Himmel, mußt du deine Nase denn in alles stecken? Nein, sie schickt sie nicht nur an mich, sondern sie macht alle männlichen Familienangehörigen damit unglücklich. Gott weiß, warum«, murrte er, »aber ich bekomme jedes Jahr zwei Stück zum Geburtstag.«

Gabe fummelte in dem Päckchen herum. »He, Jack«, sagte er. »Ich glaube, dieses Jahr hat sie dich mit vier Stück unglücklich gemacht!«

Einen flüchtigen Moment lang sah Gabe einen merkwürdigen Gesichtsausdruck über Jacks Gesicht huschen; dann stöhnte Jack theatralisch. »Vier Stück!« Er nahm die Taschentücher einzeln in die Hand und zählte sie. »Eins – zwei – drei... Verdammt noch mal, wenn du nicht recht hast – es sind vier Stück. Ich will verflucht sein, aber sie hat sogar den ganzen Namen draufgestickt. J-A-C-K. Gabe, hast du je etwas so Abartiges gesehen wie diese Nähte?«

Gabe sah sich die schiefen, krummen Namenszüge an, einmal in Braun, einmal in Grün und zweimal in Blau. »Nein«, gab er zu. »Ich könnte nicht behaupten, daß ich je häßlichere Stickereien gesehen habe.«

»Glennys stellt zweifellos die schlimmsten Taschentücher von ganz Amerika her«, erklärte Jack fast stolz, als er sie alle in eine seiner Hosentaschen stopfte und die Uhr in seine Jackentasche steckte.

Niemand war munterer als er, als sie den Kuchen aßen, das Fest feierten und später allein in ihrem Schlafzimmer weiterredeten.

Ich will verflucht sein, sagte sich Gabe in den Worten seines Freundes, aber die verdammten Taschentücher waren das, worauf er gewartet hat!

13. Kapitel

Jack betrat das Büro des Direktors, nachdem er den Eilbrief zweimal gelesen hatte.

»Ich muß heute noch nach Hause fahren, Sir«, sagte er ohne jede Vorrede. »Meine Mutter ist schwer verletzt. Ihr Pferd ist auf dem Eis ausgeglitten, und sie ist gestürzt.«

»Schreibt dein Vater, daß du nach Hause kommen sollst?«

»Nein, Sir. Wahrscheinlich war er zu zerstreut. Ich bin der älteste Sohn, und meine – Glennys ist in Amerika. Mein Platz ist jetzt zu Hause, dort, wo ich hingehöre.«

»In solchen Fällen muß ich meine Anweisungen von den Eltern entgegennehmen«, sagte Mr. Glenfree freundlich und legte eine Hand auf Jacks Schulter.

Jack bemühte sich, die Worte durch den Kloß in seiner Kehle herauszubringen. »Ich nehme die volle Verantwortung für mein Handeln auf mich. Es wäre mir jedoch lieber, wenn ich mit Ihrer Erlaubnis abreisen könnte.« *Aber ich werde fahren, ob mit oder ohne.*

Die unausgesprochenen Worte standen deutlich in Jacks Gesicht geschrieben. Natürlich war es ein Fall von Aufsässigkeit und Gehorsamsverweigerung, doch der

Direktor konnte Jacks Gründe und seine Haltung nur respektieren.

»Dann mach dich fertig. Ich werde dich morgen in die erste Kutsche setzen.« Wieder legte er dem jungen Holloway die Hand auf die Schulter. »Wir können nur beten, daß dich zu Hause gute Nachrichten erwarten, mein Sohn«, sagte er freundlich.

Erst im Korridor wischte sich Jack hastig die eine Träne von der Wange, die er nicht zurückhalten konnte.

Als Fithian einige Tage später die großen Tore des Schlosses öffnete, wankte ein von der Reise erschöpfter, nicht allzu sauberer junger Mann mit geröteten Augen über die Schwelle, ließ seinen einzigen Mantel auf den Marmorboden fallen und platzte mit einer Stimme, die plötzlich vor Angst erstickt klang, heraus: »Wie geht es Mama?«

»Der Arzt sagt, ihr Zustand sei wesentlich besser«, versicherte ihm Fithian eifrig, und Jack wandte sich hastig ab, weil er fürchtete, diesmal in ganz unmännliche Tränen auszubrechen.

Er stützte sich auf das Geländer, auf dem Glennys so oft heruntergerutscht war. Es war ein seltsames Gefühl, nach Hause zu kommen und sie nicht vorzufinden. Fast so seltsam wie der Gang zu ihrem Schlafzimmer, um dort seine strahlende, übersprudelnde Mutter vorzufinden. Aber jetzt lag Leisa Holloway, Lady Wadsworth, im Bett, und ein unwilliges Hausmädchen versuchte, Jack fortzuschikken. Leisa strahlte kein bißchen; jede Vitalität war von ihr gewichen. Er hätte sie für eine bleiche, farblose Fremde halten können, wenn sie nicht plötzlich ihre blauen Augen aufgeschlagen hätte, die seinen so sehr ähnelten, und schwach, aber wirklich amüsant gelacht hätte.

»Jack, mein kleiner Liebling, sieh mich nicht so an. Es geht mir teuflisch schlecht – mir tut alles weh – aber ich freue mich sehr, dich zu sehen. Aber wenn du mich bei Laune halten willst, dann schau mich um Himmels willen nicht mit dieser Leichenbittermiene an. Du stehst nicht an meinem Totenbett. Ich bin voll und ganz am Leben und habe auch vor, es zu bleiben. Sag du es ihm, Thorne.«

Jack drehte hastig den Kopf um, und im nächsten Moment hatte sein Vater ihn gepackt.

»Ich wollte nicht, daß du herkommst, aber ich bin unglaublich froh, daß du jetzt da bist«, sagte Lord Wadsworth. Er klopfte seinem Sohn auf die Schultern, die sich hoben und senkten, und tat so, als hörte er das unterdrückte Schluchzen nicht. »Komm jetzt mit. Deine Mutter braucht Ruhe, aber ich bin sicher, daß dein Anblick ihr wohler getan hat als jede Medizin.«

Jack wischte sich die Augen und die Nase an einem Ärmel ab und beugte sich herunter, um seine Mutter auf die Stirn zu küssen. »Wenn du dich ausgeruht hast, komme ich wieder«, sagte er. Sie nickte und lächelte, diesmal noch matter.

»Ruh dich aus, meine Liebste«, flüsterte Thorne und strich ihr über das feuchte goldblonde Haar. »Ich setze mich bald wieder zu dir.«

Jack ging nur in sein Zimmer, um sich das Gesicht und die Hände zu waschen und sein verschwitztes Hemd zu wechseln. Dann schloß er sich seinem Vater in der Bibliothek an. Dort stand ein Tablett mit Brot, Rindfleisch und Bier für ihn bereit.

»Ist Mama wirklich außer Gefahr?« fragte Jack besorgt.

Als er beruhigt war, stürzte sich Jack ausgehungert auf das Essen. Währenddessen berichtete ihm Thorne von Leisas Verletzungen und sagte ihm, daß er sich bemüht hätte, Tina und Matt weitgehend vor der Aufregung zu bewahren.

»Sie spüren trotzdem, daß etwas nicht in Ordnung ist«, seufzte er. »Sie wollen ihre Mutter ständig sehen, um sich zu vergewissern, daß es ihr besser geht, aber sie ermüden sie zu sehr.«

»Ich werde mich darum kümmern und sie davon überzeugen, daß alles bald wieder seinen normalen Gang nehmen wird«, meinte sein Sohn mit einer so ruhigen Zuversicht, daß sein Vater ihn voller Stolz und neugewonnenem Respekt betrachtete.

»Das wird mir eine große Last von den Schultern nehmen«, freute sich Thorne Holloway, der erstmals mit seinem Sohn wie mit einem Erwachsenen sprach. »Ich danke dir, Jack. Wenn du zwei oder drei Wochen bleiben kannst, dürfte hier alles viel leichter ablaufen. Wirst du deine Schularbeiten nach deiner Rückkehr aufholen können?«

»Gabe und Ian werden mir dabei helfen.« Jack war jetzt wieder ganz der Schuljunge, der sich nach dem letzten Bissen sorgsam die Finger ableckte und sie dann mit einem seiner Taschentücher abwischte. Der Anblick der wackligen blauen Buchstaben erinnerte ihn an etwas Wichtiges. »Hast du Glennys geschrieben und ihr von dem Unfall berichtet, Papa?«

Lord Wadsworth seufzte tief auf. »Ich schiebe es immer noch vor mir her«, gestand er kläglich. »Ich wußte nicht, was ich schreiben sollte, damit sie sich nicht unnütz aufregt.«

»Aufregung hin, Aufregung her. Es ist ihr Recht, es zu erfahren.«

Sein Vater warf ihm einen Blick zu, in dem sich Erschöpfung mit Respekt vor der keimenden Reife seines Sohnes vermischte. »Das weiß ich selbst. Am Anfang habe ich ständig bei deiner Mutter gesessen. Ich fürchte, später war ich dann zu feige.«

»Dann gehört das auch zu den Dingen, die ich dir abnehmen kann«, sagte Jack beiläufig. »*Ich* weiß schließlich, wie man mit Glennys redet.«

Liebe Glennys,

ich will nicht, daß du über den Neuigkeiten, die ich dir zu be-

richten habe, aus dem Häuschen gerätst. Mama ist sehr krank gewesen, aber es geht ihr schon wieder besser. Ich wiederhole es noch einmal, paß also genau auf, und vergiß es nicht gleich wieder. Es geht ihr inzwischen schon wieder besser.

Sie hat sich das Bein gebrochen und den Rücken verletzt, als sie vom Pferd gestürzt ist, und du merkst selbst, daß sie noch ganz die alte ist, wenn ich dir schreibe, daß sie Papa und mich gestern abend gefragt hat: ›Könnt ihr den Leuten nicht erzählen, einer der Dienstboten habe durchgedreht und hätte mich die Treppe runtergeworfen? Es ist peinlich zuzugeben, daß ich vom Pferd gefallen bin, nachdem ich mir auf meine Reitkünste immer soviel zugute gehalten habe.‹

Ich kann nicht leugnen, daß sie schlimme Schmerzen hat, aber du kennst ja Mama; sie läßt sich davon nicht kleinkriegen. In ein paar Wochen fahre ich wieder in die Schule, aber im Moment ist es Papa eine Hilfe, mich hier zu haben, da ich die meiste Zeit mit Tina und Matt verbringe. Das ermöglicht es ihm, öfter bei Mama zu sein.

Das heißt, das sie nicht zu dem geplanten Zeitpunkt nach Amerika kommen und dich abholen können, aber es wird sich nur um ein paar Monate verzögern, und sie finden die Idee, die du in deinem letzten Brief angesprochen hast, gut — Danielle und auch unseren Cousin Nicky nach England mitzubringen.

Grüß Tante Craig und Onkel Rob lieb von mir. Und denk daran, daß kein Grund zur Sorge besteht.

Jack

Nachdem sie ihn flüchtig überflogen hatte, reichte Glennys den Brief an ihre Eltern weiter. Sie ließ ihnen kaum Zeit, ihn zu lesen.

»Ich muß augenblicklich nach Hause fahren.«

»Glennys, hör zu...«

»Aber, Glennys, sieh doch...«

»Mam, Daddy. Ich muß fahren. Mama braucht mich.«

Obwohl es sie bis ins Herz traf, daß ›Mama‹ immer an erster Stelle stehen würde, gelang es Craig, mit bebenden Lippen zu lächeln.

Rob, der den Schmerz seiner Frau genauso stark spürte, brachte es trotzdem fertig, seiner Tochter vernünftig zuzureden. »Wenn du bedenkst, wie viele Monate vergangen sind, seit dieser Brief abgeschickt wurde, und wenn du die Zeit für die Vorbereitungen und die acht- bis neunwöchige Heimreise dazurechnest, wird Leisa wieder vollkommen gesund sein, ehe du dort ankommst, Glennys.«

»Das weiß ich«, sagte Glennys, »aber ich kann nicht hierbleiben und mir Sorgen machen – und mich fragen, wie ernst es ist. Angenommen, sie tun nur so...«

»Laß uns nicht gleich vom Schlimmsten ausgehen«, unterbrach Craig sie. »Wenn ich dieser Schilderung ihres Zustands nicht glauben würde und nicht wüßte, über welch wunderbare Kraftreserven Leisa verfügt, wäre ich selbst außer mir vor Sorge. Aber ich bin es nicht, Glennys. Ich bin es wirklich nicht. Aber wenn du es trotzdem für nötig erachtest, nach Hause zu fahren«, sagte sie, und erstmals brach ihre Stimme, »dann verspreche ich dir, daß ich alle Vorkehrungen treffen werde.«

Sie hielt ihr Versprechen, und wenige Stunden später hatte sie Mr. Allens Einverständnis eingeholt, mit seinen Schülerinnen nach England zu reisen, und zwei Tage später lag die Zustimmung von Phoebe und Eli vor, Danielle mitfahren zu lassen.

Rob bezweifelte anfangs, daß die van Guliks bereit sein würden, Nicky über den Ozean reisen zu lassen.

»Craig«, wandte er ein, »er ist ihr einziger Sohn, ihr einziges Kind, und er ist sehr jung für eine so weite Reise. Ich kann mir nicht vorstellen, daß auch nur einer im Holland Haus ihn so weit fortgehen läßt – schon gar nicht für eine zwangsläufig so lange Zeit.«

»Vielleicht werden sie traurig sein, weil er ihnen

fehlt«, antwortete Craig heftig, »aber sie werden sich für den kleinen Jungen freuen. Miranda und ihre übermäßigen Versuche, sich an ihn zu klammern, schaden ihm fast so sehr wie ihre hysterischen Anfälle. Er ist für ein gesundes Kind zu ernst und zu ängstlich, und er lacht zu selten. Das kommt doch bestimmt daher, daß er in einer ständigen Anspannung lebt, oder nicht?«

»Das bezweifle ich nicht«, meinte Rob freundlich. »Und doch ist es nicht unser Recht, uns in Arends Leben einzumischen, Liebling.«

»Arend hat mir oft gesagt, er wünschte, Nicky hätte ein so glückliches und geborgenes Heim wie er und Leisa, als sie im Holland Haus aufgewachsen sind.«

Sie sah ihrem Mann in die dunklen Augen. »Es wäre doch nur für ein oder zwei Jahre. Schließlich würde er sein Kind zu seiner eigenen Schwester schicken. Die van Guliks«, sagte sie mit bebender Stimme, obwohl sie sich sehr bemühte, die Selbstbeherrschung zu behalten, »wären nicht die erste Familie, die ein Kind fortläßt, weil sie es liebt.«

Robbie kam auf sie zu, hob sie heftig vom Stuhl hoch und zog sie in seine Arme. Er wiegte sie sachte und überhäufte ihren Kopf und ihren Nacken mit Küssen. »Nein, sie wären nicht die ersten, mein schöner, tapferer Liebling«, flüsterte er ihr ins Ohr. »Schreib den Brief an Arend.«

Einen Monat nach Jacks Rückreise nach Cornwall trafen sie alle in England ein.

Teil IV

IM SCHLOSS

14. Kapitel

Eines Tages gegen Frühjahrsende, die Familie Holloway veranstaltete gerade mit Gästen ein Picknick, kam Bertie, der jüngste Stallknecht angelaufen und kündigte eine Kutsche an, die gerade durch die Tore fuhr.

»Mr. Jack hat den Kopf aus dem Fenster gestreckt!«

Bei diesen Worten raste Glennys los. Sie stürzte sich von hinten auf Jack, der gerade mit einem anderen Jungen die Treppe hinaufstieg. Jack war nicht auf diesen Angriff von hinten vorbereitet, und sie prallten beide mit voller Wucht gegeneinander und rollten die Stufen hinab, er unten, Glennys oben.

Er stieß einen schrecklichen, neu gelernten Fluch aus, doch Glennys ließ sich nicht beirren, sondern bedeckte sein ganzes Gesicht mit schmatzenden schwesterlichen Küssen.

Matt und Tina kamen hinzu. Sie hüpften vor Aufregung auf und ab und wollten auch geküßt werden. Gabriel Glenfree saß auf dem oberen Treppenabsatz und krümmte sich vor Lachen.

Da er wußte, daß dieser überschwengliche Empfang in der Cornwall Academy getreulich berichtet und Hänseleien nach sich ziehen würde, ächzte Jack schließlich: »Runter mit dir, Glennys! Du machst meine neue Jacke kaputt, brichst mir das Kreuz und quetschst mir die Rippen.«

Glennys sprang auf, doch Jacks kleinere Geschwister nahmen augenblicklich ihren Platz ein. Während er sie liebevoll an sich drückte, kam ein großer schlanker Junge mit dunklen Locken die Treppe herunter und ging auf Glennys zu. »Darf ich mich vorstellen? Gabriel Glenfree.«

Glennys lächelte ihn strahlend an. »Von dir habe ich schon gehört«, überraschte sie ihn. »Du bist der Sohn des Direktors, stimmt's? Und einer deiner älteren Brüder heißt nach meinem Vater in Amerika Robert Bruce und der andere nach meinem Onkel Charles Stuart Glendenning?«

»Das ist richtig, aber in unserer Familie werden sie Bob und Stu genannt, weil mein Vater immer soviel von seinen Freunden Robbie und Charley in Amerika erzählt hat, so daß die Verwirrung zu groß wurde. Und jetzt habe ich in Jack selbst einen amerikanischen Freund – oder jedenfalls einen halben Amerikaner.«

Glennys beachtete Jack nicht, der unter jedem Arm ein zappelndes Kind trug und dennoch eifersüchtige Blicke auf seinen besten Schulfreund und seine Beinahe-Schwester (wie er sie im Cornwall immer nannte) warf.

»Wo sind Mama und Papa?« fragte er.

»Himmel!« Glennys schlug sich auf die Stirn. »Sie waren auf der Wiese. Wir machen gerade ein Picknick.«

»Gibt es etwas zu essen? Genug für uns beide?« rief Jack, während Gabe ihn voller Erwartung ansah.

»Genug für eine ganze Armee.«

»Komm schon, Gabe. Kommt mit, ihr Gören.« Zur Freude der Kleinen galoppierte er wie ein Pferd, und Glennys folgte ihm mit gemäßigten Schritten an Gabes Seite.

Nachdem er seine Eltern begrüßt und seiner Mutter ein Taschentuch (deutlich als eines von Glennys Werken zu erkennen) gereicht hatte, damit sie ihre Freudentränen trocknen konnte, legten Jack und Gabe ihre Mützen und ihre Jacken ab, öffneten ihre Kragenknöpfe und setzten sich mit vollen Tellern hin, die Danielle vorbereitet hatte, während Glennys dem Sohn der Familie entgegengelaufen war.

Beide Jungen bedankten sich und nahmen mit vollem Mund zur Kenntnis, daß Thorne ihnen Danielle vorstellte. Jetzt war Glennys an der Reihe, ihre beste amerikanische Freundin und ihren allerbesten Freund mißtrauisch zu beäugen.

Danielle war immer größer gewesen als die ein Jahr ältere Glennys. In den letzten sechs Monaten war Glennys in ihrer Entwicklung stehengeblieben, wogegen die dunkle Schönheit noch mehr gewachsen und ihre Figur noch weiblicher geworden war. Danielle hatte pechschwarzes, seidig schimmerndes Haar, Glennys jedoch nur gewöhnliches rotbraunes Haar. Danielle hatte lange, dichte Locken, Glennys kurzgeschnittene Ringellöckchen. Niemand konnte bestreiten, daß Glennys' braune Augen glänzten, doch ein Blick in Danielles Augen versank in schillernde Gewässer, in dunkle, geheimnisvolle Teiche. Glennys hatte zarte Haut und eine gesunde Farbe, doch Danielles Teint war so samtig wie Blütenblätter.

Während sie innerlich diese Liste ihrer eigenen Unzulänglichkeiten zusammenstellte, verging Glennys der Appetit. Da Jack immer noch an den Lippen ihrer Freundin zu hängen schien, war es ihr nur ein geringer Trost, daß Gabe sich neben sie ins Gras setzte.

Glennys spitzte die Ohren, um mitzukriegen, worüber die beiden sprachen, und dabei entging ihr das meiste dessen, was Gabe sagte. »Autsch!« Sie zuckte zusammen, als er sie unerwartet in den Ellbogen kniff. »Warum hast du das getan?« fragte sie erbost und rieb sich den Arm.

»Um dich daran zu erinnern, daß ich auch noch da bin«, tadelte er unverzüglich. »Deine Taktik ist schlecht.« Er schüttelte den Kopf. »Erschreckend schlecht.«

»Ich weiß nicht, wovon du sprichst«, meinte Glennys, immer noch leicht abwehrend, doch das entsprach nicht der Wahrheit.

»Wenn *du* von ihm beachtet werden willst«, belehrte Gabe sie, »dann hör auf, ihn anzugaffen, sondern lächle mich an. Lach. Sprich mit mir. Sei die ausgelassene Göre, von der er immer erzählt.«

Glennys sah ihn an und grinste. »Danke«, sagte sie zwinkernd. »Du sagst mir wenigstens, wie dämlich ich mich benehme.«

Er zwinkerte zurück. »Du kannst jederzeit auf meinen Rat zurückgreifen.«

Sie nahm sich zwei Stück Torte vom Teller. Das mit dem rosafarbenen Überzug knabberte sie selbst, das mit dem Schokoladenguß hielt sie Gabe hin. Statt es zu nehmen, aß er es aus ihrer Hand. Seine Zunge kitzelte ihre Finger, und sie lachte laut und wischte sich die Hand am Gras ab.

Plötzlich saß Jack neben ihnen und sah Gabe mißtrauisch an. Er sagte zwar kein Wort, doch es gelang ihm, sich zwischen die beiden zu quetschen, und er bestürmte sie mit Fragen nach Freunden und Verwandten in Amerika.

Gabe stand auf, und nochmals zwinkerte er Glennys zu. Nach einem höflichen Plausch mit der Gastgeberin gesellte er sich zu Danielle. Glennys hatte plötzlich den Eindruck, daß er jetzt dort angekommen war, wo er von Anfang an hatte sein wollen. Aber er war strategisch sehr geschickt vorgegangen.

Vielleicht hatte er recht. Vielleicht war sie zu direkt und mußte lernen, taktisch klüger zu handeln, doch die Vorstellung, taktisch und strategisch vorzugehen, paßte ihr nicht. Trotz der langen Trennung war Jack noch das, was er von Anfang an für sie gewesen war, der Leitstern ihres Daseins. Weshalb hätten sie einander etwas vormachen sollen?

15. Kapitel

Diese beiden Monate würden für alle Zeiten in die Erinnerung von Glennys und Jack, Danielle und Gabe als ein verzauberter Sommer eingehen, als eine Zeit, die die vier für den Rest des Lebens zu Freunden machen würde. Sie machten lange und kurze Spaziergänge, trabten und galoppierten auf ihren Pferden, fischten in den Flüssen, schwammen in den Seen und wateten durch Teiche, und sie spielten mit neugeborenen Lämmern und Welpen. Sie kümmerten sich um einen Wurf Kätzchen in den Ställen und brachten den kleineren Kindern alles Erdenkliche bei, was überaus wichtig für sie war – vom Bäumeklettern über das Pfeifen durch zwei Finger, vom Fechten mit kurzen Zweigen bis zum Schielen.

Nicky blühte in der fröhlichen und unbeschwerten Atmosphäre auf. Er schlich sich nicht mehr vorsichtig in einen Raum und bemühte sich, keine Aufmerksamkeit auf sich zu lenken, und er hörte auch auf, kaum mehr als ein Nuscheln von sich zu geben, und sein kleiner Körper zuckte nicht mehr erschreckt zusammen, wenn jemand ihn ansprach.

Schon bald war er so ungezogen und laut wie Matt, so munter und schelmisch wie Tina, und man mußte ihm Einhalt gebieten, statt ihn weiterhin aus sich herauszulocken. Das einzige, was ihm Sorgen machte, war eine Wahrheit, vor der er sich nicht verschließen konnte – er vermißte seine Mutter kein bißchen. Was mußte er doch für ein schlimmer Junge sein! Er vermißte seine Mutter wirklich überhaupt nicht!

Als er eines Tages auf einem Zaun bei den Ställen saß und zusah, wie ein junges Pferd gezäumt wurde, zog Glennys an einer Strähne seines blonden Haares.

»Warum wirkst du so niedergeschlagen, kleiner Nicky?«

Nicky sah sie mit großen, ernster Augen an.

»Weil ich meine Mama nicht vermisse, Glennys«, sagte er, und es war kaum mehr als ein Flüstern. »Und weil ich nicht tun kann, was sie von mir will.«

»Was will sie denn von dir?«

»Daß ich ihre ganze Liebe zu mir erwidere, weil ich ihr Leben bin«, sagte Nicky eilig auf.

»Du mußt immer daran denken, Nicky«, erklärte ihm Glennys behutsam, »daß deine Mutter nicht so wie andere Mütter ist, weil sie eine Krankheit *in* sich hat und nicht eine, die man von außen sehen kann wie die Masern oder eine Entzündung. Ihre Krankheit führt dazu, daß sie unschöne Dinge sagt oder tut. Du brauchst dich also nicht für sie zu schämen, aber du brauchst dich auch nicht für dich zu schämen, weil du sie nicht lieben kannst.«

»Soll das heißen«, fragte er jetzt ebenso behutsam, »daß ich sie nicht mehr so sehr lieben muß, wie sie behauptet, mich zu lieben?«

Glennys schüttelte nachdrücklich den Kopf. »Die Liebe ist ein Geschenk, das man nicht fordern oder verlangen kann. Deine Gefühle gehören dir allein.«

Sie lachte, als Nicky vom Zaun sprang und wieder fröhlich wirkte, sich dann aber gedankenverloren an den Zaun lehnte. Sie fragte sich, ob das, was sie zu Nicky gesagt hatte, nicht im selben Maß auf sie zutraf.

Jack zu lieben war für sie so normal wie das Atmen. Stellte sie – wie Miranda – Forderungen, daß diese Liebe erwidert werden sollte? Ob sie es bewußt oder unbewußt tat – sie bemühte sich ständig, ihn dazu zu bringen, daß er sie ebenso sehr liebte wie sie ihn, oder nicht?

Nicky hatte sie gerade auf die Gefahr aufmerksam gemacht, auf die Häßlichkeit einer Liebe, die es anstrebte, den anderen zu ersticken, die versuchte, ihm den Tribut einer entsprechend großen Liebe aufzuerlegen.

Nie mehr, gelobte sie sich. Nie mehr.

Sie bekam einen kräftigen Klaps auf die linke Schulter. Als hätte sie ihn in Gedanken zu sich gerufen, war Jack erschienen und machte ihr ein Angebot. »Einen Penny für das, was du gerade denkst.«

»So billig sind meine Gedanken nicht zu haben. Wie wäre es mit einem Shilling?«

»Behalte sie für dich«, sagte er mit einem erfrischenden Mangel an Zuvorkommenheit. »Ich weiß Besseres mit meinem Geld anzufangen.«

»Ich glaube«, sagte Glennys versonnen, »ich werde Mama bitten, uns dieses Jahr zur Landwirtschaftsausstellung gehen zu lassen. Ich habe gehört, daß es dort einen Stand gibt, an dem ein Mädchen seine Küsse für einen Shilling verkaufen darf. Glaubst du, ich könnte mir dort ein Pfund verdienen?«

»Nicht einmal einen Penny.«

Glennys stieß einen unflätigen Fluch aus und raste dann los. Auf halbem Weg zum Schloß holte Jack sie ein und stellte ihr ein Bein. Sie fiel ins Gras, wälzte sich schnell herum und versuchte aufzuspringen um wieder die Flucht zu ergreifen. Ehe es ihr gelang, warf er sich auf sie.

Glennys blieb das Herz in der Brust stehen. Jacks leuchtend blaue Augen starrten sie plötzlich finster an, und er preßte ihre beiden Schultern auf den Boden, während sich seine Lippen auf ihren Mund legten.

»Jack«, flüsterte sie. Und dann noch einmal sehnsüchtig: »Jack.«

Sein Körper lag schwer und voller Glut und Leben auf ihr. Seine Küsse waren so warm und so wunderbar wie die, die sie in Erinnerung hatte und sich Nacht für Nacht und vor allem in diesem Sommer immer wieder ins Gedächtnis gerufen hatte.

Sie riß ihre Arme los, um sich um seinen Hals zu schlingen, ihn festzuhalten und ihn zu sich herunter zu ziehen.

Es war wunderbar. Es war alles, was sie je gewollt hatte.

Es war vorbei.

Erst lag er längelang auf ihr, und im nächsten Moment war er aufgesprungen und stand aufrecht da.

»Glennys, Schluß damit«, preßte er mit einer erstickten Stimme durch zusammengebissene Zähne.

»Aber, Jack...« Sie setzte sich auf und zupfte sich Grashalme aus dem Haar und aus dem Kragen ihres Kleides. In einem Moment der Selbstvergessenheit folgte: »Jay-Jay...«

»Verdammt noch mal, Glennys, ich bin nicht mehr Jay-Jay, und schon gar nicht mehr *dein* Jay-Jay.«

Etwas Verletzenderes hätte er nicht sagen können. Ihre Lippen bebten und er fuhr verzweifelt fort. »Wir sind keine Kinder mehr, Glennys. Wir können nicht – nicht mehr so – miteinander rumtollen wie jetzt – jetzt nicht mehr.«

»Warum nicht?«

»Weil Küsse andere Dinge nach sich ziehen.«

»Nicht, wenn wir es nicht wollen.«

»Aber ich will es doch!« rief er angestachelt aus. »Ich habe es doch schon getan.«

»Du meinst...«

»Ja, verdammt noch mal!«

»Oh. Du meinst, so wie damals Cora und – und...«

»Ja!« brüllte Jack, dem der Schweiß ausbrach.

»Du hast in Cornwall Mädchen geküßt?«

»Ja, Glennys«, sagte er. Er öffnete seinen Kragen und wich ihrem Blick aus.

Sie musterte ihn lange und gründlich! »Hast du auch das getan, wovon man Babys bekommt?«

Er lief dunkelrot an und antwortete nicht.

»Du hast es also getan«, sagte Glennys. »War es – du weißt schon – ein Genuß?«

»Glennys, um Himmels willen, das ist nichts, worüber ich mit dir reden kann.«

»Warum nicht? Wir haben doch sonst auch immer über alles geredet.«

»Aber das ist – ach, zum Teufel damit, Glennys, dir muß einfach mein Wort genügen, daß es etwas anderes ist. Es würde sich nicht gehören.«

»Sich nicht gehören? Wen, zum Teufel, interessiert

denn, was sich gehört, und seit wann interessiert dich das?«

»Dir muß mein Wort darauf genügen, aber Mama würde es nicht gefallen, und ich bekäme großen Ärger mit Papa.«

»Mama hätte es auch nicht gefallen, daß wir so oft nackt zusammen schwimmen gegangen sind oder uns versteckt und zugesehen haben, wenn Scarlet Flash die Stuten gedeckt hat. Du hättest großen Ärger mit Papa bekommen können, als wir damals dem Alten Mick das Essen in die Höhle gebracht haben, während er auf der Flucht vor der Justiz war. Was macht jetzt alles so anders?«

»Glennys.« Er beugte sich plötzlich zu ihr herunter. »Sei bitte nicht verletzt. Ich möchte dir unter keinen Umständen wehtun. Aber Mama und Papa verstehen das, was du vielleicht noch nicht verstehen kannst, weil du noch zu jung dazu bist – daß Küsse und Balgereien zu Dingen führen, die zwischen dir und mir falsch wären. Wir sind Bruder und Schwester.«

»Wir sind nicht blutverwandt.«

»Deshalb wäre es genauso falsch.«

Für mich nicht, hätte Glennys am liebsten ausgerufen. Nichts, was zwischen uns geschieht, kann falsch sein. Ich verstehe, daß du andere Mädchen küssen und dich rumtreiben und Erfahrungen machem mußt, an denen ich nicht teilhaben kann. Ich weiß, daß ich dich für lange Zeit an Cambridge, an das Militär und sogar an andere Lieben verlieren werde. Ich werde solange warten, wie du brauchst, um dir darüber klar zu werden, daß nur ich die Richtige für dich bin.

Aber noch vor einer halben Stunde, als sie mit Nicky gesprochen hatte, hatte sie sich gelobt: *Nie wieder*. Sie durfte nicht versuchen, sich an Jack zu klammern und ihn mit Forderungen und Versprechungen, die er nicht hören wollte, an sich zu binden.

»Ja, schon gut«, murrte sie, »aber ich muß schon sagen, daß das Leben einfacher war, als ich dich noch alles fragen konnte, was ich wollte, und als dieses Erwachsenwerden nicht so vielem im Weg stand, was wir gern getan haben.«

Als sie sich hinsetzte, streckte er ihr eine Hand hin, um ihr auf die Füße zu helfen, und als Glennys nach seiner Hand griff und die Geste kameradschaftlich aufnahm, war er gewaltig erleichtert, wieder vor seiner früheren unkomplizierten Spielkameradin zu stehen. Es hatte einen Moment gegeben, in dem sie sich unter ihm gewunden hatte, und er hatte...

Hastig schlug er sich den Gedanken aus dem Kopf.

Glennys glättete ihre Petticoats und strich das Gras und die Erde von ihrem Rock. »Ich bin restlos ausgehungert«, flachste sie. »Es muß Zeit für den Nachmittagstee sein.«

16. Kapitel

Im folgenden Frühjahr bekam Leisa Briefe von ihrer Mutter und ihrem Bruder. Catherine van Gulik hatte geschrieben, um ihre Dankbarkeit dafür auszudrücken, daß Nicky fort war, da sich Mirandas Zustand im Lauf des letzten Jahres verschlechtert hatte. Eigentlich hätte sie zwar dauerhaft einer medizinischen Versorgung bedurft, doch Arend brachte es nicht über sich, sie in ein Irrenhaus zu stecken – denn damit würde sie für ein Leiden schikaniert, auf das sie selbst keinen Einfluß hatte.

Erfreulicherweise hatten sie jedoch ganz unerwartetes Glück gehabt, und sich die Dienste eines Arztes und einer Krankenschwester sichern können, die außergewöhnlich menschlich waren, ein Ehepaar, das gemeinsam daran arbeitete, Krankheiten wie die von Miranda näher zu untersuchen. Sie hatten eine eigene Klinik in Philadelphia, in der es nur fünf andere Patienten gab.

Oh, welchen Unterschied es für dieses Haus bedeutet, daß Miranda fort ist, Leisa, schrieb Catherine freudig. Frieden und Heiterkeit sind wieder bei uns eingekehrt, und das Glück ist uns wieder hold. Und dein Bruder ist wie ausgetauscht, wieder der alte Arend, den wir von früher kennen, wieder zu uns zurückgekehrt.

Arend schrieb in kurzen Worten, daß er sich im Mai in New York einschiffen werde, und damit rechnete, nicht viel später als gegen Ende Juni in England einzutreffen, um seiner Schwester jenen versprochenen Besuch abzustatten, den er jetzt zwölf Jahre vor sich hergeschoben hatte. Nach Ablauf seines Besuches würde er Nicky und auf den Wunsch ihrer Eltern hin auch Danielle nach Hause mitnehmen.

»Äh – hat Mr. van Gulik mich namentlich erwähnt?« rief Danielle selig aus. »Sind Sie ganz sicher?«

Leisa las lachend und erstaunt zugleich aus dem Brief vor. »›Dr. Ben Asher und seine Frau wünschen, daß ich die junge Danielle nach Hause mitbringe.‹«

»Die junge Danielle! Warum muß er mich die *junge* Danielle nennen?«

»Möglicherweise«, antwortete Leisa freundlich, »weil er alt genug ist, um dein Vater zu sein.«

Der instinktive Protest erstarb auf Danielles Lippen. Natürlich war er alt genug, um ihr Vater zu sein; aber in ihrem Herzen war Arend der edle Ritter, der in seiner Pracht dastand, stämmig, zuverlässig und loyal, ein Fels in der Brandung.

Ihre Augen leuchteten, als sie sich vorstellte, während seines Besuches hier in Wadsworth so viele Wochen lang unter einem Dach mit ihm zu leben. Und dann kam noch die lange Heimreise. Mindestens zwei Monate lang würden sie einander ständig Gesellschaft leisten.

»Was glaubst du, wann er ankommt?« fragte Glennys

eilig, um die Aufmerksamkeit ihrer Mutter von ihrer Freundin abzulenken.

Leisa nahm den Brief wieder zur Hand. »Um Himmels willen! Er muß inzwischen schon auf halber Strecke sein. Nach all den Jahren kann ich gar nicht glauben, daß er endlich doch noch kommt.«

»Wir werden es Nicky erzählen, Mama«, erbot sich Glennys und zog Danielle mit sich aus dem Haus. Als sie zu den Ställen gingen, sagte sie beiläufig: »Ich liebe ihn auch, Danielle. Schließlich bin ich mit ihm verwandt. Aber er ist trotzdem nicht nur zwanzig Jahre älter als du, sondern zudem noch unglücklich verheiratet.«

»Ich weiß das alles, Glennys. Für wie dumm hältst du mich eigentlich? Er war nur einfach so freundlich und so verständnisvoll an dem Tag, an dem Miranda über mich hergefallen ist. Seit da an sehe ich in ihm einen guten Freund – fast so gut wie du, und ich glaube, daß Freunde, ganz normale Freunde, mein Leben lang wichtiger für mich sein werden als vielleicht für dich.«

»Das verstehe ich nicht.«

»Wie könntest du das auch verstehen!« fragte Danielle leise. »Sieh mich an, Glennys. Sieh mich genau an. Meine Haut ist so weiß wie deine, sogar noch weißer, weil du schneller braun wirst als ich. Mein Blut...« Sie bückte sich, hob einen spitzen Zweig auf und kratzte auf ihrer Handfläche herum, bis zwei rote Tropfen erschienen. »Sieh nur, es hat die richtige Farbe, genau wie deines – aber trotzdem besteht zwischen uns ein undefinierbarer Unterschied. Von Seiten meines Vaters ist das Blut, das in meinen Adern fließt, das hebräischer Patriarchen. Von Seiten meiner Mutter ist es eine Mischung aus dem Blut weißer Sklavenhalter und schwarzer Sklaven, die man in ihrem eigenen Land gefangen genommen und entführt hat. Die Holloways hier im Schloß können ihre Ahnen bis in das Jahr 1066 zurückverfolgen, aber ich bin sowohl die Tochter Abrahams als auch die eines afrikanischen Königs.«

Sie kehrte beide Handflächen nach oben und hielt sie Glennys hin. »Und jetzt füge ich alledem noch hinzu, daß das die Hände einer Ärztin sein werden. Ich werde einen Berufsweg einschlagen, der als *die* privilegierte Domäne der Männer gilt. Alle die Dinge, auf die *ich* und *meine* Familie stolz sind, sind die, die der Rest der Welt mißtrauisch und abschätzig beäugt.«

»Nicht in dieser Familie hier! Und auch unsere Freunde und unsere Angehörigen in Amerika sehen es nicht so!«

»Glennys, meine liebe, süße Glennys, du lebst in einer Traumwelt, und dieses Schloß steht in ihr. Onkel Thorne ist der König, und Tante Lissy ist die Königin, und du – du, meine liebe, gute Freundin, bist die Prinzessin, die darauf wartet, daß Jack erwachsen wird und dich wachküßt. Wenn das passiert, wirst du für den Rest deiner Tage glücklich sein und zweifellos ein halbes Dutzend gesunder Kinder in die Welt setzen, die hier spielen, wie wir jetzt – und so wird es weitergehen. Dein Platz auf der Welt ist gesichert, er steht fest. Du wirst deine Freunde immer in Ehren halten, aber ich bezweifle, daß du sie je so sehr brauchen wirst wie ich. Miranda van Gulik mag eine Irre sein, aber es gibt viele andere angeblich geistig gesunde Menschen, die so wie *sie* über mich denken und nicht so wie *du* oder Arend.«

Sie drückte Glennys an sich. »Das Leben ist bisher sehr gut zu mir gewesen, aber meine Eltern sind Realisten. Sie haben mich zu einer Realistin erzogen, damit ich die Schicksalsschläge und die Bigotterie besser verkrafte, mit der ich später noch konfrontiert sein werde. Sieh nur!« unterbrach sie sich selbst in ihrem Gedankengang. »Da kommt Nicholas.«

Er stieß ein Freudengeheul aus, als er die Neuigkeiten hörte. Die beiden Mädchen grinsten einander zu.

»Ich kann es kaum erwarten, Onkel Arends Gesicht zu sehen, wenn er Nicky wiedersieht.«

»Erinnerst du dich noch daran, wie klein und blaß und ängstlich er auf dem Schiff war?«

»Und jetzt ist er ein richtiger Junge, so laut und voller Streiche wie Matt.«

»Ich glaube eigentlich, daß er sich Jack als Vorbild ausgesucht hat.«

»Oder es zumindest versucht.«

»Natürlich«, neckte Danielle und tat so, als wolle sie sich entschuldigen, »gibt es niemanden auf Erden, der sich in seinem Verhalten je an Jack messen könnte, sei es in seinem Übermut und seiner Ausgelassenheit oder in irgendeiner anderen Hinsicht.«

Glennys lächelte, ohne beleidigt zu sein. »Du hast recht«, gab sie dreist von sich. »Daran kann sich niemand messen.«

17. Kapitel

Wieder erlebten sie einen wunderbaren Sommer im Schloß.

Kurz nachdem Arend und Nicholas einander endlich wiedergesehen hatten, kam Jack von der Schule nach Hause und brachte nicht nur Gabe wieder mit, sondern auch den dritten im Bunde, Ian MacDowell.

Ian lebte auf einer abgelegenen Insel der Inneren Hebriden in einem alten weitläufigen Schloß, an das ein Dutzend Flügel angebaut worden waren. Bei seiner Ankunft in Wadsworth sprang er aus der Kutsche, die sie vom Cornwall gebracht hatte, sah sich einen Moment lang um und wandte sich dann grinsend an Jack.

»Du hast recht gehabt, Jack«, sagte er mit schelmisch funkelnden Augen. »Es ist ein hübsches kleines Häuschen.«

Die gesamte Familie kam aus dem Haus gestürzt. Nur

Glennys, die sich daran erinnerte, wie sie sich ihm im letzten Jahr an den Hals geworfen hatte, blieb in der Eingangshalle stehen und wartete. Sollte er diesmal doch zu ihr kommen!

Alle drei Jungen kamen gleichzeitig auf sie zu. Gabe gab ihr die Hand und begrüßte sie freundschaftlich, aber ruppig. Ian starrte ihr hübsches Gesicht und ihr rotbraunes Haar an, das fast schottisch wirkte, und bewunderte sie vom ersten Augenblick an. Jack küßte sie auf beide Wangen.

Da sie sich ihrer neuerworbenen Anziehungskraft bewußt war, wandte sich Glennys mit einem charmanten Lächeln und strahlenden Augen an Ian.

»Jack berichtet in jedem Brief von deinen Streichen«, plauderte sie drauflos. »Bist du wirklich der wüste Schotte, als den man dich schildert?«

»Wahrscheinlich hat er nicht einmal die Hälfte meiner Schandtaten weitergegeben«, versicherte Ian Glennys mit übertriebenem schottischem Dialekt. »Du solltest dich vor mir hüten, Glennys. Ich muß dich anstandshalber warnen, daß kein hübsches Mädchen vor mir sicher ist.«

Glennys legte den Kopf zur Seite und sah ihn durch ihre Wimpern an. »Ich zeige dir jetzt dein Schlafzimmer, Ian«, sagte sie keck, »und dort kannst du mir die andere Hälfte deiner Schandtaten erzählen, die ich noch nicht kenne. Gabe«, sagte sie achtlos über die Schulter, »du bist im selben Zimmer untergebracht wie im letzten Jahr.«

»Glennys?«

»Ja, Jack?« sagte sie höflich, als sie seinen empörten Ausruf vernahm.

»Wir gehen gemeinsam nach oben«, sagte er steif, und als sie Ian in das grüne Zimmer führte, das Jacks größerer Suite gegenüberlag, blieb Jack ihnen auf den Fersen und wich keinen Moment von ihrer Seite.

»Keine Sorge, Glennys«, versicherte ihr Ian vorlaut. »Ich bleibe den ganzen Monat. Eines Tages werden wir Gelegenheit finden, uns heimlich davonzustehlen und uns unter vier Augen zu unterhalten.«

Als sie Ian allein ließen, damit er sich waschen und umziehen konnte, packte Jack Glennys am Handgelenk und zerrte sie in sein Schlafzimmer.

»Was soll dieser alberne Flirt mit Ian bedeuten?«

»Wenn ein Mädchen nicht bei den Freunden ihres eigenen Bruders üben darf«, sagte Glennys heiter, »wie soll sie dann etwas dazulernen?«

»An ihm wirst du es jedenfalls nicht probieren!«

»Und warum, um Himmels willen, nicht?«

»Er sieht vielleicht nicht so aus, aber in der Schule hat er einen ziemlich üblen Ruf.«

Als er feststellte, daß Glennys diese Information begeistert zur Kenntnis nahm, bedauerte Jack, ihr das gesagt zu haben. »Glennys, ich warne dich«, setzte er finster an. Dann packte er sie an beiden Handgelenken und bog ihr die Hände auf den Rücken. Sie stand jetzt ganz dicht vor ihm. Glennys nahm unwillkürlich die Veränderungen wahr, die in seinem schlanken Körper, der sich an sie preßte, vor sich gingen. Sie fragte sich, ob ihm klar war, daß ihr eigener Körper mindestens ebenso sehr auf ihn reagierte.

Es war ihm klar.

Sie konnte es seinem entgeisterten Gesicht ansehen. Im nächsten Moment ließ er ihre Handgelenke los, als hätte er glühende Kohlen angefaßt. Er stieß sie von sich.

»Schluß mit dem Flirten!«

»Ja, Jack«, sagte Glennys gehorsam und ging fort, um sich vor dem Tee die Hände zu waschen und die Haare zu kämmen. Währenddessen fragte sie sich, wie bald es ihr und Ian MacDowell gelingen würde, sich heimlich davonzuschleichen, und wie lange sie brauchen würde, bis sie ihn dahin gebracht hatte, sie zu küssen.

Die nächsten Wochen verliefen wie üblich. Sie veranstalteten Picknicks und Parties, ritten morgens aus, machten Spaziergänge, gingen am Nachmittag fischen und verbrachten die Abende mit Gesprächen, Spielen und Musik.

Gabe widmete sich fast ausschließlich Danielle, und Ian MacDowell brachte Glennys die unverhohlene, offenkundige Bewunderung entgegen, mit der er, wie sie sehr wohl wußte, jedes halbwegs passable hübsche Mädchen, das ihm über den Weg lief, auch bedacht hätte. Jack bewachte sie weiterhin wie ein Hund jeden beliebigen Knochen bewacht, den man ihm zuwirft, ganz gleich, ob er ihn unbedingt für sich haben will oder nicht.

Es gelang ihnen zwar, gute Freunde zu werden, doch diese ständige Überwachung ließ Ians Pläne, allein miteinander zu ›plaudern‹, kläglich scheitern.

Dann erwachte Glennys an einem regnerischen Morgen kurz nach der Morgendämmerung vom Klappern des Fensterladens. Sie sprang aus dem Bett und lief barfuß ans Fenster, um den Rolladen zu befestigen. Als sie schon wieder mit einem Satz ins Bett hüpfen wollte, sah sie eine einsame Gestalt durch den Regen trotten. Es schien Ian zu sein.

Ja, er war es.

Wie der Blitz zog sie ihre Reitsachen und ihre Stiefel an und schlüpfte in einen Mantel mit Kapuze, während sie die Treppe hinuntersprang.

Ian hatte den Weg zu der Wiese am Teich im Osten eingeschlagen. Glennys folgte ihm so schnell wie möglich und betete nur, daß er nicht von diesem Weg abgebogen war.

Aber nein, sie hatte ihn schon fast eingeholt. Er lief durch den Regen, als sei es ein sonniger Sommertag.

»Ian!« Ein halbes Dutzend Mal rief sie seinen Namen, ehe der peitschende Wind ihre Stimme zu ihm trug. Er wirbelte herum, blieb zehn Sekunden lang vor Erstaunen regungslos stehen und lief dann auf sie zu.

»Bist du verrückt, Mädchen? Das ist doch kein Wetter, um draußen rumzulaufen.«

»Bist *du* verrückt, Junge?« verspottete sie ihn keck.

»Ach, für einen Schotten ist es das richtige Wetter. So stürmisch ist es auf meiner Insel oft, aber hier bei euch in Derbyshire...« Er schüttelte betrübt den Kopf. »Wenn du dir doch nur vorstellen könntest, wie schnell einem die sanften grünen Hügel und euer verfluchter englischer Sonnenschein zum Hals heraushängen können.«

Glennys lachte laut und schlug plötzlich ihre Kapuze zurück, damit der Wind ihren Lockenschopf zerzausen konnte. Der Regen klebte das Haar an ihr Gesicht und strömte über ihr Gesicht und ihren Hals, bis sie genauso naß war wie Ian.

Sie standen einander gegenüber, und ihre Kleider trieften vor Nässe, während ihre Stiefel im Schlamm versanken. Beide brüllten vor Lachen.

Fast im selben Moment erstarb ihr Gelächter, und der Wind schien nachzulassen. Ohne seinen Blick von ihr zu lösen, trat Ian näher. »Meine Süße«, sagte er mit einer Stimme, die für jemanden, der nie etwas ernst meinte, erstaunlich zärtlich war. Dann legte er seine Arme einen Moment lang beschützend um sie. Bald lag jedoch eine seiner Hände unter ihrem Kinn, und er zog ihr Gesicht zu sich hinauf.

Für Glennys war es eine Offenbarung, sich von Ian küssen zu lassen. Sie mochte ihn, aber sie liebte ihn nicht, kein bißchen. Trotzdem ging von Ians Kuß bei diesem Regenwetter ein wundersamer Zauber aus. Ihr Herz schlug so schnell, als sei sie bis über beide Ohren in ihn verliebt, und er sprach ihre Sinne in einem Maß an, das sie erstaunte. Sie hatte immer geglaubt, niemand außer Jack könnte solche Gefühle in ihr aufkommen lassen.

Wenn der Boden unter ihren Füßen feste Erde und

kein See aus Schlamm gewesen wäre, hätte Glennys gern in Ians Armen gelegen. Ian hatte die Luft von Derbyshire, die er so gar nicht mochte, tief eingeatmet und senkte seinen Mund auf ihre Lippen, um Glennys erneut zu küssen. Glennys kostete den Moment aus und wies jede Überlegung von sich. Später, wenn dieser leidenschaftliche Kuß vorüber war, würde sie sich Gedanken machen.

Jetzt lösten sie sich voneinander. Ian war ein wenig verlegen, Glennys aus ganzem Herzen glücklich.

»Das war schön«, sagte sie strahlend. »Wenn ich mir vorstelle, daß ich das nicht gewußt habe.«

»Daß du was nicht gewußt hast?«

»Daß Küsse selbst dann so wunderbar sind, wenn man jemanden nicht liebt.«

Er wirkte entgeistert, und Glennys sagte ungläubig: »Du – du hast doch nicht etwas geglaubt, daß ich dich liebe, Ian, oder?«

»Warum hätte ich das glauben sollen?« sagte Ian ironisch, »wenn du mich eindeutig nur benutzt, um Jack eins auszuwischen?«

»Oh.« Zum erstenmal wirkte Glennys ein wenig reumütig. »Ganz so war es nicht. Heute hatte es sogar nicht das Geringste damit zu tun. Ich habe dich von meinem Fenster aus gesehen und bin gekommen, weil ich bei dir sein wollte. Das hat doch wirklich nichts damit zu tun, daß ich Jack eins auswischen will.«

Sie trat einen Schritt näher und sagte zutraulich: »Ich wollte, daß du mich küßt. Weil *ich* es will, das ist wirklich wahr.«

»Wie könnte ich es wagen, an deinen Worten zu zweifeln?« murmelte Ian tiefgründig. »Schließlich spiele ich ja mit, weil es mir auch Spaß macht, meinem Freund eins auszuwischen, und trotzdem habe ich dich geküßt, weil ich es wollte.«

Er zog sie so selbstverständlich wieder in seine Arme, als säßen sie wohlig und trocken vor dem Kamin im Salon des Schlosses. Glennys reagierte willig auf den Finger unter ihrem Kinn.

Sie küßten einander wieder, und von ihnen aus hätte es ewig so weitergehen können. Sie kümmerten sich nicht um die Feuchtigkeit, den Regen, die Kälte und die Sturmwolken, die an einem finsteren Himmel heranzogen.

Erst als sie wiederholt den Klang ihres Namens hörte, kehrte Glennys in die Realität zurück. Anfangs glaubte sie, es sei Ian, der immer wieder ihren Namen aussprach, doch wie konnte das sein, war doch sein Mund viel zu beschäftigt, um etwas sagen zu können. Endlich wurde ihr klar, daß ihr Name laut und in einem zornigen Tonfall ausgesprochen wurde. Sogar sehr laut und sehr zornig. Ian mußte es gleichzeitig wahrgenommen haben.

Widerstrebend lösten sich ihre Lippen voneinander, und sie drehten sich zu einem dürftig bekleideten Jack um, der barfuß im Schlamm herumsprang.

»Ich habe dich vom Fenster aus gesehen«, knirschte er vorwurfsvoll zu Glennys, »und ich dachte, daß irgend etwas nicht in Ordnung ist. Daher bin ich so schnell wie möglich gekommen. Ich wußte nicht, daß ihr beide vorhattet...« Jetzt wandte er seinen wütenden Blick vorwurfsvoll zu Ian.

»Aber genauso ist es mir doch auch gegangen, Jack«, erklärte Glennys eilig. »Ich habe Ian von meinem Fenster aus gesehen und gedacht – es schien ihm Spaß zu machen, durch den Regen zu laufen, und daher hatte ich mich entschlossen mitzukommen. Es war nicht so abgemacht.«

»Ob abgemacht oder nicht, was ändert das?« fragte Jack durch zusammengebissene Zähne.

»Von mir hat sie nichts Böses zu erwarten«, sagte Ian hochmütig.

Glennys sah von einem zum anderen. »Natürlich habe ich von dir nichts Böses zu erwarten, Ian«, sagte sie und dann zu Jack: »Warum bloß bist du so wütend, weil Ian mich geküßt hat? Ich wollte es so haben.«

Ian stöhnte, und Jack lief rot an. Beide betrachteten Glennys mürrisch.

»Schande auf eure Häupter!« zitierte sie theatralisch. Sie wirbelte herum und zog den Umhang dichter um sich, um sich einen würdigen Abgang zu verschaffen und ins Schloß zurückzukehren.

Leider war der Boden unter ihren Füßen inzwischen nicht mehr nur durchnäßt, sondern gefährlich glitschig. Glennys fiel mit ausgebreiteten Armen und mit dem Gesicht nach vorn in den Schlamm. Nur mühsam konnte sie sich wieder aufrichten, und ihre Augen mußte sie zuerst noch mit einem Zipfel ihres Mantels freiwischen, ehe sie sie wieder aufschlagen konnte.

Jack und Ian waren nicht mehr böse aufeinander. Sie hatten einander die Arme um die Schulter gelegt und bogen sich vor Lachen.

»Ihr verdammten Mistkerle!« Zwischen den Silben mußte Glennys Schlamm ausspucken.

Die Jungen schrien vor Lachen und klopften einander auf den Rücken, während ihr Opfer versuchte, sich auf die Füße zu ziehen.

Als sie ihr höflich beistehen wollten, nahm Glennys die Hände, die sie ausstreckten, nicht an.

»Rührt mich nicht an!« fauchte sie.

Sie zog sich auf alle Viere und dann langsam wieder hoch. Sie sah durch die beiden hindurch, als seien sie Luft.

Auf dem Weg zum Schloß hörte sie hinter sich das schmatzende Echo ihrer Schritte und den verhaßten Klang ihres Gelächters.

18. Kapitel

Im Hochsommer, mitten in den Ferien, kehrte Gabe nach Cornwall zurück und trennte sich nur ungern von Danielle, die schon so bald wieder nach Amerika aufbrechen würde.

Ians Besuch endete gleichzeitig und ohne weitere Anläufe, mit Glennys allein zu sein oder sie noch einmal zu küssen. Er hätte sie gern geküßt; daran hatte Glennys keinen Zweifel. Sie konnte es regelrecht spüren. Anscheinend war ihm jedoch die Freundschaft mit Jack wichtiger, und überdies hatte er erkannt, welche Besitzansprüche Jack an Glennys stellte.

Nachts im Bett bedachte Glennys den jungen Mann mit gar nicht schmeichelhaften Begriffen. Sie schlug auf ihr Kopfkissen ein und murmelte: »Du selbst willst mich nicht küssen, und doch hältst du jeden anderen davon ab.«

Es dauerte nicht lange, bis der Sommer vorüber war, und der Kreis derer, die im Schloß zurückblieben, fühlte sich noch einsamer, als auch Jack wieder in die Schule zurückgekehrt war und Danielle und Nicky unter Arends Obhut den Heimweg angetreten hatten.

In den ersten Wochen nach dem allgemeinen Aufbruch, schlug Glennys nachts nicht mehr wutentbrannt auf ihr Kissen ein, sondern benäßte es mit ihren Tränen.

»Ich fühle mich auch recht niedergeschlagen«, versuchte Leisa sie zu trösten, »aber wahrscheinlich fahren wir alle bald nach Hause...« Sie sah Thorne schuldbewußt an, doch er zog nur eine Augenbraue hoch. »Ich meine, wahrscheinlich machen wir selbst bald einen Besuch in Amerika.«

Die Reise wurde fast um ein Jahr verschoben. Dann reisten sämtliche Holloways außer Jack über den Ozean, da Leisas Eltern beide krank waren. Craig und Rob trafen bald darauf im Holland Haus ein, um Glennys nach Green Gates mitzunehmen.

Danielle wurde benachrichtigt und kam in der Woche darauf nach Green Gates. Nach den ersten Küssen, Umarmungen und Freudenschreien sah Glennys, daß ihre Freundin sich eilig umsah.

»Er ist nicht da«, sagte Glennys behutsam.

Danielle sah sie hochmütig an. »Wie bitte?«

»Onkel Arend ist im Holland Haus geblieben.«

»Ich habe dich nicht nach ihm gefragt.«

»Das war auch nicht nötig.«

»Heulst du Jack immer noch wie eine liebestolle Hündin nach?« fragte Danielle mit spröder Stimme.

»Ja«, antwortete Glennys mit einer entwaffnenden Einfachheit.

Die beiden sahen einander an und fingen an zu lachen. Sie lachten, bis ihnen die Tränen in den Augen standen.

»Was sind wir doch für ein Gespann«, sagte Glennys, die in ihrer Tasche nach einem Taschentuch kramte. »Wie sehr ich doch wünschte, alle Märchen würden wahr.«

»Du meinst den Schluß? Glücklich bis ans Ende ihrer Tage? Mach dir keine Sorgen, wenn du Geduld hast, bekommst du es von selbst«, sagte sie achselzuckend, »und das ist mehr, als ich von mir behaupten kann.«

»Nein, eigentlich habe ich mich darauf bezogen, wie in den Geschichten immer die Prinzen diejenigen sind, die um die Heldin werben und sie in sich verliebt machen. Im wahren Leben scheint es nicht so zu laufen.«

»Hast du dir je überlegt, daß *er* erst die Gelegenheit hätte, *dir* nachzulaufen, wenn *du* aufhören würdest, *ihm* nachzulaufen?«

»Das glaubst du doch selbst nicht! Dann würde er mich auf der Stelle vergessen und einem Dutzend anderer Mädchen nachlaufen. Genau das«, fügte sie finster hinzu, »tut er wahrscheinlich im Moment in Cambridge.«

»Er ist dort«, hob Danielle gestelzt hervor, »um zu studieren.«

»Als ob ich das nicht wüßte!« fauchte Glennys. »Was mir Sorgen macht, ist, was er dort studieren könnte. Ich habe gehört, was Papa von Cambridge erzählt hat, wenn er dachte, ich sei nicht dabei. Und dir würden die Haare ausfallen, wenn du hören könntest, was Onkel Charley über seine Zeit in Oxford sagt.«

»Vertraust du Jacks gesundem Menschenverstand denn gar nicht?«

»Nein«, sagte Glennys lächelnd. »Kein bißchen.«

Danielle schüttelte verwundert den Kopf. »Manchmal verstehe ich dich überhaupt nicht mehr. Glennys. Wie kannst du jemanden mögen, der...«

»Liebe ist das richtige Wort.«

»Na gut, dann meinetwegen ›lieben‹. Aber wie kannst du jemanden lieben und nicht daran glauben, daß er wirklich ein ganz besonderer Mensch ist, ein besserer Mensch?«

»Wer besitzt hier keinen gesunden Menschenverstand?« fragte Glennys höhnisch. »Natürlich halte ich Jack für etwas ganz Besonderes, und für mich gibt es niemanden in meinem Leben, der mir mehr bedeutet. Ich kann mir noch nicht einmal vorstellen, wie ein Leben ohne ihn aussehen sollte... Vielleicht so, als blickte man zum Himmel auf und wüßte, daß die Sonne nie mehr scheinen wird. Wir mögen die selben Menschen, die selben Dinge. Wir denken gleich. Oft beendet er meine Sätze und weiß, was ich sagen will, ehe ich es selbst weiß. Es gibt Zeiten, in denen ich seine Gedanken so deutlich lesen kann, als seien sie für mich ausgedruckt worden. Wenn ich glücklich bin, macht er mich noch glücklicher; wenn ich traurig bin, gibt er mir das Gefühl, das alles gar nicht so schlimm sein kann. Niemand kann mich so wütend machen wie Jack, weil es auf der ganzen Welt niemanden gibt, aus dem ich mir soviel mache. Ich habe zwei Mütter und zwei Väter, eine Schwester, noch einen anderen Bruder, Cousins wie Nicky und Freundinnen wie dich – aber Jack...«

Sie lachte gepreßt. »Sie sagen, daß ich mir das alles nur einbilde, Danielle, Familiengeschichten, die ich so oft gehört habe. Sie sagen mir, ich sei viel zu jung gewesen, um mich daran erinnern zu können, wie er sich auf die Zehenspitzen gestellt hat und mich in meiner Wiege im Grace Hall Hospital angesehen hat – und es war *seine* Wiege, ehe es meine war. Vielleicht haben sie ja recht, ich bin mir nicht sicher. Ich weiß nur, daß ich ihn in meiner Vorstellung dort stehen sehe. Er war vom Anbeginn meines Lebens bei mir, und dort will ich ihn bis zum Ende haben.«

Danielle war von ihrer Beredsamkeit verblüfft, doch Glennys war noch nicht am Ende.

»Ich weiß, daß er noch lange braucht, um erwachsen zu werden«, sagte sie beiläufig. »Ich weiß, daß er...« Sie zögerte. »Er ist ein wenig zu verzogen, und er sieht zu gut aus, und er ist sich zu sehr bewußt, daß er der kleine Lord ist. Aber das macht nichts. Eines Tages wird er erwachsen werden und aus all dem herauswachsen. Eines Tages wird er all das verkörpern, was das Beste an Mama und Papa und Amerika und in England ist, in der Neuen und der Alten Welt. Wenn dieser Tag kommt«, schloß sie mit absoluter Zuversicht, »dann wird er mich brauchen. Er wird mich ebeno sehr begehren, wie ich ihn begehre. Ich weiß, daß du – wie alle anderen auch – es immer für eine jugendliche Schwärmerei gehalten hast. Das ist es aber nicht, Danielle. Und das ist es auch nie gewesen.«

»Dein Geheimnis«, sagte Danielle feierlich, »ist bei mir gut aufgehoben.«

»Und deins«, antwortete Glennys mit einem strahlenden Lächeln, »bei mir... Obwohl ich wünschte, auch du könntest einem glücklichen Ausgang entgegensehen.«

»Ach, das bezweifle ich«, antwortete Danielle verdrossen. »Miranda mag zwar hier oben sehr krank sein.« Sie tippte sich an die Stirn. »Leider scheint sie aber in jeder anderen Hinsicht erschreckend gesund zu sein.«

»Danielle!« protestierte Glennys lachend und schokkiert zugleich.

»Ich will nicht scheinheilig sein!« fuhr Danielle heftig fort. »Selbst, wenn *ich* Arend nie wieder zu sehen bekäme, würde ich mit Freuden hören, daß Miranda tot ist. Sie ist sich selbst zu nichts nutze und für ihn schon gleich gar nicht. Ich weiß nur zu gut, daß ich ihn nie bekommen werde, aber ich wäre trotzdem froh, wenn sie sterben würde, denn dann könnte Arend mit jemand anderem glücklich werden – selbst dann, wenn ich es nicht sein kann.«

19. Kapitel

1801 kam Jack aus Cambridge und teilte seinen Eltern unverblümt mit, er bedaure es, mit einer Tradition der Holloways zu brechen, doch die Wahrheit sei, daß er keine Lust habe, zum Militär zu gehen.

Leisa nahm diese Information mit einem stillen, zufriedenen Lächeln auf. Sogar jetzt noch, zwanzig Jahre nach der Niederlage der Briten, die in Yorktown, Virginia, vor den aufständischen Kolonisten kapituliert hatten, hatte sie nicht gewußt, wie sie den Anblick ihres geliebten Sohnes in der verhaßten englischen Uniform ertragen sollte.

Für jemanden, der während der Revolution die halb erfrorenen, ausgehungerten amerikanischen Gefangenen in New York versorgt und sie später in Jockey Hollow gepflegt hatte, würden die englischen Uniformen für alle Zeiten den Feind verkörpern. Während des Krieges hatte sie sich sogar von ihrem Ehemann, den sie aus ganzem Herzen liebte, getrennt, statt bei ihm zu bleiben und sich von ihren widersprüchlichen Zugehörigkeitsgefühlen zerreißen zu lassen.

»Es ist ja nicht so, als sei das Land im Krieg«, erklärte Jack seinem Vater behutsam. »In dem Fall könnte ich meine Pflichten anders sehen. Und die militärische Tradition der Holloways gehört einer Zeit an, zu der du noch nicht Lord Wadsworth warst, oder nicht?«

»Das ist richtig«, stimmte ihm Thorne zu und sah dabei seine Frau und nicht seinen Erben an. Leisa sah ihm fest in die Augen. Sie wollte von sich aus nichts sagen, aber sie wollte ihm auch nichts vormachen.

Thorne lächelte matt. »Meine kleine Rebellin«, sagte er zärtlich. Leisas Herz überschlug sich vor Freude, doch Jack sah ihn bestürzt an.

»Wie bitte?« sagte er.

»Ehe wir Wadsworth geerbt haben«, sagte Thorne zu seinem Sohn, »war das Heer für uns eine fast unumgängliche Pflicht. Da du es weder nötig hast, noch die Neigung verspürst, zum Militär zu gehen, und da England, wie du ganz richtig betont hast, nicht im Krieg liegt, hast du wahrscheinlich eine kluge Entscheidung getroffen.«

»Danke, Papa«, sagte Jack freudig. »Ich habe Ian und Gabe gleich gesagt, daß du Verständnis dafür haben wirst.«

»Aber, Jack, was haben Ian und Gabe mit deinem Entschluß zu tun?« fragte seine Mutter überrascht.

Diesmal lächelte Thorne ironisch. »Sie sind der Grund dafür«, sagte Thorne, ehe Jack selbst etwas darauf antworten konnte. »Ich vermute, Jordan, daß die drei Ruchlosen, die Cambridge auf den Kopf gestellt haben, andere Zukunftspläne schmieden?«

»Was das angeht«, sagte Jack, der seine Worte behutsam wählte, »muß ich sagen, daß wir mit unserer Zukunft alle drei dasselbe wie bisher vorhaben. Ian wird auf seiner Insel leben wie alle MacDowells vor ihm auch. Gabe wird nach Cornwall zurückkehren und unter seinem Vater in der Schule unterrichten und wahrscheinlich wie die Familie seiner Mutter jeden Sommer fischen gehen.«

»Und mein eigener Sohn?«

Jack sah seinem Vater in die Augen und sprach es ohne jedes Zögern aus. »Wenn Wadsworth eines Tages an mich übergeht – und ich bitte Gott darum, daß dieser Tag in weiter Ferne liegen möge – dann sollte ich wohl lernen, wie man das Land verwaltet. Du hast mir immer wieder erzählt, wie schwer es für dich war, Papa, die Erbschaft so unerwartet und so unerfahren anzutreten, da du kein anderes Leben als das beim Militär kanntest. Und du fandest, das sei eine denkbar schlechte Vorbereitung!«

»Ins Schwarze getroffen«, murmelte Thorne, während Leisa ihren Sohn voller Stolz und Liebe ansah.

Jack seufzte erleichtert auf, als hätte er nach einem langen Kampf den Sieg davongetragen, aber sein Vater war noch nicht fertig mit ihm.

»Soll ich das so auffassen«, sagte er mit einschmeichelnder Stimme und gesenkten Lidern, um das Lachen in seinen Augen zu verbergen, »daß du jetzt, nachdem du deinen Universitätsabschluß in der Hand hast, soweit bist, dich den Kniffligkeiten der Buchführung und den Problemen, die das Land stellt, auszusetzen? Soll ich den Gutsverwalter für morgen bestellen?«

Jack errötete bis an die Haarwurzeln. »Was das angeht«, setzte er unbeholfen an.

»Oder könnte es etwa sein«, fragte Thorne, als sei er gerade eben auf diesen Gedanken gekommen, »daß du, wenn du von der Zukunft gesprochen hast, nicht die unmittelbare Zukunft meintest?«

Jack lachte so sehr, daß er sich verschluckte und husten mußte. »Verdammt noch mal, Papa«, brachte er mühsam heraus, »du bist mir immer um ein paar Schritte voraus. Was sage ich da? Es sind wohl eher ein bis zwei Meilen.«

»Die drei Ruchlosen haben also doch einen Plan?«

»Wir wollen durch Europa reisen, ehe wir uns endgültig niederlassen.«

»Eine große Europareise?« rief Leisa besorgt aus. »Nein, nein, wie könnt ihr nur so dumm sein? Es mag ja sein, daß Napoleon im Moment stillhält, aber er hat große Teile von Italien besetzt, und was seine zukünftigen Absichten angeht, würde ich ihm keinen Meter weit über den Weg trauen.«

»Sehr klug gesprochen, meine Liebe«, bestätigte Thorne trocken, während Jack gleichzeitig herausplatzte: »Napoleon trauen! Niemals! Aber Griechenland scheint außerhalb des Gebietes zu liegen, auf das er Ambitionen hat, und dort hält sich eine beträchtliche Anzahl von Briten auf, sowohl von der Marine, als auch Diplomaten. Es wäre ein großartiger Abschluß meiner klassischen Ausbildung.«

»Ich habe das sichere Gefühl, daß deine Lehrer sich dem anschließen würden. Seltsam, daß keiner von ihnen mir gegenüber je deinen brennenden Wissensdurst in diesen Fächern erwähnt hat.«

Jack grinste nur. »Tote und trockene Sprachen zu lernen, ist nicht dasselbe, wie sich die Statuen und Gebäude anzusehen oder den Spuren einer längst vergangenen Zeit nachzugehen. Dort wimmelt es von Architekten und Künstlern, von Archäologen und Botanikern aus ganz Europa. Es muß unglaublichen Spaß machen, dort zu sein. In Cambridge haben wir kürzlich erfahren, daß Lord Elgin sich im Moment in Athen aufhält. Du kennst ihn doch, oder nicht?«

»Ja, ich kenne ihn«, sagte sein Vater, »und ich fürchte, wenn er sich dort aufhält, ist das in meinen Augen keine Empfehlung für das Land.«

»Das ist es ja gerade«, spann Jack aufgeregt seinen Faden weiter. »Wir haben gehört, daß er gewaltige Mühen auf sich genommen hat, um buchstäblich alles, was sich abreißen und auf ein Schiff laden läßt, nach England zu bringen. Manche spenden ihm Beifall, und andere sind entsetzt.«

»Ich vermute, du hast nicht vor, dich Lord Elgins Beutezug anzuschließen?«

»Meine Güte, nein! Was würden wir denn sagen, wenn die Bürger Athens nach England kämen und London oder Wadsworth ausgraben würden, um es nach Griechenland zu verschiffen? Aber mit Sicherheit gibt es dort andere Expeditionen, die uns interessieren, und die Lebensumstände klingen eher rauh«, fuhr er voller Begeisterung fort. »Läuse und Flöhe als Bettgenossen, Ziegenfleisch und Reis zum Abendessen und zu jeder Mahlzeit Wein, der nach Terpentin schmeckt. Außerdem besteht ständig die Gefahr...«

»Wenn es das ist, was dir Griechenland so verlockend erscheinen läßt«, mischte sich Leisa empört ein, »dann läßt sich eine einfachere Lösung finden. Du brauchst nicht so weit zu reisen, um es unbequem zu haben. Ich werde anordnen, daß dein Bett im Keller aufgeschlagen wird, und ich werde jemanden finden, der bereit ist, dir eine Ziege zu braten und dir Terpentin in den Madeira zu schütten.«

»Aber, Mama«, sagte Jack und unterdrückte ein Lachen. Er fand es gar nicht schlecht, daß sie ihm ins Wort gefallen war. Es wäre taktisch unklug gewesen, die ständige Bedrohung durch Banditen und Krankheiten hervorzuheben.

Als er sah, daß seine Mutter ernstlich voreingenommen gegen diese Reise war, wogegen sein Vater sie als ein ganz natürliches Anliegen seines Sohnes zu empfinden schien, gab er dem Gespräch eine andere Wendung. Papa würde die Schlacht für ihn schlagen.

Am späteren Abend machte er seinem Vater klar, daß

das Militär ihn für viel längere Zeit in ein viel ferneres Land hätte führen können. Thorne gab diese Argumente, wie Jack es erhofft hatte, an Leisa weiter.

»Aber in einem Jahr kann soviel passieren«, seufzte sie bedrückt.

»Sicher«, stimmte Thorne zu, »doch in einem Jahr kann ein junger Mann auch erwachsen werden. Er kann sich selbst finden. Er kann jemanden, den er sein Leben lang gekannt hat, mit völlig neuen Augen sehen.«

»Das möchte ich ihm auch geraten haben«, war Leisas heftige Antwort. »Schließlich ist Glennys einundzwanzig. Für einen Mann ist das kein Alter, aber eine Frau ist nicht mehr so jung. Was glaubt er denn, wie lange sie auf ihn warten wird?«

»Ich glaube nicht«, schmunzelte Thorne belustigt, »daß er sich auch nur die geringste Vorstellung davon macht, daß sie auf ihn wartet oder daß sie schon seit Jahren im heiratsfähigen Alter ist. Wenn er es wüßte, würde er bestimmt von ihr erwarten, daß sie ihm Zeit läßt, bis er soweit ist. Und er bildet sich wohl auch ein, daß er sie wie eine reife Frucht vom Baum schütteln kann, wenn ihm der Sinn danach steht. Wer weiß? Nach einem Jahr in der Wildnis von Griechenland sieht er sie vielleicht in einem ganz anderen Licht? Aber wie dem auch sei, weshalb sollten wir uns sorgen? Ich habe das sichere Gefühl, wenn er von seinen Reisen zurückkehrt und nicht um Glennys' Hand anhält, wird sie ihm einen Heiratsantrag machen.«

»Aber was wird sie morgen sagen«, jammerte Leisa, »wenn sie erfährt, daß er und Ian und Gabe nach Griechenland reisen?«

»Ich wage zu behaupten, daß sie ein paar Bemerkungen von sich geben wird, die einer anständigen jungen Dame nicht über die Lippen gehen sollten, aber schließlich wird ihr gesunder Menschenverstand siegen.«

Als Glennys von dem Vorhaben hörte, wollte sie mitfahren, doch diesen Wunsch schlug ihr Thorne kommentarlos ab.

»Diese Welt ist für Männer gemacht, und ich darf nie etwas!« schluchzte Glennys. »Es ist eine miese, gemeine Welt!«

Jack, der äußerst zufrieden mit sich war, nachdem er Ian und Gabe geschrieben hatte, daß er die Zustimmung seiner Eltern errungen hatte, steckte den Kopf durch die Tür. »Warum ist die Welt so mies und gemein? Weshalb, um Himmels willen, heulst du, Glennys?«

»Papa«, schluchzte Glennys und sah Thorne vorwurfsvoll an, »sagt, daß ich nicht mit dir nach Griechenland fahren darf.«

Er wurde bleich. »Mein Gott, natürlich kannst du nicht mit mir nach Griechenland fahren!«

»Und warum nicht?«

»Bist du verrückt? Das ist viel zu gefährlich.«

»Zu gefährlich für mich, aber nicht für dich?«

»So kannst du es nicht sagen.«

»Würde es dir vielleicht etwas ausmachen, mir diese alberne Antwort näher zu erklären?«

Thorne gab Leisa ein Zeichen, und beide standen auf und gingen, ohne von den beiden Streithähnen bemerkt zu werden, die einander wie Kampfhähne gegenüberstanden.

»Selbst, wenn es die Zustände im Land zuließen, könntest du nicht allein mit drei Männern reisen.«

»Und warum nicht?«

»Stell dich nicht dümmer, als du bist! Hattest du etwa vor, Alice als Zofe und Anstandsdame mitzunehmen?«

»Ich brauche weder Alice, *noch* eine Anstandsdame!«

»Junge unverheiratete Frauen«, fauchte Jack, der jetzt die Zähne zusammenbiß, »reisen nicht mit unverheirateten Männern ins Ausland.«

»Dann könnte ich einen von euch heiraten. Ich glaube, Ian hätte schon Lust, mich zu heiraten.«

»Ian! Dich heiraten!« brüllte Jack entrüstet.

»Warum nicht? Ian mochte mich von Anfang an. Ich bin sicher, daß er nichts dagegen hätte.«

»Er ist bereits mehr oder weniger mit seiner Cousine verlobt, wie hieß sie doch noch mal?«

»Mary Margaret. Wenn ich es wirklich wollte, brächte ich ihn in einer Minute dazu, sich zu entloben.«

»Es wäre eine Gemeinheit, einem anderen Mädchen das anzutun – bloß, weil du nach Griechenland fahren willst.«

»Na, von mir aus. Und was hältst du davon, wenn ich Gabe heirate? Ich weiß, daß ihm Danielle lieber wäre, aber da er sie ohnehin nie kriegen wird, kann er ebenso gut mich nehmen. Wir mögen einander recht gern. Es könnte Spaß machen.«

Jacks Augen traten aus den Höhlen. Er schrie so laut, daß er fast an seiner eigenen Spucke erstickte. »Eine Ehe ist nicht dazu gedacht, Spaß zu machen, um Gottes willen. Du wirst weder Ian, noch Gabe heiraten, um nach Griechenland zu kommen. Wenn ich zulassen würde, daß du einen von uns dreien heiratest, dann wäre ich das, aber da du nicht nach Griechenland mitfährst, brauchen wir auch nicht zu heiraten. Das war mein letztes Wort.«

Glennys setzte sich und weinte hemmungslos. »Schon gut, Jack, wenn du mich nicht willst.«

»Ach, Glennys.« Er sah voller Unbehagen auf ihren gesenkten Kopf herunter und wurde sich bewußt, daß er einen schalen, traurigen Sieg davongetragen hatte. »Weine nicht, Glennys. Es ist nicht so, daß ich dich nicht mitnehmen möchte, aber es kann einfach nicht gutgehen. Ich habe noch nie erlebt, daß du dich wegen einer Kleinigkeit so aufregst.«

»Eine Kleinigkeit!« schluchzte Glennys.

»Oh, Himmel! Ich wollte doch nicht – hier. Aber schneuz dir nicht die Nase in die Spitzen.«

Er reichte ihr ein Taschentuch, das Glennys ihm geschenkt hatte. »Danke«, sagte sie und schneuzte sich direkt in die krummen, ineinander verwobenen Initialen J und H.

20. Kapitel

Zu Leisas großem Erstaunen war Glennys am nächsten Morgen sehr fröhlich und fand die Welt bezaubernd schön.

»Wie kommt es zu diesem bemerkenswerten Sinneswandel?« fragte sie.

»Deinem Sohn ist es zwar nicht klar, Mama«, meinte Glennys schelmisch, »aber er hat mir gestern so etwas Ähnliches wie einen Heiratsantrag gemacht.«

»Was heißt hier so etwas Ähnliches wie? Und wieso, ohne es zu wissen?«

»Als ich die Möglichkeit angesprochen habe, ich könnte Ian oder Gabe heiraten, hat er mir mitgeteilt, wenn er zuließe, daß ich einen von den dreien heirate – was nicht der Fall sei – dann sei das er.« Sie lachte fröhlich, doch sie wußte, daß ihre Zuversicht nur anhielt, weil er noch da war, und morgen um dieselbe Zeit würde er bereits fort sein.

Ich glaube, ich halte das nicht aus, dachte sie. Und wie sie es aushalten würde, sagte sie sich im nächsten Moment. Schließlich war sie kein zaghaftes, wimmerndes kleines Schulmädchen. Sie war Glennys St. John, die Tochter einer Heldin der amerikanischen Revolution, die Pflegetochter des ›Goldenen Engels‹. Sie würde damit fertigwerden, weil sie damit fertigwerden mußte. Sie hatte keine andere Wahl.

Der Anflug eines Lächelns trat auf ihre Lippen, als sie

sich Jacks Reaktion ausmalte, wenn sie jetzt noch, zu diesem späten Zeitpunkt gesagt hätte: ›Bitte, geh nicht fort. Bitte, verlaß mich nicht. Bleib hier, und erlaube mir, dich glücklich zu machen.‹

Jack, der sich innerlich seltsam leer fühlte, bemerkte das flüchtige Lächeln und war momentan erleichtert. Er hatte sich keinen tränenreichen Abschied gewünscht und daher versucht, jedes Alleinsein mit Glennys zu vermeiden. Als Leisa plötzlich äußerte, sie bräuchte eine Stunde mit Matt und Tina alleine, hatte Glennys ihn nur angesehen, und er selbst hatte ihr mit heiserer Stimme vorgeschlagen: »Hast du Lust, mit mir an den See zu kommen, Glennys?«

Sie hatte gar nicht erst darauf geantwortet, sondern war einfach aufgestanden und wortlos hinter ihm hergelaufen, und wie sonst auch immer hatte sie in dem Moment, in dem sie den See erreichten, ihre Schuhe und Strümpfe ausgezogen, um das sinnliche Kitzeln des langen grünen Grases an ihren nackten Fußsohlen und zwischen ihren Zehen zu spüren.

Jacks Blick glitt von ihren lächelnden Lippen zu ihren nackten Füßen herab, die auf Zehenspitzen durch das Gras tanzten.

»Ich habe nie ein Mädchen gesehen, das derart in gewöhnliches Gras verliebt ist«, sagte er beiläufig.

Zu seinem Bedauern zog sie ihre Beine unter dem weiten grünen Rock an und stützte ihren Kopf auf ihre bedeckten Knie. Nur ihre nackten Zehen schauten noch heraus.

Seine letzte Bemerkung tat ihm leid. Sie hatte lange, schöne braune Beine. Wie seltsam, daß er ihre auffällig wohlgeformten Knöchel bisher nie bemerkt hatte.

»Das liegt in der Familie«, antwortete Glennys, und Jack wurde aus seinen Gedanken an ihre verhüllten Beine herausgerissen und fragte: »Was?«

»Die Liebe zum Gras«, sagte Glennys bedächtig.

»Ich vermute, du erwartest jetzt, daß ich dich um eine Erklärung bitte.«

»Nein, keineswegs«, sagte Glennys und schlang ihre Arme um ihre Knie. »Eines Tages werde ich dir die Geschichte erzählen, aber nicht jetzt. Vielleicht an dem Tag, an dem du aus Athen zurückkommst.«

»Ich kann es kaum erwarten.«

Die Bemerkung war sarkastisch gedacht, doch sogar in seinen eigenen Ohren klang sie eher mißmutig. Verschämt streckte er eine Hand aus, zerzauste ihr Haar und ließ seine Finger in den zarten Locken liegen.

»Du wirst mir fehlen«, sagte er zu seinem eigenen Erstaunen, denn gerade das gehörte in der ohnehin schon gefühlsbetonten Atmosphäre zu den Dingen, die er *nicht* hatte aussprechen wollen.

Er hätte sich keine Sorgen zu machen brauchen. »Du wirst mir auch fehlen«, erwiderte Glennys so ruhig, daß es ihn fast wurmte. Ihr Tonfall klang so höflich und beinah gelangweilt, daß sie ebenso gut hätte sagen können: ›Die Frühstückseier werden mir fehlen.‹

»Du bist zwar allzu oft ein Quälgeist und eine Plage«, fuhr Jack fort, als hätte sie kein Wort gesagt, »aber wahrscheinlich habe ich mich daran gewöhnt, daß du *mein* Quälgeist und *meine* Plage bist.«

Glennys sah ihn durch halbgeschlossene Lider an. Dann trat ein strahlendes Lächeln auf ihr Gesicht. »Und *du*«, hauchte sie leise, »gehörst *mir*.«

Jack stockte der Atem in der Kehle, als er sich neben sie kniete. »Glennys«, flüsterte er. Dann wiederholte er es noch einmal und kostete den honigsüßen Geschmack ihres Namens auf seiner Zunge, als hätte er ihn nie zuvor gehört. »Glennys, Glennys.«

Sie lehnte sich in einem der Arme, die sie umschlangen, zurück und sah zu ihm auf, ohne zu lächeln, doch er konnte sie nicht mißverstehen. Nur einem Blinden konnte die Aufforderung verborgen bleiben, die in ihren

Augen stand, und nur ein Tauber hätte die Bedeutung ihres schneller schlagenden Herzens verkannt.

»Wie konntest du bloß...«, setzte Jack an, doch dann schnitt er sich selbst das Wort ab und senkte sein Gesicht auf die feuchten Lippen, die um seine Küsse zu flehen schienen.

Seit dem erstenmal hat er einiges dazugelernt, dachte Glennys im ersten Moment. Dann erwiderte sie seine Küsse mit derselben Glut, die auch er zeigte, und sie war dankbar dafür, daß man diese Kunst anscheinend aus Mangel an Übung nicht verlernte.

Als seine Lippen von ihrem Mund auf ihren Hals glitten, dann dicht neben ihrer Nase und schließlich auf ihrer Stirn lagen, um letztlich die empfindlichen Stellen hinter ihren Ohren aufzusuchen, gelang es ihr, sich auf die Knie zu ziehen und sich an seinen Körper zu schmiegen, als sei er ein Kleidungsstück, das sich ihr anpaßte.

In einer atemlosen Pause, in der ihre Wange an seine gepreßt war, konnte er seine Frage beenden. »Wie konntest du bloß erwachsen werden, ohne daß ich es bemerkt habe?«

Sie lehnte sich ein wenig zurück, um ihn ansehen zu können. »Du hast mir den Rücken zugewandt, du lahme Ente.« Sie hatte es lachend sagen wollen, doch es kam als ein leidenschaftliches Flüstern heraus.

Jacks blaue Augen waren in eine dunkle Glut getaucht, und seine Hände glitten über ihre Arme und legten sich um ihre Handgelenke. Glennys ließ willig zu, daß er sie sachte ins Gras gleiten ließ. Als sie ausgestreckt unter der großen Eiche dalag, blieb er noch einen Moment lang über ihr knien, bis Glennys ihm auffordernd ihre Arme entgegenstreckte. Augenblicklich ließ er sich neben ihr auf den Boden gleiten. Ein Arm lag unter ihr, einer auf ihr, und seine Beine waren über sie geschwungen.

»Glennys«, sagte er noch einmal staunend. »Glennys.«

»Das klingt so, als hättest du meinen Namen gerade erst kennengelernt.«

»Vielleicht ist es so, Glennys! Meine bezaubernde Glennys. Meine süße Peinigerin Glennys.«

»Peinigerin?«

»Weil du mich in Versuchung führst.«

»In welche Versuchung?«

»Was glaubst du wohl in deiner Unschuld?« Die blauen Augen funkelten schelmisch, und im nächsten Moment lag er auf ihr und drückte sie mit seinem Gewicht zu Boden. Sie konnte seinen festen Körper auf ihren weichen Rundungen spüren.

Er stemmte die Handflächen auf den Boden und zog sich langsam hoch. Als er sie ansehen konnte, begann er behutsam, die Bänder ihres Mieders aufzuschnüren.

Als er es aufgeschnürt hatte, blieb sie ohne Schamgefühle liegen und ließ zu, daß sich erst seine blauen Augen an ihr sattsahen und dann seine Hände ihre festen kleinen Brüste festhielten, während seine Daumen unermüdlich um ihre blaßroten Brustwarzen kreisten. Zu guter Letzt senkte er seine Lippen und küßte sie an Stellen, von denen sie gar nicht gewußt hatte, daß man sie küssen konnte – und es war wundervoll, dort geküßt zu werden – gefährlich, sich dort küssen zu lassen.

Als sie dieses Spiel zugelassen hatte, war Glennys sich bewußt gewesen, was sie tat. Sie hatte gewußt, was passieren würde – bis zu einem gewissen Punkt. Jetzt entglitt beiden jegliche Kontrolle, und bei ihm machte ihr das keine Sorgen, doch der Verlust der eigenen Selbstbeherrschung bestürzte sie.

»Jack!«

Erst glaubte er, daß sie seinen Namen seufzte, während er voller Anbetung ihren Namen flüsterte.

»Jordan!«

Sie mußte alles sagen, ehe er merkte, daß sie seine

Aufmerksamkeit auf sich lenken wollte. »Jordan Jacques Joris Holloway, hör mir bitte zu.«

Endlich setzte er sich auf und sah sie mit verschleierten Augen an. »Glennys, ich will nicht aufhören.« Ein angespanntes Lächeln bebte auf seinen Lippen. »Erinnerst du dich noch daran, was du gesagt hast? Wie es beim erstenmal sein soll? Ich bin ganz zittrig.«

»Ich will nicht, daß du aufhörst«, sagte Glennys. »Mir ist auch ganz schummerig.«

»Wenn das so ist...« Er beugte sich herunter, um sie wieder zu küssen, doch Glennys wehrte ihn ab.

»Dieses Spiel, auf das wir uns einlassen, könnte Folgen haben, Jack«, sagte sie rundheraus. »Und morgen bin ich allein hier, und du bist auf dem Weg nach Griechenland und wirst ein Jahr bleiben.« Sie ließ nur einen Herzschlag vergehen, ehe sie leise hinzufügte: »So ist es doch, oder nicht?«

Dann blieb sie liegen und sah zu, wie die Leidenschaft in seinen Augen erlosch und auch in ihr selbst etwas abstarb.

»Ja«, sagte Jack fast mürrisch. »Morgen breche ich nach Griechenland auf.«

Er glitt von ihr herunter, zog sich auf die Füße und hielt ihr die Hände hin. Sie ließ sich von ihm hochziehen, blieb vor ihm stehen und schnürte sich ungeniert das Mieder wieder zu.

»Verzeih mir, Glennys.«

»Du hast nichts getan, wofür du dich entschuldigen müßtest, und auch nichts, wozu ich dich nicht aufgefordert habe.«

Er schlug ihr auf die altvertraute, freundschaftliche Art auf die Schultern. »Glennys, so was wie dich gibt es kein zweites Mal!« erklärte er mit einer Begeisterung, die sie nicht zu würdigen wußte. »Jede andere Frau auf Erden würde jetzt versuchen, mich als die böse Schlange hinzustellen.«

»Ich glaube, daß es eine Schlange im Garten Eden gegeben hat«, sagte Glennys mit einem schiefen Lächeln. »Aber mein persönlicher Eindruck ist es, daß sie den Apfel auch gegessen hätten, wenn sie nicht in dem Moment angerückt wäre.«

Dieses unklare Bild rief ein leises Unbehagen in Jack wach. Er wollte unbedingt das Thema wechseln, und als Glennys ihre Schuhe und Strümpfe wieder anzog, kehrte er ihr den Rücken zu wie ein wohlerzogener junger Mann und fragte sie: »Was soll ich dir aus Griechenland mitbringen?«

»Nichts. Was du willst. Du bist wirklich ein ganz schöner Idiot. Vor fünf Minuten hast du mich fast ausgezogen, und jetzt wendest du deine Augen ab, damit du dieselben verdammten Beine nicht sehen kannst, die du seit mehr als zwanzig Jahren kennst.«

Jack drehte sich grinsend zu ihr um und konnte gerade noch einen Blick auf ihre wohlgeformten Knöchel werfen, die jetzt in Strümpfen steckten.

»Ich habe noch etwas anderes gesehen«, neckte er sie. »Die meiste Zeit deines Lebens bin ich davon ausgegangen, daß du mehr von einem Jungen als von einem Mädchen hast, aber jetzt kann ich einwandfrei bezeugen, daß es nicht so ist.«

»Und wem gegenüber willst du das bezeugen?« fragte Glennys mürrisch. »Komm jetzt, es ist Zeit für den Tee. Mama erwartet uns sicher schon.«

»Einen Moment noch.« Jack streckte seine Hand aus, um sie zurückzuhalten.

»Was ist denn jetzt?«

Er bog ihr Kinn zu sich herauf. »Danke, Glennys.«

»Wofür?«

»Dafür, daß du mich daran erinnert hast – daß du mich nach Griechenland geschickt hast.«

»Gern geschehen«, log Glennys.

»Morgen werde ich dir vor der ganzen Familie einen

Abschiedskuß geben, aber das jetzt ist nur unsere Sache. Auf Wiedersehen, Glennys.«

Er zog sie wieder in seine Arme, doch diesmal zart und liebevoll. Er küßte sie lange und behutsam auf den Mund, doch ohne jede Leidenschaft. Als er sich von ihr löste und auf dem Rückweg zum Schloß ihre Hand hielt, kam sie ihr nicht warm, sondern sehr kalt vor. Eine Gänsehaut lief ihr über den Arm, um die Schultern und den Hals und dann den Rücken hinunter.

Auf Wiedersehen, Glennys.

Diese Worte schienen in jeder Faser ihres Wesens widerzuhallen. So knapp. So endgültig.

Plötzlich hätte sie ihn gern wieder unter die Eiche gezogen und sich für ihn von Kopf bis Fuß entblößt. Sie hätte gern nackt im langen grünen Gras gelegen und ihn auf jede nur erdenkliche Weise in Versuchung geführt, damit er ihr nicht länger widerstehen konnte, ihr nicht mehr widerstehen würde.

Während sie diesen kühnen Gedanken nachhing und vor abergläubischer Furcht zitterte, lief sie neben ihm her, redete mit ihm und hörte dabei immer wieder sein ›Auf Wiedersehen, Glennys‹ in ihren Ohren hallen.

Teil V

GLENNYS: AN BORD DER LONELY STAR

21. Kapitel

Der Kapitän und zwei meiner Lieblingsmatrosen versichern mir, daß wir in zwei Wochen anlegen werden. Das heißt, daß wir schon näher an Amerika als an England sind, und täglich lasse ich die Vergangenheit ein Stück weiter hinter mir zurück. Genau das muß ich tun, und zwar nicht nur in Meilen. Ich werde mein Tagebuch jetzt beiseite legen und an meinem Brief an Mama und Papa weiterschreiben. Ich hoffe nur, daß mein Brief, wenn ich ihn in New York endlich aufgeben kann, ihnen mehr Freude bereitet als uns allen der letzte Brief von Jack... Oder genau genommen, alle seine Briefe, die er aus Griechenland geschrieben hat, wenn ich es mir so überlege...

Jacks Briefe trafen selten und unregelmäßig ein. Seine Mutter schob es auf die Unzuverlässigkeit der griechischen Post, sein Vater auf die ›anlagebedingte Aversion seines Sohnes, Stift und Papier zusammenzubringen‹.

Glennys zog Leisas Ausflüchte vor und lächelte pflichtbewußt über Thornes Sarkasmus, doch selbst die persönlichen Briefe, die Jack ihr schrieb, konnten ihre Stimmung nicht heben. Seine Briefe waren wie sonst auch – lässig, liebevoll, geschwisterlich. So *verdammt* brüderlich, daß sie schon glaubte, sich die Momente im Gras unter der Eiche nur eingebildet zu haben. Als hätte sie seine leidenschaftlich geflüsterten Worte nie gehört: ›Meine bezaubernde Glennys. Meine süße Peinigerin Glennys... Mir ist ganz schummerig zumute.‹

Sein letzter Brief, den er direkt vor seiner Heimreise aufgegeben hatte, klang so gestelzt, daß sie sich alle einig darüber waren, wie untypisch er für Jack war.

›Meine liebe Familie‹, hatte Thorne laut vorgelesen, als sie an dem Tag, an der der Brief ankam, am Frühstückstisch saßen. ›Wie ihr schon aus meinem letzten Brief wißt, war mein Fieber einigermaßen ernst...‹

»Welches Fieber?« rief Leisa entsetzt aus.

»Welcher letzte Brief?« murmelte ihr Mann und wandte sich wieder dem neuesten Brief zu. ›Aber den Mönchen im Kapuzinerkloster habe ich meine Genesung zu verdanken...‹

»Dem Himmel sei Dank!« hauchte Leisa.

»Was für ein Kloster ist das bloß?« fragte Tina.

›... und unser aller Gedanken wenden sich wieder der Heimat zu‹, las Thorne weiter, ohne auf die Zwischenrufe einzugehen.

»Hurra! Jack kommt endlich wieder nach Hause!« rief Matthew und schüttete ein Kännchen Milch auf den Tisch.

Als das Gröbste behoben war, fragte Thorne ernst: »Ist es mir jetzt vielleicht gestattet fortzufahren?«

»Bitte«, flehten ihn Leisa und Glennys einstimmig an.

»Wenn ich nach Hause komme, habe ich eine große Überraschung für euch, und ich hoffe, daß ihr euch alle darüber freuen werdet. Erst wollte ich euch gleich davon berichten, aber es gibt Dinge, die man besser persönlich erklären kann.«

Thorne sah die drei Frauen an. Leisa, Glennys und Tina tauschten fragende Blicke miteinander aus.

»Was für eine große Überraschung könnte er aus Griechenland mitbringen?« fragte Leisa stirnrunzelnd.

»Lieber Gott, bitte keine Statue, die er aus der Akropolis entwendet oder in Korfu ausgegraben hat. Ich sähe nur ungern die Unkosten für ihren Rücktransport auf mich zukommen.«

»Weshalb solltest du das tun, Papa?« warf ihm Tina vor. »Ich stelle es mir hübsch vor, eine griechische Statue in Wadsworth stehen zu haben.«

»Steht sonst nichts mehr in dem Brief, Papa?« fragte Glennys leise.

»Nur noch ein Satz. ›Ich habe mehr als genug vom Reisen und sehne mich danach, wieder bei euch zu sein und dort zu bleiben.‹ Dann schreibt er«, schloß Thorne: »›Euer liebender Sohn und Bruder‹; für den Fall, daß wir nicht wissen, wer unser Sohn und Bruder ist, unterschreibt er mit all seinen Vornamen.«

»Es geht ihm gut, und er kommt wieder nach Hause. Das ist das einzige, was zählt«, sagte Leisa.

»Darf ich gehen, Mama? Ich will es Matt erzählen.«

Als ihre Mutter nickte, sprang Tina auf, und jetzt murmelte Glennys: »Darf ich mich auch zurückziehen? Ich habe noch viel zu tun.«

Als die beiden allein am Tisch saßen, wandte sich Thorne an Leisa und fragte: »Hast du vielleicht auch etwas Dringendes vor und wirst sofort aufspringen und mich hier sitzen lassen, meine Liebe? Wenn ja, dann könnte mir Fithian vielleicht eine Zeitung bringen, damit ich mich beim Essen nicht ganz so allein fühle.«

Leisa, die nicht zu Scherzen aufgelegt war, streckte ihre Hand nach dem Brief aus. Thorne beobachtete sie beim Lesen, und ihr Gesicht wurde von Mal zu Mal besorgter.

»Das klingt so gar nicht nach Jack.«

»Vielleicht ist er noch von seinem Fieber geschwächt.«

»Vielleicht – nur...«

»Nur was, mein Schatz?«

»Glennys war unzufrieden, und sie – du weißt doch selbst, wie prächtig ihre Instinkte funktionieren, wenn es um Jack geht.«

»Ja, aber es bleibt uns nichts anderes übrig, als abzuwarten. Du mußt immer daran denken und auch Glennys vermitteln, daß es ihm gutgegangen ist, als er den Brief geschrieben hat. In kaum mehr als einem Monat, wenn nicht schon eher, wird er bei uns sein – um hier zu bleiben, wie er selbst sagt.«

Leisas Gesicht hellte sich auf. Sie nahm die Hand ihres

Mannes. »Du hast in vielen Dingen so oft recht, daß es mich schon fast ärgert«, scherzte sie.

Er hob ihre Hand an seine Lippen, ehe er sich bekümmert das Frühstück ansah. »Kalte Eier, kalter Schinken, kalter Kaffee, kalter Toast.«

Seine Stimme klang zwar leise und kläglich, doch sie war deutlich zu vernehmen. »Ich habe dich gehört, mein armer, mißhandelter Mann«, sagte sie und läutete um zwei neue Frühstücksportionen zu bestellen.

Gestern konnte ich nicht weiterschreiben, weil mir etwas sehr Schmerzliches zugestoßen ist. Keine der Erinnerungen, die mir so lieb sind, wollte ich vor meinen Augen aufleben, nur die wenigen Minuten, an die ich am liebsten nie mehr denken würde. Immer wieder zogen sie vor mir auf, als stünde die Zeit still... die allerschlimmsten Augenblicke meines ganzen Lebens... Die Kutsche kommt durch die Einfahrt von Wadsworth – holpert die Auffahrt hinauf und auf die Tür zu... Ich sehe mich und Matt und Tina dastehen. Wir sind gerade von einem Ausritt zurückgekommen... Mama und Papa kommen aus dem Haus und stellten sich zu uns. Ich sehe es in allen Einzelhiten vor mir, wie eine Reihe von Bildern, die an einer Wand hängen, um eine Geschichte zu erzählen – so etwas wie der Wandteppich von Bayeux. Die Kutschentür wird aufgerissen – ein großer Fremder springt heraus. Und dann dreht er sich um, und ich sehe, daß es kein Fremder ist, sondern unser guter, alter Jack, der zu uns zurückgekehrt ist, aber sein Gesicht ist braungebrannt, und sein Haar ist von der Sonne Griechenlands ausgebleicht und strohblond. Tina und Matt springen die Treppe hinunter und in seine Arme, doch ich bleibe wie angewurzelt stehen und kann mich vor Freude nicht rühren, aber ich bin enorm glücklich, weil ich weiß, daß er in ein paar Sekunden auf mich zulaufen wird. Breiten sich meine Arme aus, als wir einander zitternd anlächeln? Ich kann mich nicht mehr erinnern, aber ich glaube so war es. Zum Glück sieht er es nicht, denn er hat sich der Kutsche wieder zugewandt...

Ein anderes Gesicht taucht in der Tür auf. Ein betörend hübsches Gesicht mit Grübchen und einem Lächeln und mit langen, dunklen Locken, die unter einem blumenverzierten Hut herabfallen.

Glennys ballte die Hände. Sie bildete sich ein zu hören, daß Jack der Trägerin des Hutes entschuldigende Worte zuflüsterte.

Jack hob das Mädchen aus der Kutsche, und Glennys hörte die hohe, kindliche Stimme.

»Jordy, das kannst du doch nicht tun. Laß mir doch eine Spur von Würde. Was soll denn deine Familie denken?«

Das Allerschlimmste, dachte Glennys, die totenbleich war und um ihre Fassung rang. Sie werden denken, daß die große Überraschung, die unser Jordy mitgebracht hat, uns überhaupt keine Freude macht.

Als er die Worte endlich aussprach, waren sie eine letzte Bestätigung dafür, daß ihr Leben – wie sie es kannte – vorbei war.

»Mama, Papa, Glennys, ich möchte euch Daphne vorstellen, meine – meine Frau.«

Teil VI

IM SCHLOSS

22. Kapitel

Als Daphne sich nach dem Essen unter dem Vorwand entschuldigte, ihr sei vom Reisen übel, wurden etliche Blicke des Unbehagens ausgetauscht. Glennys sah in den Gesichtern der anderen die Erklärung widergespiegelt, die ihr selbst durch den Kopf ging: Er hat sie geschwängert!

»Ich komme sofort wieder«, betonte Jack hastig. »Daphne kennt sich im Haus noch nicht aus. Ich werde sie nach oben begleiten.«

»Alice kann sich um deine Frau kümmern, bis sie eine eigene Zofe hat«, warf Glennys eilig ein.

»Ich danke dir, meine Liebe«, sagte er gewichtig. Daphne machte einen Knicks vor Glennys und murmelte: »Wie nett von dir, Schwester.«

Glennys fragte sich, was sie noch alles über sich ergehen lassen mußte.

Als Jack zurückkam und die beiden Kleinen aus dem Zimmer stürzten, um ihre Geschenke auszupacken, wäre Glennys ihnen gern gefolgt, doch Jack hielt sie zurück. Sie entriß ihm ihre Hand, als hätte sie sich verbrannt, doch seiner Bitte konnte sie sich nicht so leicht widersetzen. »Bitte, Glennys, ich möchte, daß du bleibst. Ich habe euch allen etwas zu sagen.«

Die drei zogen ihre Stühle dicht nebeneinander und saßen da wie Richter bei einer Verhandlung. Jack stand vor ihnen und sah auf den schönen Perserteppich herunter, auf seine Schuhspitzen, überall hin, nur nicht in ihre Gesichter.

»Ich weiß, was ihr empfindet. Ich weiß, daß ihr euch fragt, ob ich mich ritterlich verhalte oder ob ich ein Dummkopf bin«, setzte er an, als das betretene Schweigen zu lange angedauert hatte. »Vermutlich ist es beides zugleich. Ich werde nie mehr darüber reden, wieso ich Daphne geheiratet habe. Sie ist jetzt meine Frau, und ich schulde ihr meine Loyalität. Aber da ich weiß, wie sehr ich euch alle verletzt habe, werde ich dieses eine Mal darüber reden. Ich bin euch eine Erklärung schuldig.«

Thorne räusperte sich lautstark, doch sonst war im Salon kein Laut zu vernehmen, bis Jack weitersprach.

»Nachdem die Mönche mich wieder gesundgepflegt hatten, mußte ich erst noch zu Kräften kommen und bin zu dem Zweck in unsere Unterkunft zurückgekehrt. Unsere griechischen Freunde und die englische Kolonie – alle waren sehr hilfsbereit. Wir wurden mit Geschenken und Nahrungsmitteln überhäuft, und die Besucher und die Aufmerksamkeit, die mir entgegengebracht wurde, wuchsen mir fast über den Kopf. Ian und Gabe sind eines Tages, nachdem ich sie lange und ernsthaft darum gebeten habe, mit dem Schiff nach Hydra aufgebrochen, um sich von einigen unserer Freunde zu verabschieden, und ich habe meine Wirtin eindringlich gebeten, keine Besucher zu mir vorzulassen. Ich wollte nur ruhen und keine anstrengenden Gespräche führen.«

Er musterte eine Zeitlang seine braunen schwieligen Hände, als gehörten sie einem Fremden. »Daphne«, fuhr er dann fort, »hat mit ihren Eltern längere Zeit in Griechenland verbracht als wir drei. Ihr Vater interessiert sich mehr für die Schätze des Altertums als für lebende Dinge, und entsprechend wenig interessiert ihn seine Tochter. Ihre Mutter ist das genaue Gegenteil. Ich glaube, sie hat nicht lange gebraucht, um meine Herkunft und meine Zukunftsaussichten in Erfahrung zu bringen, und daraufhin hat sie sich aktiv darum bemüht, mich für ihre Tochter zu interessieren. Ich habe in Daphne nichts weiter als ein hübsches Kind gesehen, das vielleicht gerade noch mitkriegte, was vorging, und sich dessen ein wenig schämte, aber nicht die Kraft besaß, sich dagegen zur Wehr zu setzen.«

Leisa schien etwas sagen zu wollen, und er wartete höflich ab, doch sie schüttelte nur den Kopf und bedeutete ihm, er solle weitersprechen.

»Wir waren häufig mit denselben Leuten unterwegs, aber immer in größeren Gruppen. Ich habe versucht, mich distanziert zu verhalten, ohne unfreundlich zu sein, doch nachdem ich mich von meiner Krankheit erholt hatte, verdoppelte ihre Mutter ihre Bemühungen. Ich war sorgsam darauf bedacht, weder mit der Mutter, noch mit der Tochter allein zu sein, wenn nicht gerade Ian oder Gabe in Rufweite waren. Bis zu dem Tag, an dem sie nach Hydra aufbrachen. Ich hatte meine Wirtin bestochen, um meine Ruhe zu haben. Mrs. Kitterling – Daphnes Mutter – bestach sie mit einer noch größeren Summe, damit sie die beiden zu mir vorließ.

Als ich von dem Obst aß, das sie mir als Vorwand für ihren Besuch gebracht hatten, ging Mrs. Kitterling – angeblich, um sich mit meiner Wirtin zu unterhalten. Daphne saß da und wirkte verängstigt, und ich Narr – ich bin eingeschlafen. Als ich wach wurde, hatte ich kein Zeitgefühl und murmelte, ich sei durstig. Daphne stand von ihrem Stuhl auf, brachte mir den Obstkorb ans Bett und setzte sich auf die Bettkante, damit ich mir aussuchen konnte, was ich wollte. Mr. und Mrs. Kitterling kamen hinzu, und daraufhin machten die Gerüchte die Runde.«

Leisa stand in ihrem gerechten Zorn auf. »Jordan, du bist wirklich ein Dummkopf! Auf einer so fadenscheinigen Grundlage hast du dich zu einer Eheschließung zwingen lassen?«

»Mama, wenn Daphne das Spiel mitgespielt hätte, hätte ich sie ausgelacht. Aber sie hat nicht mitgespielt! Sie war verängstigt und weit erschrockener als ich. Sie brachte sogar den Mut auf – und das war wirklich schwer für sie – sich öffentlich gegen ihre eigene Mutter zu stellen und darauf zu beharren, daß sie mich zu nichts zwingen könne. Aber für solche Gesten war es zu spät, und erst recht in Griechenland. Die anstößigen Einzelheiten wären in Dutzenden von Briefen nach England gelangt. Ihr Ruf wäre ruiniert – und daher mußte ich sie heiraten.

Sie liebt mich«, sagte er, als fiele es ihm eben erst ein. »Sie hält mich für den edlen Ritter, der sie vor ihrer Mutter, diesem Drachen errettet hat, um sie ins ewige Glück zu tragen. Ich muß mich bemühen, sie nicht zu desillusionieren. Ich wollte nur...« Er sah einen kurzen Moment lang Glennys an, und verlor dabei fast seine mühsam aufrechterhaltene Fassung. »Ich wollte nur – ihr drei, die ihr meinem Herzen so nahesteht, habt es verdient, die Wahrheit zu erfahren, wenn wir auch in Zukunft nie mehr darüber reden werden.«

Er wandte sich von ihnen ab und verließ mit großen Schritten den Raum. Erst beim Abendessen trafen sie sich wieder, und direkt nach der Mahlzeit zog sich Glennys unter dem Vorwand zurück, einen Brief schreiben zu wollen. Es war keine glatte Lüge.

Sie schrieb an Mam und Daddy in Amerika, und als sie die drei Seiten, die sie geschrieben hatte, noch einmal durchgelesen hatte, zerriß sie sie und warf die Schnipsel auf den Boden.

Sie saß da und weinte hemmungslos, als Alice leise ins Zimmer kam.

Sie zog Glennys in ihre Arme und murmelte: »Psst, mein Kleines.« Dann streichelte sie die zarten Locken und drückte ihr ›Kleines‹ an sich.

Schließlich legte sich Glennys schlafen. Alice brachte ihr noch eine Tasse Tee und wünschte ihr eine Gute Nacht.

Eine Stunde lang sah Glennys in den flackernden Schein der einzigen Kerze, die noch brannte. Als sie einschlief, war ihr Entschluß gefaßt.

»Ich werde keinen Brief mehr nach Amerika schreiben«, sagte sie sich, ehe sich die Lider über ihren brennenden Augen schlossen. »Es wird leichter sein, einfach hinzufahren.«

Es war nicht einfach, Leisa und Thorne am nächsten Tag ihren nachts gefaßten Entschluß mitzuteilen. Zwar konnte keiner von beiden leugnen, daß das, was sie tat, richtig, vernünftig und fast eine Notwendigkeit war, doch Leisa weinte und wollte sich nicht trösten lassen. Thorne war so zerstreut, wie Glennys ihn noch nie gesehen hatte bis auf das eine Mal, als Mama krank gewesen war.

»Bitte, Papa, triff die notwendigen Vorkehrungen«, sagte Glennys, die ihre Arme un Leisa geschlungen hatte. »Und zwar so schnell wie möglich. Je eher ich abreise, desto besser ist es für uns alle. Wenn ich fort bin, werdet ihr euch leichter daran gewöhnen. Und eins wird euch beruhigen. Alice möchte mitkommen und bei mir bleiben.«

Leisa zog sich in ihr Schlafzimmer zurück, um sich noch einmal in Ruhe auszuweinen, obwohl sie wußte, daß Glennys recht hatte. Sie wußte, daß sie fortgehen mußte.

Jack begegnete seiner Mutter im Korridor des oberen Stockwerks, und als er ihre geröteten Augen sah, verflog sein Lächeln. »Mama, ich hoffe, du weinst nicht meinetwegen«, sagte er und nahm liebevoll ihre Hand. »Das ist nicht nötig. Ich versichere dir, daß ich – zufrieden bin. Ich müßte grausam sein, wenn ich Daphne für ihr liebevolles Geben nicht wenigstens ein bißchen lieben könnte.«

»Ich weine nicht über deine Heirat«, log sie. »Du mußt wissen, daß ich überglücklich bin, dich wieder hier zu haben. Aber da du jetzt wieder da bist, hat Glennys das Gefühl, fortgehen zu können.«

»Fortgehen? Wohin?«

»Nach Amerika.«

»Ach, nach Amerika.« Er lächelte erleichtert. »Was macht dir daran Sorgen? Nicht nur Glennys, sondern alle St. Johns, die Glendennings und die Holloways, sind immer wieder nach Amerika gereist, als sei es nichts weiter als ein Nachbarland.«

»Sie wird dort leben!« rief Leisa gequält aus.

»Leben?« Jacks sonnengebräuntes Gesicht wurde unerwartet bleich. »Aber das kann sie doch nicht tun! Hier ist – Wadsworth ist ihr Zuhause!«

»Ja, aber nicht für's Leben«, rief ihm seine Mutter traurig ins Gedächtnis zurück. »Du vergißt, daß Glennys von ihrer Geburt her Amerikanerin ist, genau wie ich.«

»Sie ist hier aufgewachsen. Sie gehört hierher.«

»Nein, mein Lieber, eben nicht. Sie gehört dorthin, wo sie heiraten wird, und ich glaube, sie hat beschlossen, daß es das Beste ist, sich in Amerika zu verheiraten.«

Jack sah sich bestürzt und betäubt um und sah die Porträts seiner Vorfahren an den Wänden hängen. Kindheitserinnerungen brachen über ihn herein. Wohin er auch sah – er sah nur Glennys.

»Ma mère«, sagte er mit bebenden Lippen, »ohne Glennys ist das hier nicht mein Zuhause.«

Leisa unterdrückte ihren Impuls, ihn zu trösten. »Das hättest du dir überlegen sollen, ehe du eine Frau mit nach Hause gebracht hast, Jack.«

»Aber durch meine Heirat mit Daphne braucht sich doch nichts zu ändern. Glennys wäre immer hier zu Hause gewesen – und es kann nach wie vor ihr Zuhause sein.«

Leisa wurde ihren Vorsätzen untreu und platzte jetzt doch mit der Sprache heraus. »Hast du etwa von Glennys erwartet, daß sie jeder Ehe entsagt oder einen Keuschheitsschwur ablegt, um das Privileg zu genießen, als deine Schwester hierzubleiben?«

Sie sah, daß sich seine Augen schockiert und erstaunt öffneten und dann zusammenzogen, als er plötzlich die

Wahrheit begriff. Die Qualen, die ihm sein unerwartetes Verstehen bereiteten, waren aus seiner Stimme herauszuhören, als er sagte: »O Gott, Mama, was habe ich bloß getan?«

23. Kapitel

In ihren allerletzten Wochen in Wadsworth vermied es Glennys sorgsam, mit Jack allein zu sein. Im Haus war es nicht allzu schwierig, denn dort folgte ihm Daphne wie ein getreuer Schatten.

Aber sie ritt nicht aus. »Vor Pferden habe ich mich schon immer gefürchtet«, vertraute sie Glennys an. »Ich fühle mich so weit vom Boden weg.«

Lange Spaziergänge ermüdeten sie, und für ein Picknick konnte sie keine übermäßige Begeisterung aufbringen. »Mir graust vor Insekten«, gestand sie Leisa.

Als sie außerdem noch zugab, daß sie nicht schwimmen konnte, da ihre Mutter diesen Sport nicht damenhaft fand, schnaubte Tina verächtlich. Matt konnte seinen Spott nicht für sich behalten, als ihr bei dem Gedanken grauste, angeln zu gehen. Fische, sagte sie, seien so glitschig, außer natürlich, wenn sie schön durchgebraten waren und auf einem Eßteller serviert wurden.

Bücher? Ach ja, die Bibliothek von Wadsworth war beeindruckend, soviel stand fest, aber nein, sie mußte gestehen, daß ihr nicht viel am Lesen lag.

»Woran liegt dir denn etwas?« wollte Tina wissen, wogegen Matt eher verächtlich fragte: »Gibt es denn irgend etwas, was dir Spaß macht?«

Ja, sicher, sie konnte wunderbar nähen und sticken, wenn sie das von sich selbst behaupten durfte. Sie hatte auf der Reise ein Dutzend Taschentücher für den guten

Jordy fertiggestellt und hatte schon Pläne für seine neuen Hemden. Während Leisa ihre Bewunderung ausdrückte, starrte Jack mit seinen blauen Augen Glennys an. Ihre Lippen bebten, und auch seine Mundwinkel verzogen sich in seinem Bemühen, das Lachen zurückzuhalten. Ohne alle Worte wußte jeder von beiden, woran der andere dachte. Wie viele Taschentücher mit winzigen Blutflecken an den krummen Säumen hatte er doch noch in seinem Schrank liegen!

Als ihre jüngste Schwägerin sich gar nicht beeindruckt zeigte und weiterhin bohrende Fragen nach Daphnes sonstigem Können stellte, sagte sie zögernd, sie verstehe es ein wenig, das Pianoforte und die Harfe zu spielen. Als sie den Wünschen aller Anwesenden nachkam und ihnen etwas vorspielte, stellte sich heraus, daß sie sich sehr bescheiden geäußert hatte, denn ihre Begabung war beträchtlich und ging weit über das übliche Maß an musischer Erziehung hinaus. Eine halbe Stunde lang hörten sie ihr genüßlich zu, und als sie aufhörte zu spielen, lobten sie sie so überschwenglich, daß sie vor Freude strahlte und errötete.

Es war deutlich zu erkennen, daß Lob für sie etwas ganz Neues war. Als sie gerade nicht dabei war, erwähnte Jack, ihr Vater habe sich kaum um sie gekümmert; ihre Mutter dagegen hatte sie nur immer wieder auf ihre Schwächen hingewiesen, die einer guten Partie im Weg stehen konnten.

Wenigstens wird er abends Musik hören können, dachte Glennys, wenn das auch so ziemlich das einzige ist, was sie ihm bieten kann. Dann entschied sie, nicht ohne Bitterkeit, daß sie sich einer bewußten Selbsttäuschung schuldig machte. Wie waren doch seine Worte gewesen, die Mama vor ihr wiederholt hatte? Seine Frau sei so liebevoll und so bereitwillig zu geben, daß er ein Unmensch sein müßte, wenn er sie dafür nicht wenigstens ein bißchen geliebt hätte?

Vielleicht war er doch zufriedener mit seinem Los, als sie alle glaubten.

In der letzten Woche, bevor Thorne sie nach London bringen und sie an Bord begleiten sollte, schlief Glennys schlecht und schlich sich kurz nach der Morgendämmerung aus dem Bett, um einen einsamen Ausritt zu unternehmen. Es würde ihr unter anderem auch schwerfallen, sich von ihrer geliebten Stute zu trennen, die von Jacks Hengst abstammte und ihr zum achtzehnten Geburtstag geschenkt worden war.

Am dritten Morgen vor ihrer Abreise vertrat ihr Jack auf dem Hügel mit den wildwachsenden Blumen den Weg. Er hielt die Zügel seines Hengstes Nabob in der Hand.

Glennys blieb stehen. »Ich würde gern weiterreiten.«

»Nicht, ehe du mit mir geredet hast. In all diesen Wochen hast du mich gemieden wie die Pest. Ich muß mit dir reden, ehe du nach Amerika gehst, und ich *werde* mit dir reden.«

»Nun gut.« Sie faltete die Hände vor sich auf dem Sattel. »Rede, wenn es sein muß, aber eigentlich gibt es nichts mehr zu sagen.«

»Eins gibt es zu sagen, und ich werde es aussprechen, auch wenn es dir noch so sehr widerstrebt, es dir anzuhören. Ich liebe dich, Glennys.«

»Ich liebe dich auch. Wir sind Geschwister. Kann ich jetzt weiterreiten?«

Jacks mühsam unterdrückte Wut loderte auf. Er ließ seine Zügel los und zog Glennys vom Sattel.

»Verdammt noch mal, Glennys!« sagte er durch seine zusammengebissenen Zähne. »Wenn es eine schmerzliche Tatsache gibt, die ich seit meiner Rückkehr nach Hause begriffen habe, dann, daß wir *nicht* Bruder und Schwester sind. Wir sind so aufgewachsen, als seien wir Geschwister, aber es gibt keine Hinderungsgründe wie eine Blutsverwandtschaft, die meinen Gefühlen im Weg stehen könnten.«

»Du bist verheiratet.«

»Ja, ich bin verheiratet. Ich – ich habe mir doch wirklich einen denkbar ungünstigen Anlaß gesucht, mich als Kavalier zu erweisen, oder nicht?« fragte er bitter.

Glennys antwortete nichts darauf, und er zuckte die Achseln. »Weißt du, auf der Reise nach Griechenland habe ich mir wegen des letzten Tages, den wir gemeinsam verbracht haben, endlose Vorwürfe gemacht. Ich habe mich geschämt. Ich habe versucht, mir einzureden, es sei nie dazu gekommen, denn in einer Hinsicht hast du recht gehabt. Fast unser ganzes Leben lang habe ich dich als Schwester angesehen, und mit einer Schwester darf man nicht...«

Nach einer Weile fuhr er mit ruhigerer Stimme fort. »Schließlich konnte ich mir dann weismachen, es sei nie dazu gekommen oder wenn doch, dann hätte ich dir ebenso wenig bedeutet, wie es mir hätte bedeuten sollen. Ich wollte es als unsere ewige Neugier abtun, als etwas ganz Gewöhnliches. Noch später ist es mir dann gelungen, den Vorfall zu vergessen. Unsere Reisen waren so faszinierend, und es schien so viele Frauen auf der Welt zu geben, die sich bereitwillig mit uns allen dreien eingelassen hätten, so viele Mädchen, die entschieden einen Engländer bevorzugt haben.«

»Jack, wie oft muß ich dir noch sagen, daß mich deine amourösen Abenteuer nicht interessieren?«

»Glaubst du, das wüßte ich nicht, Glennys? Aber ich muß es dir erzählen – es steht dir zu, es zu erfahren, ehe du Wadsworth verläßt...«

»Und zwar für immer«, sagte Glennys hartherzig.

»Für immer«, wiederholte Jack finster. »Ich möchte, daß du eins weißt: Wenn ich dich schlecht behandelt habe, dann bestimmt nicht, weil ich mir nichts aus dir mache. Ich war so dumm, dich als eine Selbstverständlichkeit hinzunehmen. Bis ich wieder nach Hause gekommen bin und Mama etwas gesagt hat, wobei es mir wie

Schuppen von den Augen gefallen ist, war mir nicht klar, wie sehr ich dich liebe. Ich würde alles aufgeben, was ich besitze oder je besitzen werde, wenn ich dafür mein Leben mit dir verbringen könnte, Glennys. Ich gäbe mein Leben dafür, dich glücklich zu machen.«

»Leider gehört dieses Leben, das du dafür gäbst, mich glücklich zu machen, bereits einer anderen Frau. Ich finde deine Vorstellungen von Liebe und deine Ehrbegriffe«, sagte sie mit zitternder Stimme, »so absurd und so widerlich *englisch,* daß ich schon anfange zu glauben, meine Haltung sei amerikanisch. Vielleicht gehöre ich wirklich in einer Form, die ich mir nie hätte träumen lassen, nach Amerika.«

Sie konnte ihm ansehen, daß sie ihn verletzt hatte, und das hätte sie fast mit einer primitiven Genugtuung erfüllt. Sie schlug auf die Hand, die sich nach ihr ausstreckte.

»Wenn du auch nur fünf Minuten lang deine Intelligenz eingesetzt hättest, hättest du dich selbst aus der Falle befreien können, die Daphnes Mutter für dich aufgestellt hat. Aber nein!« verhöhnte sie ihn. »Du mußtest den englischen Gentleman spielen. Ich bin sicher, daß du sogar stolz auf deinen Edelmut warst; und als Gabe versucht hat, dich zur Vernunft zu bringen, hast du zweifellos noch beharrlicher an deinen Vorstellungen festgehalten und dir gesagt, daß der Sohn eines Schulleiters und auch der Sohn eines schottischen Adeligen niemals verstehen können, welche Verpflichtungen es nach sich zieht, zum englischen Adel zu gehören!«

Sie freute sich, als sie seinen Zorn auflodern sah. Das Wissen, daß auch er litt, würde ihre Qualen ein wenig lindern.

»Zweiundzwanzig Jahre, die uns gemeinsam gehört haben, hast du fortgeworfen, und wofür? Aus einer nicht definierbaren Loyalität gegenüber einem Mädchen, das du kaum kanntest, einem Mädchen, dessen Mutter versucht hat, ihre rückgratlose Tochter mit dem Namen und dem Geld der Wadsworths zu verheiraten, und das, obwohl du von ihren Absichten *wußtest!* Deine Ehre ist gerettet, und jetzt hast du deine farblose Frau. Ich hoffe, das wird dich für all die langen Tage und Nächte entschädigen, aber erwarte nicht von mir, daß ich für dich leide, Jordan Holloway. So edelmütig bin ich als ein kleiner amerikanischer Bastard nicht. Wenn du die Wahrheit wissen willst, du rundum britischer Bastard – ich hoffe, daß dir dein Leben eine Hölle wird.«

»Das wird es«, sagte er tonlos. »Es ist es bereits.«

Zum erstenmal sah sie ihm direkt ins Gesicht und stellte entsetzt fest, daß seine Augen feucht schimmerten.

»Gott segne dich, mein Liebling, und verzeih mir, was ich uns beiden angetan habe«, sagte er matt. »Dein Leben lang und mein Leben lang wird meine Liebe bei dir sein, wo du auch bist und wohin du auch gehst.«

Teil VII

GLENNYS: AN BORD DER LONELY STAR

24. Kapitel

Nur noch ein paar Tage. Die Matrosen sagen, daß bald Land in Sicht kommt, und über dem Schiff macht sich Spannung breit. Gütiger Himmel, ich könnte selbst platzen vor Aufregung, aber nicht, weil wir an Land gehen! Mindestens ein Dutzend Briefe an Mama und Papa habe ich zerrissen und dem Atlantik übergeben. Jetzt habe ich es aufgegeben, ihnen die Lage zu erklären. Wenn wir in New York anlegen, werden mir die richtigen Worte schon einfallen. Den Verdacht habe ich schon seit zwei Wochen, und ich glaube, ich habe es von Anfang an gehofft. Vor fünf Tagen konnte Alice mein Mieder kaum noch zuschnüren, und in dem Moment kam uns beiden derselbe Gedanke. Die arme Alice ist in Tränen ausgebrochen, und ich habe so freudig gelacht, als sei ich verheiratet und alles habe seine Ordnung. Es muß in der Familie liegen, aber ich schäme mich nicht, und es tut mir auch nicht leid. Das, was ich im Zorn zu Jack gesagt habe, um ihn zu verletzen, muß wahr sein. Ich bin Amerikanerin, und das nicht nur von meiner Geburt her, sondern auch in meiner Geisteshaltung! Der lebende Beweis dafür, daß ich einst geliebt habe und geliebt wurde, wächst unter meinem Herzen heran. Jetzt kann ich mehr als nur eine Erinnerung – und was für eine Erinnerung! – mit mir durchs Leben nehmen...

An dem Tag, an dem sie einander auf dem Hügel getroffen hatten, gelang es ihr, auf dem Weg ins Eßzimmer leise zu Jack zu sagen: »Ich erwarte dich morgen früh unter unserer Eiche.«

Daraufhin hatte er mit gesenkter Stimme gesagt: »Das wäre unklug. Es ist alles gesagt worden, was zu sagen war.«

»*Du* hast mir gesagt, was du zu sagen hattest«, wandte Glennys eilig ein. »Es wäre unfair, wenn du mich nicht zu Wort kommen ließest.«

Am frühen Morgen fand er sich unter der Eiche ein. Glennys war schon vor ihm da. Sie lehnte am Stamm, und seine Augen zogen sich zu Schlitzen zusammen, als er feststellte, daß sie dasselbe Kleid trug wie an dem Tag vor seiner Abreise nach Griechenland.

Die Schuhe und Strümpfe hatte sie ausgezogen, und ihre Beine waren bis zu den Knien unbedeckt.

Er zwang sich zu lachen, weil er befürchtete, andernfalls könne er in Tränen ausbrechen.

»Du und deine Liebe zum Gras«, sagte er zu ihr, und Glennys antwortete ernst: »Als ich das letzte Mal in Amerika war, bin ich dahintergekommen, daß es eine echte Verbundenheit ist. Ich glaube, ich bin auf dem Gras gezeugt worden.«

»Was?«

»Erinnerst du dich noch? Als wir uns verabschiedet haben, habe ich dir gesagt, eines Tages, vielleicht am Tag deiner Rückkehr aus Griechenland, würde ich dir erzählen, warum ich das Gras so sehr liebe.«

»Ja, ich erinnere mich.«

»Es hat zwar ein paar Wochen länger gedauert...« Sie senkte die Stimme, als könne jemand sie hören, obwohl im Umkreis von Meilen kein menschliches Wesen war. Sie waren allein in ihrer eigenen Welt, inmitten der Natur. »Als meine Eltern im amerikanischen Unabhängigkeitskrieg Spione waren, hat meine Mutter meinem Vater in West Chester eines Nachts das Leben gerettet. Sie hat ihn unter ihrem Bett vor den Engländern versteckt. Sie hat sich nackt ausgezogen, und als die Soldaten kamen, um ihn zu suchen, hat *ihr* Anblick sie so sehr abgelenkt, daß sie *ihn* nicht allzu gründlich gesucht haben.«

»Ja, natürlich«, sagte Jack, und seine Schultern bebten.

»Nachdem sie wieder fortgegangen waren, hat sich

Daddy ins Bett gelegt, und sie – na ja, du weißt besser als ich, was sie dann getan haben. Verstehst du, sie liebten einander schon lange, aber sie konnten nicht heiraten, weil beide sich für jemand anderen ausgaben. Es war das Normalste auf der Welt«, sagte sie und sah ihn an, weil sie wissen wollte, ob er es genauso empfand wie sie.

»Ja, natürlich«, sagte Jack.

Glennys lächelte ihn erfreut an. »Und am nächsten Tag hat Tante Amelia die Soldaten abgelenkt und Mam und Daddy zu einem Picknick geschickt. Sie sind an Mams Lieblingsplatz an einem Fluß gegangen, unter den Bäumen, zwischen denen das Gras so hoch und wild wuchs wie hier. Nach dem Picknick haben sie sich ins hohe grüne Gras gelegt und sich viele Stunden lang geliebt, und Mam ist ganz sicher, daß sie mich damals bekommen hat.«

»Das ist eine sehr schöne Liebesgeschichte, Glennys.«

Glennys sah ihn an, und Tränen funkelten zwischen ihren Wimpern. »Ich möchte meine eigene Liebesgeschichte erleben, Jack. Sie kann nicht glücklich ausgehen wie bei Mam und Daddy, aber es ist besser, einen Teil einer Liebesgeschichte auszuleben, als gar nichts zu haben.«

»Was sagst du da, du dummes Mädchen?«

Sie stand auf und sah kühl auf ihn herunter. »Ich bin nicht dumm, und ich bin kein Mädchen. Spar dir das für deine Kindfrau.«

»Entschuldige bitte, Glennys. Ich meinte nur...«

»Ich weiß, was du meintest, und ich habe nicht vor, darüber zu diskutieren. Ich werde mein Anliegen vorbringen, und du wirst deine Entscheidung treffen.«

Sie setzte sich wieder zu ihm, zog ihre Beine an und schlang ihre Arme um die Knie. »Ich habe vor, in Amerika zu heiraten, Jack«, sagte sie zu ihm und starrte dabei vor sich hin. »Ich bin nicht dazu geschaffen, allein glücklich zu werden, und ich habe keine Aufgabe wie Danielle mit ihrer Medizin, Tante Phoebe mit ihrer Lyrik oder sogar Mam – sie hilft Daddy nicht nur bei der Haushaltsführung, sondern sie leitet auch das Gut mit ihm. Mir ist klar geworden, daß meine ganze Erziehung darauf ausgerichtet war, zu heiraten, Kinder zu kriegen und das Schloß zu verwalten.«

Nach einer kurzen Pause sah sie ihn an und wandte sich dann schnell wieder ab. »Das Schloß kann ich nicht verwalten, aber ich kann heiraten und Kinder kriegen. Und genau das ist meine Absicht. Aber wie schon vor mir meine Mutter, möchte ich, wenn ich mit jemandem schlafe, daß es beim erstenmal der einzige Mann ist, den ich je geliebt habe.«

Er zog sie in seine Arme. »Glennys, ach, Glennys.« Er begrub sein Gesicht in ihren zarten rötlichen Locken und murmelte unzusammenhängende Satzfetzen. »Ich verdiene es nicht – wenn du nur wüßtest... Es ist das größte Geschenk, das du mir machen könntest – daß ich mich ewig an diese Worte erinnern darf.«

Lachend schüttelte er sie. »O Gott, wie kannst du bloß einen so verfluchten Dummkopf wie mich lieben?«

»Ich weiß es nicht«, sagte Glennys. »Ich wünschte, weiß Gott, es wäre nicht so.«

»Mein Liebling, ich werde nie vergessen, daß du mich darum gebeten hast, aber du mußt verstehen, daß ich deine Großzügigkeit nicht ausnutzen kann, deine Unschuld nicht mißbrauchen darf.«

Glennys stieß ihn wütend von sich. »Verdammt noch mal, Jack, ist es denn die Möglichkeit, daß du mich immer noch nicht kennst? Ich bin weder unschuldig, noch großzügig. Ich bin Glennys St. John, die uneheliche Tochter, der verflucht *stolze* Bastard von Craig St. John und Robert Glendenning. Ich werde vielleicht zwanzig, dreißig oder gar vierzig Jahre lang verheiratet sein, aber ich möchte, daß es beim *ersten* Mal aus Liebe geschieht. Ich möchte, daß nicht nur er mich liebt, sondern auch ich ihn. Wenn ich dich auch hasse, liebe ich dich doch sehr. Nimmst du mich oder nicht, denn im Moment gewinnt gerade der Haß die Oberhand, und es könnte sein, daß ich dich in ein oder zwei Minuten am liebsten umbrächte, wenn du mich auch nur anrührst?«

Jack sah sie an und sagte heiser: »Und was ist, wenn ich dich schwängere?«

»Das«, sagte Glennys behutsam, »ist im Moment ausgeschlossen.«

»Oh.« Eine leichte Röte schlich sich in sein gebräuntes Gesicht. »Hast du dir auch überlegt, was passiert, wenn du heiratest? Die meisten Männer beharren starrköpfig darauf, Jungfrauen zu heiraten.«

Glennys warf ihren Kopf arrogant zurück. »Nicht der, den ich mir suchen werde. Ich will keinen Mann, der mich nicht so akzeptiert, wie ich bin.« Sie sah ihm in die Augen. »Nun, Jack?« Es war eine Frage.

Er kannte seine Glennys. Wenn er nicht antwortete, wenn er sich jetzt nicht rührte, würde sie aufspringen, lächeln und fortgehen. Sie würde auf ihr Pferd steigen und aus seinem Leben verschwinden, ohne ihm eine letzte wunderbare Erinnerung zu hinterlassen, die er in den langen, kalten Jahren hegen konnte, in denen es ihn nach Liebe dürsten würde, die er sein Leben lang so selbstverständlich hingenommen und so unbedacht fortgeworfen hatte.

Sie rührte sich, und in seiner Panik, sie könne fortgehen, riß er sie in seine Arme und preßte sie dicht an sich, so dicht, daß sie kaum noch Luft bekam und sich ganz bestimmt nicht losreißen konnte.

Sie blickte zu ihm auf, und er bedeckte ihr Gesicht und ihren Hals mit Küssen. Er küßte jeden einzelnen Finger jeder Hand und riß sie dann wieder an sich.

Genau wie vor einem Jahr schnürte er eigenhändig ihr Mieder auf und stellte sich dabei recht ungeschickt an, weil seine Hände zu sehr zitterten.

Diesmal zog er ihr das Kleid über den Kopf und warf es ins Gras. Bis auf einen Unterrock aus Baumwolle zog er ihr alles aus; dann legte er sie in das hohe grüne Gras und legte sich zu ihr, nachdem er sich selbst weitgehend entkleidet hatte.

Sie murmelte zufrieden vor sich hin, als ihre nackte Haut sich an seiner rieb. Es war ein köstliches Gefühl. »Oh, tut das gut. Das tut ja so gut«, flüsterte sie immer wieder.

Dann begannen ihre Hände, anfangs etwas furchtsam, doch dann immer bestimmter, seinen Körper so zu erkunden, wie er es mit ihrem Körper tat.

Sie riß ihre strahlenden Augen weit auf, als sie die Laute hörte, die ihre zögernden Bewegungen seiner Kehle entlockten. »Magst du das?« flüsterte sie naiv. »Und das? Und das?«

Die Wirkung, die sie auf ihn hatte, bezauberte sie fast so sehr wie das, was er bei ihr auslöste, bis Jack den nächsten Schritt machte. Er legte sich auf sie, preßte seinen Mund auf ihre Lippen und küßte sie immer wieder, während er sich an sie schmiegte und hoffte, daß er ihr möglichst wenig Schmerzen bereiten würde, wenn sie endlich zueinander kamen.

Es war nur eine Frage von Minuten, bis sie sich im Gras wälzten, aufeinander auf und ab glitten, manchmal auf der Seite lagen, manchmal saßen, wenn sie sich bewegten, und erst er auf ihr lag, dann sie auf ihm saß und dann wieder umgekehrt. Beide schrien im selben Moment auf, als sie zum Höhepunkt kamen, und Jack wußte nicht genau, ob er ihr wehgetan hatte.

Das war seine erste Frage, als er wieder Atem holen konnte, um zu sprechen. »Glennys, Liebling, habe ich dir wehgetan?« fragte er, während er sie in seinen Armen wiegte.

»Ich weiß es nicht«, sagte sie und sah ihn mit verschleierten Augen an. »Glaubst du, daß du mir wehgetan hast?« Geistesabwesend zupfte sie Grashalme aus den sonnengebleichten Haaren auf seiner Brust. »Mein Gott, es war einfach fantastisch!« sagte sie mit einem tiefen, zufriedenen Seufzer. »Ich bin ja so froh. Ich habe einmal – ach, schon vor ewigen Zeiten – Frauen darüber reden gehört, und eine hat etwas gesagt...« Er lächelte, als sich ihre Stimme affektiert aufschwang. »Sie hat gesagt«, sagte Glennys. »›Ach, erzählt mir bloß nichts von Flitterwochen. Die sollten gesetzlich abgeschafft werden. In all diesen ersten Wochen – es war die reinste Langeweile – habe ich mich immer wieder gefragt, wozu dieser ganze Rummel gut sein soll.‹«

»Es freut mich, daß ich dich nicht gelangweilt habe«, sagte Jack und zog sie dicht genug an sich, um sie wieder zu küssen.

»Mich freut es noch mehr«, sagte Glennys.

»Und du fragst dich nicht, wozu der ganze Rummel gut sein soll?«

Sie kitzelte seine Nase mit einem Grashalm. »Sie wollen mir gewaltsam Komplimente entlocken, Sir«, warf sie ihm ernsthaft vor. »Nein, ich stelle mir keine solche Fragen. *Au contraire.*«

»Danke, meine Geliebte.«

Sie sah sich nach allen Seiten um, blickte in die Baumwipfel auf, sah zum See hinüber und auf das Gras, in dem sie lagen. Sie lauschte den Vogelstimmen, den Bienen und den Insekten, und alles, was sie sah, hörte und empfand, gefiel ihr, aber mehr als alles dieser Mann, den sie in Zukunft hassen wollte.

»Es war ein schönes erstes Mal. Ich danke dir dafür«, sagte sie.

»Wirst du mich morgen noch ein letztes Mal treffen?« fragte er zögernd. »Ich weiß, daß du übermorgen mit Papa nach London aufbrichst.«

Sie sah, daß eine Ader auf seinem Hals pochte, und seine Hände, die neben seinen bloßen Schenkeln lagen, ballten sich zu Fäusten. Einen Moment lang flackerte Panik in seinen blauen Augen auf, als sie nicht sofort antwortete. Wenn sie nein gesagt hätte, hätte er nicht versucht, sie zu überreden. Er hätte ihre Entscheidung akzeptiert, ohne mit der Wimper zu zucken, selbst wenn sie sich ihm versagt hätte.

Glennys nahm seine Hände und bog seine Finger auseinander. »Ich werde dich morgen treffen«, versprach sie ihm, »um dich noch einmal zu lieben.«

Teil VIII

GLENNYS: DER WEG IN DEN KRIEG

25. Kapitel

Schuyler House, New York City
3. September 1802

Endlich wankt der Bürgersteig nicht mehr unter meinen Füßen, und unsere Pläne für die allernächste Zukunft stehen fest. Daddy und Onkel Charley sind in Richmond, weil Oma Glendenning schwer krank ist, und Mam ist heute allein nach New York gekommen, eine Stunde, nachdem sie meine ›mysteriöse Aufforderung‹ erhalten hat. Vielleicht hat mein Brief die Lage nicht allzu klar geschildert, und Mam hat recht. Was ich für eine behutsam formulierte Bitte gehalten habe, war vielleicht wirklich eher ein reichlich obskures Kommando.

Mam hat die Neuigkeit, daß ich ein Baby bekomme, mit so gemischten Gefühlen wie jede Mutter aufgenommen und mir keine Vorwürfe gemacht, sondern Jack die Schuld zugeschoben. Ironischerweise hat mich das in die Lage gebracht, ihn gegen den Vorwurf zu verteidigen, er habe mich verführt …

»Jack hat mich nicht verführt!« übertönte Glennys schließlich ihre Mutter. »Keineswegs. *Ich* habe *ihn* verführt! Er hat versucht, mir zu widerstehen, aber …« Ihre Mundwinkel zogen sich bei der Erinnerung zu einem Lächeln hoch. »Ich habe es ihm schwer gemacht, mir zu widerstehen.«

Als Craig eine Geste der Verzweiflung machte, sagte Glennys ernst und selbstsicher zu ihr: »Schließlich bin ich deine Tochter. Ich fand, kein Preis sei zu hoch dafür, ihn zu lieben und von ihm geliebt zu werden, ehe wir uns fürs Leben voneinander getrennt haben. Ich habe ihn angelogen und behauptet, es sei die Zeit im Monat, zu der ich nicht schwanger werden kann. Wenn ich dieselbe Entscheidung noch einmal zu treffen hätte und die Folgen dieselben wären, würde ich wieder lügen.«

»Es ist wahr, daß ich nicht mit Steinen werfen darf«, antwortete Craig bitter. Sie stand auf und lief durch das Zimmer.

»Ich wollte dir keine Vorwürfe machen, liebste Mam. Ich wollte dich nur daran erinnern, daß ich deine Tochter bin und sehr viel von dir habe. Auch ich finde, das Wichtigste auf Erden ist die Liebe.«

»Diese Welt ist hart für unverheiratete Frauen mit Kindern. Es gibt ein Wort für diese Kinder – du hast es doch selbst schon zu hören bekommen, oder nicht?«

»O doch, Mam, und ich habe mich dessen nie geschämt. Aber mein liebes kleines Baby«, sagte sie und strich sich selig über den Bauch, »wird nun einmal nicht als ein kleiner Bastard der St. Johns dastehen. Und auch nicht als ein Bastard der Holloways. Nicht *ich* bekomme dieses Kind, Mam – *du* wirst es bekommen! Das heißt natürlich nur, wenn es dir recht ist.«

»Mein Gott!« sagte Craig und starrte ihre Tochter entgeistert an.

»Auf der langen Seereise konnte ich Pläne schmieden, erst für den Fall, daß es passiert, und dann mit der Gewißheit, daß es so ist. Du bist kaum älter als vierzig, Mam. Viele Frauen bekommen in deinem Alter Kinder.«

»O mein Gott!« sagte Craig noch einmal.

Glennys sah sie besorgt an. »Habe ich mich geirrt, als ich dachte – willst du etwa *kein* Baby, Mam?«

Ihre Mutter brach in ein unbändiges Gelächter aus. Sie lachte so sehr, daß sie sich die Seiten halten mußte und ihr Gesicht feucht war. »Deine – deine Tante Ph-Ph-oebe!« gelang es ihr endlich herauszuprusten. »Sie – sie ist über vierzig, und sie ist auch schwanger.«

Glennys starrte sie etwa zehn Sekunden lang an. Dann fiel sie in Craigs Gelächter ein. Sie wälzte sich in ihrer Erheiterung auf dem Bett herum und strampelte mit den

Beinen. »Das ist geradezu perfekt«, brachte sie schließlich heraus und wischte sich die Tränen aus den Augen. »Wir können behaupten, es sei eine Seuche, die in der Luft über New Jersey hängt!«

Als sie sich wieder halbwegs gefangen hatten, nahm Glennys die Hände ihrer Mutter. »Ich möchte, daß du eines verstehst«, sagte sie zu ihr. »Wenn ich sage, daß *du* dieses Baby bekommst, dann meine ich es genau so. Vor langer Zeit – Mama hat mir viel darüber erzählt – hat es dir das Herz gebrochen, mich nach England zurückkehren zu lassen, um dort zu leben. Du hast es über dich gebracht, weil du glaubtest, es sei das Beste für mich. Und jetzt glaube ich, daß es das Beste für meine Tochter oder vielleicht auch für meinen Sohn ist, Eltern zu haben, die das Kind lieben, die verheiratet sind und die sich immer nach einem Kind gesehnt haben. Sowie das Kind geboren ist, gehört es dir und Daddy. Ich werde die große Schwester sein, die eines Tages heiratet und selbst Kinder bekommt.«

Craig nahm die Hand ihrer Tochter und drückte sie, um ihr zu bedeuten, daß sie verstand, was mit der ›älteren Schwester‹ gemeint war. »Wie lange ist es her…« setzte sie an, und Glennys sagte sofort: »Sieben Wochen und zwei Tage.«

»Aber warum bist du nicht sofort nach Green Gates gekommen? Wir hätten dort verbreiten können, daß *ich* schwanger bin, und später, wenn man dir etwas ansieht, hätten wir dich fortbringen können…« Sie wurde nachdenklich und sagte zu ihrer Entschuldigung: »Ich kann im Moment nicht allzu klar denken.«

»Du hattest auch nicht wie ich sieben Wochen und zwei Tage Zeit und kaum etwas anderes zu tun«, sagte Glennys beiläufig. »Ich kann jetzt nicht nach Green Gates gehen, Mam. Wenn ich dort auftauche und kurz darauf bekannt wird, daß du schwanger bist, werden die Leute zwangsläufig einen Verdacht schöpfen. Aber wenn du vorher einer Reihe von Freundinnen und Nachbarinnen diese erstaunlichen und wunderbaren Neuigkeiten mitteilst – unter dem Siegel der strengsten Verschwiegenheit, versteht sich – und dabei erwähnst, daß du deine Tochter bereits gebeten hast, aus England zu kommen und dir in der Zeit beizustehen, dann weiß ich nichts über die Natur des Menschen, wenn sich diese Neuigkeit nicht schneller als ein Waldbrand ausbreitet. Du wirst natürlich das Reiten aufgeben müssen und dich so geben, als seist du ein halber Invalide. Vielleicht kommt es sogar soweit«, sagte Glennys und grinste wie ein Kobold, »daß wir dir Stück für Stück ein kleines Bäuchlein polstern müssen. Und ich muß aufpassen, daß ich nicht zu dick werde, und ich muß weite Gewänder tragen. Wenn sich nicht länger verbergen läßt, wer von uns beiden schwanger ist, müssen wir natürlich beide fortgehen.«

»Aber wohin?« fragte Craig besorgt. »Man geht nicht fort, wenn man ein Baby bekommt.«

»O doch, das tut man, wenn man Dr. Eli Ben Asher und seine Frau Phoebe als Freunde hat, die ebenfalls gerade in späteren Jahren noch ein Kind bekommen und in ihrem Grace Hall-Hospital leben, das einen Flügel hat, der nur für werdende Mütter da ist. Und Onkel Eli, Tante Phoebe und Danielle gehören zu den wenigen, denen wir unser Geheimnis anvertrauen können.«

»Mein Gott, Glennys«, flüsterte ihre Mutter, die zusehends mehr beeindruckt war. »Du hast diese sieben Wochen und zwei Tage wahrhaft gut genutzt. Mir fällt nichts ein, was du nicht längst bedacht hättest.«

»Mir auch nicht«, sagte Glennys selbstgefällig, »aber ich werde unablässig weiterplanen, und du, Mam, wirst in dem Moment, in dem du wieder nach Hause kommst, anfangen, so vielen Menschen wie möglich die wunderbaren Neuigkeiten mitzuteilen. Morgen oder übermorgen werde ich mit Tante Amelia etwa einen Monat lang einen Besuch im Schuyler-Haus machen. Onkel Joe wird überprüfen, wann Schiffe einlaufen, damit wir sichergehen, daß an dem Tag ein Schiff aus England kommt, an dem ich behaupte, in den Staaten angekommen zu sein, und Daddy wird mich in New York abholen. Ich beneide dich nicht um die Aufgabe«, sagte sie mit strahlenden Augen, »ihm all das zu erklären, obwohl es mir immer leidtun wird«, fuhr sie wehmütig fort, »daß ich nicht dabei sein und sein Gesicht sehen kann, wenn er erfährt, daß er noch einmal Vater wird.«

26. Kapitel

Gut einen Monat später brachte Onkel Joe Tillson eine strahlende Glennys von West Chester nach New York. Ihr Vater kam aus New Jersey, um sie abzuholen.

Craig hatte ihre Sache gut gemacht. Glennys bekam kein einziges vorwurfsvolles Wort von Robert Glendenning zu hören, keine verletzende Kritik an Jack.

Auf Glennys' Wunsch hin mieteten sie ein Boot und fuhren zur Wallabout Bay am East River, damit sie Blumen ins Wasser werfen konnte, Blumen, die vielleicht an den Sandstrand von Long Island gespült würden, wo die Opfer von den englischen Gefängnisschiffen während des amerikanischen Unabhängigkeitskrieges begraben worden waren – ein Schicksal, dem sie und Mam um Haaresbreite entronnen waren.

Auf der Fähre, die sie anschließend über den Hudson brachte, standen Glennys und Rob auf dem Deck. Der Wind peitschte Glennys' Röcke und zerzauste ihr Haar.

Auf der Überfahrt von England hatte sie viele Stunden und ganze Tage still gelitten, doch jetzt konnte sie ihre Hand auf Robs Hand auf der Reling legen und fast ernst meinen, was sie sagte: »Es ist schön, wieder zu Hause zu sein, Daddy.«

»Es ist schön, dich wieder hier zu haben, Glennys«, sagte er so zärtlich und liebevoll, wie er im allgemeinen nur mit Craig sprach. »Du hast deine Mutter sehr glücklich gemacht.«

»Und was ist mit meinem Vater?«

»Solltest du jetzt erst merken, daß ich glücklich bin, wenn deine Mutter glücklich ist?«

»Und es mischt sich nicht die Spur von eigener Freude hinein, noch einmal Papa zu werden?« neckte ihn Glennys.

Als er merkte, daß sie es trotz ihrer scherzhaften Formulierung ernst meinte, legte Rob seinen Arm um sie. »Eine ganze Menge eigener Freude«, gab er zu.

Als sie Green Gates erreichten, wartete schon eine Überraschung auf Glennys. Danielle war bereits zu Besuch dort. Die Mädchen umarmten einander unter Freudenschreien, und nach dem Tee schickte Craig sie aus dem Haus, damit sie sich ungestört unterhalten konnten.

»Hat Mama es dir erzählt?« fragte Glennys ihre Freundin, sowie sie miteinander allein waren.

»Ja, und es fügt sich so gut, daß meine Mutter nach all diesen Jahren zufällig auch gerade schwanger ist. Das macht alles viel glaubwürdiger.«

»Wie geht es Tante Phoebe?«

»Ach, bestens, und sie blüht auf und nimmt zu, ist aber auch etwas benommen. Als sie es gemerkt hat, war das erste, was sie zu Pa gesagt hat: ›Das ist ausgeschlossen! Meine beiden verheirateten Töchter sollten Kinder bekommen und nicht ich.‹ Dann ist sie durch das Haus gelaufen und hat immer wieder gefragt: ›Wie konnte das nur passieren?‹«

Danielle lachte, und Glennys kicherte. »Was hat Onkel Eli dazu gesagt?«

Danielle grinste breit. »Er hat gesagt: ›Hör mal, Liebling, ich dachte, das wüßtest du, aber wenn dem nicht so ist, erkläre ich es dir nur zu gern.‹ Dann hat sie ein Kissen nach ihm geworfen, und er hat sie hochgehoben und im Kreis herumgewirbelt und gesagt, vier Töchter seien besser als drei. Daraufhin hat sie zu ihm gesagt, jetzt bekäme sie übrigens einen Jungen.«

»Will Onkel Eli keinen Sohn?«

»Er sagt, daß er nimmt, was er kriegen kann, und im allgemeinen bekäme er Töchter. Er meinte, er könne sich so oder so schon im voraus freuen.«

»Ich glaube, ich hoffe auch auf eine Tochter«, sagte Glennys nachdenklich, »damit Jack, falls er je dahinterkommt, nicht zu sehr das Gefühl hat, ich hätte ihn um das Kind gebracht, das der Erbe von Wadsworth sein sollte.«

Danielle warf einen verstohlenen Blick auf ihre Freundin, deren Gesicht erstaunlich wenig Besorgnis ausdrückte.

»Es klingt, als seiest du frei von Bitterkeit und Zorn auf Jack«, sagte sie.

»Ach, verdammt noch mal! Wahrscheinlich werde ich den Menschen, die mir lieb und teuer sind, für den Rest meines Lebens erklären müssen, daß der einzige Unterschied zwischen Jack und mir darin besteht, daß ich immer *wußte,* daß wir füreinander bestimmt sind und liebend gern füreinander sterben würden. Ihm war das leider nicht so klar. Er ist es, und nicht ich, der jetzt entsetzlich leidet, Danielle, denn er hat erkannt, daß er etwas zerstört hat, was schön gewesen wäre. Selbst, wenn ich nicht überschwenglich glücklich bin, dann bin ich doch frei von den Schuldgefühlen, von der Scham und von der Reue, die ihn plagt. Und er hat mich keineswegs verführt! Ich habe ihn dazu gedrängt, und du weißt, wie energisch ich sein kann, Danielle!«

»So, weiß ich das?«

»Ich habe ihn dazu gedrängt, mit mir zu schlafen, und ich habe ihn angelogen und behauptet, ich könne zu dem Zeitpunkt nicht schwanger werden. Lieber möchte ich Jacks Baby als erstes Kind haben als das Baby eines anderen Mannes, selbst, wenn ich keine Ansprüche an das Kind erhebe. Meine kleine Schwester – oder mein kleiner Bruder, je nachdem, was es wird – wird mit meinen Eltern eine glückliche Kindheit in Green Gates verleben.«

»Aber was geschieht hinterher, nach der Geburt?«

»Dann werde ich tun, was Mädchen, die nicht wie du einen Beruf haben, gewöhnlich tun. Ich werde mich nach einem geeigneten Ehemann umsehen.«

»Nach irgendeinem Mann?«

»Nein, ganz bestimmt nicht. Irgend jemand genügt mir nicht. Ich will jemanden, den ich respektieren kann, jemanden, der mir durch die Ehe mit ihm ein interessantes, spannendes Leben bietet, das ich andernfalls nicht führen könnte. Einen hochintelligenn Mann, den ich unglaublich gern habe und mit dem ich sehr gern zusammen bin, obwohl ich mich nicht in ihn verlieben kann. Ich nehme an...« sagte sie tief in Gedanken, »... daß er eine gewisse innere Stärke braucht, um mit mir auszukommen. Ja, und noch etwas – er darf sich nicht im geringsten daran stören, daß ich keine Jungfrau bin, und er darf auch keinerlei Anstoß daran nehmen, daß ich als ledige Mutter ein Kind geboren habe.«

»Bist du sicher, daß du nicht noch etwas vergessen hast?« fragte Danielle und zog skeptisch die Augenbrauen hoch. »Ich frage mich nur, wo du glaubst, diesen vorbildlichen Mann finden zu können. Ich habe weiß Gott noch keinen von der Sorte kennengelernt, der auch nur die Hälfte dieser guten Eigenschaften besessen hätte.«

Jetzt zog Glennys die Augenbrauen hoch. »Noch nicht einmal mein Onkel Arend?«

»Ich habe von Männer gesprochen, die zu haben sind«, antwortete Danielle mürrisch.

»Dann ist es also immer noch so, Danielle?«

»Wenn *du* eine dämliche unsterbliche Leidenschaft nähren kannst, warum sollte ich es nicht auch dürfen?«

»Du darfst es doch«, sagte Glennys begütigend. »Und falls es keiner von uns gelingen sollte, je einen dieser mustergültigen Männer zu finden, dann können wir immer noch gemeinsam ein Krankenhaus aufbauen. Du bist die Ärztin, und ich kümmere mich um alles übrige.«

»Amen«, sagte Danielle. »Das klingt nach einer äußerst wahrscheinlichen Möglichkeit. Ist dir übrigens klar, wie wichtig es für euch beide ist, für dich und das Baby, daß du während der Schwangerschaft gesund bist?«

»Ja, Frau Doktor, das ist mir klar.«

»Ich werde dir eine Reihe von Anweisungen aufschreiben, die Papa schwangeren Frauen immer erteilt, und du wirst dich strikt an die Anordnungen halten, verstanden?«

»Ja, Doktor Ben Asher, ich werde brav sein.«

»Darauf kannst du Gift nehmen«, murmelte Dr. Ben Asher, doch ihre Zweifel sollten sich als unberechtigt erweisen.

Glennys hielt sich strikt an die Anordnungen, und als Eli Ben Asher sie etwa einen Monat nach ihrer Ankunft in Green Gates erstmals untersuchte, stellte ihn Glennys' Verfassung zufrieden.

Er war immer noch zufrieden mit ihr, als Craig und Glennys viele Monate später in Begleitung von Robert Glendenning und der getreuen Alice ins Grace Hall Hospital kamen, um bis nach der Geburt dortzubleiben. In der näheren Umgebung waren Gerüchte verbreitet worden, es sei mit einer schwierigen Geburt und einer langen Zeit im Wochenbett zu rechnen – aufgrund des vorgerückten Alters von Craig St. John!

Dr. Eli Ben Ashers sonstige schwangere Patientinnen gebaren ihre Kinder derzeit alle zu Hause, und daher waren in Grace Hall nicht die Verstellungen nötig, die in Green Gates über lange Zeit erforderlich gewesen waren.

Craig brauchte sich keinen Bauch mehr zu polstern, und Glennys mußte sich nicht mehr so sehr anstrengen, schlank zu bleiben. Sie konnten es sich gemütlich machen, und Glennys konnte genauso selbstverständlich behäbig und schwerfällig in ihren Bewegungen sein wie Tante Phoebe. Wenn Eli Patienten besuchte, hatten die beiden immer noch die herrliche Sicherheit, Danielle in ihrer Nähe zu wissen, wenn die Wehen einsetzten.

Phoebes Baby wurde für Anfang März erwartet, Glennys' Baby erst vier bis fünf Wochen später.

Der März kam, und seine kalten Winde rüttelten die kahlen Bäume und rissen tote Zweige ab. Gegen Ende des Monats wurde es etwas milder, der März räumte das Feld für den April, und Phoebes Baby war immer noch nicht geboren.

Rob begleitete Eli bei seinen Hausbesuchen, doch die Frauen, für die es keine solchen Zerstreuungen gab, wurden unruhig, insbesondere Craig und Glennys, die sich nicht außerhalb des Hauses blicken lassen durften – Craig, weil sie *nicht* schwanger war, und Glennys, weil sie es *war*.

Alle sahen Phoebe fast vorwurfsvoll an.

»Ich dachte, Onkel Eli hätte gesagt, ein viertes Kind käme eher zu früh als zu spät«, klagte Glennys am ersten April. »Wenn sich dein viertes Kind soviel Zeit läßt, Tante, was soll dann erst mit meinem ersten werden?«

»Also wirklich, Mama«, wandte ihre Tochter ein, »die Elefanten sind es, nicht die Menschen, die mehr als neun Monate austragen.«

»Unsinn!« sagte Craig barsch. »Wahrscheinlich hat sie angefangen, ein Gedicht zu schreiben, während sie im Kalender nachgesehen hat, und dann hat sie die Daten durcheinandergebracht.«

Phoebe versuchte, würdig aufzustehen, wankte und fiel auf ihren Sessel zurück. »Wenn ihr glaubt, mir macht das Spaß, dann irrt ihr euch«, sagte sie verdrossen.

Kaum eine Stunde später hörte Danielle, daß ihre Mutter sie rief. »Ma?« fragte sie besorgt.

»Ja«, sagte Phoebe.

»Soll ich Papa holen lassen?«

»Ein Bote findet ihn nicht unbedingt. Er sollte ohnehin längst wieder da sein, wenn ich ihn brauche.«

Hinterher sollten alle behaupten, diese Bemerkung sei genauso unzutreffend gewesen wie jede der Prophezeiungen, die Phoebe in Bezug auf ihr Baby aufgestellt hatte.

Danielle lief nach unten, um es Craig zu sagen, die dafür sorgen sollte, daß Glennys mit Alice in der Küche blieb. »Für den Fall, daß Mama schreit oder sich anstellt, wäre es besser, wenn Glennys nicht dabei ist.«

Craig nickte verständnisvoll. »Wie geht es Phoebe?«

»Besser als mir«, sagte Danielle besorgt, und Craig tätschelte ihre Wange.

»Es wird alles gut gehen«, versicherte sie Danielle. »Ich komme rauf, sowie ich mich um Glennys gekümmert habe.«

Als Danielle wieder zu Phoebe kam, lag sie schon im Bett.

»Ma, du weißt, daß du solange wie möglich umherlaufen sollst. Das erleichtert dir später die Wehen.«

»Ich bin umhergelaufen. Länger ging es nicht. Jetzt *ist* später.«

»Ausgeschlossen!«

»Danielle!« Sie zog sich auf einen Ellbogen hoch. »Es mag zwar sein, daß du die Ärztin bist und ich nichts weiter als eine einfache Dichterin, aber wenn ich dir sage, wie es um mich steht, dann habe *ich* recht, und *du* irrst dich. Dieses Kind kommt wirklich jeden Moment.«

Danielle schlug die Decke zurück, sagte: »Mein Gott!« und stürzte zur Tür, um nach Craig zu rufen. Dann stürzte sie mit frischen Flanellbettüchern ans Bett ihrer Mutter.

Phoebe stieß ihren ersten durchdringenden Schrei aus, als Craig und Glennys gemeinsam zur Tür hereinkamen. Noch ein kurzer Aufschrei, und weniger als eine Minute später reichte Danielle Craig ein Bündel, das in Flanell eingewickelt war, und wandte sich wieder ihrer Mutter zu.

»Oh, laß sie mich bitte sehen, Mam!« rief Glennys aufgeregt aus. »Ich habe neugeborene Kälber und Lämmer und Füllen gesehen, aber nie ein Baby.«

»Sie sollte vorher gesäubert werden, Tante Craig«, sagte Danielle mit dem Rücken zu den beiden.

»Sie!« heulte Phoebe auf. Sie stieß noch einen Schrei aus und murmelte dann atemlos: »Verfluchter Mist! Eli hat die Wette also doch gewonnen, und das werde ich ewig zu hören kriegen!« Aber ihre Stimme klang glücklich, und im nächsten Moment, als Danielle ihr ein frisches, sauberes Nachthemd über den Kopf zog, murmelte sie durch den Stoff: »Gott sei Dank, daß es vorbei ist, aber es war eine unglaublich einfache Geburt. Alles in allem nur eine halbe Stunde.« Sie kicherte hysterisch. »Na immerhin, wenn Eli mich aufzieht, kann ich ihn auch aufziehen. Neun Monate und drei Wochen lang bereitet er sich darauf vor, und dann verpaßt er das große Ereignis.«

»Psst, Mama, warum ruhst du dich jetzt nicht aus?«

»Das habe ich ja vor«, sagte Phoebe schläfrig, »sobald ich deine kleine Schwester gesehen habe.«

»Wir haben sie noch nicht gesäubert.«

Phoebe setzte sich ruckartig auf. »Ist sie – stimmt etwa etwas nicht mit ihr?« fragte sie.

Craig, die den winzigen Körper sorgfältig abwusch, sagte sofort: »Nein, Phoebe, keine Sorge. Sie ist so schön und gesund wie all deine anderen Töchter. Ich bringe sie dir gleich. Hast du dir schon einen Namen für sie ausgedacht?«

Phoebe ließ sich beruhigt auf die Kissen sinken. »Vergiß nicht, daß es ein Junge hätte werden sollen«, sagte sie schläfrig. »Ich hatte vor, ihn nach Elis Vater Azrael zu nennen – aber ein Mädchen... Er wollte noch nie eins nach seiner Mutter benennen, weil sie so entsetzlich jung gestorben ist.«

Craig hatte das Baby abgewaschen und abgetrocknet. Sie wickelte es in ein sauberes Flanelltuch und reichte es Danielle, damit sie es ihrer Mutter geben konnte.

Alle standen erwartungsvoll da, als Phoebe die Decke zurückschlug, um ihre schöne, faltenlose kleine Tochter anzusehen. Sie hatte flaumiges rotes Haar wie Eli, und ihre Gesichtszüge glichen Phoebe, und kein Anzeichen des Geburtstraumas war ihr anzusehen. Sie hatte hübsche lange Finger und Füße, einen pummeligen kleinen Körper, Grübchen in den Knien und eine samtige hellbraune Haut.

»Es ist merkwürdig«, sagte Phoebe, die das Baby an sich drückte. »Bei Danielle und dann Zoe und Becka haben Eli und ich jedesmal die Möglichkeit in Erwägung gezogen, unser Kind könnte eher schwarz als weiß sein. Diesmal sind wir gar nicht auf den Gedanken gekommen.«

Sie streichelte die zarte kleine Wange und küßte den roten Flaum auf dem Kopf. »Ich habe den wirklichen Namen meiner Urgroßmutter, die aus Afrika geholt worden ist, nie erfahren. Ihre Besitzer haben sie Grace genannt, aber sie hat ihre eigene Tochter, die erste in unserer Familie, die in der Sklaverei geboren wurde, Verlisha genannt. Du erinnerst dich sicher Craig, es ist die Frau auf der Kohlezeichnung, die in der Bibliothek hängt. Ich finde, deine Schwester sieht ihr ähnlich, meinst du nicht auch, Danielle?«

»Ich glaube, sie ist ihr aus dem Gesicht geschnitten, Ma.«

»Verlisha«, sagte Phoebe, und ihre Stimme war ein Singsang. »Meine eigene süße, kleine Verlisha.«

»Verlisha Grace, Tante Phoebe?« schlug Glennys vor, und Phoebe schüttelte den Kopf.

»Nur Verlisha«, sagte sie nachdrücklich. »Verlisha Ben Asher. *Mein* Baby bekommt keinen Sklavennamen. Es ist ein Kind der Freiheit.«

27. Kapitel

Der Aufruhr in Grace Hall hatte sich kaum gelegt, als Eli und Rob zurückkamen und von Neuem ein Tumult ausbrach.

Beim Abendessen fragte Glennys kläglich: »Onkel Eli, woher soll ich wissen, wann es bei mir soweit ist? Ich dachte, ich würde es durch Tante Phoebe erfahren, aber ihr waren keine Anzeichen anzumerken, einfach nichts. Sie hat sich hingelegt, um ihren Mittagsschlaf zu halten, hat einmal geschrien, und ehe wir wußten, was los war, war Verlisha schon da.«

»*Das*«, sagte Dr. Eli Ben Asher liebevoll, »ist absolut typisch für meine Phoebe, aber ebenso untypisch für Geburten im allgemeinen.« Er nickte und sah Glennys lächelnd an. »Wir werden uns nach dem Abendessen darüber unterhalten.«

»Ich frage nur aus einem Grund«, sagte Glennys zögernd. »Ich habe seit ein paar Stunden ab und zu diese Schmerzen im Rücken. Ich glaube aber nicht, daß das etwas zu besagen hat«, fügte sie hastig hinzu. »Aber solche Schmerzen habe ich noch nie gehabt. Natürlich weiß ich, daß ich die *eigentlichen* Schmerzen nicht im Rücken haben werde, aber...«

Onkel Eli legte seine große, runde Taschenuhr auf den Tisch. »Sag mir, wenn du das nächste Mal diese Schmerzen hast, Glennys.«

»Jetzt. Eben gerade«, sagte sie atemlos, als sie den Teller zurückschob und das Hammelfleisch angewidert ansah.

Bei der dritten Wehe sagte Eli: »Ich glaube, es wäre klug, wenn wir uns schnell zurückziehen, Glennys«, und daraufhin schoben alle anderen ihre Teller von sich.

Danielle half Glennys, sich ins Bett zu legen, und während Eli eine kurze Untersuchung vornahm, hielt sie ihr die Hand.

»Du bekommst dein Baby«, sagte er fröhlich zu Glennys.

»Aber das kann nicht sein«, protestierte sie. »Es ist erst in zwei oder drei Wochen fällig.«

»Wenn Ma es drei Wochen zu spät kriegt, kannst du es ebenso gut drei Wochen zu früh bekommen.«

»Bist du sicher? Oder ist etwas nicht in Ordnung?« fragte Glennys besorgt.

»Alles verläuft so, wie es sollte, wenn man von der Ungeduld dieses Babys absieht, das es kaum erwarten kann, auf die Welt zu kommen.«

Glennys legte sich zurück und atmete schwer. »Ich bin ihr wirklich dankbar«, keuchte sie, »daß sie dieses Spiel nicht in die Länge zieht.« Ihr Gelächter riß abrupt ab, als die nächste Wehe einsetzte.

»Sei ruhig«, sagte Eli sanft. »Spar dir den Atem, Glennys, denn du wirst ihn noch brauchen. Danielle bleibt bei dir, während ich mit deinen Eltern spreche. Und dann können wir nur hoffen, daß dein Baby genauso geschwind kommt wie Verlisha.«

Diese Hoffnung sollte sich nicht erfüllen.

Den ganzen Abend über stützten Danielle und Craig und Eli Glennys bei ihren wankenden Runden durch das Zimmer und ließen nur zwischendurch zu, daß sie sich kurz ausruhte.

Als es Mitternacht schlug, brach Glennys in Tränen aus, und Craig warf Eli einen Blick zu, der von Panik erfüllt war.

»Was hast du, Glennys?« fragte er.

»Ich wollte, daß mein Baby am ersten April geboren wird, am selben Tag wie Tante Phoebes Baby«, jammerte sie kindisch, »Und jetzt haben wir den zweiten April.«

Alle lachten erleichtert, und Glennys lachte unwillkürlich über ihre eigene Albernheit.

Am frühen Morgen, zwölf Stunden nach dem Einsetzen der Wehen, durfte sich Glennys hinlegen, um ihr Kind zu gebären. Darauf folgte noch eine Stunde mit gequälten Aufschreien, ehe sie die Geburt hinter sich hatte.

Durch einen Schleier von Schmerzen, die allmählich nachließen, hörte sie Danielle wie aus einer anderen Welt sagen: »Noch ein Mädchen. Das wird sie sicher freuen.«

Dann hörte sie die Stimme ihrer Mutter, die gleichzeitig nach Glück und Tränen klang: »Glennys, du hast uns eine Tochter geschenkt.«

Glennys zog sich im Bett hoch. »Auch Jack hat sie euch geschenkt, Mam«, murmelte sie.

Sie spürte, wie ihre Mutter ihre Hand fest drückte. Dann hörte sie sie dicht neben ihrem Ohr ganz leise sagen: »Ich bin auch Jack dankbar, Glennys.«

Mit einem zufriedenen Lächeln schlief sie ein.

Als Glennys aufwachte, lag sie wieder in ihrem eigenen Schlafzimmer in Grace Hall. Craig saß auf einem Schaukelstuhl neben ihrem Bett.

»Ist meine kleine Schwester so hübsch wie Verlisha?« fragte Glennys schläfrig.

»Sie ist kleiner, aber schön und gesund und – o Glennys, Liebling!« brach es aus ihrer Mutter heraus. »Bist du sicher, daß du sie nicht selbst behalten willst? Dein Daddy und ich würden dich verstehen, und wir könnten alle zusammen in Green Gates leben.«

»Nichts hat sich geändert, Mam. Sie braucht ihre eigenen wunderbaren Eltern. Sie gehört dir und Daddy und nicht mir, obwohl ich als ihre große Schwester in Green

Gates leben werde, bis, nun ja, bis sich in meinem Leben wieder etwas ändert.«

Sie sah zur Wiege hinüber. »Darf ich sie sehen?«

»Sie ist in der Küche bei der Amme, Mrs. Sykes«, sagte Craig zögernd. »Du weißt doch, daß Danielle deine Brüste mit Flanellstreifen umwickelt hat und dir Kräuter geben wird, damit die Milch versiegt?«

»Ich wußte, daß es sein muß«, sagte Glennys gefaßt. »Onkel Eli und ich haben vor Monaten schon darüber geredet, als mir klar geworden ist, daß in Green Gates keiner der Dienstboten erfahren darf, daß *ich* sie stille.«

»Und ich«, sagte ihre Mutter eilig, »werde ein schreckliches Aufhebens darum machen, wie scheußlich ich es finde, daß ich sie nicht stillen kann.«

Glennys sah Craig an und schüttelte den Kopf. »Mam, du darfst dir keine Sorgen machen, jedes Wort, daß du sagst, könnte mir wehtun. Ich bin kein rohes Ei, und ich habe immer ganz genau gewußt, was ich tue.«

Sie drehte sich im Bett um, schlief schnell wieder ein und wachte erst auf, als das ›schöne‹ Baby neben sie gelegt wurde. Glennys sah beeindruckt in das runzlige rote Gesicht und auf die winzigen Hände, die durch die Luft wedelten.

»Es ist einfach unglaublich«, murmelte sie.

Craig sah ihre beiden Töchter mit Tränen in den Augen an. »Wie wirst du sie nennen?«

»Wie wirst *du* sie nennen?«

»Oh!« sagte Craig fast schüchtern. »Ich habe einen Lieblingsnamen. Sie war die Heldin des ersten Romans, den ich je gelesen habe – Alexandra Rose.«

»Alexandra Rose«, wiederholte Glennys. »Eine hübsche Zusammenstellung. Alexandra für die Kraft und Rose für die Lieblichkeit.«

»Und nach uns wird sie St. John heißen«, sagte ihre Mutter, »und Glendenning nach Robbie.«

»Alexandra Rose St. John Glendenning«, sagte Glennys auf und sprudelte vor Lachen über. »Das arme Baby, gleich ein ganzes Maulvoll.«

Glennys Vater vernarrte sich auf Anhieb in das Kind und bestand darauf, nie ein klügeres Baby gesehen zu haben. Da sie es nicht über ihr Herz brachte, ihm die Illusion zu nehmen, murmelte seine ebenso hingerissene Frau immer nur: »Ja, Robbie.«

»Ich hoffe, Phoebe stört sich nicht daran, daß Alexandra soviel weiter entwickelt ist als Verlisha«, sagte Craig eines Tages zu Danielle. »Zweifellos wird sie es aufholen, wenn die beiden älter werden.«

»Es ist ein Glück«, äußerte sich Phoebe nicht lange darauf ihrer Tochter gegenüber, »daß Glennys und Craig so unerfahren sind und nicht merken, wie weit Verlisha Alexandra in jeder Hinsicht voraus ist.«

»Ja, Ma«, stimmte ihr Danielle mit ernstem Gesicht zu und ging in den Flur, um unbeobachtet zu lachen.

Als Alexandra kaum einen Monat alt war, kehrte die Familie aus Green Gates nach Hause zurück, und alle waren glücklich. Vor allem bei Glennys schien die Geburt des Kindes bewirkt zu haben, daß die letzten Reste an Kummer über die Liebe und das Leben, das sie nicht haben konnte, vorübergingen. Es war nicht etwa so, daß sie Jack, das Schloß und ihre Freunde und ihre Familie in England jetzt weniger geliebt hätte, aber sie konnte jetzt mit einer fast sehnsüchtigen Trauer an all das denken und nicht mehr mit jenem stechenden Schmerz, der manchmal schlimmer als die Wehen gewesen war.

Eines Morgens – Alexandra Rose war schon fast zehn Monate alt – kam Glennys ins Wohnzimmer. Craig saß auf einem Korbstuhl und das Baby kroch vor ihren Füßen herum.

»Mam, ich habe einen Brief von Tante Amelia bekommen. Die Tillsons kommen alle aus West Chester, um den Rest des Winters im Schuyler Haus zu verbringen. Tante Amelia möchte, daß ich mich ihnen anschließe. Sie sagt – ich kann es dir ebenso gut auch vorlesen«, meinte sie und faltete den Brief auseinander.

»›Du hast jetzt lange genug einen Winterschlaf auf dem Lande gehalten, meine liebe Glennys. Es ist an der Zeit, längst an der Zeit, daß du dich wieder Freuden hingibst, die deinem Alter angemessener sind. Felicity wird die Ballsaison in New York viel genüßlicher auskosten, wenn sie deine Gesellschaft und deinen Beistand hat. Ich bin sicher, daß deine Mutter meiner Meinung ist und dich entbehren kann.‹«

»Sie hat in jeder Hinsicht recht«, sagte Craig prompt, »und sie hat mir abgenommen, das zu sagen, was ich mir in der letzten Zeit dachte, aber ich habe gezögert, es auszusprechen, weil ich dir nicht das Gefühl geben wollte, dich aus Green Gates zu vertreiben.«

»Ich weiß, daß du das niemals tätest. Was Green Gates angeht, gehe ich davon aus, daß Alexandra es erben wird. Papa hat eine ansehnliche Aussteuer für mich zurückgelegt und mir vor meiner Abreise aus England versichert, daß ich weiterhin mit seinen jährlichen Zuwendungen rechnen kann.«

»In Amerika ist auch eine ansehnliche Aussteuer für deine Heirat vorgesehen. Wenn du nicht heiratest, fällt Green Gates natürlich an dich, damit du es für Alexandra verwaltest.«

»Oh, ich werde heiraten«, sagte Glennys zuversichtlich. »Mit einer Aussteuer von zwei Seiten wüßte ich nicht, wie der Mann, für den ich mich entscheide, widerstehen könnte.«

»Ich bezweifle, daß dir ohne Aussteuer jemand widerstehen könnte«, sagte Craig mit mütterlichem Stolz. »Aber wenn du diesen Mann finden willst, Glennys, dann mußt du aus dem Haus und dich nach ihm umsehen. Es ist unwahrscheinlich, daß er nach Green Gates kommt und anklopft.«

»Gut, Mam«, sagte Glennys nachgiebig. »Ich werde

Tante Amelia schreiben, daß ich ihre Einladung annehme.«

»Ich glaube, damit erweist du ihr auch einen guten Dienst«, sagte Craig versonnen. »Ich glaube, Felicity ist ein wenig gehemmt.«

»Mit mir zusammen wird sie es nicht lange bleiben.«

»Ich glaube«, sagte Craig und verkniff sich ein Lächeln, »genau darauf verläßt sich Tante Amelia. Und jetzt lauf los, und beantworte ihren Brief.«

Als Glennys in der Tür stand, sagte ihre Mutter plötzlich: »Meine Liebe, ich habe einen Brief von Leisa bekommen.«

Glennys wandte sich um und fragte behutsam, ohne dabei zu verbergen, daß sie verletzt war: »Hat Mama dir etwas geschrieben, wovon sie glaubte, es mir nicht schreiben zu können?«

»Nein, mein Liebes, aber sie fand, diese Neuigkeiten solltest du am besten von mir erfahren.«

Glennys wartete stumm und angespannt und wappnete sich gegen den Schlag, mit dem sie fest rechnete.

»Jack und seine Frau«, sagte Craig vorsichtig, »erwarten *ihr* erstes Kind.«

»Ich hoffe, es wird ein Sohn«, sagte Glennys. »Papa würde sich so sehr freuen.« Sie sah aus dem Fenster. »Es war ein schönes Intermezzo hier«, sagte sie mit belegter Stimme. »Aber ihr habt recht, Tante Amelia und du. Es ist längst an der Zeit, daß ich mein eigenes Leben wieder in die Hand nehme.«

28. Kapitel

Glennys und Felicity wurden mit Einladungen überschüttet, und Glennys kam nicht mehr dazu, vor sich hinzubrüten, doch sie hakte die Männer reihenweise als indiskutabel ab.

»Er ist einfach nichts für Felicity oder für mich«, erklärte Glennys unzählige Male. Sie wußte nicht, daß Amelia an Craig geschrieben hatte: »Ich werde vor Erschöpfung in Tränen ausbrechen, wenn ich diesen Standardsatz auch nur noch einmal höre. Ich beginne daran zu zweifeln, daß der Mann, der einer von beiden gefallen könnte, diesseits des Atlantiks je geboren wurde.«

An dem Tag, an dem Craig diesen Brief erhielt, wurde Glennys auf einem Empfang von der Gastgeberin einem außergewöhnlich gutaussehenden Mann vorgestellt, der sie bislang immer übersehen hatte. Er war so verlegen, daß sie ihm auf die Sprünge half.

»Interessieren sie sich vielleicht für meine Cousine?«

»Es geht um mehr als nur ein flüchtiges Interesse.«

»Warum haben Sie dann nicht darum gebeten, ihr vorgestellt zu werden?«

»Wir wurden einander im letzten Winter vorgestellt, und ich hatte das Pech, sie innerhalb der ersten Viertelstunde unserer Bekanntschaft zu beleidigen.«

»Ach?«

»Wir sprachen über Bücher, die meine größte Freude sind«, setzte er ernst an, »aber ich war zu gehemmt und habe mich bemüht, als ein Mann von Welt zu erscheinen. Ich fürchte, dabei muß ich arg überheblich und gönnerhaft gewirkt haben.«

»Wie hat Felicity darauf reagiert?«

»Sie hat nichts Böses gesagt«, gestand er kläglich ein, »aber sie hat mich absolut verächtlich gemustert, ehe sie mich ohne ein weiteres Wort stehen ließ. Seitdem sieht sie durch mich hindurch, als sei ich Luft.«

»Und Sie wollen von ihr bemerkt werden?« fragte Glennys freundlich.

»Ich möchte ihr zeigen, daß ich nicht annähernd der Esel bin, für den sie mich hält, und ich möchte ihr beweisen, daß ich eine intelligente junge Dame bewundern kann und mich gern gepflegt unterhalte.«

»Wir sind morgen nachmittag zu Hause«, sagte Glennys. »Warum kommen Sie nicht vorbei?«

»Das habe ich einmal getan.« Er schluckte und drehte einen der kleinen Perlmuttknöpfe auf seiner Brokatweste. »Sie hat sich geweigert, mich zu empfangen.«

»Aber ich werde mich nicht weigern, Sie zu empfangen.«

Er strahlte sie an. »Aber selbst, wenn ich die Gelegenheit bekomme, sie zu sehen, weiß ich nicht, was ich sagen soll.«

»Felicity schätzt Offenheit ebenso sehr wie Intelligenz, und sie ist einfühlsam. Wenn ich Sie wäre«, schlug Glennys vor, »würde ich *ihr* das sagen, was Sie mir gerade erzählt haben.«

»Ich danke Ihnen tausendfach«, sagte er und wandte sich ab. Er hatte vergessen, daß er sie zum Tanzen aufgefordert hatte. Plötzlich merkte er es und drehte sich errötend wieder zu ihr um, um mit ihr zu tanzen.

»Vielen Dank, Mr. Blake«, half Glennys, die sich das Lachen nur mühsam verkneifen konnte, ihm aus der Klemme, »aber meine geschundenen Zehen ergreifen dankbar jede Gelegenheit, sich auszuruhen. Haben Sie je Essays von Mary Wollstonecraft gelesen? Vielleicht sogar die, in denen es um die Rechte der Frauen geht?«

»Ich fürchte, nein«, bekümmerte sich Mr. Blake. Er zog an seinem armen mißhandelten Hemdkragen. »Wird sie – wird sie nicht... Muß das sein?«

»Nein, es muß nicht sein«, fuhr Glennys bedächtig fort, »aber es würde Sie weiterbringen, wenn Sie der Dame *aufrichtig* zustimmen könnten. Und wenn nicht, dann wird Felicity nur zu gern versuchen, ihre Meinung zu ändern. Das heißt, wie Sie auch darüber denken – Sie haben nur etwas zu gewinnen.«

Mr. Blake ließ Glennys stehen und vergaß sogar, sich von ihr zu verabschieden.

Am nächsten Nachmittag wurde ihr seine Karte gebracht.

Es war schwer zu sagen, wer tiefer errötete, Felicity oder ihr Freier. Glennys lehnte sich zurück und beschloß, die Absurdität der Situation genüßlich auszukosten.

Mr. Blake setzte sich neben Felicity und reichte ihr einen schmalen Band. »Das habe ich Ihnen mitgebracht«, sagte er mit gesenkter Stimme. »Es mag sein, daß Sie das Buch bereits besitzen, aber ich fand die Ausgabe besonders schön.«

»Sie besuchen meine Cousine und bringen mir ein Buch mit!« sagte Felicity hochmütig, während ihre Hände über das weiche Leder glitten.

»Nein, ich bin hier, um *Sie* zu besuchen, und das Buch habe ich mitgebracht, weil Ihre Cousine mir erzählt hat, Sie seien eine große Bewunderin von Mary Wollstonecraft.«

»Mary Wollstonecraft!« Felicity las die goldenen Lettern auf dem Buchrücken. Dann sah sie ihn argwöhnisch an. »Sind Sie etwa ein Bewunderer von ihr?«

»Das kann ich noch nicht beurteilen. Ich habe bis heute morgen nichts von der Dame gelesen, aber ich habe vor, mir ihre Werke sobald wie möglich vorzunehmen.«

»Warum?«

Sein strahlendes Lächeln ließ ihn noch besser aussehen als sonst, und er sagte ganz einfach: »Damit ich ihre Schriften mit Ihnen erörtern und dabei einen Funken von der Intelligenz zeigen kann, an der es mir bei unserem letzten Gespräch beklagenswert gefehlt hat.«

Als er sah, mit welcher Wärme im Blick Felicity ihn anlächelte, wußte er, daß Glennys ihn gut beraten hatte. Jetzt fiel es ihm leichter, all das zu sagen, was sie ihm vorgeschlagen hatte.

Sie widmeten sich einander so ausschließlich, als seien sie allein im Raum miteinander.

»Liebe Danielle«, schrieb Glennys ein paar Wochen später an ihre Freundin. »Felicity hat ihren Traummann gefunden, und wir rechnen täglich mit einer Verlobung. Ich bin meinem Ziel allerdings keinen Schritt nähergekommen. Die meisten jungen Männer sind langweilig, und die meisten älteren sind verheiratet. Ich neige immer mehr dazu, ein Leben allein für einen Segen zu halten, da mir weder Langeweile noch Bigamie liegen. Es wird doch noch auf ein Krankenhaus hinauslaufen, das wir beide gemeinsam gründen.«

Als Danielle in Grace Hall diesen Brief las, schien das Schicksal sich der Angelegenheiten Glennys St. Johns anzunehmen.

Sie saß eines Abends im Haus von Richter Obadiah Harrison beim Abendessen. Das Essen zog sich in die Länge, und sowohl der dämliche junge Mann zu ihrer Linken, als auch der junge Aufschneider zu ihrer Rechten langweilten sie grenzenlos. Sie bemühte sich krampfhaft, nicht zu gähnen, als ihr ein Mann auf der gegenüberliegenden Tischseite auffiel. Er war älter, so dunkelhäutig wie ein Seemann, und er starrte sie eindringlich an, ohne sein Interesse oder seine Belustigung zu verhehlen.

Glennys sah ihn mit den arrogant hochgezogenen Augenbrauen an, die ihrer Erfahrung nach dazu führten, daß sich andere abwandten, doch der Herr strahlte nur noch breiter.

Sie hatte ihn bei keiner der Veranstaltungen getroffen, die sie in den letzten zwei Monaten in New York aufgesucht hatte, soviel stand für sie fest, und doch schien er eine Erinnerung in ihr wachzurufen.

Irgendwann früher mußte sie ihn schon einmal getroffen haben, aber sie konnte sich beim besten Willen nicht mehr erinnern, wo oder wann.

Als sie nach dem Essen in den Salon gingen, bemerkte Glennys, daß ihr aufgeblasener junger Tischnachbar sich wieder nach ihr umsah. Er schien sich Chancen bei ihr auszurechnen, und sie schloß sich eilig Felicity und Andrew Blake an.

»Ich weiß, daß ihr beide gern allein sein wollt«, sprudelte sie atemlos, und es tut mir leid, aber ich halte Mr. Crawleys Bemerkungen nicht mehr aus. Ein Heiratsantrag von Mr. Mr. Horace Crawley *ist* eine grobe Beleidigung, und ich zweifle daran, daß er einem ›Nein‹ Beachtung schenken würde. Er ist zu aufgeblasen und zu eingebildet. Nicht etwa, daß seine Braut die Eheschließung allzu lange überleben würde«, schloß sie. »Er würde sie mit seinem Geschwätz umbringen, die arme Frau.«

Felicity lachte, Andrew Blake lachte, und ein Gentleman, der hinter den dreien stand, fing ebenfalls an zu lachen.

Alle drehten sich zu ihm um und sahen ihn neugierig an, und ungewohnterweise lief Glennys tiefrot an.

Es war jener dunkelhäutige Herr, der sie am Eßtisch beobachtet hatte, und jetzt wirkte er noch belustigter als vorhin. Er war kein allzu gut aussehender Mann, und er war auch nur mittelgroß, und daher war schwer zu erklären, woher er die Selbstsicherheit, das Auftreten und den kühnen Blick seiner schwarzen Augen nahm. Er war zwar wesentlich älter als die meisten anderen Gäste, und sein Haar war ungepudert und mit grauen Strähnen durchsetzt, doch er gab einem das Gefühl, die übrigen Gäste seien noch jünger, noch linkischer und noch uninteressanter denn je. Dieser Mann, das wußte Glennys, hätte sich nie mit einem unaufmerksamen ›Ja, in der Tat‹ oder einem ›Ist es denn zu glauben‹ abspeisen lassen.

Glennys ging impulsiv auf ihn zu, während sich ihre Cousine und Mr. Blake dezent abwandten.

»Ich scheine Sie heute abend blendend unterhalten zu haben, Sir.«

Diese Provokation ging kläglich ins Leere. »Ja, allerdings, Miß St. John«, stimmte er ihr herzlich zu.

»Sie kennen meinen Namen, Sir?«

»Hört man nicht in ganz New York den Namen der schönen Miß St. John?« neckte er, und es klang ganz nach Mr. Crawley.

Glennys sah ihn entrüstet an. »Es macht Ihnen Spaß, sich über mich lustig zu machen, Sir.«

»Habe ich Sie in Ihrer Selbstachtung verletzt?« fragte er spöttisch. »Und dabei dachte ich, Sie besäßen genug davon, um sich nicht so leicht überrumpeln zu lassen.«

Mit einem Blick, der ihn wie ein Blitz hätte treffen müssen, reckte Glennys ihr Kinn in die Luft und ließ ihn stehen. Wieder hörte sie sein leises Lachen, und fast gegen ihren Willen wandte sie sich noch einmal um. Er kam ihr so bekannt vor. Mein Gott, ja! Das Taschentuch...

Es fiel ihr alles wieder ein, sogar der Name, mit der er den Brief unterschrieben hatte, der immer noch zwischen den Seiten von *Othello* steckte. Mam und Daddy hatten damals beide gesagt, es sei angebracht, sich für die Shakespeare-Ausgabe und den schmeichelhaften Brief zu revangieren, und sie hatte ein halbes Dutzend Taschentücher bestickt und sie dem Brief beigelegt, in dem sie sich bedankt hatte, und eines dieser Taschentücher hielt er jetzt in seiner Hand.

Kein Wunder, daß sein Gesicht, seine Stimme und sein Auftreten eine Erinnerung in ihr wachgerufen hatten. »Mr. Benjamin Ladd«, sagte Glennys freudig. »Mein Tischherr an Präsident Washingtons Tafel. Es hat mir so leid getan, daß wir uns nach diesem Abend nicht mehr gesprochen haben. Ich habe immer wieder gehofft, wir würden uns noch einmal treffen. Ich wollte so *gern* mit Ihnen reden«, sagte sie zutraulich, »verstehen Sie, wie zwei Menschen, die sich nicht schämen, ein Bastard zu sein.«

Benjamin Ladd sah ungläubig auf sie herunter; Glennys wurde knallrot und merkte plötzlich, was sie gerade gesagt hatte; dreiviertel der Menschen im Raum schwiegen schockiert, als ein lautes, begeistertes Gelächter anhob, das man eher auf dem Deck eines Schiffs als in einem feinen Salon erwartete.

Mr. Ladd schien sich nicht das Geringste daraus zu machen, daß alle sie ansahen und versuchten, das Gespräch zu belauschen.

»Meine liebe Miß St. John, als Ihr Name in Gesprächen zu fallen begann und ich erfahren habe, daß Sie sich in New York aufhalten, war ich mir nicht sicher, ob ich Sie nur zu gern wiedersehen wollte, oder ob ich mich vor einem Wiedersehen fürchten sollte. Bei einer jungen Dame machen zehn Jahre einen großen Unterschied, und ich dachte, es sei vielleicht klüger, sich an das reizende Kind zu erinnern, als heute erneut Ihre Bekannnschaft zu suchen.«

»So sehr habe ich mich doch gar nicht verändert!« rief Glennys aus.

»Ich kann Ihnen nur zu gern bestätigen, meine Liebe, daß Sie sich in allen wesentlichen Punkten kein bißchen geändert haben.«

»Und ansonsten?«

Seine Augen funkelten. »Sie haben, wie Sie selbst nur allzu gut wissen, Sie Göre, alles gehalten, was Ihr zartes Alter für die Zukunft versprach.«

»Tragen Sie immer eins meiner Taschentücher bei sich?«

Als sie das fragte, griff Glennys nach einem Zipfel des fadenscheinigen Leinens.

»Nur bei zwei besonderen Anlässen – wenn ich beim Präsidenten zum Essen eingeladen bin oder wenn die vage Möglichkeit besteht, ich könnte Ihnen begegnen.«

»Vielleicht«, sagte Glennys und machte dieses Angebot zum erstenmal in ihrem Leben freiwillig, »sollte ich Ihnen noch ein halbes Dutzend sticken.«

»Ich melde mich morgen bei Ihnen, wenn ich darf«, sagte Mr. Ladd auf eine Art und Weise, die davon ausging, daß man ihm nicht widersprach, »und sage Ihnen dann, unter welchen Bedingungen ich ein solches Geschenk annehmen würde.«

29. Kapitel

Am nächsten Morgen erwachte Glennys ziemlich spät vom Rascheln der steifen Unterröcke, die Alice immer trug. Sie setzte sich auf und blinzelte. Körbe von farbenfrohen Frühlingsblumen standen auf allen Regalen und Tischen.

»Alice, was, auf Erden, hat das zu bedeuten?«

»Ja, Miß Glennys, daran rätselt bereits das ganze Haus herum«, sagte Alice fröhlich. »Es war nur eine Karte dabei, und natürlich hat niemand außer Ihnen das Recht, sie zu lesen. Und außerdem«, fügte sie mit einem Ausdruck tiefen Bedauerns hinzu, »ist das verdammte Ding versiegelt.«

Kichernd sprang Glennys in ihrem skandalös kurzen Nachthemd aus dem Bett. Sie lief von einem Korb zum anderen, roch an den Blumen und bewunderte sie, bis sie im letzten Korb den Umschlag fand, der zwischen den Blumen klemmte. »Glennys« stand in einer schwungvollen Handschrift darauf und nicht etwa das förmlichere ›Miß St. John‹ oder auch nur das halbwegs respektvolle ›Miß Glennys St. John‹.

Sie brach das Siegel auf und war sich ziemlich sicher, wer sie mit dieser Pracht überhäuft hatte, doch sie war begierig darauf, zu erfahren, wie der Begleittext lautete...

»Meine liebe Miß Glennys«, lautete die kecke Anrede, »ist es mir gestattet, mit dieser Kleinigkeit die Freude über unser neuerliches Zusammentreffen auszudrücken? Ich freue mich schon sehr darauf, mich im Verlauf des

Tages in einem Gespräch näher mit Ihnen bekannt zu machen.«

Die Unterschrift lautete: »Hochachtungsvoll Ihr Benjamin Ladd«, und Glennys war sich vollkommen sicher, daß dieser Mann niemandem Hochachtung entgegenbrachte. Es steckten einige Frechheiten in diesen wenigen Zeilen.

»Verdammt noch mal«, entfuhr es Glennys gar nicht damenhaft. »Mr. Benjamin Ladd setzt zuviel als selbstverständlich voraus«, murmelte sie dann leise vor sich. »Ich kann mir gut vorstellen«, fügte sie laut hinzu, ohne es auch nur einen Moment lang ernst zu meinen, »daß ich nicht zu Hause sein werde, wenn er zu Besuch kommt.«

»Mrs. Tillson und Miß Felicity sitzen schon am Frühstückstisch. Sie lassen Ihnen ausrichten, falls Sie den Herrn nicht empfangen sollten, werden sie ihn an Ihrer Stelle empfangen, um ihre Neugier zu stillen.«

»Also wirklich!« Glennys trat vor ihren Kleiderschrank und kehrte Alice den Rücken zu. »Falls hier irgendwelche Fragen gestellt werden, dann werde *ich* diejenige sein, die sie stellt.«

So sollte es jedoch nicht kommen.

Als sie das kleine Eßzimmer betrat, saßen Felicity und Tante Amelia bei einer zweiten Tasse Tee und erwarteten sie ungeduldig, um sie mit Fragen zu bombardieren.

»Wer hat die Blumen geschickt?«

»Mr. Benjamin Ladd.«

»Wer ist das?«

»Ein New Yorker Geschäftsmann.«

»Hast du ihn vorher schon einmal getroffen?«

»Ja.«

»Wann war das?«

»Vor Jahren.«

»Und wo?«

»Bei einem Abendessen bei Präsident Washington.«

»Sieht er gut aus?«

»Nein.«

»Ist er dunkelhaarig?«

»Eher grau.«

»Ist er groß?«

»Nein.«

»Ist er jung?«

»Über vierzig.«

»Ist er in dich verliebt?«

»Seid nicht so albern!«

Glennys' Antworten gingen haarscharf an den Informationen vorbei, die die beiden haben wollten.

»Also, wirklich«, seufzte Felicity nach einer Weile verärgert. »Du hilfst uns aber auch gar nicht weiter. Wir werden uns offensichtlich selbst ein Urteil bilden müssen. Wann dürfen wir mit seinem Besuch rechnen?«

»Wahrscheinlich heute nachmittag«, antwortete Glennys leichthin und strich sich Butter auf einen Toast.

»Dann«, versprach Felicity zufrieden, »werden wir *ihm* unsere Fragen stellen.«

»Ich nehme natürlich an«, bemerkte Tante Amelia und schenkte eine Tasse Tee ein, um sie Glennys zu reichen, »daß dieser keineswegs schöne, grauhaarige, altersschwache Gentleman zumindest alleinstehend ist?«

»Mein Gott!« Glennys stellte ihre Tasse so heftig ab, daß die heiße Flüssigkeit auf ihre Untertasse spritzte. »Das hatte ich völlig vergessen«, sagte sie bestürzt. »Er *ist* verheiratet.«

Alle drei wirkten im selben Maß verdrossen, doch Felicity fing sich als erste wieder. »Welches Recht hat er, dir Blumen zu schicken«, fragte sie entrüstet, »wenn er alt und häßlich und *verheiratet* ist?«

»Er ist alles andere als häßlich, Felicity. Warum bist du so unfreundlich?«

»Du hast es doch selbst gesagt!«

»Ich habe nichts dergleichen gesagt!« fauchte Glennys

und schlug so fest mit ihrem Löffel gegen ihre Tasse, daß Amelia zusammenzuckte. »Ich habe lediglich gesagt – entschuldige, Tante Amelia.« Sie legte den Löffel behutsam auf die Untertasse. »Ich habe lediglich gesagt, daß er kein schöner Mann ist, und das ist wahr. Er ist nur mittelgroß und hat einen dunklen Teint, aber einen feurigen Blick und eine temperamentvolle Ausstrahlung. Ein Mann kann von angenehmen Äußerem sein, verstehst du«, beendete sie ihre Ausführungen leicht überheblich, »ohne ein Adonis wie dein Andrew zu sein.«

Felicity ließ sich nicht so leicht überzeugen. »Ein älterer *verheirateter* Mann«, beschied sie hochmütig, »kann weder von angenehmem Äußerem noch feurig sein, noch – noch...«

»Temperamentvoll?« warf ihre Mutter hilfreich ein.

Felicity nickte.

»Bei allem Respekt vor den Vorzügen, die dein Andrew offensichtlich besitzt, meine Liebe, muß ich dich darauf hinweisen, daß dein eigener Vater, wenn er auch älter und durchaus verheiratet ist, meines Erachtens attraktiv und temperamentvoll ist«, widersprach ihre Mutter.

Glennys lachte so sehr, daß sie ihren Tee verschüttete.

Als erst Amelia und dann auch Felicity in ihr Gelächter einfielen, trat die Haushälterin ein.

»Ein Herr möchte Miß St. John seine Aufwartung machen, Ma'am«, verkündete Mrs. Gunther, deren gesamte Körperhaltung Mißbilligung ausdrückte. »Ein Mr. Benjamin Ladd. Er möchte mit ihr in seiner Kutsche ausfahren, und jedes Ziel, das sie ihm vorschlägt, ist ihm recht.«

Amelia wies sie an, ohne Glennys die Gelegenheit zu einer Antwort zu geben: »Seien Sie so gut, und bitten Sie ihn zum Frühstück herein.«

»Die Freiheit habe ich mir bereits genommen, Mrs. Tillson, und der Herr hat die Einladung abgelehnt, da er seine Pferde einem fremden Jungen auf der Straße anvertraut hatte. Er werde mit der Kutsche herumfahren, wenn Miß St. John sich Zeit lassen möchte.«

»Glennys?«

»Miß St. John«, informierte Glennys Mrs. Gunther, die Haushälterin, und hob ihre Tasse an die Lippen, als hätte sie alle Zeit auf Erden, »wird sich eine volle halbe Stunde Zeit lassen, falls Mr. Ladd geneigt ist, so lange um den Block zu fahren.«

Mrs. Gunther kam fünf Minuten später wieder und berichtete: »Der Gentleman sagt, er wünsche nicht, Sie beim Frühstück zu drängeln, Miß St. John. Er bittet mich auszurichten, ihm sei es durchaus recht, wenn Sie sich eine Dreiviertelstunde Zeit ließen.«

»Nicht schlecht«, murmelte Amelia.

»Ich verstehe ja, was du meinst«, klagte Felicity, »aber was nutzt dir das alles, wenn er *verheiratet* ist?«

Glennys sprang auf und entschuldigte sich, um sich umzuziehen. Als sie in der Tür stand, rief sie über die Schulter zurück: »Mr. Benjamin Ladd ist ein arroganter Bastard, aber vielleicht hat er in mir ein passendes Gegenüber gefunden, denn das bin ich auch.«

Zwanzig Minuten später kam sie in einem warmen Cape über ihrem schönen laubgrünen Kleid die Treppe herunter. In jeder Hand hielt sie einen Korb mit den Frühlingsblumen, die ihr Mr. Ladd geschickt hatte.

Als sie auf der untersten Stufe stand, hörte sie zu ihrem großen Erstaunen das Klappern von Teetassen und Silber im Frühstückszimmer und den Klang seiner tiefen Stimme und seines dröhnenden Lachens, in das sich das fröhliche Gelächter von Felicity und Tante Amelia mischte.

»Und dann hat sie sich über mich gebeugt«, erzählte Mr. Benjamin Ladd gerade, als Glennys auf die Zimmertür zukam, »daß es mir fast den Atem verschlug, und sie hat einen einzigen Satz gesagt, Worte, die so gutherzig und kühn zu meiner Verteidigung vorgebracht wurden, daß ich in all diesen Jahren kein einziges dieser reizenden Worte vergessen habe. ›Es ist zu gütig, Madam, daß Sie mir Mitgefühl entgegenbringen, aber ich ersuche Sie, Sie dürfen nicht glauben, ich sei ein Bastard.‹«

Felicity lachte hell und klar. Tante Amelia schmunzelte gutgelaunt: »Das klingt ganz nach unserer Glennys.«

Glennys stellte mit hochroten Wangen die beiden Blumenkörbe ab und lenkte die Aufmerksamkeit auf sich, indem sie »Guten Morgen« murmelte.

»Guten Morgen, Miß Glennys«, sagte Mr. Ladd, ohne sich ihr gebührend zuzuwenden. »Wie Sie sehen, war Ihre Tante so nett, mir ein äußerst willkommenes Frühstück aufzudrängen.«

»Wie ich sehe, machen Sie sich *jetzt* keine Sorgen mehr um Ihre Pferde.«

»Das ist nur zu wahr, denn Ihre Tante war so nett, ihren eigenen Kutscher hinauszuschicken.«

»Trinkst du nicht auch noch eine Tasse Tee, Glennys? Wir haben auch frisch gebutterte Biskuits und Honig.«

»Ja, ich glaube, beides ist mir lieb«, sagte sie, und daraufhin war Mr. Ladd Gentleman genug, um aufzustehen und ihr einen Stuhl zurechtzurücken, doch sobald sie saß und ihre Tasse und ihr Teller gefüllt waren, wandte er seine Aufmerksamkeit wieder Tante Amelia zu.

Während die beiden miteinander redeten, beugte sich Felicity über den Tisch und flüsterte Glennys zu: »Er ist nicht verheiratet.«

Glennys schüttelte den Kopf und flüsterte: »Das verstehe ich nicht.«

Felicity flüsterte noch einmal: »Er ist nicht verheiratet.«

Und Glennys wiederholte gereizt: »Das verstehe ich nicht.«

Mr. Ladd drehte sich mit einem unglaublich charmanten Lächeln um und brach seine Unterhaltung mit Tante Amelia ab. »Ich glaube, Miß St. John, Ihre Cousine Felicity versucht, Ihnen freundlicherweise mitzuteilen, daß ich nicht mehr verheiratet bin.«

Felicitys Gesicht lief leuchtend rot an, und Glennys, die sich plötzlich außerordentlich beschwingt fühlte, prustete in ihre Teetasse, während er unbeirrt sein Gespräch mit Tante Amelia wieder aufnahm.

Nach dem Frühstück holte Glennys die beiden Blumenkörbe wieder. »Ich muß mich dafür bedanken, daß Sie mir einen ganzen Garten geschenkt haben«, sagte sie zu ihrem Gast, »und wenn ich wirklich aussuchen darf, wohin wir fahren, würde ich am liebsten zum Hafen fahren und dann auf den East River hinausfahren.«

»Gewiß, wenn es das ist, was Sie wollen.« Er sah die beiden Körbe zweifelnd an. »Es schmeichelt mir zwar, daß meine Blumen Ihnen gefallen, aber ertragen Sie es nicht, sich für die Dauer unserer Ausfahrt von Ihnen zu trennen?«

»Ich fahre nie ohne Blumen auf den Fluß hinaus«, erwiderte Glennys, und Mr. Ladd, dem auffiel, daß Amelia den Kopf schüttelte, war so klug, den Mund zu halten.

30. Kapitel

Als sich die Kutsche in Bewegung gesetzt hatte, schwiegen sie ein oder zwei Minuten lang, und jeder von beiden hing seinen eigenen Gedanken nach.

Glennys brach als erste das Schweigen. »Als ich Sie zum erstenmal getroffen habe, waren Sie verheiratet, aber das ist schon so lange her. Ich weiß nicht, ob ich Ihnen mein Beileid aussprechen sollte. Vielleicht ist Ihre Frau schon so lange tot, daß der Kummer nicht mehr frisch ist. Felicitys Versuche, mir mitzuteilen, daß Sie ein alleinstehender Mann sind, schienen Sie eher zu belustigen und Sie nicht traurig zu stimmen.«

»In dem Punkt war ich nie trostbedürftig«, war seine kühle Antwort. »Im übrigen ist sie nicht gestorben. Sie hat mich verlassen, und zwar zum Glück auf eine Weise – weder ihre Gründe waren geheim, noch, mit wem sie mich verlassen hat – die es mir leicht gemacht hat, eine Scheidung durchzusetzen.«

Er warf einen Blick auf ihr starres Profil. »Habe ich Sie vielleicht schockiert?« erkundigte er sich.

»War das beabsichtigt?« fragte Glennys ironisch. »Ich dachte, wir hätten uns gestern abend geeinigt, daß ich mich in den letzten zehn Jahren nicht grundlegend verändert habe?«

Er lachte und deutete mit der Reitpeitsche auf die Körbe, die zu ihren Füßen standen.

»Die hätte ich nicht geschickt, wenn ich geglaubt hätte, daß Sie leicht zu schockieren sind, und Sie säßen sonst jetzt nicht in meiner Kutsche und würden mit mir zum East River fahren.«

»Gerade weil ich in Ihrer Kutsche sitze und mit Ihnen zum East River fahre, bin ich die letzte Frau auf Erden, die Sie mit dem schockieren könnten, was Sie gerade gesagt haben.«

»Haben Sie vor, mir diese geheimnisvolle Bemerkung zu erklären?«

»O ja. Nur etwas später, wenn es Ihnen recht ist. Wenn wir auf dem Fluß sind.« Sie sah ihn nachdenklich an. »Ich möchte keine schmerzlichen Erinnerungen in Ihnen wachrufen, und wir können gern das Thema wechseln, wenn Sie wünschen, aber ich frage mich natürlich, was Ihre Frau dazu gebracht hat, Sie zu verlassen. Sie kommen mir nicht wie ein Mann von der Sorte vor, die eine Frau mit gutem Grund verlassen würde.«

»Es sind keine schmerzlichen Erinnerungen, meine Liebe«, versicherte er ihr und wirkte belustigt. »Damals hat es meinen Stolz verletzt, aber die Erleichterung, diese Plage los zu sein, war größer. Wenn mein Sohn nicht gewesen wäre, hätte ich allen Grund gehabt, froh zu sein.«

»Ihren Sohn hat sie auch verlassen! Der arme Junge! Wie alt war er damals?«

»Clarice war in ihrer Rolle als Mutter genauso gleichgültig wie als Ehefrau, vielleicht sogar noch nachlässiger. Edward war sieben, als ich Sie an der Tafel des Präsidenten kennengelernt habe, und er war elf, als sie aus unser beider Leben verschwunden ist. Jetzt ist er siebzehn, ein prima Kerl, und sehr intelligent.«

»Sie haben mir noch nicht gesagt, was in Ihrer Ehe schiefgegangen ist...«, Glennys zögerte.

»Was *vor* der Ehe schiefgegangen ist. Meine Frau war jung und schön und blaublütig, aber ihre Familie verarmt. Sie hatte das Pech, daß viele Männer um sie warben, aber die aus guten Familien aufgrund ihrer mangelnden Aussteuer nur halbherzig. Ernst war es nur mir. Folglich ist sie an mich verkauft worden. Von meinem Geld haben sich ihre beiden Brüder eine Existenz aufgebaut, und ich mußte die Rechnungen beim Weinhändler und andere Schulden ihres Vaters und die Rechnungen ihrer Mutter bei der Schneiderin und im Kurzwarenladen bezahlen.«

Glennys hatte die Hände in den Falten ihres Rockes zu Fäusten geballt. Trotz seiner teilnahmslosen Schilderung nahm sie seinen Kummer wahr.

»In den ersten Monaten unserer Ehe habe ich die Abneigung meiner Frau gegen mich nicht durchschaut. Ich hielt sie für schüchtern, für reizvoll zurückhaltend und leicht verängstigt angesichts meiner Leidenschaft. Nur die Wahrheit sah ich nicht – daß sie der Meinung war, sie hätte sich durch ihre Heirat mit einem namenlosen Niemand, so reich er auch sein mochte, erniedrigt. Schon bald wurde sie nachlässig, und dann konnte sie mir gar nicht oft genug erzählen, was sie empfand. Sie beschrieb mir gekonnt auf ein Dutzend Arten, was ich war – ein Bastard aus einer schlechten Familie. Nach Edwards Geburt stellte sie klar, daß sie ihrer Pflicht nachgekommen war und mir einen Sohn geboren hatte und ab sofort nichts mehr von dem Kind oder von mir wissen wollte.«

Glennys atmete hörbar ein und dachte an Alexandra Rose.

»Inzwischen wollte ich auch nichts mehr von ihr wissen«, sagte ihr Begleiter beiläufig. »Ich hätte ihr mit Freuden einen eigenen Haushalt eingerichtet, aber sie hat mich erst verlassen, als sie einen reichen Adeligen gefunden hat. Nach der Scheidung hat sie ihn sogar dazu gebracht, sie zu heiraten, eine Freundlichkeit *mir* gegenüber, für die ich ihm ewig dankbar sein werde.«

»Ist Ihr Sohn unglücklich gewesen?« fragte Glennys leise.

»Anfangs ja. Es ist erstaunlich, nicht wahr, daß ein Kind selbst die gleichgültigste Mutter von ganzem Herzen lieben kann. Vor ihrem Fortgehen hatte er nicht allzuviel von ihr gehabt, und daher gewöhnte er sich schnell an die neuen Umstände. Wir beide stehen einander sehr nah. Ich habe ihn auf die Seereisen mitgenommen, die ich in früheren Jahren häufiger unternommen habe. Bisher ist er immer mit mir in Alexandria und in Washington gewesen.«

»In Washington?«

»Ich habe meinen Wohnsitz in New York, weil hier meine Firma sitzt, aber ich habe ein Anwesen in Virginia, und ich bin Abgesandter im Kongreß.«

»Sie sind also Politiker und Reeder, aber auch Grundbesitzer und Ihrem Sohn Vater und Mutter zugleich«, sagte Glennys versonnen. »Das klingt nach einem ausgefüllten und interessanten Leben.«

Auch er sah sie nachdenklich an. »Ja, das stimmt«, antwortete er, »wenn ich auch in Zukunft einsamer sein werde. Mein Sohn ist kürzlich im Columbia College aufgenommen worden, und daher werde ich ihn nicht bei mir haben, wenn der Kongreß tagt.«

»Haben Sie keine anderen Familienangehörigen in Virginia? Meine Verwandten sind über das ganze Land verstreut.«

»Ich dachte«, sagte er und sah sie verwundert an, »Sie seien teils englischer Abstammung.«

»Weniger Blutsverwandtschaft, als durch Adoption«, sagte Glennys heiter. »Das ist eine lange Geschichte.«

»Ich würde sie gern hören.«

»Es wäre mir lieber, wenn Sie mir erst meine Fragen beantworteten. Haben Sie gar keine Angehörigen in Virginia?«

»Wie dumm von mir zu vergessen, wie hartnäckig Sie sind. Nein, Edward und ich haben nur einander.«

»Das tut mir leid«, sagte Glennys leise.

»Warum?« fragte er teilnahmslos. »Mir hat nie etwas gefehlt.«

Glennys antwortete nicht darauf, und nach einem kurzen Schweigen lachte er. »Sagen Sie, Glennys, da wir Frage und Antwort zu spielen scheinen – nach meiner Rechnung müssen Sie jetzt drei- oder vierundzwanzig sein. Wie ist es Ihnen gelungen, sich dem Ehestand zu entziehen? Es waren doch gewiß nicht alle Männer, die Ihnen über den Weg gelaufen sind, solche Dummköpfe wie Mr. Crawley gestern beim Abendessen?«

»Nicht alle, aber doch viele. Verstehen Sie, die älteren Männer in meiner Familie haben es den jüngeren Frauen immer schwer gemacht. Wir sehen, was unsere Mütter und unsere Tanten haben, und wenn wir nicht zu einem Kompromiß bereit sind, und das bin ich nicht, dann schränkt das unsere Wahlmöglichkeiten beträchtlich ein.«

»Es herrscht ein solcher Mangel an brauchbaren Männern, daß Sie nicht einen einzigen gefunden haben, den Sie wollten?«

»Ich hatte einen gefunden«, sagte Glennys leise, »nur einen, aber er hat eine andere geheiratet.«

»Er hätte *Sie* haben können und hat eine andere geheiratet! Dann ist es der junge Narr nicht wert, ihm auch nur eine Träne nachzuweinen.«

»Woher wissen Sie«, fragte Glennys, die nicht wußte, ob sie lachen oder weinen sollte, »daß es ein *junger* Narr war?«

»Weil sich ein älterer, erfahrenerer Mann nie einer solchen Idiotie schuldig gemacht hätte.«

»Das ist jetzt wirklich ein subtiles, erfreuliches Kompliment, das gar nicht nach einem Crawley klingt, Mr. Ladd. Wenn wir auf festem Boden stünden, würde ich einen Knicks machen. So, wie die Dinge stehen«, sagte sie mit einem herablassenden Nicken, »kann ich nur schlicht sagen: Ich danke Ihnen, Sir.«

»Göre!«

»Nochmals vielen Dank.«

»Das war nicht als Kompliment gedacht«, sagte er finster.

Glennys lächelte nur. »Vielleicht nicht das Wort, aber Ihr Tonfall... doch, dafür haben Sie sich meinen Dank verdient.«

Er schien seinen Gedankengang weiterzuverfolgen. »Sie haben sich also entschieden, unverheiratet zu bleiben? Ist das nicht eine recht drastische Lösung wegen einer einzigen unglücklichen Liebe?«

»Es war keine unglückliche Liebe«, sagte Glennys leise, »und ich habe auch nicht die Absicht, unverheiratet zu bleiben. Lediglich die Anforderungen, die ich an den Mann meiner Wahl stelle, haben sich geändert. Heute erwarte ich – oh, der Fluß!«

Sie sog gierig die Luft ein, und er warf ihr einen fragenden Seitenblick zu, als er die Kutsche zum Halten brachte. »Es ist ein Fluß wie jeder andere. Ich fand den Hudson immer wesentlich schöner.«

»Das mag sein, aber der East River ist etwas ganz Besonderes. Er...« Sie unterbrach sich, als sie ausstiegen. Glennys wollte ein Boot aussuchen, doch Mr. Ladd entschied sich für ein schönes weißes Segelboot, die *Gallant Lady*.

»Das ist ja übertrieben«, protestierte Glennys lachend. »Wir wollen nur ein kleines Stück zur Küste von Long Island hinausfahren. Es ist nicht nötig, ein so großes Schiff zu mieten.«

»Das stimmt. Wir mieten es ja auch nicht. Die *Gallant Lady* ist das kleinste, handlichste Segelboot meiner Flotte.«

»Wenn das so ist, freue ich mich auf eine luxuriöse Bootsfahrt«, sagte Glennys.

Während Benjamin Ladd dem Kapitän Anweisungen erteilte, lehnte sich Glennys über die Reling. Ihre Gefühle waren in einem Aufruhr wie seit dem Tag ihrer Abreise aus England nicht mehr.

Sie hatte das sichere Gefühl, daß dieser kurze Ausflug weit mehr als ihre gewohnte Pilgerfahrt werden sollte, eher der Tag der Entscheidung über ihr weiteres Leben.

Sie blieben an der Reling stehen, und er erinnerte sie daran, daß sie ihm erzählen wollte, warum seine Scheidung sie nicht schockieren konnte.

Glennys atmete tief ein. »Ich weiß, daß Sie sich noch erinnern, wie ich Ihrer unfreundlichen Tischnachbarin an der Tafel des Präsidenten mitgeteilt habe, ich sei kein Bastard«, sagte sie beiläufig, »denn ich habe gehört, wie Sie diese Geschichte heute morgen meiner Tante Amelia und meiner Cousine erzählt haben. Der Witz ist, daß ich damals wirklich glaubte, die Wahrheit zu sagen. Doch an dem Tag, an dem ich die Ausgabe von Shakespeares Werken von Ihnen bekommen habe, hat sich herausgestellt, daß ich tatsächlich auch ein Bastard bin. Das war auch der Grund, aus dem ich mir so sehr gewünscht habe, Sie wiederzutreffen.« Sie lächelte ihn an. »Das gehört nicht zu den Dingen, die man in einen Brief schreibt oder irgend jemandem erzählt, aber ich habe mir so sehr gewünscht, ich bekäme eine Gelegenheit, es Ihnen zu sagen.«

»Mein liebes Kind, ich hoffe...«

Glennys' Augen verzogen sich zu einem Lachen. »Oh, bitte, ich hoffe doch, daß Sie mir jetzt kein Mitgefühl bekunden wollen, Sir. Wie ich Ihnen schon damals sagte, war das nichts, wofür ich mich geschämt hätte. Ich war sogar stolz drauf. Ich bin immer noch stolz darauf. Sehen Sie, meine Eltern haben in New York als Spione für General Washington gearbeitet, und die Umstände haben eine Heirat unmöglich gemacht. Sie hätten sich beide damit gefährdet. Aber an ihrer Liebe konnte das nichts ändern. Als meine Mutter auf dem Jersey verhaftet und gefangen genommen wurde, wußte er gar nicht, daß sie von ihm schwanger ist.«

Sie beugte sich vor, nahm einen Korb vom Boden und warf die Blumen eine nach der anderen ins Wasser. »Jahrelang hieß es, sie sei tot. So viele Tausende sind auf diesen englischen Höllenschiffen gestorben. Mit den Blumen gedenke ich ihrer. Die meisten von ihnen sind dort begraben.« Sie deutete auf Long Island. »Direkt an der Küste unter ein paar Zentimetern Sand, und bei Ebbe haben meilenweit ihre Skelette aus dem Sand geragt. Nur Gottes Güte ist es zu verdanken, daß meine Knochen und die meiner Mutter nicht darunter waren.«

»Gütiger Himmel!« sagte er, als sie die letzte Blume ins Wasser warf und nach dem zweiten Korb griff. »Sagen Sie nur nicht...«

»Am Tag meiner Geburt auf dem Jersey bekam die liebste Freundin meiner Mutter die Erlaubnis des Militärs, mich vom Schiff zu holen. Später hat sie mich dann als ihr eigenes Kind nach England mitgenommen. Es vergingen Jahre bis zum Kriegsende, und so bin ich zu zwei Elternpaaren und zu zwei Ländern gekommen.«

»Sie haben lange gewartet, ehe Sie sich entschlossen haben, Amerika England vorzuziehen.«

»Der junge Narr, den ich liebe«, sagte sie, während sie weiterhin Blumen ins Wasser warf, »ist so sehr Teil meines Lebens in England, daß es mir besser erschien, einen neuen Anfang zu machen und in Amerika zu heiraten.«

»Es widerstrebt Ihnen also nicht, einen Mann zu heiraten, den Sie nicht lieben?«

»Ich habe Danielle, einer anderen Cousine, die ich sehr gern habe, einmal gesagt, was ich jetzt von einem Mann erwarte. Ich will einen Mann, den ich mögen und bewundern und der mir ein interessantes und spannendes Leben bieten kann. Es muß ein intelligenter Mann sein, dessen Gesellschaft ich erfrischend finde. Ein temperamentvoller Mann, der stark genug ist, um es mit mir aufzunehmen.«

Plötzlich drehte sie ihren Korb um und leerte sämtliche Blumen, die noch übrig waren, in das Wasser. Dann lehnte sie sich mit dem Rücken an die Reling, zog ihre Kapuze ab, sah lächelnd zu Benjamin Ladd auf und fuhr fort, als sagte sie das Alltäglichste auf Erden. »Der Mann, den ich heirate, wird auf meine absolute Offenheit und Loyalität setzen können, und daher wird er akzeptieren, daß ich nicht nur ein uneheliches Kind bin, sondern auch keine Jungfrau. Er wird akzeptieren, ohne es mir vorzuwerfen oder mich dafür zu mißachten, daß auch ich ein uneheliches Kind geboren habe.«

»Und Sie glauben nicht«, erkundigte er sich mit sanfter Stimme, »daß Sie von einem gewöhnlichen Sterblichen zuviel verlangen?«

»Vielleicht von den meisten Männern, aber nicht von einem bestimmten Mann.«

Er legte seine Hände leicht auf ihre Schultern, und Glennys sah mit einem fragenden Lächeln zu ihm auf.

»Es macht mich stolz und glücklich, daß Sie mir dieses Vertrauen entgegenbringen, Glennys, aber es macht mich auch neugierig. Warum tun Sie das?«

»Weil ich Sie für genau den gewöhnlichen Sterblichen halte, der eine Ehe mit mir in Erwägung ziehen könnte, und wenn es so ist, dann habe ich Ihnen Dinge gesagt, von denen ich möchte, daß Sie sie wissen. Sollte ich mich irren«, sagte sie achselzuckend und nahm seine Hände von ihren Schultern, »dann muß ich mich darauf verlassen, und das tue ich, daß Sie mein Vertrauen nicht mißbrauchen.«

Jetzt lehnte er sich an die Reling und kehrte ihr den Rücken zu. »Nie war ich so froh über etwas wie darüber, meine Frau los zu sein. Ich habe mir gelobt, nicht mehr in die Falle zu gehen, die dieses eheliche Elend bedeutete. Woher wußten Sie, Glennys, noch ehe ich es wußte, daß ich von dem Moment an, an dem ich Sie über den Eßtisch angesehen habe, an eine Heirat dachte?«

»Möglicherweise war es meine weibliche Intuition«, sagte Glennys. »Aber möglicherweise war es auch nur mein weiblicher Stolz. Unter Umständen habe ich aber auch nur Ihre Gedanken gelesen.«

»Gestern nacht habe ich im Bett gelegen und mir gesagt, ich sei viel zu alt für Sie, Glennys. Bei Tageslicht, hier auf dem Fluß, in der Nähe des Ortes, an dem Sie geboren wurden, habe ich den Mut zu glauben – ich *will* es glauben –, daß die Jahre, die ich Ihnen voraushabe, mir nur dazu verhelfen, Ihre einzigartigen und wunderbaren Eigenschaften zu würdigen. Wenn ich die Kühnheit aufbringe, Sie zu fragen, werden Sie ja sagen?«

»Das werden Sie nie erfahren, solange Sie mich nicht fragen, Sir.«

»Alles, was ich in diesem Leben je wollen könnte, sind die Offenheit und die Loyalität, die Sie sich Ihrem Mann gegenüber gelobt haben. Die Vergangenheit interessiert mich nicht, weder Ihre, noch meine, nur unsere Zukunft. Werden Sie mich heiraten, Glennys St. John?«

»Ja, Benjamin Ladd, das werde ich tun.«

31. Kapitel

»Das kann doch nicht dein Ernst sein!« japste Felicity.

»O doch, durchaus«, sagte Amelia bitter. »Ihr ist es gleich, daß Craig mich umbringen wird.«

»Tante Amelia, du weißt genau, daß sie nichts dergleichen tun wird. Du hast selbst gesagt, er sei charmant. Warum sollte Mam es nicht auch so sehen?«

»Wenn man einen Mann bei einem Frühstück charmant findet, dann macht ihn das noch nicht zu einem akzeptablen Ehemann. Gütiger Himmel, Kind, du hast ihn gestern abend erst kennengelernt. Wie kannst du dich heute morgen auf eine Verlobung einlassen? Laß dir Zeit. Du mußt dir mehr Zeit lassen.« Sie hielt an diesem Strohhalm fest. »Ich schlage dir ja nur vor, daß du dir Zeit läßt, damit du dir deiner Gefühle sicherer sein kannst.«

»Meine liebe Tante«, sagte Glennys. Sie trat zu ihr und griff nach ihren Händen. »Ich bin mir meiner Gefühle sicher. Ich war es schon, als ich heute morgen die Augen aufgeschlagen und die Blumen gesehen habe, vielleicht sogar schon gestern abend. Zeit ist für mich ein schlechtes Argument. Ich habe mir mehr als zwanzig Jahre Zeit gelassen, um mir bei Jack sicher zu sein, und wohin hat mich das geführt? Dazu, daß ich in Amerika ein neues Leben beginnen will. Ich erwarte nicht, daß ich je jemanden lieben werde...« Ihre Stimme bebte. »Jedenfalls nicht so, wie ich ihn geliebt habe, aber meine Liebe blendet mich nicht so sehr, daß ich nicht erkennen könnte, daß Mr. Ladd genau der Mann ist, von dem ich nur hoffen kann, daß Jack eines Tages so wird. Er ist angefeindet worden, und das hat ihn nur stärker und weiser werden lassen. Er ist gut, er ist freundlich, er ist ehrgeizig, er ist ein intelligenter Mann mit vielen Interessen, der mir das spannende Leben bieten kann, das ich mir wünsche. Er ist hart und gleichzeitig sanft und weichherzig, und er hat einen Sinn für das Absurde, der mir sehr entgegenkommt. Er hat es oft schwer im Leben gehabt, und ich habe es immer leicht gehabt. Ich hatte die Liebe und die Geborgenheit, die mir eine große Familie gegeben hat. Ich sehne mich danach, ihn in den Schoß dieser Familie aufzunehmen. Ich wünsche mir, daß alle ihn mögen und daß er öfter fröhlich und nicht zynisch lacht.«

Dieser Wortschwall brachte die beiden Frauen dazu, vorübergehend zu verstummen. Schließlich meldete sich Felicity zu Wort. »Aber wird es kein seltsames Gefühl sein«, fragte sie zögernd, »einen Stiefsohn zu haben, der nur ein paar Jahre jünger ist als du?«

»Ich hoffe, daß Benjamin recht hat, wenn er glaubt, daß sein Sohn nichts dagegen haben wird«, sagte Glennys unbesorgt. »Ich habe auch nicht vor, die böse Schwiegermutter zu werden. Vielleicht sehnt sich Edward danach, bemuttert zu werden. Wenn nicht, dann werde ich ihm meine Freundschaft anbieten.«

»Er hat nicht ganz den Hintergrund, den deine Eltern beidseitig des Atlantiks sich für dich wünschen«, wandte Amelia ein.

»Und das von dir, Amelia, die du in zweiter Ehe einen Bauern ohne Geld und Land geheiratet hast?« fragte Glennys grinsend.

Amelia zuckte resigniert die Achseln. »Deine Eltern werden sich absichern wollen, daß er kein Mitgiftjäger ist. Mehr kann ich nicht mehr dazu sagen.«

»Das wird er ihnen leicht machen«, sagte Glennys und räkelte sich. »Er trifft sich heute nachmittag mit seinen Anwälten, und wenn er morgen nach Green Gates aufbricht, wird er die Unterlagen mitnehmen, die sie für ihn vorbereiten.«

Sie gähnte ostentativ, ehe sie ihre Tante anlächelte. »Er scheint enorm reich zu sein. Er wünscht, daß meine gesamte Aussteuer zusammen mit einer vergleichbaren, wenn nicht größeren Summe seines Geldes auf mich übertragen wird. Welches andere Hindernis möchtest du mir noch in den Weg legen, meine liebe Tante?«

Die ›liebe Tante‹ streckte die Waffen. »Ich weiß, wann ich mich geschlagen geben muß«, sagte sie. »Jetzt liegt alles bei Craig und Robbie.«

»Und bei Mr. Ladd, möchte ich meinen«, hob Glennys heiter hervor. »Schließlich hat er die entscheidendste Zustimmung bereits bekommen – meine!« Sie stand von ihrem Stuhl auf. »Ich glaube, ich werde mich ein wenig ausruhen. Es war ein anstrengender Vormittag.« Diesmal war ihr Gähnen echt. »Da Benjamin den Rest des Tages mit seinen Anwälten zu tun hat und morgen früh nach Green Gates aufbrechen will, bin ich davon ausgegangen, daß du nichts dagegen hast, wenn ich ihn heute zum Abendessen zu uns einlade, Tante Amelia. Dann kannst du ihn nach Herzenslust ins Kreuzverhör nehmen.«

Sie verließ das Zimmer, ehe Amelia etwas darauf erwidern konnte. Dann steckte sie ihren Kopf noch einmal durch die Tür, um zu sagen: »Wenn keiner von euch etwas dagegen hat, gehe ich heute abend nicht mit ins Theater. Da wir binnen eines Monats heiraten wollen, ziemt es sich nur, ein wenig umeinander zu werben.«

»Binnen eines Monats! Das ist ausgeschlossen, Glennys!«

Diesen Ausruf sollte sie in den kommenden Tagen und Wochen noch öfter hören, doch sie trieb ihre Vorbereitungen unbeirrt voran.

Craig und Robbie stellten zufrieden fest, daß Benjamin Ladd ihre Tochter wirklich liebte, sie finanziell versorgen konnte und persönlich darauf bedacht war, sie glücklich zu machen.

Ihr anfängliches Staunen über Glennys' Wahl zog erst Resignation nach sich, dann Erleichterung und schließlich die freudige Gewißheit, daß er genau der richtige Mann für ihre quecksilbrige Tochter war. Für einen jüngeren Mann hätte sie zu reif sein können. Benjamin Ladd würde mit ihr fertig werden, ohne ihren unbändigen Unabhängigkeitsdrang einzuengen. Gerade die Eigenschaften, die ein weniger starker Mann zu ändern versucht hätte, gefielen ihm an ihr. Er war in der Lage, sich ihre Geschichte mit dem Interesse eines liebenden Menschen anzuhören, ohne Anstoß daran zu nehmen. Er konnte Alexandra Rose auf den Schoß nehmen und, während sie mit seiner goldenen Uhr spielte, zu Craig sagen: »Sie ist Ihnen und Glennys wie aus dem Gesicht geschnitten, Ma'am.« Ebenso unproblematisch konnte er hinzufügen: »Darf ich davon ausgehen, daß sie Glennys' Tochter ist?«

Craig und Robbie sahen einander bestürzt an, und er versicherte ihnen eilig: »Ich verspreche Ihnen, es nie mehr zu erwähnen. Ich bin nur darauf gekommen, weil ich allzu gut weiß, daß Glennys ihr Kind niemand anderem als ihren eigenen liebenden Eltern anvertrauen würde. Eher hätte sie ihre Tochter allein aufgezogen.«

Craig war sprachlos, doch Rob und Benjamin sahen einander lange und verständnisvoll an, ehe Rob sagte: »Sie haben richtig geraten. Unsere Tochter Alexandra ist ein großes Geschenk, das uns unsere Tochter Glennys gemacht hat.«

Glennys' zukünftiger Mann streichelte Alexandras lokkigen rötlichen Flaum. »Sie ist ein sehr hübsches Kind. Wenn ich sie ansehe, weiß ich, wie Glennys mit einem Jahr ausgesehen hat.«

»Wir auch«, sagte Craig leise, und eine Träne fiel auf Alexandras Kopf. »Verstehen Sie, wir haben Glennys in dem Alter nie gesehen.«

»Das habe ich gehört. Aber die Geschichte hat doch einen glücklichen Ausgang, Mrs. Glendenning.«

»St. John«, verbesserte Craig. »Ich habe meinen Namen immer behalten, wie Glennys. Aber der Nachname ist so förmlich, und da ich mich zu jung fühle, um mich von Ihnen als Mam ansprechen zu lassen, wie es meine Tochter tut, wäre mir Craig lieber.«

»Und Rob«, sagte ihr Mann.

»Benjamin«, stimmte Mr. Ladd zerstreut zu. Er fragte sich, ob Glennys bereit sein würde, seinen Namen anzunehmen.

Am folgenden Tag stellte er ihr diese Frage selbst.

Glennys mußte herzlich darüber lachen. »Meine Güte, ich hätte dich vorwarnen müssen. Möchtest du, daß ich deinen Namen annehme?«

»Ich wünsche es mir sehr.«

»Wirst du mich drängen, es zu tun?«

»Nein.«

»Wirst du mich darum bitten?«

»Nein.«

»Beharrst du darauf?«

»Gott behüte.«

»Ich frage mich«, sagte Glennys und sah ihn fest an, »ob du sehr klug oder vielleicht äußerst gerissen bist.«

»Keines von beidem«, sagte er. »Ich bin nur ein Mann, der dich aus ganzem Herzen liebt.«

Glennys spürte ganz unerwartet, daß Tränen in ihren Augen brannten. Der Kloß in ihrem Hals erschwerte ihr das Schlucken und das Sprechen. Er war bereit, soviel zu geben, und doch verlangte er so wenig. Ihr wurde klar, wie glücklich sie sich schätzen konnte, die Liebe dieses Mannes errungen zu haben.

Sie hielt ihm beide Hände hin, und er nahm sie und führte sie nacheinander an die Lippen.

»Es ist mir eine Ehre, deinen Namen anzunehmen, Ben.«

Er zog sie in seine Arme und hielt sie fest. Sie spürte das Pochen seines Herzens und die Veränderungen, die an seinem Körper vor sich gingen, als die Liebe und die Dankbarkeit, die ihn bewogen hatten, sie an sich zu pressen, in etwas anderes übergingen. Sie nahm die Reaktion ihres eigenen Körpers wahr, als er sie sachte von sich schob.

»Nach ihrer ursprünglichen Abwehr hat deine Mutter unserem Wunsch zugestimmt, möglichst bald zu heiraten«, sagte er und atmete schwer. »Sie möchte, daß du gleich nach Hause kommst, um ihr bei den Vorbereitungen zu helfen.«

»Kommst du mit?«

Er schüttelte den Kopf. »Ich werde dich hinbringen, aber ich bleibe nicht dort.«

»Warum, um Himmels willen, nicht?«

»Zum einen, weil ich selbst einiges zu regeln habe, wenn wir richtige Flitterwochen planen.«

»Tun wir das?« fragte sie eifrig.

»Hättest du Lust, auf dem Wasserweg nach Virginia zu reisen? Ich möchte dir dein neues Zuhause, aber auch das Haus in Alexandria zeigen, in dem wir einen großen Teil jener Zeit verbringen werden, zu der der Kongreß in Washington tagt.«

»Ich würde liebend gern eine Seereise mit dir unternehmen«, sagte Glennys. »Und was ist der zweite Grund dafür, daß du nicht mit mir in Green Gates bleibst?«

»Hat dir schon einmal jemand gesagt, was für eine hartnäckige junge Dame du bist?«

»Ja, du. Beantworte bitte meine Frage.«

»Die Antwort auf deine Frage, Miß Glennys St. John, die du bald meine Frau sein wirst, lautet, daß ich nicht unter einem Dach und auf nächste Nähe mit dir zusammen sein kann, ohne den Wunsch zu haben, mit dir zu schlafen. Um absolut offen zu sein – ich weiß, daß du immer viel von Offenheit hältst –, könnte ich es eher als einen Drang beschreiben weniger als einen Wunsch. Diesen Drang zu unterdrükken, bereitet mir – nennen wir es Unbehagen?«

»Ich verstehe.« Glennys nickte. »Unbehagen.«

»Und ich fühle mich ziemlich gereizt, könnte ich noch dazusagen.«

»Ach, gereizt.«

»Äußerst gereizt. Verdammt noch mal, Glennys«, brüllte er. »Hör auf, dazustehen und mich auszulachen, oder ich packe dich an den Schultern und schüttele dich.«

»An den Schultern packen und schütteln? Das klingt nicht allzu vielversprechend.«

»Frau, du bringst mich um den Verstand. Laß es mich so schlicht wie möglich sagen. Ich habe nicht vor, auch nur eine einzige Nacht unter demselben Dach mit dir zu verbringen, solange wir nicht miteinander verheiratet sind und das Recht haben, gemeinsam in einem Bett zu schlafen.«

»Ich hatte keine Ahnung, daß du derart moralisch bist«, sagte Glennys erstaunt. »Wir sind verlobt. Wirst du mich noch nicht einmal küssen?«

»Natürlich werde ich dich küssen, und zwar zur Begrüßung und ebenso züchtig zum Abschied. Bis zum Zeitpunkt unserer Eheschließung wirst du dich damit begnügen müssen.«

Glennys stellte sich dicht vor ihn und zog sich auf die Zehenspitzen. Sie schmiegte ihre Brüste an ihn und lächelte verführerisch. »Ich könnte dich dazu bringen, daß du es dir anders überlegst«, flüsterte sie und schlang ihre Arme um seinen Hals.

Er küßte ihre Lippen zart, aber flüchtig.

»Das wissen wir beide«, flüsterte er, »aber ich bitte dich, mein Liebling, es nicht zu versuchen. Es wird etwas anderes sein, wenn wir erst verheiratet sind, wenn ich erst diese Furcht ablegen kann, etwas so Wunderbares könnte mir nicht geschehen. Wenn wir erst verheiratet sind und ich mir deiner Offenheit und Loyalität sicher sein kann, dann werde ich mich nicht mehr fürchten. Dann werde ich mir die Freiheit herausnehmen, dich zu lieben und dich zu meiner Frau zu machen und zu hoffen, daß du in meinen Armen, wenn schon sonst nirgends, den ›jungen Narr‹ vergessen kannst, den du liebst.«

Glennys verbarg ihr Gesicht an seiner Schulter und zitterte von Kopf bis Fuß. Sie fühlte sich seiner Anbetung nicht würdig.

»Ich liebe dich jetzt«, sagte sie. »Und ich mag dich. Du machst mich glücklich. Ich glaube, daß du mich mit der Zeit noch glücklicher machen wirst. Ich will deine Liebe, ich will sie wirklich.«

»Ich weiß«, sagte er. »Ich weiß alles über dich, Glennys. Dein Herz ist für mich ein offenes Buch, und ich werde dir den kleinen Teil von dir, den du in England zurückgelassen hast, nicht übelnehmen, nicht, solange der Rest von dir mir gehört.«

»Wenn dir noch nicht alles andere von mir gehört, dann verspreche ich dir, daß es dir gehören wird, wenn wir erst verheiratet sind.«

»Auch das weiß ich.«

»Wie kannst du so sicher sein?« fragte sie verwundert.

»Wenn du in meinen Armen liegst und ich es zulasse, daß du an einen anderen Mann als mich denkst, dann habe ich dich nicht verdient.« Er legte einen Finger auf ihre Lippen und strich immer wieder sanft darüber, und diese Liebkosung war fast so intim wie ein Kuß. »Du brauchst nicht zu befürchten, Glennys, ich hätte nicht die Absicht, dich mir ganz und gar zu verdienen. Daran besteht kein Zweifel.«

32. Kapitel

Obwohl sie noch nicht verheiratet waren, willigte Benjamin Ladd schließlich ein, die letzte Maiwoche unter demselben Dach wie Glennys zu verbringen. Das Haus war gerammelt voll mit Gästen, und er kam kaum dazu, ein paar Minuten mit Glennys allein zu verbringen.

Sämtliche Familienangehörigen und Freunde nahmen ihn wärmstens in ihren Kreis auf, und Benjamin war hin- und hergerissen zwischen Liebe und der ständig vorhandenen Furcht, das Glück, das er empfand, *müsse* illusorisch sein. Er verbrachte diese Tage vor seiner Heirat wie in einem benommenen Taumel.

Edward Ladd dagegen akzeptierte seine große neue Familie, die ihn und seinen Vater so herzlich willkommen hieß, genüßlich. Er stürzte sich temperamentvoll in alle Festivitäten, flirtete mit allen hübschen und weniger hübschen Mädchen, sowie mit deren Müttern, und freundete sich schnell mit Nick van Gulik an, der wie er das Columbia College besuchte.

Edwards Hang, Glennys mit dem Titel der Stiefmutter aufzuziehen, löste beim zehntenmal genausoviel Gelächter aus wie beim ersten. Niemand freute sich mehr über diese Anrede als Glennys, obwohl sie ihn ihrerseits erbarmungslos aufzog. Nichts konnte die gute Stimmung trüben, und der Aufenthalt in Green Gates schien ein endloses Fest zu sein.

»Du hast mir deinen Sohn als einen prima Kerl geschildert, der sehr intelligent ist«, sagte Glennys eines Morgens beim Frühstück zu Benjamin. »Das war untertrieben. Du hast allen Grund, stolz auf ihn zu sein.«

»Das bin ich auch. Und ich bin ihm dankbar. Die Notwendigkeit, für Edward zu sorgen und seine Umgebung erfreulich zu gestalten, hat mich davor bewahrt, ein griesgrämiger und verbitterter Mann zu werden.«

»Dann muß ich deinem Sohn danken«, sagte Glennys bescheiden, »daß er dich so jung und frisch gehalten hat, wie du mir gefällst.«

Klammheimlich ließ sie ihre Hand unter den Tisch an seinem Hosenbein hinaufwandern, bis Benjamin sie festhielt. Nach dem Frühstück zerrte er sie an einer Hand in den Garten.

»Wenn du das noch einmal tust«, sagte Ben streng, »dann schnappe ich dich, ganz gleich, wo wir sind oder mit wem wir zusammen sind, und gebe dir genau das, was du verlangst.«

»Soll das eine leere Drohung sein«, fragte Glennys keck, »oder ist es ein Versprechen, das du halten wirst?«

»Um Gottes willen, Glennys, ist dir klar, daß du mich in Versuchung führst, dich ins Gras zu werfen und dich hier und jetzt zu nehmen?«

Er sah, daß sich ihr Gesicht veränderte und der Glanz in ihren Augen erlosch.

»Was ist, Glennys? Was habe ich gesagt?«

»Nichts«, sagte sie. »Es ist nichts. Halt mich fest, Ben. Nimm mich in den Arm, bitte.« Sie streckte ihre Arme aus, und er drückte sie an sich. »Wenn du mich in deinen Armen hältst, fühle ich mich geliebt und geborgen.«

»Mein Liebling«, hauchte er in ihr Haar und preßte sie dichter an sich. »Ich kenne niemanden, der so sehr geliebt wird wie du oder der mehr Grund hätte, sich geborgen und sicher zu fühlen. Mein wunderbares Mädchen, ich bete dich an.«

»Glennys«, rief Danielle durch das offenstehende Fenster der Bibliothek. »Deine Mutter möchte dich sprechen.«

»Geh zu deiner Mutter, Liebling«, sagte Ben.

Glennys seufzte, zwang sich zu einem matten Lächeln und lief ins Haus. Zwei Tage erschienen ihr plötzlich keine lange Zeit, sondern beängstigend kurz zu sein. Warum, warum nur, hatte er davon gesprochen, sie im Gras zu lieben? Bis zu dem Moment hatte sie sich bestens gehalten und sich selbst dazu gratuliert, wie gut sie ihr Leben im Griff hatte.

Jack war in England und hatte Daphne und würde bald Vater werden. Falls sie einander je wiedersehen sollten, würde es so sein wie früher – als Geschwister und Freunde.

Alexandra Rose wuchs in Green Gates auf, die geliebte jüngere Tochter. Sie würde immer eine Rolle in Glennys' Leben spielen, aber die einer Schwester.

Sie selbst hatte in Amerika einen wunderbaren Mann gefunden, einen Mann, der einer Liebe so würdig war, daß es albern gewesen wäre, so heftig auf ein paar Worte zu reagieren, sich jetzt durch die Erinnerung an den Mann – den jungen Narr, wie Ben ihn nannte –, der zweimal im hohen grünen Gras mit ihr gelegen und sie geliebt hatte, mit ihm zu entzweien.

Diese beiden Male mußten als eine zärtliche Erinnerung gehegt werden. Sie durfte nicht zulassen, daß sie ihre Zukunft verdunkelten oder in irgendeiner Form ihr Leben trübten.

Nachts lag sie im Bett und wußte, daß sie nicht zulassen *konnte,* und gleichzeitig gelobte sie sich, daß sie nicht zulassen *würde,* daß ihre Erinnerungen Ben auch nur das kleinste Bißchen von dem Glück raubten, das sie ihm versprochen hatte. Schon während sie es sich gelobte, weinte sie; plötzlich war die Wunde so frisch und so offen wie an dem Tag, an dem Jack mit Daphne nach Wadsworth zurückgekehrt war.

Sie erwachte früh und war erschöpfter als beim Schlafengehen, und sie bat Alice, ihrer Mutter zu sagen, sie käme nicht zum Frühstück, weil sie Kopfschmerzen hätte.

Craig kam sofort in ihr Zimmer, um sich zu vergewissern, daß ihr bis auf die Kopfschmerzen wirklich nichts fehlte. Sie sah taktvoll über die geröteten Augen ihrer Tochter hinweg und schlug ihr vor, sich wieder ins Bett zu legen.

»Das tue ich sowieso«, sagte Glennys, »aber ich dachte...« Ihre Lippen zitterten ein wenig. »Ich wollte vorher erst noch an Mama und Papa schreiben, um ihnen von meiner Heirat zu berichten.«

»Du hast ihnen noch nicht geschrieben? O Glennys!«

»Sie wußten von euch, daß ich mich mit Ben verlobt habe«, verteidigte sich Glennys unbeholfen, und Craig schlang die Arme um ihre Tochter und küßte sie.

»Glennys, du tust das Richtige. Wenn du die ganze Welt absuchen würdest, bezweifle ich, daß du auf einen besseren, verständnisvolleren Mann als Benjamin stoßen würdest. Es ist nicht leicht für eine St. John, den richtigen Partner zu finden. Frag deinen Vater. Aber ich glaube, daß du Glück gehabt hast. Er wird dich glücklich machen, und du wirst aufblühen, wenn es dir gelingt, ihn glücklich zu machen. Der Mann hat es verdient, Glennys. Er hat dich fast verdient.«

Glennys hob den Kopf.

»Danke, Mam«, sagte sie. »Dir fallen immer die richtigen Worte ein. Die Wahrheit ist aber die, daß du zu mütterlich bist. *Ich* habe ihn nicht verdient, das ist es.«

Craig tätschelte ihre Wange. »Schreib deinen Brief, mein Liebes, und dann leg dich wieder ins Bett. Ich schicke Alice mit dem Frühstück zu dir.«

Nachdem Craig gegangen war, setzte sich Glennys gehorsam an ihren Schreibtisch. Die Worte, die sie so lange vor sich hingeschoben hatte, flossen ihr jetzt aus der Feder, bis so fest an ihre Tür geklopft wurde, daß sie den Schreiber fallen ließ.

Sie kniete auf dem Boden, um ihn aufzuheben, und als sie sich aufrichtete, stellte sie mit Erstaunen fest, daß Ben ihr das Frühstückstablett brachte und nicht etwa Alice.

Sie warf einen besorgten Blick auf die geschlossene Tür. »Erscheint es dir richtig, allein in mein Zimmer zu kommen?«

»Deine Mutter fand, es könne nichts schaden, meine kleine Puritanerin«, antwortete er spöttisch.

Glennys errötete und warf den Schreiber erbost auf ihren Schreibtisch.

»Craig war sogar der Meinung, es könne uns beiden

nur guttun, wenn wir uns ungestört unterhalten. Sie hat gemerkt, daß wir beide ein wenig nervös sind.«

Glennys' Zorn machte sich Luft. »Ich bin nicht nur ein wenig nervös«, stöhnte sie. »Ich fürchte mich zu Tode. Ich würde am liebsten davonlaufen. Ben, es tut mir leid, aber plötzlich graust mir davor, verheiratet zu sein.«

»Ja, ich weiß. Mir auch.«

»Dir auch?«

»Ja, sicher. Hast du vergessen, daß ich als Ehemann schon einmal gescheitert bin?«

»Das ist ja lachhaft«, sagte Glennys hitzig. »Wenn man die Umstände deiner Heirat bedenkt, hattest du nie eine Chance.«

»Die simple Wahrheit ist die, daß meine Frau nicht mich, sondern mein Geld geliebt hat.«

»Ich hoffe, du willst damit nicht andeuten, *ich* würde mir etwas aus deinem Geld machen?«

»Nein, ganz bestimmt nicht, aber eine Heirat ist ein Risiko, wenn die Liebe einseitig ist.«

»Ich liebe dich doch, Ben.«

»Aber du bist nicht in mich verliebt, und das Gespenst, das du in diese Ehe mitbringst, stellt eine Bedrohung dar.«

»Es tut mir so leid«, flüsterte Glennys.

Er stellte das Frühstückstablett ab. »Hast du Hunger, Glennys?«

Sie schüttelte den Kopf, und er sagte: »Gut.« Dann trat er zu ihr an den Schreibtisch. »Ein reizendes Kleidungsstück hast du an«, sagte er beiläufig, und Glennys fiel erst jetzt auf, daß sie in nichts weiter als dem kurzärmeligen Seidennachthemd dastand, das ihr nur bis auf die Schenkel reichte. »Gehst du immer so herrlich dürftig bekleidet ins Bett?« fragte er.

»J-ja.«

Sie schnappte nach Luft, als seine Hände unter das ›reizende Kleidungsstück‹ glitten. Eine Hand koste ihren festen kleinen Hintern und preßte sie gegen seine Hüften. Die andere Hand wanderte gemächlich über ihren Bauch und ihre Brüste, ehe sie sich zwischen ihre Beine legte.

Glennys schluckte, wollte protestieren und brachte die Worte nicht heraus. Während sie noch versuchte, so zu tun, als sei das, was er tat, das Normalste auf Erden, wand sie sich, um ihm entgegenzukommen.

»Was tust du da?« flüsterte Glennys, obwohl sie es nur zu gut wußte. Ben lachte nur.

»Ich will, daß du aufhörst«, sagte Glennys und war sich darüber im klaren, daß sie genau das nicht wollte.

Er schien genau zu wissen, was sie meinte. Er ging zur Tür, und einen Moment lang fürchtete sie, er könne gehen.

Sie hätte vor Erleichterung weinen können, als er die Tür abschloß, und sie stand nackt vor ihm und errötete bis in die Haarspitzen.

Er hob sie hoch und warf sie auf das Bett. Sie blieb zusammengerollt liegen.

»Es ist an der Zeit, ein paar Geister auszutreiben, Glennys«, sagte ihr zukünftiger Ehemann und zog sich ohne größere Umstände aus, ehe er sich zu ihr ins Bett legte.

Er drehte sie auf den Bauch und bedeckte sie vom Genick bis zu den Füßen mit Küssen. Dann drehte er sie wieder um und begann von neuem, diesmal von den Knöcheln nach oben, und seine Zunge unternahm Ausflüge an unerwartete Orte.

Glennys wimmerte lange Zeit: »Bitte, bitte, bitte.« Erst nach einer Weile wurde ihr klar, warum sie das sagte und um was sie ihn wimmernd anflehte.

»Erst, wenn *ich* mich dazu entschließe, meine liebe Glennys«, flüsterte er zur Antwort. Dann setzte er sein Spiel fort, bis ihre Augen sich verschleierten, ihr ganzer Körper feucht war und sie plötzlich begann, mit ihren Fäusten auf seine Brust einzuhämmern und zu schreien:

»Du verfluchter Kerl! Du verfluchter Kerl! Du verfluchter Kerl!«

»Du bist selbst ein verfluchtes Miststück, meine Süße!« sagte er fröhlich. Er stieß sie auf das Bett zurück, ließ sich auf sie fallen und hielt ihr den Mund zu, als sie zu schreien begann.

Eine Viertelstunde später stand er widerstrebend auf und suchte seine verstreuten Kleidungsstücke auf dem Fußboden zusammen. Als er sich angezogen hatte, trat er wieder an das Bett, in dem Glennys lag. Ihre Augen waren geschlossen, und in ihrem Gesicht stand ein derart zufriedenes Lächeln, daß es ihn seine gesamte Willenskraft kostete, sich nicht wieder auszuziehen, um sich zu ihr zu legen.

Statt dessen gab er ihr einen erfreulich lauten Klaps auf ihre schutzlose Rückseite.

»Au!« rief Glennys aus und riß die Augen auf. Sie sah ihn vorwurfsvoll an. »Womit habe ich das verdient?«

»Eine reine Liebesbezeugung«, versicherte er ihr.

»So ist es mir aber nicht vorgekommen«, murrte sie.

»Lügnerin!« sagte Ben mit zarter Stimme, und wieder errötete sie tief. »Jetzt darfst du dich ausruhen«, sagte er, »ehe du zum Mittagessen nach unten kommst. Und wenn du ein ganz, ganz braves Mädchen bist und dich gut benimmst, dann erkläre ich mich eventuell bereit, dich morgen zu heiraten.«

Glennys stellte sich im Bett hin und stemmte die Hände in die vorgereckten Hüften. Sie sah aus wie eine nackte Göttin.

»Ich werde ganz, ganz brav sein, wenn...«

Er kam eilig auf sie zu. »Ja, Glennys?«

»Wenn du, nachdem du so nett warst, mich zu heiraten, immer solche ungezogenen Dinge mit mir tun wirst.«

33. Kapitel

Glennys kam gerade rechtzeitig aus den Flitterwochen zurück, um Tante Amelia und Felicity bei den Vorbereitungen für die Hochzeit ihrer Cousine mit Andrew zu helfen, die für Ende Juni vorgesehen war.

Ben hatte viel zu tun, und da Mrs. Peyser, die Haushälterin, den Haushalt mühelos allein führen konnte, bemühte sich Glennys nur, immer vor Ben nach Hause zu kommen. Sie hatte festgestellt, daß ihn nach den langen Jahren der Einsamkeit kaum etwas so sehr freute wie jemanden vorzufinden, wenn er abends von der Arbeit kam.

Eines Morgens, vier Tage vor Felicitys Hochzeit, kam Mrs. Gunther in Amelias Schlafzimmer, in dem gemeinsam mit der Schneiderin eine letzte Anprobe stattfand. »Ein Herr möchte Sie sprechen«, murmelte sie Amelia zu. »Ich habe ihm gesagt, daß Sie keine Besucher empfangen, Ma'am, aber er hat gesagt, er gehöre zur Familie, und es sei dringend.«

Sie reichte Amelia eine Visitenkarte. Auf einen flüchtigen Blick hin wurde Amelia blaß und hielt Glennys die Karte hin. Ein Blick reichte aus, und Glennys wurde noch weißer als Tante Amelia.

Im nächsten Moment stürzte sie aus dem Zimmer und flog die Treppe so eilig hinunter, daß ihre Füße kaum die Stufen berührten.

Bei seinem Anblick strahlte Glennys ungläubig, und er nahm mehrere Stufen auf einmal und rannte ihr entgegen.

In ihrer Eile stolperte sie über ihre Röcke, doch seine Arme hielten ihren Sturz auf.

»Jack, o Jack!« schluchzte sie und preßte sich an ihn, und er flüsterte inbrünstig: »Glennys, meine Glennys.« Dabei hielt er sie fest, als wolle er sie nie mehr loslassen.

»Ich hätte im Traum nicht geglaubt, daß ich dich hier vorfinde. Ich war nicht sicher, wo du sein könntest.«

Seine Augen waren feucht, als er sich auf die Treppe setzte und sie auf seinen Schoß zog. Glennys zog ihre Beine an und schmiegte sich an ihn wie ein kleines Kätzchen. »Ich kann einfach nicht glauben, daß du hier bist. Ich dachte, es könnte Jahre dauern, bis ich dich wiedersehe.«

Er küßte die zarten Locken, ehe er darauf antwortete.

»Daphne hatte im März eine Fehlgeburt, und sie selbst ist einen Monat später gestorben, das arme Mädchen. Die Ärzte – wir haben zwei aus London kommen lassen, damit Dr. Pettigrew sich mit ihnen beraten kann – waren einstimmig der Meinung, daß keine Aussichten bestanden. Ich wollte dir gleich schreiben, aber das konnte ich aus Anstandsgründen nicht tun. Ich habe mich sogar geschämt, weil ich allzu erleichtert war, meine Freiheit zu besitzen. Ich habe gewartet, bis die Beerdigung stattgefunden hatte, ihre Familie wieder abgereist war und die gräßlichen Beileidsbekundungen vorüber waren. Während ich wartete, habe ich ein Dutzend oder noch mehr Briefe an dich geschrieben, aber ich habe jeden einzelnen von ihnen in kleine Fetzen zerrissen. Es erschien mir so brutal und gemein, dir meine Liebe zu beteuern, während das Grab meiner Frau sich kaum über ihr geschlossen hatte. Außerdem hätte ein Brief nicht schneller in Amerika eintreffen können als ich selbst. Und ein Brief hätte nie übermitteln können, wie sehr ich mich nach dir verzehrt habe und wie glühend ich mich selbst für meine verfluchte kurzsichtige Dummheit gehaßt habe!«

Glennys wand sich von seinem Schoß, stellte sich auf eine Treppenstufe und sah ihn an.

»Jack, warum bist du hier?« fragte sie mit erstickter Stimme.

Er starrte sie an. »Was glaubst du denn?« antwortete er barsch. »Ich bin gekommen, um dich zurückzuholen, dich nach Hause zu bringen, nach England, in das

Schloß, in das du gehörst. Aus Rücksicht auf die arme Daphne müssen wir vielleicht noch ein paar Monate mit der Hochzeit warten, aber das zählt kaum – nicht, wenn sich uns eine zweite Gelegenheit bietet, zusammen glücklich zu werden.«

Er suchte in ihrem Gesicht nach Anzeichen der Freude, die sie hätte empfinden müssen, doch das Lächeln, das ihre Mundwinkel verzog, schien keineswegs freudig zu sein.

»Glennys«, fragte er mit belegter Stimme, »habe ich zu überstürzt gehandelt? Liebst du mich nicht mehr?«

»Zu *überstürzt!*« Sie lachte bitter. »Du warst immer der perfekte englische Gentleman, Jack. Als deine Frau im Sterben lag, hast du an mich gedacht, aber du hast natürlich das einzig Anständige getan und mir nicht geschrieben. Auch das Begräbnis und die anschließenden Besuche hast du mit allem Anstand hinter dich gebracht, Jack. Was für ein Jammer, daß die Eigenschaft, die dich in deinen Augen zum Gentleman macht, dich in der Liebe immer zu langsam sein läßt.«

»Was ist los?« fragte er bedrückt. »Glennys, was ist passiert? Was habe ich getan oder leider nicht getan?«

Keiner von beiden hörte Tante Amelias Schritte. Erst, als sie etwas sagte, nahmen sie ihre Anwesenheit zur Kenntnis. »Glennys«, forderte sie bekümmert, aber doch entschieden, »sag es ihm.«

Jack stand auf und rang um seine Haltung. »Ja, Glennys«, wiederholte er gefaßter, »sag es mir.«

Glennys zuckte die Achseln. »Was mich angeht«, begann sie matt, »hast du getan, was du anscheinend immer getan hast – nichts. Wie üblich bist du nicht rechtzeitig dagewesen. Ich fürchte, wir bekommen keine zweite Chance auf ein gemeinsames Glück, Jack.«

Sie hielt ihre linke Hand mit dem schmalen, goldenen Ehering hoch, auf dem Rubine funkelten. »Diesmal bin ich nicht zu haben. Ich bin verheiratet.«

»Das kann doch nicht sein!« rief er entgeistert. Dann rang er wieder um seine Fassung. »Wie kann das sein? Wir haben keine Benachrichtigung bekommen, nichts von dir gehört...«

»Es ging alles sehr schnell. Anfang Mai, direkt nach meiner Verlobung, hat Mam an Mama geschrieben. Ich habe kurz vor meiner Hochzeit gegen Ende Mai geschrieben.«

»Ich bin Mitte Mai aus England abgereist«, rekapitulierte Jack betroffen. »Keiner dieser Briefe kann vor Juni ankommen. Inzwischen müßten sie zwar eingetroffen sein, doch selbst, wenn sie Wochen eher abgeschickt worden wären, wäre es immer noch zu spät gewesen – o Glennys!« Dieser Ausruf kam direkt aus seinem Herzen. »Das erste Mal war schwer genug zu ertragen. Ich wüßte nicht, wie ich es verkraften sollte, dich ein zweites Mal zu verlieren.«

Amelia stellte sich näher zu den beiden. »Jordan«, warf sie ein. »Ich weiß, wie hart es für dich ist. Glaub mir, ich kann deinen Schmerz verstehen, aber du *wirst* akzeptieren, daß es nicht geht, weil du es akzeptieren *mußt*. Ihr werdet euer Leben nicht gemeinsam verbringen. Du gehörst nach England, und Glennys gehört jetzt hierher. Sie hat einen großartigen Mann geheiratet, einen prächtigen Mann, einen Mann, dem sie nicht wehtun oder Schande machen kann, ohne sich selbst untreu zu werden.«

Er hörte zu, ohne Amelia anzusehen. Keinen Moment lang ließ er die Geliebte aus den Augen. »Glennys?« war alles, was er hören ließ, und seine Stimme klang dünn. Er wirkte so bedrückt und so hilflos, daß ihr Zorn verrauchte. Das ließ sie sich jedoch nicht anmerken, als sie in seine ach so blauen Augen sah und seinen Traum zerschlug.

»Tante Amelia hat recht«, sagte sie finster. »Was zwischen uns war, endete an jenem Tag, an dem du dich verheiratet hast. Du bist jetzt frei, aber ich bin es nicht, Jack. Ich bin einem Mann verpflichtet, und nicht nur mein Ehrgefühl, sondern auch meine Zuneigung binden mich an ihn.«

Als sie zufrieden feststellte, daß nichts zu befürchten war, von dem Kummer der beiden abgesehen, sagte Tante Amelia: »Ich werde dir etwas zu essen organisieren, Jordan. Du bist sicher hungrig. Glennys, geh mit ihm in den kleinen Salon. Ihr wollt gewiß miteinander reden, und dort seid ihr ungestört.«

Obwohl es sehr viel zu sagen gab, war es sehr still im kleinen Salon. Glennys saß stumm auf dem Sofa und versuchte, die Ruhe zu bewahren. Jack stand an einem der Fenster und sah die Birken an.

Als er sie schließlich ansah, hätte niemand außer Glennys ihm anmerken können, welche Mühe es ihn kostete, gefaßt zu wirken.

»Erzähl mir von deinem Ehemann, Glennys.«

»Er heißt Ben – Benjamin Ladd. Ich habe ihn zum erstenmal gesehen, als Mam und Daddy mich nach Amerika mitgenommen haben, in dem Jahr, in dem du in die Schule in Cornwall gekommen bist. Er war mein Tischnachbar bei Präsident Washington. Er hat mir – du erinnerst dich sicher – die wunderschöne Shakespeare-Ausgabe geschenkt.«

»Ja, sicher. Steht sie nicht noch in Wadsworth in der Bibliothek? Möchtest du, daß ich sie dir nach meiner Heimkehr zuschicke?«

»Ja, gern«, flüsterte Glennys.

Jack war schockiert, als Glennys ihm erzählt hatte, wie es weitergegangen war. »Mein Gott!« sagte er und kam auf sie zu. »Du hast dich verlobt, als du ihn kaum einen Tag kanntest! Warst du von Sinnen?«

»Das dachte anfangs jeder«, erwiderte Glennys ruhig. »Aber die Zeit ist nicht notwendigerweise ein wichtiger Faktor bei der Wahl eines Partners. *Dir* habe ich alle Zeit gelassen, von der ich glaubte, daß du sie brauchst, Jack, und was ist dabei herausgekommen?«

»Falls du versuchst, mir zu sagen«, brachte er grimmig vor, »daß jede Ehe, die zwischen uns steht, ob deine oder meine, auf meine irrwitzige Dummheit zurückzuführen ist, dann kannst du mir glauben, daß ich das nur zu gut weiß.«

»Ich wollte dir keine Vorwürfe machen – ach, verflucht!« Sie schüttelte den Kopf und strich sich energisch die Haare aus dem Gesicht. »Vielleicht doch! Es gab Zeiten, nur allzu oft, in denen ich dir die Schuld an all unserem Unglück gegeben habe, aber das tue ich heute nicht mehr. Jack, mein lieber Jack, ich liebe dich, und du bist mir der schönste und teuerste Teil meiner Vergangenheit, aber ich bin jetzt mit einem Mann verheiratet, der mich liebt – mein Gott, er betet mich fast an! Er hat viel Unglück in seinem Leben erlebt, und ich habe nicht die Absicht, ihm noch mehr Kummer zu bereiten.«

Sie streckte ihre Hand aus, und Jack setzte sich zu ihr auf das Sofa, nahm stumm ihre Hand und hielt sie fest.

»Er ist um einiges älter als ich. Ich habe sogar einen jungen Stiefsohn im Columbia College. Bens Alter wirkt sich vorteilhaft für mich aus, glaube ich; er ist unwahrscheinlich verständnisvoll. Er weiß, daß ich in England jemanden zurückgelassen habe, den ich liebe, und er gibt sich damit zufrieden, daß es so ist, solange ihm heute meine Loyalität sicher ist. Und sie ist ihm sicher, Jack; und so wird es immer sein.«

»Glaubst du, das wüßte ich nicht?« fragte er heftig. »Glaubst du etwa, daß ich dich nicht kenne, Glennys?«

Ein erbitterter Vorwurf, den sie ihm ins Gesicht schleudern wollte, lag auf ihrer Zungenspitze. Wenn du mich immer so gut gekannt hättest, wie du es behauptest, wäre ich nicht aus England fortgegangen.

Vor ihrer Heirat mit Ben hätte sie ihm die Worte wahrscheinlich an den Kopf geworfen, denn der Teil ihrer Liebe, der in Haß umgeschlagen war, wollte, daß auch er litt! Ben war es, der ihr eine Güte und eine Toleranz beigebracht hatte, die sie in jüngeren Jahren durch ihr sorgloses Dasein und ihre Verzogenheit nie gekannt hatte. Daher drückte sie jetzt nur Jacks Hand, und kurz darauf fragte er leise: »Dein Mann weiß, daß du eine Liebe in England zurückgelassen hast? Weiß er auch von Alexandra Rose?«

Glennys' Augen weiteten sich vor Staunen und Entsetzen. »Natürlich kennt er Alexandra Rose«, sagte sie recht zusammenhanglos. »Wir haben in Green Gates geheiratet. Er hat meine kleine Schwester sehr gern. Sie ist Mam wie aus dem Gesicht geschnitten, verstehst du, bis auf das rötlichere Haar der Glendennings.«

Er lehnte sich auf dem Sofa zurück und sagte ironisch: »Deine kleine Schwester ist ganz St. John und Glendenning. Keine Spur von den van Guli oder den Holloways?«

»Worauf willst du hinaus, Jack?«

»Ich will dir klar und deutlich sagen, daß ich trotz der Idiotie, durch die ich dich verloren habe, nicht vollkommen blöde bin. Mama und Papa sind es wohl auch nicht. Du gehst nach Amerika. Und kurz nach deiner Ankunft bekommen wir einen überschwenglich glücklichen, einen fast hysterisch übertriebenen Brief von Tante Craig, in dem sie uns mitteilt, daß sie – nach mehr als zwanzig Jahren – plötzlich ein Kind erwartet. Und dann erfahren wir schließlich von der Geburt von Alexandra Rose, ziemlich genau neun Monate nach den beiden Malen, die ich dich besessen und dich in dem hohen grünen Gras unter unserer Eiche heftig und glühend geliebt habe. O Glennys!«

Seine Stimme brach, als er sie in die Arme zog, diesmal nicht aus Liebe, sondern trostsuchend. Sie drückte ihn fester an sich, als sie seine erstickte Stimme an ihrer Schulter hörte: »Als es mir klar geworden ist... Warum hast du das getan? Warum hast du nicht...«

»An dem Tag, an dem ich mich dir hingegeben hatte, habe ich gelogen«, flüsterte Glennys leise, »weil ich Angst hatte, du würdest mich abweisen. Es war keine Dummheit. Ich wußte genau, daß das zu einem Kind führen konnte, aber es war mir recht so. Nein, das ist nicht ganz richtig. Es war mir nicht nur recht so, sondern ich war absolut glücklich darüber und bin es bis heute. In einem Baby habe ich einen lebenden Beweis für die Liebe gesehen, die zwischen uns war. Solange es dieses Kind gibt, wird diese Liebe immer weiterleben. In meinem Hinterkopf muß ich die Lösung, auf die ich während der Überfahrt gekommen bin, schon parat gehabt haben. Genau wie meine Mutter aus Liebe ihr Kind deiner Mutter überlassen hat, würde ich ihr unser Kind überlassen.«

»Aber die Vorstellung, daß du – allein in Amerika... Es hat mich fast um den Verstand gebracht!« Er richtete sich auf und schlug mit einer Faust auf die Armlehne des Sofas. »Ich habe mich absolut außerstande gesehen, dir zu helfen.«

»Allein!« Glennys lachte fröhlich. Sie strich ihm eine Locke aus dem Gesicht. »Ich würde jederzeit wetten, daß du mehr gelitten hast als ich. Ich bin *nie* allein gewesen! Ich war ständig von liebevollen Angehörigen umgeben und bin mit Liebe und Aufmerksamkeit überschüttet worden.«

»Wer außer uns weiß davon?«

»Nur die Familie. Und natürlich alle Ben-Ashers. Wir haben uns in den letzten Monaten in Grace Hall aufgehalten. Tante Amelia, Onkel Joe und Felicity. Wahrscheinlich auch Tante Shoshannah und Onkel Charley – sie wußten, daß Mama kein Baby mehr bekommen konnte. Dein Onkel Arend hat es wohl geahnt, aber er hat nie auch nur ein Wort oder eine Anspielung fallen lassen.«

»Ich würde gern meine...«

Glennys unterbrach ihn und sagte eilig: »Natürlich möchtest du meine entzückende kleine Schwester gern sehen. Mam und Daddy werden morgen zur Hochzeit kommen. Sie haben nicht vor, das Baby mitzubringen, aber wenn die Festivitäten vorbei sind, kannst du sie in Green Gates besuchen.«

»Ja, sicher, falls Tante Craig und Onkel Rob noch bereit sind, mich zu empfangen. Aber nach einer Hochzeit ist mir nicht zumute. Ich werde Vorkehrungen treffen, um das erstmögliche Schiff nach England zu nehmen.«

»Nein«, sagte Glennys.

»Nein«, kam das Echo von Amelia, die gerade eintrat.

»Warum nicht?« fragte Jack.

»Es ist äußerst schmeichelhaft, daß Lord und Lady Wadsworth ihren ältesten Sohn als Vertreter der Familie Holloway zur Hochzeit meiner Tochter geschickt habe«, sagte Tante Amelia ruhig. Glennys nickte. »Nach der Hochzeit wirst du selbstverständlich noch ein paar Verwandtschaftsbesuche unternehmen wollen, ehe du nach England zurückkehrst. Bis dahin wird Mrs. Gunther ein Zimmer für dich richten.«

Diesmal schüttelte Glennys den Kopf. »Nein, Tante Amelia, das kommt nicht in Frage«, widersprach sie entschieden. »Ab morgen wirst du dein Haus bis unter das Dach voll mit Gästen haben. Du hast kein Zimmer übrig. Und es wäre höchst ungewöhnlich, wenn mein *Bruder* nicht bei meinem Mann und mir wohnen würde.

Schließlich ist er hier, um mir den Segen der Familie Holloway für meine Ehe zu geben und um Vorkehrungen für die Übersendung meiner Aussteuer aus England zu treffen.«

Tante Amelia rief entgeistert aus: »Das ist ja fabelhaft!«

Jack fragte zynisch: »Habe ich bei diesen Plänen, die du für mich schmiedest, auch ein Wort mitzureden?«

»Gewiß«, sagte Glennys. »Wogegen hast du etwas einzuwenden?«

»Mein Gott, Glennys, du erwartest von mir, daß ich im

Haus deines Mannes wohne! Wie soll ich denn damit zurechtkommen?«

Glennys sah ihm direkt in die Augen. »Mit Anstand und Mut und Festtagsfreude, ebenso wie auch ich damit zurechtkommen werde, mein lieber Jack«, beschied sie ihm.

34. Kapitel

Wenn Benjamin Ladd sich darüber wunderte, daß ein Schwager aus England plötzlich wie ein Geschenk des Himmels auf seiner Schwelle landete, dann zeigte sich sein Staunen nicht, sondern er hieß ihn herzlich willkommen.

Als die beiden einander freundschaftlich die Hände schüttelten, war Glennys stolz auf Jack, der reifer geworden war.

Er hielt sich blendend, aber an dem Tag, an dem Glennys und Ben ihn mit Mam und Daddy zusammenbrachten, war Glennys noch nervöser als Jack.

Sie fürchtete, ihre Eltern könnten ihm immer noch grollen, weil er sie so unglücklich gemacht hatte.

Als ihre Eltern nach der Hochzeit ein paar Tage lang bei Ben einzogen, gab es auch keine Schwierigkeiten, und dafür sollte sie Ben ewig dankbar sein. Er widmete seinen Gästen viel Zeit und unterhielt sie ununterbrochen, damit sich keine Gelegenheit für unerfreuliche Konfrontationen ergab.

An dem Tag vor der geplanten Abreise von Craig und Rob wollte Jack nach Holland Haus weiterziehen, um seinen Onkel Arend zu besuchen, und Green Gates wollte er auf dem Rückweg nach New York mitnehmen. An jenem Morgen machte Ben beim Frühstück einen unerwarteten Vorschlag.

»Weißt du, meine Liebe«, sagte er zu Glennys, »ich frage mich, ob das nicht auch für dich eine gute Gelegenheit wäre, Green Gates wieder einmal aufzusuchen.«

Als alle ihn erstaunt anstarrten, erklärte er: »Eine unangenehme geschäftliche Angelegenheit zwingt mich, nach Albany zu fahren. Ich habe die Sache schon allzu lange vor mir hergeschoben, weil ich dich nicht allein lassen wollte. Wenn Edward hier wäre...« Er wandte sich lachend an Jack. »Aber er scheint schon halbwegs bei deinem Onkel eingezogen zu sein, seit er deinen Cousin Nicky kennengelernt hat.«

»Ben, mein Liebling, in einem Haus voller Dienstboten bin ich wohl kaum allein, und Tante Amelia und Onkel Joe leben ganz in der Nähe.«

»Das ist mir klar, Glennys, aber ich wüßte dich lieber in Green Gates als im Schmutz und in der Hitze der Stadt. Ich glaube, die Tillsons haben auch vor, nach der Hochzeit nach West Chester zu fahren, und ich habe nie geplant, daß *du* den Sommer in New York verbringst. Das ist alles andere als bekömmlich.«

Glennys sah ihn immer noch zweifelnd an. Jack hatte den Blick auf seinen Teller gerichtet. Craig meldete sich entschieden zu Wort. »Ich glaube, Bens Vorschlag ist ausgezeichnet.« Sie schlug vor, Jack solle Nicky, Edward und Onkel Arend gleich mitbringen, und Ben sollte sich ihnen anschließen, sowie er seine Geschäfte geregelt hatte.

Am nächsten Morgen brachen alle auf, und als sie endlich mit ihren Eltern allein war, fürchtete sich Glennys vor deren Äußerungen...

Sie sprachen über Alexandra Rose, die ein Dutzend neuer Wörter gelernt hatte, und dann schlug Glennys vor, Danielle nach Green Gates einzuladen. Für sie war es eine der seltenen Gelegenheiten, mit Onkel Arend allein zu sein.

»Eine ganz ausgezeichnete Idee«, stimmte ihre Mutter

ihr zu und dachte: Wenn Danielle da ist, kann sie besser als ich darauf achten, daß Glennys nicht zu oft mit Jack allein ist.

Zwei Tage nach ihrer Rückkehr nach Green Gates traf Onkel Arend mit Jack, Bens Sohn und seinem Sohn Nikky ein. Sofort nach dem Mittagessen machte Rob mit Arend einen Spaziergang, und Nicky und Edward gingen in den Stall.

»Ich muß noch ein paar Briefe schreiben«, sagte Craig beiläufig. »Glennys, warum gehst du nicht mit Jack ins Kinderzimmer und stellst ihm unseren Liebling vor?«

»Das wäre mir sehr lieb«, sagte Jack leise.

Craig lächelte, und die beiden machten sich auf den Weg.

Als Alexandra Glennys sah, quietschte sie begeistert und sprang auf, um mit unsicheren Schritten auf sie zuzuwanken.

»Geh in die Küche, und trink einen Tee, Phronsie«, sagte Glennys zu dem Kindermädchen. Sie nahm das Baby auf den Arm. »Ich werde mich eine halbe Stunde um Alexandra kümmern.«

»Danke, Ma'am«, sagte Phronsie und verschwand sofort.

Glennys drehte sich mit dem Baby im Arm um, damit Jack Alexandras Gesicht sehen konnte. Sie brauchte ihm nicht zu sagen, daß er nicht plötzlich auf sie zukommen sollte; er schien es instinktiv zu ahnen. Aus sicherer Entfernung sah er die beiden rötlichen Lockenschöpfe an, die zwei Paare strahlend brauner Augen, die langen Wimpern, die verschmitzt lächelnden Münder der Frau, die seine Ehefrau hätte werden sollen, und des Kindes, das seine Tochter hätte sein sollen.

Zum zweitenmal seit ihrem ersten Treffen im Schuyler Haus sah sie Tränen in seinem Gesicht – Jack, der selbst zu Hause nie geweint hatte, wenn ihn jemand sehen konnte, seit er sieben Jahre alt geworden war.

»Sie ist schön, fast so schön wie ihre Mutter.«

Glennys schüttelte den Kopf. »Das ist Alexandra Rose, die Tochter von Craig St. John und Robert Glendenning.«

»Ich habe es nicht vergessen, Glennys«, sagte Jack. »Ich kann es niemals vergessen. Das ist ein Teil meiner Strafe.«

»Nein, J...«

»Meiner gerechten Strafe«, sagte er mit fester Stimme, als er langsam auf sie zukam. »Darf ich sie nehmen?«

»Alexandra, dieser nette Mann ist Jack. Möchtest du gern auf Jacks Schultern reiten?«

Alexandra überlegte es sich stirnrunzelnd, ehe sie lächelnd ihre pummeligen Arme ausstreckte. Nachdem sie lange genug miteinander gespielt hatten, rollte sich Alexandra auf Jacks Schoß zusammen und schlief ein.

»Soll ich sie in ihr Bettchen legen?« flüsterte Glennys.

»Nein, gönn uns diesen Augenblick«, sagte Jack und streckte seine Hand nach ihr aus. Glennys setzte sich neben seinem Schaukelstuhl auf den Boden und nahm Jacks Hand. Sechs oder sieben Minuten blieben sie so sitzen. Es bestand keine Notwendigkeit, etwas zu sagen; alles, was sie hätten sagen können, hätte ihnen nur größere Qualen bereitet.

Als sie Phronsies Schritte hörten, stand Glennys auf, und Jack ließ sich das Kind abnehmen. Nachdem sie die Treppe hinuntergegangen waren, entschuldigte sich Jack, der einen Spaziergang machen wollte.

Glennys nickte und blinzelte die Tränen zurück, und Jack küßte sie auf die Stirn, wie Ben sie vor drei Tagen geküßt hatte. Bens Kuß war zart und liebevoll gewesen und hatte ihr gut getan. Jacks Kuß dagegen war ein sachter Verzicht; er brach ihr das Herz.

Blindlings wankte Glennys in die Bibliothek und suchte unbewußt die Gesellschaft ihrer Mutter. Craig, die keine Briefe geschrieben hatte, sah von ihrem Buch auf.

»War es sehr schwierig, Glennys?«

»Es war gräßlich, aber es war auch wunderbar.«

»Hat es Jack sehr mitgenommen?«

»Er hat sich wunderbar gehalten. Er – ist es nicht seltsam, daß ich ihn schon geliebt habe, als er noch ein kleiner Junge war, und daß ich einfach nichts dagegen tun konnte, und doch habe ich erst jetzt das Gefühl, das er dabei ist, der Mann zu werden, den nicht nur ich, sondern auch jeder andere bewundern könnte?«

35. Kapitel

Eines Tages kam Rob spät zum Mittagessen, weil einer seiner Landarbeiter bei einer Dachreparatur von der Leiter gefallen war und der Arzt zehn Meilen weit entfernt an einem Wochenbett saß. Danielle griff sofort nach ihrer Tasche, und Glennys bat Arend, sie hinzufahren.

»Also, wirklich, Glennys! Du bist einfach unverbesserlich!« sagte Danielle, als die beiden Freundinnen im Flur standen, während Arend den Eselkarren holte.

Als Danielle aufgestiegen war, brauchte Arend einige Minuten, um den Esel dazu zu überreden, daß er sich endlich in Bewegung setzte. Als es ihm gelungen war, lehnte er sich zurück und drehte sich lächelnd zu Danielle um.

»Nach all den Jahren«, sagte er, »kann ich mich immer noch nicht an den Umstand gewöhnen, daß das süße kleine Mädchen, das ich vor so langer Zeit kennengelernt habe, eine noch hübschere Frau geworden ist, und noch dazu eine echte Ärztin.«

Der schöne Junitag, die Brise, die die Gerüche nach Erde, Gras und Rosen mit sich trug, sein freundlicher Tonfall und dieses persönliche Kompliment wirkten gleichermaßen berauschend auf Danielle.

»Du hast mir noch nie gesagt, daß ich eine schöne Frau bin«, sagte sie.

Arend sah sie erstaunt an. »Wirklich nicht?« fragte er unsicher. »Wie unaufmerksam von mir. Ich hätte es dir schon vor einigen Jahren sagen sollen.«

»Heißt das, daß dir meine Schönheit schon seit Jahren auffällt?«

»Ich habe mir kaum Gedanken darüber gemacht«, sagte Arend, ohne je seinen Blick von dem Feldweg zu lösen, obwohl er sich der Frau an seiner Seite auf eine ganz neue und seltsame Weise bewußt war.

»Ein Jammer«, sagte Danielle. »Du hättest es tun sollen.«

Sie spannte ihren grobschlächtigen Herrenschirm auf und schwang ihn über ihrem Kopf, als sei es ein zierliches, damenhaftes Sonnenschirmchen. »Wie grell die Sonne doch nach einer Weile wird«, wagte sie affektiert. Dann wurde sie eilig wieder Danielle. »Wie steht es um deine Frau?«

»Nicht anders als sonst auch«, sagte Arend achselzukkend. »Womit ich sagen will, daß sie von Tag zu Tag, von Woche zu Woche, von Jahr zu Jahr weniger in einer realen Welt lebt. Sie erkennt mich nicht mehr und weiß nicht, wer ich bin, aber sie weiß noch, daß sie mich haßt.«

»Besuchst du sie immer noch?«

»Nur noch gelegentlich. Mir ist geraten worden, sie gar nicht mehr zu besuchen, da mein Auftauchen dazu zu führen scheint, daß sich ihr Zustand verschlechtert, aber ich habe das Gefühl, manchmal nach dem Rechten sehen zu müssen. Nicky fährt ab und zu nach Philadelphia, um sie zu besuchen. Sein Anblick bringt sie nicht so sehr in Wut wie meiner.«

Danielle verzehrte sich danach, ihn zu berühren und ihn zu trösten, doch sie sagte nur: »Was für ein wunderbarer junger Mann doch aus Nicky geworden ist. Wenn ich an den blassen, verängstigten kleinen Jungen denke, der damals mit Glennys und mir nach England gefahren ist, und wenn ich ihn jetzt sehe...«

Arend strahlte vor Stolz, als sie seinen Sohn lobte. »Wenn ich Miranda besonders hasse, denke ich an Nicholas und bin sofort versöhnlicher gestimmt.«

Danielle senkte ihren Schirm und musterte ihn nachdenklich. »Du wirkst immer so ruhig«, sagte sie. »Ich hätte nicht gedacht, daß du hassen *kannst.*«

»Du mußt mich irrtümlich für einen Heiligen halten«, sagte Arend barsch, »und das bin ich nicht, und ich bin es auch nie gewesen.«

»In dem Fall hoffe ich aufrichtig«, sagte Danielle, als sei diese Bemerkung aus dem Mund einer jungen Dame und an einen Gentleman gerichtet das Alltäglichste, was man sich denken konnte, »da Nicky nur im Sommer zu Hause und ansonsten im College ist und du in diesem großen Haus oft einsam sein mußt, daß du eine nette und umgängliche Mätresse hast.«

»*Was* hast du gesagt?« explodierte Arend.

»Ich habe gesagt, ich hoffe, daß du...«

»Ich habe *gehört,* was du gesagt hast!« brüllte er. »Ich habe nur meinen eigenen Ohren nicht getraut.«

»Ich bin Ärztin. Hast du geglaubt, bloß weil ich kein Arzt, sondern eine Ärztin bin, sei es mir unbekannt, daß ein Mann, der nicht mit seiner Frau ins Bett gehen kann, sich statt dessen oftmals eine Mätresse nimmt?«

»Was du weißt, ist etwas ganz anderes, als mit *mir* darüber zu reden. Eli ist auch Arzt, aber ich glaube nicht, daß er es billigen würde, wenn wir beide über dieses Thema diskutieren.«

»So prüde ist mein Vater nun auch wieder nicht«, sagte Danielle hitzig.

»Meine Mätresse«, erboste sich Arend noch hitziger, »geht dich teuflisch wenig an.«

»Dann hast du also doch eine!« zwitscherte Danielle.

»Ach, ich bin ja so froh. Wenn ich mir vorgestellt habe, daß du ganz allein im Holland Haus sitzt, war ich so traurig, daß ich am liebsten geweint hätte. Jetzt weiß ich, daß das nicht nötig ist.«

»Wenn du bei der Vorstellung weinst, ich sei allein im Holland Haus«, fügte Arend trocken hinzu, und sein Humor kam wieder zum Vorschein, »dann fürchte ich, müssen deine Tränen weiterhin fließen. Ein Mann nimmt seine Mätresse nicht in sein Haus auf, er besucht sie bei ihr zu Hause.«

»Oh!«

»Schau nicht so verzagt«, funkelte er belustigt. »Das ist eine sehr praktische Regelung. Zwischendurch bin ich gern allein zu Hause.«

»Wenn du das sagst«, sagte Danielle und schüttelte zweifelnd ihre dichten schwarzen Locken. »Aber wie?« Zum erstenmal röteten sich ihre Wangen ein wenig. »Schon gut«, fiel sie sich selbst eilig ins Wort.

»Wie oft? War es das, wonach du dich erkundigen wolltest?« sprang Arend hilfreich ein, und seine Mundwinkel verzogen sich spöttisch. Er sah, wie sie tiefrot anlief, als er ernst sagte: »Mit zwei Besuchen in der Woche komme ich recht gut hin.«

»Ich glaube nicht, daß wir dieses Thema genauer ausdiskutieren sollten«, sagte Danielle so spröde, wie es sich geziemte.

Arend lachte ausgiebig, ehe es ihm gelang, herauszuprusten: »Du hast dir wirklich einen seltsamen Moment ausgesucht, um plötzlich heikel zu werden.«

»Ich bin nicht zimperlich«, stritt Danielle entrüstet ab. »Ich dachte nur...« Sie verstummte.

»Doch, sag mir, was du dachtest«, drängte Arend. »Ich stelle fest, daß es mich außerordentlich interessiert, was in deinem Kopf vorgeht. Du bist mir nie wie jemand vorgekommen, der Tratsch mag. Ich bezweifle...« Er brachte den Esel zum Stehen und drehte sich um, um ihr fest in die Augen zu sehen. Ich bezweifle, daß du diese Fragen aus gewöhnlicher Neugier stellst.«

Seine Augen funkelten belustigt, als sie spontan den Kopf schüttelte. »Könnte es möglich sein, daß du dich mit dem Gedanken trägst, eine solche Position einzunehmen?«

Er war in seiner Neckerei zu weit gegangen. »Die der Mätresse irgendeines Mannes?« sagte Danielle unverfroren. »Ja, doch, ich habe es tatsächlich ernsthaft in Erwägung gezogen.«

Arend war augenblicklich ernüchtert. »Mein liebes Kind.« Impulsiv griff er nach ihrer Hand.

Danielle, die sich seit Jahren nach seiner Berührung sehnte, riß ihre Hand sofort zurück.

»Nenn mich nicht so! Ich lasse diese gönnerhafte Art nicht zu! Und ich bin kein Kind und«, brach es bitter aus ihr heraus, »schon gar nicht deins.« Sie sah starr vor sich hin. »Lassen Sie uns bitte weiterfahren, Mr. van Gulik. Wir sollten auf dem Weg zur Farm nicht trödeln.«

Arend trieb den Esel wieder an. »Mr. van Gulik? Nach all den Jahren, in denen du mich schlicht Arend genannt hast? Ich muß dich wirklich verletzt haben, und du kannst mir glauben, Danielle, daß das nie meine Absicht war. Ich wollte nur, daß du dir ernsthaft überlegst, was du vorhast. Das ist keine Sache, die man auf die leichte Schulter nimmt. Der Mann – ich nehme an, es gibt einen Mann?«

»Es hat eine Zeitlang einen Mann gegeben«, sagte sie gefaßt.

»Wieso kann er dir keine rechtmäßige Ehe anbieten?«

»Er hat bereits eine Frau, eine unselige Geschichte, denn sie ist schlecht, sie ist verrückt, und sie macht ihn unglücklich. Sie hat ihm einen prächtigen Sohn geschenkt und ihm ansonsten nur das Leben zur Qual gemacht. Wenn er Trost in den Armen einer Mätresse finden möchte, dann wäre es mir nur zu lieb, wenn er zweimal in der Woche mir einen Besuch abstatten würde.«

Er hielt den Wagen an, und zwar so plötzlich, daß sie fast vom Sitz gefallen wäre, wenn er sie nicht festgehalten hätte.

»Danielle! Mein Gott, Danielle!«

»Ja, Arend?«

»Du kannst doch nicht etwa – mich meinen?«

»Warum denn nicht?«

»Danielle, mein liebes Mädchen, ich bin alt genug, um dein Vater zu sein.«

»Glennys ist glücklich verheiratet mit einem Mann, der fast alt genug ist, um ihr Vater zu sein.«

»Und es ist kein Geheimnis in unserer Familie, daß Glennys diese Ehe eingegangen ist, weil sie den *jungen* Mann nicht haben konnte, den sie wollte.«

»In dieser Hinsicht bin ich in einer ganz anderen Situation. Keiner der jungen Männer, die ich kenne, hat mich je interessiert, sondern immer nur du. Laß uns bitte weiterfahren.«

Wieder kam er ihrer Aufforderung nach, diesmal jedoch mit gerunzelter Stirn.

»Danielle«, wollte er nach einer Weile leise wissen, »hast du dir Gedanken darüber gemacht, daß es vielleicht eine kindliche Bindung ist, die sich herausgebildet hat, und daß du nur, weil kein anderes Objekt da ist – kein anderer Mann... Aber wenn du erst erfahrener und weniger – äh...«

»Weniger jungfräulich bist?« fragte sie amüsiert.

»Bist du das denn nicht?«

Jetzt war sie belustigt, denn aus seinem Tonfall war eine leise Besorgnis herauszuhören.

»Ich nehme an, man könnte mich theoretisch als Jungfrau bezeichnen«, spöttelte sie, »obwohl ich einiges ausprobiert habe, weil ich über meine Liebe zu dir wegkommen wollte, Arend. Ich wollte ebenso wenig wie du die Last der großen Einsamkeit mit mir herumtragen, die eine unglückliche Liebe nach sich zieht.« Sie zuckte die

Achseln. »Es ist mein Pech, daß ich gräßlich treu und anhänglich bin. Es ist mir nicht gelungen, je einen anderen zu lieben, und ich habe nie aufgehört, dich zu lieben.«

Sie bogen in die Farm ein, und Arend half ihr beim Aussteigen.

»Ich liebe dich so sehr, Arend, daß ich dich unbedingt glücklich machen möchte«, sagte sie schlicht, als er ihr die Hand reichte. Arend schüttelte verwundert den Kopf und griff nach Danielles Tasche. Sie richtete den letzten Satz an seine Schulterblätter.

»Wir brauchen nie mehr darüber zu reden, Arend. Ich möchte dich nicht in Verlegenheit bringen. Ich hoffe nur, wenn der Platz deiner Mätresse je frei wird, wirst du dich daran erinnern, daß du in Grace Hall eine willige Anwärterin hast.«

36. Kapitel

Craig sorgte dafür, daß in der kommenden Woche weder Glennys und Jack, noch Arend und Danielle je Gelegenheit fanden, miteinander allein zu sein. Erst am letzten Morgen, eine Stunde vor dem Eintreffen der Kutsche, die Jack nach New York bringen würde, entschied Craig, die beiden sollten noch einmal kurz Zeit füreinander finden.

»Hältst du das für eine weise Entscheidung, mein Liebling?« fragte Rob, als die beiden in den Rosengarten gegangen waren.

»Absolut!« entschied Craig heftig. »Was ist eine halbe Stunde im Vergleich zu einem ganzen Leben? Wer weiß, wann sie einander wiedersehen? Es ist besser, wenn sie aussprechen, was ihnen am Herzen liegt.«

Die beiden schlenderten ziellos zwischen den Rosen umher.

»Bitte, versuch, in England glücklich zu werden, Jack«, sagte Glennys mit bebenden Lippen.

»Sei unbesorgt. Ich werde zuviel zu tun haben, um unglücklich zu sein. Um genug über Wadsworth zu lernen, werde ich zwanzig Jahre brauchen.«

»Wadsworth«, sinnierte Glennys, »braucht Erben.«

»Wadsworth hat bereits genügend Erben. Nach Papa komme ich, und nach mir kommt Matt.«

»Aber *du* mußt heiraten. *Du* mußt Söhne haben!« rief Glennys entsetzt aus.

»Als Daphne starb, dachte ich, Gott gäbe mir einen Fingerzeig, und ich hätte nicht unwiderruflich alles verpfuscht. Mir bot sich eine zweite Chance im Leben, die die wenigsten Männer je bekommen. Natürlich habe ich mich getäuscht, aber ich werde keinen zweiten Irrtum begehen. Es genügt, wenn man einmal die Dummheit macht, gegen die Stimme des Herzens zu heiraten.«

»Einsamkeit ist schwer zu leben, Jack.«

Er lächelte kläglich. »Ich habe nicht vor, je eine andere Frau als dich zu heiraten, Glennys. Aber ich mache dir nicht vor, daß ich mir ein enthaltsames Leben vorstelle. Das liegt nicht in meiner Natur, aber man muß nicht heiraten, nur um nicht zölibatär zu leben. Meine niederen Gelüste«, sagte er mit einem Anflug von Selbstironie, »werden gestillt werden, und Wadsworth wird mich ausfüllen, solange ich warte.«

»Worauf um Gottes willen willst du warten?«

»Auf dich, Glennys, immer nur auf dich.«

»Das kann nicht dein Ernst sein. Ich habe einen Mann, einen bewundernswerten Mann. Das hast du selbst gesagt. Ich werde Ben niemals verlassen.«

»Aber es könnte sein, daß er dich verläßt – nein, nein!« Er hob die Hand. »Nicht das, was du denkst. Aber Frauen sind nun einmal langlebiger als Männer, und dein Mann ist fast zwei Jahrzehnte älter als du.«

»Jack, etwas Dümmeres kann man gar nicht tun, als

sich auszumalen, den Platz eines Toten einzunehmen! Das ist gespenstisch!«

»Ich habe keine andere Wahl, Glennys. Es würde mir gespenstischer erscheinen, eine andere Frau zu heiraten, während du durch jeden Tag meines Lebens und jeden Winkel von Wadsworth spukst. Ich wünsche deinem Ben nichts Böses, das schwöre ich dir. Aber wenn du und ich noch am Leben sein sollten, wenn er stirbt, dann werde ich nach wie vor auf dich warten.«

»Selbst, wenn es so kommen sollte«, verzweifelte Glennys, »dann könnte ich bis dahin zu alt sein, um – um...«

»Zu alt für eine Ehe?«

»Zu alt, um Kinder zu bekommen.«

»Dann werden Matts Söhne Wadsworth erben. Und komme, was wolle, es wird als den lebenden Beweis unserer Liebe, wie du selbst gesagt hast, immer noch Alexandra Rose geben.«

Glennys wandte sich abrupt ab, um die Tränen zu verbergen, die über ihre Wangen rannen. Nach einer Weile wischte sie sie ab und sagte, immer noch mit dem Rükken zu ihm: »Jack, wenn du es dir je anders überlegst, werde ich dir keinen Vorwurf daraus machen.«

»Ich danke dir, meine Geliebte.«

Er nahm sie an den Schultern und drehte sie zu sich um. Mit einem der von ihr bestickten Taschentücher tupfte er die Nässe aus ihren Wimpern. »Glennys, ich kann dich nicht küssen. Es steht mir nicht zu, dir den Kuß zu geben, nach dem ich lechze, nur einen, der mich leerer zurücklassen würde als gar kein Kuß. Aber ich würde dich gern noch einmal in meinen Armen halten, dich als meine Schwester und Freundin umarmen.«

Glennys wankte in seine ausgebreiteten Arme und klammerte sich an seinen Schultern fest, während er sie umschlang. Sie spürte Wärme, Geborgenheit und Sicherheit. Als sie Tränen über ihren Hals rinnen spürte, war sie keineswegs sicher, ob es ihre oder seine waren.

Jack riß sich von ihr los. Er pflückte eine rote Rose vom nächsten Strauch und hielt sie ihr hin. »Rosen sind Symbole der Liebe«, sagte er.

Glennys schüttelte den Kopf. »Nicht unserer Liebe, Jack. Unsere Liebe gehört in das hohe grüne Gras unter der Eiche in Wadsworth.« Sie biß sich auf die Unterlippe, die bedrohlich bebte, und bemühte sich zu lächeln. »Auf Wiedersehen, Jack. Ich liebe dich.«

»Auf Wiedersehen, Glennys. Gott behüte dich. Ich werde ewig dein sein.«

Ein paar Stunden später war er fort, und als Ben am Abend eintraf, gelang es Glennys, ihn liebevoll willkommen zu heißen.

Am Abend zog Glennys eines ihrer kurzen Seidennachthemden mit Spitze am Ausschnitt und den Ärmeln an. Selbst die Schneiderin hatte Einwände dagegen erhoben, für eine Aussteuer ein so unzüchtiges Kleidungsstück anzufertigen.

Sie setzte sich ins Bett und wartete auf Ben. Als er kam, stellte sie erstaunt fest, daß er über seinem Nachthemd einen langen Morgenmantel trug. Er setzte sich auf die Bettkante und nahm ihre Hand.

»Willst du dich nicht ins Bett legen, Ben?«

»Ich dachte, du wärst heute nacht vielleicht lieber allein.«

»Das hast du mich noch nie gefragt.« Sie sah ihn forschend an. »Ich glaube, du solltest lieber aussprechen, was du mir eigentlich zu sagen versuchst, Ben.«

»Du bist recht traurig heute abend, Glennys. Das ist verständlich. Es muß dir außerordentlich wehgetan haben, dich von Jack zu verabschieden.«

Ihre Pupillen zogen sich schockiert zusammen. Ihre Kehle war derart zugeschnürt, daß sie nichts sagen konnte.

Ben nahm ihre beiden Hände, die plötzlich eiskalt waren, und wärmte sie zwischen seinen Fingern. »Sieh mich nicht so an, Glennys«, sagte er zu ihr. »Es gehörte nicht viel dazu, hinter die Identität jenes Mannes in England zu kommen, den du geliebt hast. Wenn ich je Zweifel daran gehabt hätte, dann spätestens dann nicht mehr, als er frisch verwitwet auf dem schnellsten Wege nach New York gekommen ist – und zwar deinetwegen und ganz bestimmt *nicht* wegen Felicitys Hochzeit.«

»Es tut mir leid«, sagte Glennys verlegen.

»Warum tut es dir leid? Du hast ihn nicht erwartet. Du hast ihn nicht gebeten herzukommen. Und du...« sagte er und sah sehr zärtlich in ihr Gesicht, »du bist auch nicht mit ihm fortgegangen. Er hat unter meinem Dach und unter dem deiner Eltern gewohnt, und ihr habt euch beide ehrenhaft und makellos benommen.«

»Wie kannst du dir dessen so sicher sein?«

»Weil ich dich kenne, Glennys.«

»Und ich«, sagte Glennys bedächtig, »fange an, dich erst jetzt richtig kennenzulernen. Du hattest gar keine geschäftlichen Angelegenheiten in Albany zu regeln, oder? Du bist fortgefahren, um uns eine Chance zu geben. Jack hat recht gehabt. Er hat gesagt, du würdest nicht versuchen, mir meine Freiheit zu nehmen.«

»Weshalb sollte ich das tun? Wenn ich es täte und Erfolg damit hätte – was zu bezweifeln steht –, dann wärst du nicht die Glennys, die ich anbete.«

»Indem du mir meine Freiheit gegeben hast, mir eine Chance gegeben und mich selbst hast wählen lassen, hast du mich in Wirklichkeit mit Ketten an dich gefesselt, die stärker waren als alle, die ich selbst hätte schmieden können.«

Er lächelte schwach und sagte nichts.

»Du bist gerissen, Benjamin, weit klüger und gerissener, als mir klar war.«

Sie saßen einen Moment lang da, und Glennys war in

Gedanken versunken, während Bens Hand sachte mit ihren kurzen Locken spielte. Schließlich nahm er ihr Gesicht zart in seine beiden Hände und hob es zu sich.

»Wenn du heute nacht allein sein möchtest, verstehe ich das voll und ganz. Im Ankleidezimmer steht ein Sofa, auf dem ich schlafen kann. Ich will mich dir nicht aufdrängen, solange du trauerst, nicht etwa aus Großzügigkeit, sondern aus Eitelkeit und Stolz heraus. Es ist bisher so schön, so wunderschön gewesen, dich zu lieben, daß ich niemals wünschen würde, in deiner Vorstellung könne eine Verpflichtung daraus werden, zu der du dich aus Einsicht aufraffst. Wenn du allerdings...«

»Wenn ich was?« fragte Glennys.

»Wenn du heute nacht in meinen Armen Trost finden könntest, dann wird es mir ein Vergnügen sein, dir diesen Trost als dein Freund und als dein Mann zu geben.«

Glennys sah auf ihre Hände herunter, die sie in ihrem Schoß gefaltet hatte. Dann sah sie wieder in die schwarzen Augen, die so forsch und kühn sein konnten, ihr aber im Moment nur Zärtlichkeit und Sorge entgegenbrachten.

»Ich versuche, Klarheit in meine Gefühle zu bringen. Ich fürchte mich, und ich bin verwirrt, und du hast wieder einmal richtig geraten. Ich fände es wesentlich schlimmer, heute nacht mit meinen Gedanken allein zu sein. Ich glaube«, flüsterte sie und streckte die Arme nach ihm aus, »es wäre mir ein großer Trost, Ben, in den Armen meines Mannes zu liegen.«

Teil IX

GLENNYS: IN AMERIKA

37. Kapitel

Niemand, am allerwenigsten Glennys, hätte bestritten, daß sich ihre Ehe als das abwechslungsreiche und interessante Leben mit all den Herausforderungen erwies, das sie sich gewünscht hatte. Ben und sie waren so unablässig unterwegs, daß es unmöglich war, wie sie ihm lachend mitteilte, zur Ruhe zu kommen oder sich zu langweilen.

Wenn der Kongreß nicht tagte, hielten sie sich häufig in Queen's Lace auf, dem Anwesen, das Ben in Viginia am Potomac gekauft hatte, nicht weit von dem Haus, in dem George Washington aufgewachsen war. Wenn der Kongreß tagte, residierten sie in ihrem Haus in der Captains Row in Alexandria. Oft lag die *Gallant Lady* bereit, mit der sie nach New York und zurück fuhren. Das Haus in der Pearl Street behielten sie als ihren Wohnsitz in New York, doch sie lebten selten dort, und Glennys fühlte sich dort nie wirklich zu Hause. In ihren letzten Jahren im Columbia College zogen Nicky van Gulik und Edward zu Mrs. Peysers großer Freude dort ein. Jetzt hatte sie *zwei* junge Männer zu versorgen, die einen gesunden Appetit hatten.

»Wie kannst du dich in der Pearl Street je zu Hause fühlen?« zog Ben Glennys oft auf. »Sowie du deinen Fuß in dieses Haus setzt, sprichst du schon davon, nach Green Gates zu fahren. Und wenn Danielle nicht nach Green Gates kommen kann, dann mußt du natürlich unbedingt auch einen Besuch in Grace Hall machen.«

Glennys lächelte schuldbewußt, den sie wußte, daß zum Zeitpunkt ihrer Rückkehr nach New York die *Gallant Lady* schon bereitliegen würde, um sie kurz zu Tante Amelia und Onkel John im Schuyler Haus zu bringen, ehe sie wieder nach Alexandria zurückkehrten.

Das einzige, was Glennys in Alexandria nicht mochte, waren die Feste, zu denen sie eingeladen wurden. Die Männer erörterten die brandaktuellen politischen Themen, während Glennys gezwungen war, unter den Frauen zu bleiben, die außer den Höllenqualen der Geburt, Dienstboten, Stickstichen und Krankheiten keinen Gesprächsstoff hatten.

Alexandria,
20. Februar 1806

Liebste Mama,
ich hoffe, daß du deine Freude an dem Seidenschal mit Fransen und an dem Tee-Service hast. Ben hat beides speziell für dich ausgesucht, als er die Fracht seines Handelsschiffes China Dragon *musterte, um Waren für die Familie auszuwählen.*
Bei der Gelegenheit kann ich dir gleich ein paar Worte schreiben, die nur für deine Augen bestimmt sind. Als allererstes möchte ich dir dafür danken, daß du mir von Jack berichtet hast. Mit jedem Jahr, das vergeht, mit zunehmender Weisheit und vielleicht nachlassendem Egoismus, stellte ich deutlicher fest, daß das, was ich mir für ihn am meisten wünsche, sein Glück ist. Wenn das heißt, daß er sich nach einer anderen Frau umsehen muß, die er lieben kann, dann sei es so. Ich könnte es lernen, mit seiner Ehe zu leben wie schon einmal, und wie auch er es gelernt hat, mit meiner Ehe zu leben. Ich werde wohl in diesem ganzen Leben niemand mehr so lieben, wie ich Jack geliebt habe – und immer noch liebe –, aber es ist möglich, ohne die Form der Ekstase ziemlich glücklich zu werden, wie wir sie miteinander erlebt haben. Ich erinnere mich, daß du mir einmal erzählt hast, du seist auf eine seltsame Weise glücklich gewesen, als du im Krieg von Papa getrennt warst und im Grace Hall Hospital gearbeitet hast. War das nicht mehr oder weniger dasselbe?
Wenn je ein Zeitpunkt kommt, zu dem du Jack in eine Richtung weisen kannst, die ihn glücklich macht, obwohl es ein

Glück ohne mich wäre, dann hoffe ich, daß du keinen Moment lang zögern wirst.
Ich bin froh, daß heute ein verhangener, grauer Februartag ist, denn wenn ich durch mein Fenster den Frühling und Sonnenschein sehen würde, schweiften meine Gedanken jetzt sehnsüchtig nach Wadsworth, und ich wünschte mir von ganzem Herzen, durch den Garten zu laufen und das Schloß vor mir aufragen zu sehen! Wie sehr ich dieses Zuhause doch vermisse! Wie sehr ich euch alle vermisse und euch immer vermissen werde!

Eure liebende Tochter
Glennys

P.S. Mama, auf Mr. Madisons Bericht über die Feindseligkeiten der Engländer gegen unsere Handelsflotte folgte sofort eine Resolution des Senats, in der eine solche ›grundlose Offensive‹ verurteilt wurde. Ich weiß, daß sich das englische Parlament nichts daraus machen wird und daß die britische Regierung, die sich hinter ihrer Selbstzufriedenheit verschanzt, nur darüber spotten wird. Erkennen sie denn nicht – sag Papa bloß, er solle sich im Oberhaus dazu äußern! –, daß es wieder Ärger geben wird? Hat England denn in diesem abscheulichen Krieg seine Lektion nicht gelernt? Es hat seine Grenzen, wie weit sich die Amerikaner Vorschriften machen lassen.

8. März 1807

Liebe Danielle,
Du hast wahrscheinlich inzwischen gehört, daß der Kongreß auf Präsident Jeffersons Empfehlung hin die Einfuhr weiterer Sklaven in die Vereinigten Staaten von dem 1. Januar 1808 an verboten hat.
Dieses Gesetz war längst überfällig, aber wir müssen alle froh sein, daß endlich ein Anfang gemacht worden ist. Würden sich doch alle Staaten dem Beispiel New Jerseys anschließen und eine allmähliche Freilassung sämtlicher Sklaven in den Landesgrenzen gesetzlich vorschreiben.

Ich freue mich schon sehr, Dich im April zu sehen, und ich kann es kaum erwarten, mit Onkel Eli zu sprechen. Hier gibt es etliche gute Ärzte, aber ich setze nicht dasselbe Vertrauen in sie wie in meinen lieben Onkel, und ich will wissen, ob es einen ersichtlichen Grund dafür gibt, daß ich, geschehe, was will, keine Kinder bekomme.

»Du bist eine gesunde, kräftige, junge Frau, Glennys. Du hast ein Kind geboren, und soweit ich sehe, gibt es keine offensichtlichen Gründe dafür, daß du nicht noch weitere Kinder bekommen solltest.«

»Trotzdem bekomme ich kein Kind, Onkel Eli«, sagte Glennys kläglich.

»Es gehören zwei dazu, meine Liebe. Bist du schon einmal auf den Gedanken gekommen, dein Mann könne schuld sein – soweit man von Schuld überhaupt sprechen kann?«

»*Er* ist auf den Gedanken gekommen«, sagte Glennys zögernd. »Aber schließlich hat er Edward gezeugt.«

»Vor mehr als zwanzig Jahren – es können Dinge geschehen... Ein Körper ist Veränderungen unterworfen. Ist es Ben denn so wichtig, noch ein Kind zu bekommen?«

»Ihm ist es eigentlich egal. Er weiß nur, daß es *mich* glücklich machen würde. *Ich* bekäme gern ein Baby. In den allerletzten Jahren ist mir erst wirklich klar geworden, wie Mam sich gefühlt haben muß, als ich in England aufgewachsen bin und sie kinderlos war. Und ich möchte lieber nicht warten, bis Alexandra Rose alt genug ist, um mir diese Freude zu machen.«

Eli schlug die Hände über dem Kopf zusammen. »Gott behüte!«

Glennys begab sich zu Phoebe, um mit Verlisha zu spielen. Phoebe saß an ihrem Schreibtisch und weinte leise vor sich hin.

»Wir machen uns Sorgen um Verlishas Zukunft«, erklärte Danielle Glennys eine Stunde später, nachdem Eli gekommen war, um seine weinende Frau zu trösten. »Wir sind alle einer Meinung und haben daher Pläne geschmiedet. Bei Zoe und Becka und mir war es etwas anderes. Man weiß zwar ein wenig über unsere Herkunft, aber wir alle sehen so weiß aus wie Mama. Verlisha hat braune Haut. Ihre Abstammung läßt sich nicht verleugnen. Warum sollten wir es auch tun? Warum sollte sie je dazu gezwungen sein?«

Danielle zuckte die Achseln. »Wir sind dieselben Menschen wie vorher, aber seit ihrer Geburt werden wir von unseren Nachbarn anders behandelt als vorher. Als Ärzte nimmt man uns noch in Anspruch, weil Papa einfach viel besser ist als alle anderen, aber gesellschaftlich hat man uns ausgestoßen. Eine erstaunliche Anzahl von früheren Freunden sind heute keine Freunde mehr. Die Bekanntschaft mit uns war ihnen zu peinlich. Mama und Papa machen sich nichts daraus, solange es um sie selbst geht, und meine Schultern sind auch breit genug, aber für Verlisha ist es nicht gut.«

Sie schlang ihre Arme heftig um das Kind, das auf ihrem Schoß saß, das wunderschöne kleine braune Kind. »Sie ist erst vier Jahre alt, Glennys. Sie versteht noch nicht, was hier geschieht, aber wenn wir noch länger hierbleiben, wird sie es bald erkennen. Sie wird ekelhafte Bemerkungen über Hautfarben und Religionen zu hören bekommen. Sie wird zu einer Dame heranwachsen, weil sie Mamas Tochter ist, und möglicherweise wird sie Ärztin wie ich, weil sie Papas Tochter ist, aber welche Freunde wird sie haben? Wen könnte sie heiraten – einen der gerade freigelassenen Sklaven? Nein, wir wissen schon seit mehr als zwei Jahren, daß wir aus Amerika fortgehen müssen.«

»Wohin werdet ihr gehen?« fragte Glennys traurig.

»Nach England.«

»Nach England!«

»Ja, nach England. Eine Ironie des Schicksals, nicht wahr? Das finden meine Eltern auch so schwierig an unserem Dilemma. Vaters Vater ist mit ihm aus Europa geflohen, damit sie nicht als Juden verfolgt werden. Beide haben ihren Anteil an dem ruhmreichen Kampf gehabt, in dem sich Amerika von England befreit hat. Und jetzt müssen wir um meiner kleinen Schwester willen Amerika den Rücken zukehren und ein neues Leben in England beginnen.«

»Danielle, ich bin in England aufgewachsen. Ich liebe dieses Land«, sagte Glennys stockend. »Aber du weißt selbst – du hast auch dort gelebt –, daß es kein Utopia ist. Dort werden Juden nicht mit offenen Armen willkommen geheißen. Farbige werden dort nicht als gleichberechtigte Mitmenschen angesehen.«

Danielle lächelte ihre Freundin freundlich an. »Papa und Tante Leisa haben Dutzende von Briefen zu diesen Themen gewechselt. Der Status deines Vaters, das Schloß – all das hätte dafür sorgen können, daß jeder der Nachbarn die Menschen empfängt, die von den Holloways empfangen werden. Aber uns allen ist klar geworden, daß sich unser aller Leben nicht auf ein so schwaches Fundament stützen darf. Tante Leisa und Onkel Thorne sind ins Cornwall gefahren, um Mr. Jonah Glenfree zu treffen und ihm auseinanderzusetzen, in welcher Klemme wir stecken. Denk daran«, sagte sie zu Glennys, »daß er als junger Mann nach England gekommen ist und damals immer noch ein Sklave deines Vaters war, dem Onkel Rob die Freiheit und das Geld geschenkt hat, um seine Schule zu gründen.«

»Und er hat die Tochter eines Fischers aus dem Cornwall geheiratet, die Dierdre hieß.«

»Und sie sind zusammen glücklich geworden und waren wenigen Anfeindungen ausgesetzt.«

»Und Jacks Freund Gabe ist einer ihrer Söhne.«

»Das ist nur zu wahr. Und Gabe schien, soweit ich das

erkennen konnte, nie unter dem Gefühl zu leiden, anders zu sein, und seine Brüder auch nicht, und daher rechne ich damit, daß wir Ben Ashers ebenso gut zurechtkommen.«

»Was wird aus dem Krankenhaus?« fragte Glennys.

»Wir verkaufen Grace Hall. Tante Leisa wollte es nicht haben. Was sollte es ihr in England nutzen? Keine ihrer verheirateten Schwestern war daran interessiert, und Onkel Arend hat das Holland Haus und nur einen Sohn. Er hat mit Papa gesprochen und sich ebenfalls gegen den Kauf entschieden. Nicky hat ohnehin einen größeren Hang zum Meer als zum Festland.«

»Was ist mit Arend, Danielle?«

»Was soll mit ihm sein?« fragte ihre Freundin spöttisch.

»Du wirst weit fort von ihm sein, sehr, sehr weit.«

Danielle zuckte die Achseln. »Vielleicht ist das das Beste, was mir zustoßen kann. Schließlich hat es mir nicht gerade genutzt, in seiner Nähe zu sein, oder?«

»Weiß er es?«

»Ja, er weiß es. Als sie über den Verkauf des Hauses gesprochen haben, hat Papa deutlich klargestellt, daß ich vorhabe, mit meiner Familie fortzugehen. Arend weiß, daß ein einziges Wort aus seinem Mund mich dazu brächte, es mir anders zu überlegen, aber er hat kein Wort gesagt.«

»Woher weiß er es?«

»Weil ich ihm vor einigen Jahren angeboten habe, seine Mätresse zu werden, und zwar gleich, später oder irgendwann in ferner Zukunft, falls er sich je interessiert daran zeigen sollte. Um meiner Tugend willen hat er mein Angebot edelmütig zurückgewiesen. Die Männer und ihr verdammter Edelmut!«

»Sei nicht ungerecht, Danielle«, sagte Glennys und drückte mit einem bittersüßen Lächeln die Hand ihrer Freundin. »Du weißt nur zu gut, daß er das nicht annehmen konnte. Das hätte in ganz New Jersey einen Skandal gegeben, der außer dir und ihm auch andere betroffen hätte.«

»Vermutlich hast du recht«, sagte Danielle. »Aber das spielt jetzt ohnehin keine Rolle mehr. Papa und ich werden im Cornwall als praktische Ärzte praktizieren, Mama wird ihre Gedichte schreiben, und Verlisha wird dort aufwachsen und, wenn sie erwachsen ist, einen Fischer, einen Lehrer oder sonstwen heiraten oder Ärztin werden. Was eine gewisse Danielle angeht, diese alte Jungfer aus Überzeugung, so werde ich, wenn ich bis dahin nicht zu festgefahren in meinem Lebenslauf bin, vielleicht etwas von dir lernen und jemanden heiraten, den ich mögen und bei dem ich mich wohlfühlen kann.«

»Versuch es, Danielle. Versuch es nach Kräften. Du kannst nicht ewig von den Brosamen anderer leben, selbst dann nicht, wenn dir diese anderen die liebsten Menschen auf Erden sind.«

38. Kapitel

Glennys traf ihren Mann, seinen Sohn und Nicky in der ersten Juniwoche des Jahres 1807 wieder, nachdem sie einen Monat lang in Green Gates zu Besuch gewesen war und sämtliche Glendennings sich tränenreich von den Ben Ashers verabschiedet hatten.

Ein oder zwei Tage später brachte die *Gallant Lady* sie alle erst für eine Woche nach Alexandria und dann nach Norfolk, denn dort lagen die beiden neuen Handelsschiffe, *Fair Lady* und *Mermaid*. Ben kandidierte nicht mehr als Kongreßabgeordneter, und sie verkauften Queen's Lace, da sie mehr Zeit in New York verbringen wollten, was für Glennys auch mehr Zeit in Green Gates bedeutete.

Edward und Nicky, die in den letzten Jahren auf einigen von Bens Schiffen mitgefahren waren, waren auf Posten auf der *Fair Lady* versessen, die als das beste Schiff in der gesamten Ladd-Flotte angesehen wurde.

Ben nahm Glennys zu vielen Geschäftsterminen mit, vor allem, wenn er sich mit seinen neuen Kapitänen traf, und dort redete sie wenig, doch ihr entging nicht viel. Ihr Mann vertraute auf sein eigenes Urteil, aber er hatte es gelernt, die klaren Beobachtungen seiner Frau und ihre Einschätzung von Menschen zu würdigen.

Eines Tages hörten sie in Norfolk auf der Straße von dem Zwischenfall mit der *Chesapeake*.

»Was ist passiert, Ben?« fragte Glennys. »Ich verstehe es nicht.«

»Mein Gott!« rief ihr Mann hörbar aus. »Das ist der beste Witz dieser Saison, und er macht einige Beleidigungen wett, die die Engländer uns zugefügt haben. Ein sturer britischer Marineoffizier, der das Kommando über die *Halifax* hat, macht Amerikanern Vorwürfe, die auf unserer Fregatte, der *Chesapeake*, registriert sind. Es scheint, als hätten sie ein anderes britisches Schiff als Deserteure verlassen, die *Melampus*. Er rügt sie jetzt dafür und fordert sie auf zurückzukehren.«

»Es liegt doch auf der Hand, daß sie sich nicht foltern lassen wollen«, sagte Glennys verwirrt. »Was soll daran komisch sein?«

»Der Witz ist«, antwortete ihr Mann heiter, »daß die Matrosen in Amerika geboren sind. Gemeinsam mit einem dritten Mann sind sie ungesetzlicherweise von den Briten zum Dienst gepreßt worden und mußten zwangsweise auf der *Melampus* gegen die Amerikaner kämpfen. Nachdem es den dreien gelungen ist, eine Jolle zu stehlen und zu entkommen, haben sie sich auf der *Chesapeake* als amerikanische Soldaten verpflichtet, und jetzt ist dieser verdammte Narr selbstgerecht genug, um ihnen zu befehlen, sie sollten wieder in britische Dienste zurückkehren.«

Einige Umstehende lauschten Bens Erklärungen und

hatten Tränen der Heiterkeit in den Augen. Tagelang machte sich die ganze Stadt über diesen Vorfall lustig. Als die *Chesapeake* am 2. Juni unter amerikanischer Flagge auslief, erregt sie weit mehr Aufsehen als andere Schiffe in einer Stadt, in der das Auslaufen und Einlaufen von Schiffen an der Tagesordnung war.

Weit weniger gewöhnlich war die verfrühte Heimkehr der *Chesapeake,* die in einem beklagenswert zerstörten Zustand gerade noch den Heimathafen erreicht hatte. Bald redete ganz Norfolk von der Geschichte ihrer Niederlage.

Der Kommodore Barron erteilte dem britischen Kommandanten eine entschieden eindeutige, aber versöhnliche Absage. Er hielt es jedoch für ratsam anzuordnen, daß sich die Mannschaft auf den Decks kampfbereit machte – doch dazu war mindestens eine halbe Stunde erforderlich. Fünf Minuten später begannen die Briten ohne jede Ankündigung eine brutale Kanonade. Bei dieser viertelstündigen Bombardierung wurden drei Matrosen getötet und achtzehn weitere, darunter auch der Kapitän, verwundet.

Nachdem er zu Ehren der Flagge, unter der er segelte, einen einzigen Schuß abgegeben hatte, war Kommodore Barron gezwungen, aufzugeben und die Durchsuchung zuzulassen. Die Briten nahmen die drei amerikanischen Deserteure von der *Melampus* sofort fest. John Radford, der einzige wahre Deserteur an Bord, der sich unter dem Namen Wilson zum Militärdienst gemeldet hatte, wurde ebenfalls von Bord gebracht.

Als diese Neuigkeiten in Norfolk weite Kreise zogen, bestand Ben darauf, daß Glennys um ihrer eigenen Sicherheit willen in ihrer Unterkunft blieb, denn die Stadt war jetzt ein gefährlicher Ort für Ausländer. Menschenhorden scharten sich zusammen, um an britischen Matrosen Vergeltung zu üben, und sämtlichen britischen Schiffen wurde Wasser und Verpflegung verweigert.

»Daraus könnte ein Krieg entstehen«, sagte Ben finster zu Glennys. »Wir mußten schon zu viele Beleidigungen von englischer Seite schlucken, aber das ist eine so empörende Verletzung unserer Souveränität, daß wir sie nicht hinnehmen können, wenn wir unter den anderen Nationen auf Erden weiterhin als ein freies und unabhängiges Volk angesehen werden wollen.«

Glennys schluckte nervös. »Ein zweites Mal Krieg mit England?« murmelte sie. »Nein, unsere Staatsoberhäupter würden sich doch nicht auf etwas so Grausames einlassen; etwas so Sinnloses?«

Ben griff über den Tisch und nahm ihre rechte Hand, die nervös mit einem Löffel gegen eine Teetasse schlug.

»Unser eigentliches Problem besteht darin, daß die Engländer uns nicht als eine freie und unabhängige Nation betrachten, sondern in uns immer noch die ungesitteten Rebellen jenseits des Meeres sehen, die einer Züchtigung durch die Briten bedürfen. Man macht sich über uns lustig. Erst kürzlich habe ich den Bericht eines Londoner Journalisten gelesen, der unsere Offiziere als ein ›seltsames, ungeschlachtes Pack‹ bezeichnet, weil sie im Offizierskasino lieber Glin Sling oder Rum Twist als Wein trinken. Dann berichtet er fast angewidert, einer der amerikanischen Offiziere habe tatsächlich Buttermilch getrunken.«

»Du willst damit sagen«, sagte Glennys trübsinnig, »daß unsere Vorstellungen und unsere Maßstäbe zu verschieden voneinander sind, als daß wir uns auch nur ansatzweise verstehen könnten.«

»Ich fürchte, ja. Man muß aber auch noch eines bedenken, Glennys. Die Briten sind ernstlich der Auffassung, daß *ihre Interessen,* da *sie* im Namen der ganzen Welt gegen Napoleon kämpfen, auch unsere Interessen sein müssen, und daher erscheint es ihnen nur zu einleuchtend, daß *wir* jedes erforderliche Opfer bringen, um diese Interessen zu unterstützen.«

»Und daß wir das *nicht* einsehen«, antwortete Glennys mit einem matten Achselzucken, »wundert sie wirklich. Selbst wenn man England liebt wie ich, ist das eine Facette des englischen Charakters, die ich nur zu gut kenne. Ich fände es schon schlimm genug, wenn ein Krieg zwischen meinen beiden Heimatländern ausbräche, aber die Vorstellung, daß Mama das Ganze noch einmal mitmachen soll... Gott sei Dank, daß Jack nicht zum Militär gegangen ist.« Sie redete ganz natürlich darüber. »Kürzlich hieß es in einem Brief, daß Papa ein Offizierspatent für Matt erwerben wollte. Ich hoffe nur, daß nichts dabei herausgekommen ist.«

Ben drückte ihre beiden Hände und wirkte auch besorgt. »Ich wünschte mir von ganzem Herzen, ich hätte Edward und Nicky nicht erlaubt, die Jungfernfahrt der *Fair Lady* mitzumachen. Überall anders wären sie mir im Moment lieber, nur nicht auf See.«

»O mein Gott! Ich bin gar nicht auf den Gedanken gekommen, daß sie in Gefahr sein könnten. Die *Fair Lady* ist ein Handelsschiff.«

»Das ändert nichts, Glennys.«

»Dann laß die beiden sofort zurückkommen!« rief Glennys impulsiv aus.

»Das geht nicht, Glennys«, sagte Ben sachte. »Auch, wenn sie junge Männer sind, sind sie doch Männer. Ich kann sie nicht in ihren eigenen Augen oder in denen der übrigen Besatzung herabwürdigen, indem ich sie wie Kinder behandele. Keiner der Männer wird sich freiwillig der Gefahr entziehen.«

»Warum können Männer bloß nicht so vernünftig denken und handeln wie Frauen? Ihr und euer dummer Stolz! Ich hoffe nur, daß es sich Edward und Nicky selbst noch einmal genauer überlegen.«

Nach ihrer Rückkehr wollten die beiden ganz im Gegenteil den Briten heimzahlen, was sie mit der *Chesapeake* getan hatten. Mit glühendem Eifer brachen sie zur nächsten Fahrt auf der *Fair Lady* auf.

Einige Monate lang tobte die Kriegshetze im ganzen Land, doch schließlich kam es nicht zu einer Kriegserklärung. Den Briten war nicht klar, wie dicht sie vor einem zweiten Krieg mit Amerika gestanden hatten.

Edward und Nicky kamen von einer ereignislosen Reise zurück und planten, sobald wie möglich wieder auf See zu gehen.

Im Dezember des selben Jahres kam es zur Alternative des Krieges, der nicht ausgebrochen war, als der Kongreß und Präsident Jefferson eine Handelssperre verhängten und die Ausfuhr von Waren aus den Vereinigten Staaten nach England verboten.

Leider ruinierte die Handelssperre fast die gesamte amerikanische Wirtschaft, statt England, indem man es von Märkten abschnitt und ihm benötigte Waren verweigerte, zur Raison zu bringen – wie man naiverweise gehofft hatte.

Die Küste von New England wurde zu einer einzigen gewaltigen Geisterlandschaft. Für viele Baumwollpflanzer war es der Ruin. In England hielt man es für möglich, daß die Handelssperre in Paris ausgeklügelt worden war, doch die Briten litten nicht annähernd so sehr unter den Folgen wie die Amerikaner selbst.

Ben klagte jeden Morgen lauter, wenn er die Zeitung las. »Weder Bonaparte, noch der britischen Flotte ist es je gelungen zu verhindern, daß amerikanische Schiffe – ob meine oder die der anderen Reeder – Handel mit wem und wo sie wollen treiben. Unsere Schiffe sind die schnellsten, unsere Seeleute die besten, und jeder gute Kaufmann gibt seinem Kapitän Papiere in zwei Ausfertigungen mit, die seinem Schiff freies Geleit sichern, wenn es auf ein englisches oder ein französisches Kriegsschiff trifft. Nachdem England und Frankreich daran gescheitert sind, uns lahmzulegen, schaffen es unser eigener Präsident und meine früheren Kollegen im Kongreß. Wir müssen nicht direkt von Schmugglern sprechen, aber ich prophezeie dir, daß es auf dem Meer zu zahlreichen geheimnisvollen, nicht zu erklärenden Einwirkungen höherer Gewalt kommen wird, die wie die Plagen Ägyptens über die armen amerikanischen Kaufleute hereinbrechen werden und sie aus Sicherheitsgründen zwingen, in fremde Häfen wie Nova Scotia oder die Bahamas einzulaufen. Sollen Plagen wie Stürme und defekte Maschinen unsere Schiffe heimsuchen.«

39. Kapitel

Die Aufhebung der Handelssperre, eine der letzten Entscheidungen in der Amtszeit von Präsident Jefferson, war erfreulich für seine Landleute, stieß aber bei den Engländern auf keine große Sympathie. Auch in Präsident Madisons Amtszeit behielt Großbitannien die gewohnte Arroganz bei und sah es als sein Recht an, jeden beliebigen Matrosen, der sich nicht mit Dokumenten als geborener Amerikaner ausweisen konnte, in die britische Marine zu stecken.

»Es ist unvorstellbar, Mama«, schrieb Glennys im Herbst 1811, »aber wenn ich ein Mann wäre und auf einem von Bens Schiffen unterwegs wäre, hätte ein britischer Kommandant das Recht, mich in die britische Marine zu stecken.«

»Auch hier stehen die Dinge schlecht«, schrieb Leisa in einem Brief zurück, den Glennys Anfang 1812 bekam. »Gott sei Dank verstehen dein Vater und Jack meine Gefühle, aber Matt ist durch und durch Engländer, wenn er auch Gott sei Dank nicht beim Militär ist. Tina wird einen Marinekommandanten heiraten und sieht die Dinge jetzt durch die Augen eines Briten, der damit argumentiert, wenn hier Preßpatrouillen eingesetzt werden, um die eigenen Landsleute zum Militär zu holen, weshalb dann nicht in Amerika.«

Glennys zeigte Ben den Brief, sowie er ihn gelesen hatte.

»Du hast dein Aussehen und das Naturell von Craig St. John«, sagte Ben liebevoll, »und das rote Haar von deinem Vater, aber ich sehe, daß Lady Wadsworth für vieles andere verantwortlich sein muß, was ich an dir liebe und bewundere.«

Glennys errötete ein wenig. »Wir haben noch nicht gefrühstückt«, sagte sie leichthin. »Du hast dir einen merkwürdigen Zeitpunkt ausgesucht, um deiner eigenen Frau Liebeserklärungen zu machen.«

Ben nahm ihre Hände. »Weißt du denn nicht«, fragte er zärtlich, »daß für mich kein Zeitpunkt der falsche ist, um dir Liebeserklärungen zu machen? Nach acht Jahren wundere ich mich immer noch darüber, daß ich das Glück hatte, dich ein erstes Mal zu treffen, als du noch ein Kind warst, vom unserem zweiten Treffen ganz zu schweigen. Und für welche außerordentlich gute Tat ich so reich belohnt werde, daß ich das Privileg für mich beanspruchen kann, dich für mich zu haben?«

Glennys kniete sich plötzlich vor ihn hin, legte ihren Kopf auf seinen Schoß und schlang ihre Arme um ihn.

»Sei bitte nicht so demütig. Ich habe genausoviel Glück gehabt wie du. Ben, du weißt doch, daß ich dich sehr lieb habe?«

»Ja, mein Liebling, ich weiß, daß du mich sehr lieb hast. Mir tut nur leid, daß ich dir das Kind nicht geben konnte, das du so dringend haben wolltest.«

Glennys schüttelte den Kopf und sagte in einem gekränkten Tonfall: »Ich gebe ja zu, daß ich über dreißig bin. Ein immenses Alter, soviel steht fest, aber so alt, daß ich kein Kind mehr kriegen kann, bin ich nun auch noch nicht. Ich hoffe«, fügte sie schelmisch hinzu, »du willst mir damit nicht deine Absicht kundtun, jeden Versuch aufzugeben?«

Er beugte sich vor und schüttelte sie liebevoll. »Bis ins Grab werde ich es probieren, wenn du es willst, Glennys.«

»Jetzt?« fragte sie im Spaß. »Jetzt sofort?«

»Aber gewiß, Frau, jeder deiner Wünsche ist naturgemäß auch mein Wunsch«, sagte er. Er stand auf und zog Glennys mit sich auf die Füße.

Als er sie küssen wollte, kam Edward in die Bibliothek. Er zog verlegen an seiner Krawatte. »Ich habe gestern einen Brief von Nicky bekommen«, nuschelte er.

»Ach, was für ein ungewöhnliches Ereignis!« warf Glennys lachend ein.

»Glennys, bitte«, sagte ihr Mann. »Edward, was habt ihr beide jetzt schon wieder vor?«

»Auf der Farm gibt es um diese Jahreszeit so wenig zu tun, daß Mr. van Gulik eingewilligt hat. Er meint, daß er Nicky für eine zweimonatige Seereise entbehren kann.«

»*Nicholas* plant eine Seereise?«

»Äh – ich meine, wir beide«, sagte Edward und errötete leicht. »Das heißt, wenn du mich im Büro entbehren kannst. Ich habe schon vor zehn Tagen mit Kapitän Trent gesprochen, und er ist gern bereit, Nick und mich mitzunehmen – er sagt, wir hätten ihm Glück gebracht. Jedenfalls sind Mr. van Gulik und Kapitän Trent einverstanden, und Nicky und ich möchten fahren, Papa. Jetzt fehlt nur noch deine Erlaubnis.«

»Sag nein, Ben!« rief Glennys aus, ehe er etwas sagen konnte.

Edward sah sie vorwurfsvoll an, ehe sich sein Blick besorgt auf Ben richtete.

»Es ist nicht vorauszusagen, was auf dem Meer passieren wird! Du kennst die Haltung der Briten!« sagte Glennys eindringlich zu Ben.

»Papa«, sagte Edward mit ruhiger Stimme. »Unsere Schiffe tragen Hunderte von amerikanischen Seeleuten aufs Meer. Sind deren Leben denn im Vergleich zu meinem nichts wert?«

»Du bist mir teurer als alle meine Schiffe und meine Männer zusammen«, sagte Ben, »aber meine Erlaubnis ist nicht erforderlich, solange Kapitän Trent einverstanden ist, und ich bin sicher, daß Arend zu dem selben Schluß gekommen ist, was Nicholas angeht. Du bist ein Mann. Die Entscheidung liegt bei dir.«

»Wenn Männer anfangen, die Eigenschaften herauszustreichen, die sie ach so männlich machen«, sagte Glennys mißmutig, »dann weiß ich, daß es für mich an der Zeit ist zu gehen.«

Sie verließ eilig das Zimmer und schlug die Tür hinter sich betont zu, doch nach dem Frühstück war es Edward halbwegs gelungen, sie wieder aufzumuntern.

Wochen später, als sie und Ben Glennys' Cousin und Bens Sohn zuwinkten und die beiden auf der *Proud Lady* aufbrachen, waren die jungen Männer so fröhlich und so aufgeregt, daß sich Glennys unwillkürlich von ihrem Unternehmungsgeist anstecken ließ.

»Nach einer Seereise«, sagte sie weltklug zu ihrem Mann, als sie am Kai entlangliefen, »sind sie im allgemeinen gern bereit, ein oder zwei Jahre lang ein ereignisloseres Leben zu führen.«

»Ja, im allgemeinen schon«, sagte Ben, doch seine Heiterkeit war derart aufgesetzt, daß seine Frau ihm einen schnellen Blick zuwarf und sich dann bei ihm einhing. »Ich bete meinen Stiefsohn an«, sagte sie zu dessen Vater, »aber ich habe nichts dagegen, meinen Mann ein Weilchen für mich allein zu haben.«

Wie sie es vorhergesehen hatte, strahlte Ben und schritt beschwingter aus. Er preßte ihren Arm fester an sich.

»Du Luder«, sagte er. »Du versuchst, mich abzulenken.«

»Die entscheidende Frage ist die«, sagte sie keck, »ob es mir gelingt.«

Teil X

GLENNYS: DIE RÜCKKEHR NACH ENGLAND

40. Kapitel

Mehr als neun Jahre sind vergangen, seit ich auf einer Ozeanreise ein Tagebuch geführt habe... Mehr als neun Jahre sind vergangen, seit ich England mit der Absicht verlassen habe, nie mehr zurückzukehren. Ich wünschte bei Gott, ich hätte irgendeinen anderen Grund dafür, den Atlantik zu überqueren, wieder in das Schloß zurückzukehren, nur nicht den, der dazu geführt hat. Nur weil es dein Wille war, mein guter Mann. Nur weil...
Ich kann nicht weiterschreiben... Ich fühle mich seltsam unwohl, fast seekrank...
Wir sind jetzt den vierten Tag auf See, und ich habe dafür gebüßt, daß ich mich bisher damit brüstete, keine Seekrankheit zu kennen. Jetzt ist das Meer so bewegt wie bisher, aber es tut mir nichts mehr. Ben, o Ben, mein Guter, hättest du dir doch bloß dieses Versprechen nicht geben lassen. Oder, noch besser, hättest du dich doch von mir überzeugen und die beiden nicht fortgehen lassen...

Der Stift fiel Glennys aus der Hand und rollte auf den Boden; genauso mußte es Ben an diesem gräßlichen Abend vor zehn Tagen gegangen sein. Als sie die Treppe heruntergekommen war, hatte sie erst den Tumult gehört, dann einen heiseren Aufschrei. Sie war in die Bibliothek gestürzt und hatte dort ihren Mann vorgefunden, der umgefallen war und auf der Seite lag. Er hatte einen Arm über den Kopf geschlagen, und seine Finger berührten den Stift fast.

Sie schrie nur einmal auf, ehe sie neben ihm hinkniete und seinen Kopf an ihren Brüsten wiegte. »Captain Trent, ist er am Leben?« flüsterte sie dem Mann zu, der neben ihr kniete und seinen Puls fühlte.

»Sein Herz schlägt normal, aber er braucht einen Arzt, Mrs. Ladd«, sagte der Kapitän.

Glennys lief sofort durch die Kälte zum Stall und schickte den Kutscher zu Dr. Erskine.

»Sagen Sie ihm, daß Mr. Ladd bewußtlos ist. Und eilen Sie sich, Samuel, eilen Sie sich.«

»Was ist passiert?« fragte Glennys Kapitän Trent, sowie sie wieder im Haus war und sie Ben in dicke Decken gehüllt hatten. Glennys ließ das weiße Gesicht ihres Mannes keinen Moment lang aus den Augen. »Hat es etwas mit Ihrem unerwarteten Auftauchen zu tun, Sir? Mein Mann hat heute morgen noch gesagt, Sie müßten jetzt in Ostindien sein.«

»Ich wünschte bei Gott, wir wären dort!« rief der Kapitän mit belegter Stimme aus. »Die Neuigkeiten, die ich ihm gebracht habe, sind schuld an seinem Zustand – aber mir blieb nichts anderes übrig, als es ihm zu sagen.«

»Ja«, sagte Glennys heiser. »Das stimmt gewiß. Und welche Nachricht haben Sie ihm überbracht?«

»Wir sind nie in Ostindien angekommen, Ma' am. Auf halber Strecke wurden Mr. Ladds Sohn und der junge Mr. van Gulik von den Briten von der *Proud Lady* geholt. Ich habe kehrtgemacht und bin so schnell wie möglich zurückgekommen, um es ihm zu sagen.« Er wies mit einer Kopfbewegung auf den regungslosen Körper seines Arbeitgebers. »Zwanzig Jahre lang habe ich in Mr. Ladds Diensten gestanden, in guten wie in schlechten Zeiten. Ich bin durch Stürme gesegelt, habe die Fracht verloren, ein Schiff ist unter mir gesunken, und die Handelssperre hat uns alle in den Ruin getrieben, aber nichts war so schlimm wie diese Geschichte.«

Ehe Glennys etwas dazu sagen oder ihm weitere Fragen stellten konnte, war Dr. Erskine bei ihnen. Samuel kam mit ihm in die Bibliothek. Die drei Männer hoben Ben hoch und trugen ihn behutsam ins Schlafzimmer. Glennys lief vor ihnen her und wies ihnen den Weg.

Da es den Männern peinlich war, ihn in ihrer Gegenwart auszuziehen, ging Glennys in den Flur. Ihre Lippen formten ein tonloses Gebet.

»Machen Sie sich nicht verrückt, Mrs. Ladd«, sagte Mrs. Peyser und tätschelte die Schulter der jungen Hausherrin. »Mr. Ladd ist ein robuster Mann mit viel Willenskraft. Er wird sich wieder davon erholen.«

»Aber er war so weiß, so regungslos. Er hat ausgesehen...« Plötzlich stellte sie fest, daß die Augen der Haushälterin, die sie zu trösten versuchte, hinter einem Tränenschleier verborgen waren. Glennys brach ihren Satz ab. Es wäre zu grausam gewesen, ihren Gedanken laut zu beenden. Er sah aus wie der Tod.

Als die Männer herauskamen, schickte Glennys Samuel in die Küche. »Lassen Sie sich etwas zu trinken geben, aber bleiben Sie in der Nähe. Es kann sein, daß ich Sie noch brauche.«

»Danke, Ma'am«, sagte er heiser und verschwand mit einer ruckhaften Verbeugung.

»Captain Trent, wären Sie jetzt so freundlich, mir alle Einzelheiten zu erzählen? Nein, Mrs. Peyser, gehen Sie nicht. Das geht auch Sie etwas an. Lange, ehe ich ihn kennengelernt habe, waren Sie Edward eine Mutter. Er ist Ihnen so teuer wie mir.«

»Am vierten Tag in der Dämmerung haben uns zwei britische Kriegsschiffe eingekeilt. Gegen eins hätte ich es aufgenommen, aber so standen die Dinge aussichtslos. Die Offiziere verlangten, an Bord kommen zu dürfen, und ich hatte keine andere Wahl. Als die Männer an Bord kamen, waren die Kanonen, als ob das nötig gewesen wäre, beider Schiffe auf die *Proud Lady* gerichtet. Sie haben die Männer aufgefordert, sich aufzustellen, und dann haben sie sich zwei Männer ausgesucht. Als der erste sagte, er sei in Massachusetts geboren und aufgewachsen, haben sie ihm mit einer Muskete die Wange aufgeschlitzt und ihn in ihr Boot geworfen. Beim zweiten haben sie gar nicht erst so getan, als hielten sie ihn für einen Engländer.

Mr. Edward ist auf den Lieutenant zugegangen und hat gesagt: ›Das ist Peter Harris aus New York. Er ist nie auch nur in die Nähe eurer verdammten kleinen Insel gekommen. Laßt ihn frei, oder es wird euch schlecht ergehen.‹«

Captain Trent räusperte sich. »Dann haben sie angedroht, Mr. Edward auszupeitschen. Ich bin vorgetreten und habe ihnen mitgeteilt, Edward sei der Sohn des Reeders einer mächtigen Schifffahrtgesellschaft und hätte einflußreiche Freunde in England, und wenn sie es wagten, ihn mitzunehmen, steckten sie die Köpfe in die Schlinge. Dann ist der junge van Gulik vorgetreten und hat gesagt, *er* sei der Neffe von Thorne Holloway, Lord Wadsworth, und Mr. Edward sei auch mit ihm verwandt, da sein Vater Benjamin Ladd, mit Lord Wadsworths Tochter verheiratet sei.«

Der Kapitän wischte sich die feuchte Stirn mit einem Taschentuch ab. »Ich habe durch mein Fensterglas geschaut. Mr. Ladds Edward und Nick van Gulik sind nicht auf dasselbe Schiff gebracht worden. Die Engländer sagten, selbst bei Amerikanern könne es nicht sein, daß die Söhne von reichen Schiffsbesitzern oder gar enge Verwandte eines britischen Lord einfache Matrosen seien. Die beiden wurden voneinander getrennt.«

Mrs. Peyser weinte still vor sich hin und sagte kein Wort, doch Glennys fragte: »Haben Sie die Namen der englischen Kriegsschiffe?«

»Ja, ich habe alles aufgeschrieben, was Mr. Ladd weiterhelfen könnte.« Jetzt verlor er die Ruhe und brüllte: »Zum Teufel mit der britischen Marine!« Er schlug heftig mit den Fäusten gegen die Wand. »Zum Teufel mit ihnen allen!«

»Amen«, sagte Glennys und öffnete die Tür, um in ihr Schlafzimmer zu schlüpfen und einen Moment lang die regungslose Gestalt ihres Mannes anzusehen, ehe sie sich an Dr. Erskine wandte und fragte: »Wird er es überleben?«

Er zögerte. »Es war ein schwerer Herzanfall. Es ist noch zu früh, um Gewißheit zu haben, aber es ist in Gottes Händen.«

Glennys schüttelte den Kopf, als sie diese Plattheiten hörte. Sie setzte sich auf die Bettkante und nahm die Hand ihres Mannes zwischen beide Hände.

»Ben«, sagte sie. »Hör mir zu. Edward ist nicht verloren. Wir werden ihn wiedersehen. Ich schreibe ein Dutzend Briefe an Papa. Mit jedem Schiff, das ausläuft, schicken wir einen. Sobald er von mir hört, wird Papa nach London aufbrechen. Er wird so laut brüllen, daß die Wände von Whitehall beben. Wenn er dort gesagt hat, was er zu sagen hat, bekommen wir Edward und Nicky und die anderen wieder, und diese Leutnants und ihre Kommandanten werden sich wünschen, sie wären nie geboren.«

»Meine liebe Mrs. Ladd«, fagte der Arzt. »Sie dürfen sich nicht umsonst ermüden. Es ist wichtig für seine Pflege, daß *Sie* bei Kräften bleiben. Mr. Ladd kann Sie nicht hören.«

Glennys sah ruhig zu ihm auf und streichelte dabei weiterhin Bens Hand.

»O doch, das kann er«, sagte sie zuversichtlich. »Er kann jedes einzelne Wort hören, das ich sage.« Sie sah wieder auf Ben herunter. »Edward kommt zu uns zurück, Ben. Ich *verspreche* dir, daß er zurückkommt. Schließlich ist Papa Lord Wadsworth. Er wird deinen Sohn retten und ihn nach Hause schicken – nach Amerika, zu uns.«

Dr. Erskine verabschiedete sich und sagte, er käme jederzeit wieder, falls er gebraucht würde. Samuel, der Kutscher, döste auf einem Strohsack vor dem Herd in der Küche, und Mrs. Peyser, die nicht schlafen konnte, goß Tee auf und brachte Glennys in regelmäßigen Abständen eine Tasse heißen Tee.

Captain Trent saß in der Bibliothek und sprach dem Schnaps zu, den Glennys ihm hatte bringen lassen. Glennys selbst hielt die ganze Nacht über Wache an Bens Bett und wiederholte unablässig die Litanei, bis sie keine Stimme mehr hatte.

Kurz nach Anbruch der Dämmerung rührte sich Ben zum erstenmal. Glennys schlug sich die zitternden Hände vor den Mund und wartete lautlos. Dann zuckten seine Lider, und schließlich schlug er die Augen weit auf und sah ihr in die Augen. Glennys griff wieder nach seiner Hand.

»Guten Morgen, mein Liebling. Ich danke dir, daß du zu mir zurückgekommen bist«, sagte sie zärtlich.

Ben lächelte matt. Sie mußte sich vorbeugen, um seine Worte zu hören. »Ich danke *dir* für dein Versprechen.«

41. Kapitel

Wie still das Meer ist, und wie kalt und frisch die Luft! Ich kann es kaum glauben nach diesem Sturm. Aber das ganze Leben scheint ein ständiger Wandel zu sein. War es nicht auch so in der Nacht, in der ich neben Ben gesessen und versucht habe, ihm neues Leben einzuflößen? Nie werde ich den glücklichen Moment vergessen, als er endlich die Augen aufschlug! Ich verließ Ben, sowie Dr. Erskine kam, und ging zu Captain Trent, um ihm die gute Nachricht zu bringen.

Ich muß aufhören, damit ich rechtzeitig zum Abendessen komme. Mir ist aufgefallen, daß Onkel Arend unruhig wird, wenn ich nicht bei ihm bin und ihm Mut zuspreche. Seine Fantasie schießt zügellos in Richtungen, die ihm unerträglich sind. Ich bin jetzt doch froh, daß er diese Reise nicht allein macht, obwohl ich anfangs so darum gekämpft habe, ihn nicht begleiten zu müssen. Wer glaubt, daß ich einen starken Willen habe, kennt den meines Mannes nicht...

Arend war sofort nach New York gekommen, als Glennys' Brief ihn erreicht hatte, und er war ihr eine zusätzliche Last, denn er fühlte sich so hilflos, weil er seinem Sohn nicht beistehen konnte, daß Glennys anfangs fürchtete, der Schock könne ihn so stark treffen wie ihren Mann.

Während Arend auf Glennys' Betreiben hin noch einen weiteren Brief an seinen Schwager schickte, da Lord Wadsworth den größten Einfluß besaß, trafen zu Glennys' größter Freude ihre Eltern ein, die sie ebenfalls unterrichtet hatte, ein.

Als sie ihre Stimmen im Gang hörte, stürzte Glennys die Treppe hinunter und warf sich in die Arme ihrer Eltern. Arend folgte ihr mit tiefliegenden Augen und ausgezehrtem Gesicht. Craig nahm ihn sofort in den Arm. »Arend, mein lieber Arend, gib nicht auf. Thorne wird wissen, was zu tun ist. Er wird die Jungen retten.«

»Ich habe Thorne einen Brief geschrieben«, sagte Arend mit belegter Stimme, »aber was nutzt schon ein Brief?« Die Ausstrahlung der Hilflosigkeit war von ihm abgefallen, als seine Entschlossenheit eine Form angenommen hatte. »Ich werde persönlich nach England fahren. Ich will da sein und gemeinsam mit Thorne vorgehen, wenn er im Oberhaus fragt, warum zum Teufel die englischen Kommandanten glauben, sie hätten das gottgewollte Recht, ungestraft Amerikaner von amerikanischen Schiffen zu holen.«

Die impulsive Glennys wollte gerade einwerfen, die Lage sei erfolgversprechender, wenn Lord Wadsworth sie weise und taktvoll handhabte, doch Craig grub gerade noch rechtzeitig ihre Fingernägel in Glennys' Handgelenk.

»Was für eine wunderbare Idee!« stimmte sie ihm inbrünstig zu. »Aber bist du denn so lange entbehrlich?«

»Ich habe einen guten Verwalter, Craig, aber selbst, wenn ich ihn nicht hätte – was nutzt mir mein ganzes Hab und Gut, wenn ich meinen Sohn nicht mehr habe? Was hat mir das Leben denn sonst geschenkt? Eine Ehefrau, ein glückliches Zuhause, weitere Kinder, die so wie du und ich und Leisa damals durch die Felder springen? Nein, ich habe nur ihn, Nicholas, meinen Sohn!«

»Ich finde es wirklich richtig, wenn Arend mit nach England fährt«, sagte Craig später, als sie allein waren. »Wenn er zu Hause bleibt, dreht er durch oder wird krank vor Sorge.«

»Die Seereise wird ihn beruhigen«, warf Rob beiläufig ein. »Und wenn er erst in England ist, wird Leisa ihn beschwichtigen, und er wird auf Thornes Rat vertrauen, wenn es um die klügste Vorgehensweise geht.«

Als Glennys sich entschuldigte, um nach Ben zu sehen, war ihr Mann hellwach, und Arend saß an seinem Bett. Beide Männer bemühten sich, sie fröhlich anzulächeln, und ihre gequälten Anstrengungen ließen Tränen in Glennys' Augen treten.

Sie schickte Arend zum Essen und wollte Ben ein Tablett besorgen.

»Nein«, sagte Ben. »Ich habe keinen Hunger. Setz dich zu mir.

»Du mußt etwas essen.«

»Ich muß mit dir reden. Setz dich zu mir, Glennys.«

Gehorsam setzte sie sich auf die Bettkante.

»Du hast mir gestern nacht etwas versprochen, Glennys«, sagte er. »Glaubst du, daß dieses Versprechen haltbar ist?«

»Wenn ich etwas verspreche, dann halte ich es auch.«

»Dann versprich mir noch etwas, mein Liebling. Wir wissen beide – und wir haben es immer gewußt –, daß du mich um viele Jahre überleben wirst. Deshalb habe ich dem Allmächtigen nie gegrollt, der mich ohnehin mit dir weit üppiger beschenkt hat, als ich es mir je hätte erträumen lassen. Es geht nur darum, daß ich sicher sein will, daß Edward auch wirklich nichts fehlt und daß er wieder nach Hause kommt. Ihm noch einmal ins Gesicht sehen zu dürfen, wäre eine zusätzliche Gnade. Glennys, weine nicht so, meine geliebte Frau. Ich wollte dir keinen Kummer bereiten. Ich wollte nur noch ein kleines Versprechen von dir haben.«

»Alles, was du willst«, schluchzte Glennys.

»So sehr vertraust du mir? Du gibst mir ein Versprechen, ohne zu wissen, worum ich dich bitte?«

»Du kannst mich um alles bitten. Um alles! Wenn es in meiner Macht steht, tue ich alles für dich.«

»Versprich es mir.«

»Ich verspreche es dir.«

»So sei es denn«, sagte Ben leise, als sie ihr tränenüberströmtes Gesicht von seiner Schulter hob.

»W-was habe ich dir denn v-versprochen?«

Er lächelte sie zärtlich an. »Mit Arend nach England zu fahren.«

Glennys starrte ihn ungläubig an. »Das kann doch nicht dein Ernst sein?«

»O doch.«

»*Ich* soll *dich* verlassen, wenn du krank bist und meine Pflege brauchst? Ich soll in dem Moment nach England fahren? Warum, Ben, warum nur?«

»Ich setze das allergrößte Vertrauen in Lord Wadsworth und in Arend. Aber in dich setze ich noch mehr Vertrauen, Glennys.«

»Es gibt nichts, aber auch gar nichts, was ich tun könnte, was Papa nicht besser tun könnte.«

»Aber wenn du bei ihm bist, läßt sich vielleicht mehr erreichen – und in kürzerer Zeit. Die Zeit ist der entscheidende Faktor, mein Liebling.«

Glennys' Lippen bebten. »Hast du mit dem Arzt gesprochen? Gibt es etwas, was du über deinen Gesundheitszustand weißt und ich nicht?«

»Nein, Glennys«, sagte er mit fester Stimme. »Ich gebe dir mein Ehrenwort darauf.«

»Du schickst mich nicht fort, damit ich – damit ich, wenn etwas – passiert – wenn dir etwas zustößt – in England bin?« brachte sie überstürzt heraus.

Ben lächelte sie belustigt an. »Glaub mir, mein Schatz, so edelmütig bin ich nicht. Nein, *ich* verspreche *dir*«, sagte er lachend, »daß ich dich nicht nach England schicke, damit Jack schneller zur Hand ist, um die Witwe zu trösten. Ich habe keine anderen Gründe als die, die ich dir genannt habe. Arend hat mir keine Vorwürfe gemacht, aber ich fühle mich schuldig. Sein und mein Sohn sind von meinem Schiff geholt worden.«

»Du hast getan, was du tun mußtest«, unterbrach ihn Glennys. »Sogar, als ich Einwände dagegen erhoben habe, wußte ich in meinem Innern, daß ich im Unrecht war. Ganz gleich, wie jung sie auch sind, sie sind Männer, und es ist wahr, daß man sie nicht für alle Zeiten wie Wickelkinder vor der wahren Welt beschützen kann.«

»Du fährst also nach England?«

Sie senkte den Kopf. Ihre Stimme kam gedämpft durch ihre Hände. »Wenn du darauf beharrst, mich auf mein Versprechen festzunageln, muß ich gehen, aber ich bitte dich, nein, ich flehe dich an, es nicht zu tun, Benjamin. Mein Platz ist hier bei dir, und es ist meine Aufgabe, dich zu pflegen. Du brauchst mich. Ich werde dir fehlen. Bitte, zwing mich nicht dazu, fortzugehen.«

»Du hast recht. Ich werde dich täglich und stündlich vermissen. Es ist auch wahr, daß ich jedesmal, wenn du mir fehlst, Segen über dein Haupt wünschen werde, weil du mir diese Pilgerfahrt abnimmst. Bring mir meinen Sohn zurück, Glennys, meinen Sohn, der gleich den Platz nach dir in meinem Herzen einnimmt.«

42. Kapitel

Liebe Danielle, ich schreibe diesen Brief an Bord eines Schiffes, das den Atlantik überquert, und werde ihn nach unserer Ankunft in London aufgeben, wenn ich genauer weiß, wo ich mich aufhalten werde, da ich hoffe, daß du mich besuchen kannst. Ich vermute, ich sollte dir mitteilen, daß Onkel Arend mit mir kommt. Der Grund für unsere Reise ist nicht erfreulich, aber...

Als das Schiff an einem trüben, tristen, regnerischen Morgen Ende April in London anlegte, hatten Arend und Glennys bereits Pläne geschmiedet. Sie wollten eine Kutsche zum Stadthaus der Familie nehmen und sich dort erkundigen, wo sie Leisa und Thorne finden konnten, doch es war anzunehmen, daß sie sich dann auf den viel weiteren Weg zum Schloß machen mußt.

Glennys folgte Arend über die Gangway, und sie hatten kaum einen Fuß auf festen Boden gesetzt, als eine geliebte und vertraute Stimme rief: »Arend, Arend!« Im nächsten Moment warf sich Leisa in die Arme ihres Bruders und schluchzte. »Wir haben so viele Schiffe einlaufen sehen, daß ich die Hoffnung schon fast aufgegeben hatte!«

Thorne, der neben den beiden stand und mitfühlend lächelte, bemerkte Glennys als erster. Er strahlte über das ganze Gesicht, als sie sich in seine Arme warf und ihre Begrüßung verlief genauso feucht wie die zwischen Leisa und Arend.

»O Papa«, flüsterte sie, »wie schön, dich zu sehen. Bis heute morgen wußte ich gar nicht, wie sehr du mir gefehlt hast.«

Leisa hatte immer noch nicht bemerkt, daß ihre Tochter direkt hinter ihr stand. »Mama«, sagte Glennys leise und dann etwas lauter: »Mama.«

Leisa wirbelte herum. »Glennys!« sagte sie und sah ihre Tochter ungläubig an.

Nach dem Begrüßungszeremoniell machten sie sich gemeinsam auf den Weg zum Stadthaus der Wadsworths.

»Du hattest keine Ahnung, daß ich komme?« fragte Glennys ihre Mutter, sowie sie in der Kutsche saßen.

»Nicht die geringste«, antwortete Leisa strahlend und warf dann einen nüchternen Blick auf ihren Bruder. »Euch beide hier zu haben! Ich wünschte nur, es wäre ein freudigerer Anlaß.«

»Das wird es bald sein«, sagte Thorne in einem Tonfall, der sorgsam darauf abzielte, die Euphorie zu mildern und doch Mut zu machen, »wenn wir Nicky und Edward wieder bei uns haben und alle im Schloß versammelt sind.«

Glennys ließ sich von seinem Optimismus anstecken, aber Arend nicht.

»Wann seid ihr nach London gekommen, Thorne?« fragte er seinen Schwager.

»Vor drei Tagen«, antwortete Lord Wadsworth. »Wir haben angefangen zu packen, sowie die ersten Briefe kamen, einer von dir und zwei von Glennys. Wir haben Jack gesagt, er solle alle weiteren Briefe aus Amerika öffnen und sofort einen Kurier zu uns schicken, wenn sie weitere nützliche Informationen enthalten.«

»Welche Maßnahmen hast du ergriffen?«

»Ich habe den Prinzregenten getroffen«, sagte Thorne. »Er mag zwar ein frivoler Kerl sein, aber er gilt als äußerst freundlich, wenn man an sein Mitgefühl appelliert, und sein Einfluß ist nicht zu unterschätzen. Kein Marinekommandant würde einen Befehl mißachten, der direkt von seinem zukünftigen König kommt. Und jetzt, nachdem er versprochen hat, sich die Angelegenheit näher anzusehen, müssen wir den Prinzen dazu bringen, diesen Befehl zu erteilen.«

»Thorne trifft noch heute nachmittag den Premierminister«, warf Leisa eifrig ein, »und in den nächsten Tagen hat er Treffen mit den mächtigsten Abgeordneten des Oberhauses vereinbart, vor allem mit denen, die großen Einfluß auf die Marine haben, und außerdem wird er sich mit Admiral Wentworth und Admiral Croft treffen.«

»Siehst du, Onkel Arend, habe ich es dir nicht gesagt?«

»Können Glennys und ich nicht mitgehen und unser Anliegen auch vorbringen? Schließlich können wir den amerikanischen Standpunkt am deutlichsten klarlegen.«

Thorne las die Warnung in Glennys' Augen. »Vielleicht wäre es das beste, wenn ihr mitkommt und im Vorzimmer wartet. Später könnt ihr dann eure Geschichte erzählen und euer Ansuchen vortragen.«

»Unser Ansuchen! Ich soll diese Kidnapper bitten, mir meinen Sohn wiederzugeben!« sagte Arend erbittert.

»Ja, Onkel Arend«, sagte Glennys sachte, »wenn es sein muß, werden wir eindringlich darum bitten. Ich schäme mich nicht, mich für mein Anliegen zu demütigen. Wenn es sein muß, werde ich auf Knien um die Freilassung der beiden flehen und es als einen geringen Preis für ihr Leben ansehen.«

Arend drückte Glennys stumm die Hand.

»Hatte Ben denn nichts dagegen, daß du herkommst, Glennys?« fragte Leisa schließlich.

»Nein, Mama, Ben hat mich gedrängt, Arend zu begleiten. Ich wollte zu Hause bleiben und ihn pflegen, aber mein Mann setzt allzu großes Vertrauen in meine Überredungskünste und glaubt, daß *ich* Prinzen und Parlamentarier rumkriege, wenn alles andere mißlingt.«

»Hat er sich von dem Herzanfall erholt, von dem du in deinem Brief berichtet hast?«

»Nicht vollständig, aber es geht ihm schon viel besser. Ich war erst bereit fortzugehen, als Mam auf die Idee kam, daß sie und Daddy ihn zu sich nehmen, um sich in Green Gates um ihn zu kümmern.« Sie lächelte matt.

»Außerdem habe ich ihm das Versprechen abgenommen, nicht nach New York zurückzukehren, ehe die besten Ärzte ihre Zustimmung geben. Das wird noch mindestens einen Monat dauern, und bis dahin kann ich schon auf der Heimreise sein, wenn wir hier Glück haben.«

»Ein Monat! Nach all den Jahren willst du nur so kurz bei uns bleiben?«

»Mir tut es auch leid, Mama, aber ich kann nicht länger als nötig bleiben. Dann muß ich schleunigst zu meinem Mann zurückkehren. Er braucht mich.«

»Ja, natürlich.« Leisa zwang sich zu einem heiteren Tonfall. »Mach dir nichts aus meinen mütterlichen Klagen.«

Glennys lächelte. »Erzähl mir, was es auf dem Schloß Neues gibt. Ich möchte alles über Matts Erbschaft und Tinas Verlobung hören, und mich interessiert, was Jack tut«, sagte sie mit größter Selbstverständlichkeit.

»Ich glaube, mit dieser Erbschaft ist Matt ein gemachter Mann«, sagte Thorne. »Zuviel Müßiggang hat noch jedem jungen Mann geschadet. Das Heer und die Marine haben ihn nicht interessiert. Mit der Kirche hatte er auch wenig im Sinn. Das Schloß und die gesamten Ländereien fallen an Jack als den ältesten Sohn, und ein weiteres Anwesen, das ich Matt vererben könnte, habe ich nicht. Wir waren fast mit unserer Weisheit am Ende«, sagte er mit einem kläglichen Seitenblick auf seine Frau, »bis es zu diesem unerhofften Glücksfall kam.«

»Ja, wirklich«, warf Leisa mit Nachdruck ein. »Ich muß zugeben, daß ich Großtante Sophronia zu ihren Lebzeiten *nicht* leiden konnte, aber seit ihrem Tod wünsche ich ihr Gottes Segen und bete jeden Sonntag in der Kapelle von Wadsworth inständig für sie.«

Alle lachten, und Thorne fuhr mit seinem Bericht fort. »Jetzt besitzt Matt ein großes Gut, und vieles muß gerichtet werden, weil es seit mindestens zehn Jahren schändlich vernachlässigt worden ist. Matt ist glücklich und ausgefüllt und hat weder die Zeit noch das Geld für Kartenspiele und Würfelspiele.«

»Vor zwei Monaten haben wir ihn in Suffolk besucht«, warf Leisa eifrig ein, »und wir mußten feststellen, daß er sich jetzt mehr für seine Rüben als für den Sitz seiner Krawatte interessiert. Ich muß ihm unbedingt schreiben, daß ihr beide hier seid. Vielleicht reißt er sich für *euch* von den Freuden des Säens und Düngens los.«

»Und was ist mit Tinas Kommandant?« erkundigte sich Glennys wißbegierig.

»Er ist ein ordentlicher, solider junger Mann, und er sieht gar nicht schlecht aus«, antwortete Leisa ohne jede Begeisterung. »Aber vielleicht ist er zu – er ist eher...«

»Meine ach so amerikanische Frau«, warf Thorne ein, »möchte euch – ohne meinen Nationalstolz zu verletzen – ihren Eindruck übermitteln, daß der Mann rundum zu britisch ist, und das ließe sich durchaus in fad und steif und spießig übersetzen.«

Leisa rümpfte die Nase. »Er ist absolut humorlos!« sagte sie vorwurfsvoll.

»Das stimmt, meine Liebe, aber das ist kein ausreichender Grund, um ihn abzulehnen, wenn er neben den Tugenden, die du selbst aufgezählt hast, auch noch ein ehrenwerter Mann ist, aus einer guten Familie stammt und gesund und kräftig ist und seine Frau ernähren kann, und wenn unsere Tochter bis über die Ohren in ihn verliebt ist.«

»Sie ist in seine Uniform vernarrt!« gab Leisa zurück. »Es ist noch nicht gesagt, daß sie ihn auch dann noch mag, wenn sie ihn zum erstenmal im Nachthemd und mit Schlafmütze sieht.«

»Nimm es dir nicht so zu Herzen«, sagte Glennys beschwichtigend. »Selbst, wenn er jetzt steif ist, kannst du sicher sein, daß Tina ihn nach der Hochzeit in Schwung bringt.«

Leisa zuckte die Achseln und Thorne sagte diplomatisch: »Hoffen wir es.«

»Erzähl mir von Jack«, sagte Glennys mit der größten Selbstverständlichkeit. Sie konnten nicht die ganze Zeit um den heißen Brei schleichen, weil alle glaubten, sie könne bei seiner Namensnennung aus der Fassung geraten, in sich zusammensacken oder ohnmächtig werden. »Ist er glücklich?«

Leisa nahm das Stichwort nur zu gern auf und dachte einen Moment lang ernsthaft nach. »Glücklich ist nicht das richtige Wort«, sagte sie vorsichtig. »Ich glaube, er ist zufrieden. Er arbeitet hart auf dem Gut. Von Jahr zu Jahr kann sich dein Vater mehr auf ihn verlassen.«

Thorne nickte zur Bekräftigung, als seine Frau weitersprach. »Zwei- oder dreimal im Jahr setzt er sich nach London ab, um etwas Abwechslung in sein Leben zu bringen. Meine Freundin Mrs. de Witt hat mir geschrieben, daß die Mätresse, die er diskret in einem Haus in St. John's Wood untergebracht hat und mit der er sich manchmal im Theater zeigt, eine gutaussehende, damenhafte Frau ist.«

»Leisa!«

Arend lachte. »Sei beruhigt, Thorne. Bis auf dich sind alle Anwesenden Amerikaner und an die klare Ausdrucksweise meiner Schwester gewohnt.«

Leisa entschloß sich dennoch, die intimeren Details aufzuheben, bis sie mit ihrer Tochter unter vier Augen sprechen konnte.

Als sie angekommen waren, wurden ihre Kleider ausgepackt, und ein leichtes Mittagessen wurde serviert. Anschließend machten es sich die beiden Frauen in Leisas privatem Wohnzimmer bequem, während Thorne und Arend sich in der Bibliothek unterhielten.

»Eine Mätresse in London, die er zwei- oder dreimal im Jahr besucht, ist alles, was er hat, Mama?« Ihre Unterlippe bebte ein wenig. »Ich bin nicht so egoistisch, ihm das zu wünschen. Denkt er denn gar nicht an eine Heirat?«

»Falls er sich Gedanken über eine Heirat macht«, sagte Leisa ohne Umschweife, »dann höchstens, um seine ablehnende Haltung zu festigen. Ich glaube nämlich nicht, daß er seit dem Tod der armen Daphne je wieder mit dem Gedanken gespielt hat, abgesehen von einer Ehe mit dir.«

»Ich wollte nie, daß er sein Leben allein verbringt«, sagte Glennys kläglich.

»Das tut er nicht«, sagte Leisa trocken. »Er ist weder so allein, noch so trostlos, wie du fürchtest. Da er seit mindestens sechs Jahren für ein oder zwei Nächte in der Woche verschwindet, ohne je eine Erklärung dafür abzugeben, nehme ich an, daß er in Derbyshire auch eine Mätresse hat.«

Glennys sagte beherzt: »Ich bin froh darüber, Mama, und du solltest es auch sein. Es mag sein, daß ihm eine Ehefrau mehr zu wünschen wäre, aber wenn er nie jemanden gefunden hat...«

Leisa nahm ihre Hand. »Und was ist mit dir, Glennys?« fragte sie zärtlich. »Ist das, was du mir über all die Jahre in deinen Briefen geschrieben hast, wahr? Bist du glücklich gewesen? Ist dein Ben gut zu dir?«

»Ich habe in meinen Briefen nicht gelogen, Mama. Ich bin sehr glücklich gewesen, und mein Ben ist gut zu mir. Er behandelt mich weit besser«, fügt sie mit Nachdruck hinzu, »als ich es je verdient hätte.«

»Liebst du ihn, Glennys?«

Glennys zögerte. »Wenn du mich fragst, ob ich Ben so liebe, wie ich Jack geliebt habe, dann muß ich mit ›nein‹ antworten. Aber ich habe festgestellt, daß es andere Formen der Liebe gibt, die sich von einer stürmischen ersten Verliebtheit unterscheiden. Meine Liebe zu Ben ist mir mehr als genug, und ich bin sehr zufrieden mit meinem

Leben, denn außerdem ist er, falls du dich nicht an meiner Direktheit störst, sehr, sehr gut im Bett.«

»Ich störe mich keineswegs daran«, sagte Leisa. »Im Gegenteil, es freut mich für dich. Es hätte mich bekümmert, wenn ich wüßte, daß du dich auf eine sterile Ehe eingelassen hast«, sagte sie und schloß mit größter Lässigkeit, »wenn es mir auch leid tut, daß du nicht noch ein Kind bekommen hast. Erzähl mir von meiner Enkelin Alexandra Rose.«

Glennys schüttelte verwundert den Kopf. »In keinem deiner Briefe hast du auch nur angedeutet, daß du etwas davon weißt, und jetzt fragst du mich nach Alexandra Rose. Was soll ich dazu sagen? Sie ist Mam und Dadds größte Freude, ein hübsches Kind, das wohl später sehr schön werden wird. Außerdem ist sie lebhaft und intelligent und oft vergesse ich, daß sie *nicht* meine kleine Schwester ist. Meine geliebte kleine Schwester.«

43. Kapitel

Meine liebe Danielle, wir sind jetzt im Schloß, und es scheint, als würde unser Aufenthalt sich länger hinziehen, als ich ursprünglich dachte. Ich käme nur zu gern ins Cornwall, um euch alle zu besuchen, aber leider habe ich das Gefühl, hier bleiben und jederzeit zur Stelle sein zu müssen, wenn wir etwas Neues über Edward und Nicky hören. Ist es trotz unserer getreulichen Korrespondenz so lange her, seit wir einander unsere privatesten Angelegenheiten anvertraut haben, und ich weiß noch nicht einmal, ob dich Arends Anwesenheit stören oder freuen würde oder ob du ihm gleichgültig gegenüberstehst. Ich bitte dich ganz egoistisch, mich zu besuchen, weil ich mich danach sehne, dich endlich wiederzusehen, meine liebste Freundin...

Zwei Wochen nach ihrer Ankunft in London hatten sie alles getan, was sie im Moment tun konnten. Auf Befehl des Prinzregenten und des Premierministers hin – unterstützt durch zwei Generäle und drei Adlige aus dem Oberhaus – war an sämtliche Kommandanten von Schiffen ihrer Majestät, die von Plymouth oder Portsmouth, von Liverpool oder London ausliefen, eine Anweisung ergangen.

Nachdem sie alles getan hatten, was in ihrer Macht stand, mußten sich Arend und Glennys, Leisa und Thorne damit abfinden, zu warten, zu hoffen und zu beten. Dazu zogen sie sich auf das Schloß zurück.

An einem strahlenden Maimorgen, der Frühling hing in der Luft, und der Himmel war blauer und das Gras grüner und sogar die Sonne sanfter als in ihrer Erinnerung, kehrte Glennys nach Hause zurück.

Als die Kutsche durch die Tore von Wadsworth fuhr, traten Tränen in ihre Augen. Sie war die erste, die aus der Kutsche sprang und von dem Wirbelwind im dunkelblauen, samtenen Reitkostüm begrüßt wurde, der die Treppe herunterstürzte.

Sie umarmten und küßten einander und traten dann gleichzeitig einen Schritt zurück, um einander anzusehen. Im selben Moment riefen beide aus: »Ich kann es nicht glauben. Du kannst nicht meine kleine Schwester Tina sein, die derart erwachsen ist!«

Und: »O Glennys, ich hätte dich überall erkannt. Du hast dich kein bißchen verändert!«

Als sie einander wieder umarmten, sah Glennys Jack über Tinas Schulter. Er stand oben auf der Treppe und sah so sehnsüchtig und verlangend auf sie herunter, daß sie plötzlich hätte weinen mögen. Sie grub ihre Nägel in ihre Handflächen, um sich zur Ordnung zu rufen.

»Und jetzt lauf, und begrüße Mama und Papa und Onkel Arend«, sagte sie auf ihre gewohnte Art als ältere Schwester und löste sich aus der Umarmung. Tina warf einen flüchtigen Blick auf ihre Adoptivschwester und ihren Bruder und verzog sich.

Jack und Glennys trafen sich auf halbem Wege.

Mit einem unsicheren Lächeln streckte sie ihm beide Hände entgegen, und Jack führte sie an seine Lippen. »Willkommen zu Hause«, sagte er leise und küßte sie flüchtig auf die Stirn.

»Tina täuscht sich«, sagte er leichthin. »Du hast dich verändert. Du bist noch viel schöner geworden.«

Sie hätte gern gesagt: Du hast dich überhaupt nicht verändert, Jack, doch die Worte blieben ihr in der Kehle stecken. Er war noch ganz der Alte und doch nicht mehr der Alte. Niemand außer Jack hatte derart strahlend blaue Augen, die völlig unverändert waren. Diese verdammte Locke – ohne wahrzunehmen, was sie tat, strich sie sie ihm aus dem linken Auge. Sein Haar war etwas dunkler geworden, und er war ein wenig voller, aber seine breiten Schultern und seine gute Haltung ließen ihn nur noch würdiger erscheinen.

Sie sah ernst zu ihm auf und merkte nicht, daß sich die Stille in die Länge zog. Sein Mund – ja, dort hatte sich etwas geändert. Sein Mund war energischer, die Lippen schmaler. Er wirkte wie ein Mann, der nicht oft lächelte, Jack, für den das ganze Leben einst der reinste Spaß gewesen war.

Wieder verspürte sie das Verlangen zu weinen. Um ihn? Um sich selbst? Sie war nicht sicher. Doch gewiß nicht um ihre längst vergangene Kinderleidenschaft? Fast zehn Jahre einer glücklichen Ehe hatten diese Flamme zweifellos erstickt.

Sie war dankbar, als plötzlich alle anderen bei ihnen angelangt waren und sie ihre Hände zurückziehen und unauffällig verschwinden konnte.

Als sie Fithian, den Butler begrüßte, gestattete sie sich endlich Tränen. »Welches Zimmer hast du mir zugedacht, Mama?« fragte sie, als sie schon auf der Treppe stand.

Leisa zog die Augenbrauen hoch. »Dein eigenes natürlich«, sagte sie, und Tina kicherte.

»Weißt du denn nicht, daß dein Zimmer jetzt ein Schrein ist, Glennys?« fragte sie spöttisch. »In all den Jahren ist es saubergehalten worden, ohne etwas daran zu verändern, weil es ja sein könnte, daß du plötzlich unangemeldet aus Amerika hereinschneist. Mama erlaubte nur ihren liebsten Gästen, dort zu übernachten, und Minuten nach ihrer Abreise werden die Zimmermädchen nach oben geschickt, um alles wieder für *dich* herzurichten.«

»Ich finde das sehr lieb und umsichtig von Mama«, sagte Glennys prompt und kehrte noch einmal um, um Leisa zu umarmen, ehe sie die Treppe hinauflief.

Sie hatte einen Kloß im Hals, als sie ihr Schlafzimmer betrat. Die alte grüngoldene Tapete, die sie sich im Alter von vierzehn Jahren ausgesucht hatte. Das alte Himmelbett mit den geblümten Vorhängen. Der Polstersessel am Fenster, auf dem sie gesessen hatte, wenn sie las und ihren Träumen nachhing. Schon damals hatte ihr Ritter in der blinkenden Rüstung, der zur Rettung des Burgfräuleins herbeieilte, unglaublich blaue Augen und eine ungebärdige Haarlocke gehabt, die ihm immer über das linke Auge fiel.

»Und doch hat *er* sich als der Drache erwiesen«, sagte Glennys laut vor sich, als sie in das angrenzende Wohnzimmer trat. »Ich darf nie vergessen, daß es Ben war, der das Burgfräulein in Nöten gerettet hat, nachdem es in seinem Kummer nach Amerika geflohen ist.«

Sie fand drei Vasen mit bunten Sträußen vor, wildwachsende Blumen. Konnte Mama eine so ungewöhnliche Bestellung von London aus aufgegeben haben? Oder erinnerte sich Tina etwa nach all den Jahren?

»Ich habe sie selbst gepflückt«, sagte Jack. »In der Nähe der riesigen Eiche, wo das Gras besonders hoch und grün ist.«

Glennys zuckte zusammen und drehte sich um.

»Entschuldige«, sagte er. »Ich wollte dich nicht erschrecken. Aber deine Schlafzimmertür stand offen – deine Koffer werden gerade gebracht –, und Mama hat gesagt, daß der dir gehört.« Er deutete auf das lederbezogene Reisepult, das er unter dem Arm trug.

»Danke für die Blumen«, sagte Glennys steif. »Es war nett von dir, daran zu denken, daß es meine Lieblingsblumen sind.«

»Ich habe nichts, was mit dir zu tun hat, vergessen. Besonders gut kann ich mich erinnern, wenn ich an der Stelle im Gras sitze, an der die wilden Blumen wuchern.«

»Jack, bitte, tu das nicht. Wenn es so lange dauert, bis wir Edward und Nicky befreit haben, kann es sein, daß ich Monate in England bleiben muß. Das ist eine unmögliche Situation, wenn du – wenn du nicht...« Sie machte eine hilflose Geste.

»Wenn ich mich nicht so benehme, als hätten wir nie unter der Eiche gepicknickt, zusammen wildwachsende Blumen gepflückt oder uns in dem hohen grünen Gras geliebt?«

Glennys versuchte, etwas zu sagen, doch es gelang ihr nicht. Sie war den Tränen gefährlich nah, und sie hatte das entsetzliche Gefühl, wenn sie ihnen ihren Lauf ließ, würde sie um volle zehn Jahre weinen. In der Nacht, in der sie Alexandra Rose geboren hatte, war das ganze Haus voll von Freunden und Angehörigen gewesen, doch wie freudig hätte sie sie alle dafür hergegeben, ihn an ihrer Seite zu haben und von ihm zu hören, daß Alexandra in Liebe und Leidenschaft gezeugt worden war.

Jack sah sie stumm an, und als sich ihr Gesicht plötzlich verzerrte, fragte er: »Was ist los, Glennys?«

»Ich habe nur an Alexandra Rose gedacht. Ich war immer so selbstsicher, so arrogant. Für mich stand fest, daß ich drei oder vier weitere Kinder haben würde, vielleicht ein halbes Dutzend, verstehst du, nicht nur, damit sie ihren Platz einnehmen, sondern um mein Leid zu lindern, nicht ihre Mutter, sondern ihre Schwester zu sein. Aber dazu ist es nie gekommen. Wir sind ein schönes Paar, Jack. Wir beide zusammen haben genau ein Kind, und keiner von uns kann es zu sich nehmen.«

Sein Gesicht war plötzlich so schmerzverzerrt, daß sie impulsiv einen Schritt näher zu ihm trat. »Es tut mir leid. Es tut mir ja so leid«, stammelte sie. »Ich wußte nicht, daß es dir noch so wehtut.«

»Woher solltest du das auch wissen?« fragte er mit ruhiger Stimme. »Nichts, was in der Vergangenheit geschehen ist, hätte dir einen Grund geben können, zu glauben, daß ich verletzbar oder empfindsam bin oder gar leiden könnte.«

Sie standen stumm und schockiert da und starrten einander gedankenversunken an.

»Glennys.« Leisa war plötzlich bei ihnen. »Sind deine Zimmer noch so, wie du sie in Erinnerung hattest?«

Sie beäugte die beiden kritisch, als Glennys sich wie jemand schüttelte, der aus einem bösen Traum erwacht.

»Genauso, wie ich sie in Erinnerung hatte.« Ihre Lippen zitterten. »Ich danke dir so sehr, Mama.« Als Leisa sie tröstend und mütterlich in ihrArme zog, schlüpfte Jack leise aus dem Zimmer.

44. Kapitel

Liebste Mam, dein letzter Brief hat mich erleichtert. Gott sei Dank, daß mein sturer Mann noch unter deiner Obhut steht. Es gibt noch keine Neuigkeiten zu berichten, nur, daß Danielle bald für zwei Wochen zu Besuch kommt...

An einem regnerischen Morgen Mitte Mai erwachte Glennys früh von einem heftigen Windstoß, der durch das offene Fenster blies. Er hatte eine Vase mit wilden Blumen umgeworfen, die zweimal wöchentlich kamen.

Nachdem Glennys den Schaden behoben hatte, entschloß sie sich, einen Spaziergang durch den milden Nieselregen zu machen, der sich auf Haut und Haar wie Tau niederließ. Bald wurde ihr bewußt, wohin ihr Weg sie führte.

Die riesige Eiche, ihr knorriger Stamm so dick wie zwei Männer, hatte sich nicht verändert.

Neun Jahre waren für diesen alten Baum keine lange Zeit.

Glennys schloß einen Moment lang die Augen, denn ein Schmerz, der so heftig und glühend war, als sei er noch ganz frisch, schoß bis in ihr Herz. Sie schlug die Augen auf, doch nur, um sie voller Entsetzen noch weiter aufzureißen, als Jack hinter dem Baumstamm hervorkam.

»Ich bin jeden Morgen hier gewesen, Glennys, und habe dich erwartet«, sagte er mit bebender Stimme. »Ich wußte, daß meine Geduld eines Tages belohnt wird.«

»Unsere Eiche ist noch dieselbe, und das Gras und die Blumen sind unverändert. Sogar der Regen ist zutiefst englisch und unwandelbar«, sprudelte Glennys heraus. »Nichts außer uns hat sich verändert.«

»Ich habe mich nicht verändert. Ich liebe dich immer noch, Glennys. Nein«, wandte er ein, als sie ihm einen gehetzten Blick zuwarf und schleunigst fliehen wollte, »laß mich einmal aussprechen, was ich dir zu sagen habe, und dann nie mehr. Es hat im Lauf der Jahre Zeiten gegeben, zu denen ich mir nicht so sicher war wie heute. Zeiten, in denen ich mich gefragt habe, ob mir meine Liebe zu dir vielleicht zur Gewohnheit geworden ist, eher eine Form der Sühne als der Leidenschaft. Ich habe mich gefreut, als Mama aus London geschrieben hat, daß du in England bist und ins Schloß kommst. Ich habe mir gesagt: ›Gut so. Ich werde sie wiedersehen und entdecken, daß es nichts weiter als ein köstlicher Teil meiner Vergangenheit ist, geliebt, ja – aber als Schwester.‹ Und ich dachte mir, dann kann ich mein Leben in die Hand nehmen – mich von meinem bisherigen Leben losreißen, heiraten und Kinder kriegen...«

Glennys fragte durch eine zugeschnürte Kehle: »Hast du dich jetzt dazu entschlossen?«

Er sprach weiter, als hätte sie kein Wort gesagt. »Und dann kamst du. Wir haben wieder zusammen auf der Treppe vor dem Schloß gestanden, und dabei mußte ich, wie erwartet, feststellen, daß du nichts weiter als eine gewöhnliche Sterbliche bist. Mein Pech ist nur, daß du die einzige Frau bist, die für mich in Frage kommt. Ich scheine dazu verurteilt zu sein, dich für den Rest meines Lebens zu lieben.«

Glennys stand still da. Sie konnte nichts dazu sagen, und es widerstrebte ihr, sofort zu gehen. Er kam näher und sah in ihr feuchtes Gesicht. »Tränen, Glennys?«

»Nein«, log Glennys. »Regentropfen.«

Er nahm sie sanft an den Schultern und senkte den Kopf. Erst spürte sie seine Lippen, dann seine Zunge zart auf ihren Wangen. Sie konnte sein Lächeln aus seiner Stimme heraushören.

»Deine Regentropfen sind ungewöhnlich salzig, meine Liebe.«

»Ich habe mir auch einige Gedanken gemacht«, sagte Glennys, die nicht mehr vorzutäuschen versuchte, es seien Regentropfen, die über ihr Gesicht rannen. »Ich habe mir gesagt, daß du *damals* schwach und dumm warst. Durch deine Dummheit hast erst du mich und dann haben wir beide unsere Tochter verloren. Ich habe mir gesagt, es sei ein Glück für mich, daß du nicht für mich zu haben warst, als ich dich wollte und brauchte, denn nur das hat mich dazu gebracht, nach Amerika zu gehen, und dort habe ich einen weit besseren Mann gefunden und geheiratet. Auch ich habe geglaubt, meine Liebe zu dir habe sich zu einer reinen Zuneigung abgeschwächt. Wie du mußte auch ich feststellen, daß ich mich getäuscht habe, aber das ändert nichts, Jack. Selbst, wenn dir immer noch der größte Teil meines Herzens gehört, besitzt Ben meine ungeteilte Liebe und Loyalität. Ich bin nicht in England, um mit dir zu flirten, sondern nur, um ihm seinen Sohn zurückzubringen.«

»Wie kommst du darauf, ich könnte etwas anderes glauben? Von wessen Dummheit sprechen wir im Moment? Du wärst nicht die Glennys, die ich anbete, wenn du anders empfändest oder handeltest.« Er äußerte diese glühenden Worte mit ruhiger Stimme. »Und jetzt laß uns nach Hause gehen, Glennys«, sagte er und hielt ihr seine Hand hin.

Nach einem kurzen Zögern nahm sie seine Hand, und schweigend wateten sie durch das hohe grüne Gras, in dem sie einst Alexandra Rose gezeugt hatten.

Für beide war es der Beginn einer neuen Beziehung zueinander, vielleicht auch das Untermauern ihrer früheren Beziehung. Auf den Regen folgten die sonnigen Tage des ausklingenden Mai, dann die goldenen ersten Junitage, und Glennys und Jack spielten wieder Bruder und Schwester.

Sie gingen spazieren oder machten ein Picknick oder gingen fischen, manchmal allein, aber häufiger mit Tina oder Matt, der sich endlich von seinen Pferden und Rindern und von den Hausreparaturen in Suffolk losgerissen hatte, um seinem Onkel einen Anstandsbesuch abzustatten und seine amerikanische Schwester zu treffen.

Natürlich vernachlässigten sie die Dinge nicht, die sie nach England geführt hatten. Täglich gingen lange Briefe ein und aus.

Als Danielle eintraf, wurde die fröhliche Runde noch größer. Dr. Danielle Ben Asher stieg mit ihrem Arztkoffer in der einen und ihrem uneleganten Herrenschirm in der anderen Hand aus der Reisekutsche, die sie aus dem

Cornwall gebracht hatte. Sie wirkte von Kopf bis Fuß wie eine schöne und würdige Ärztin.

Dann schob sie sich den Hut vom Kopf, hob ihre Rökke, ließ alles fallen und stürzte mit einem Schrei auf Glennys zu. Danielle hatte sich dafür entschieden, bei Glennys und nicht in einem eigenen Zimmer zu schlafen. Es wurde Nacht, ehe die beiden Freundinnen miteinander allein waren.

»Erzähl mir alles!« rief Glennys in dem Moment aus, in dem sich die Tür hinter dem Zimmermädchen schloß.

»Ich bin schon heiser, weil ich allen alles erzählen soll«, sagte Danielle. Sie gähnte und wollte ihr Kleid aufknöpfen.

»Unsinn, du hast mir alles über Tante Phoebe und Onkel Eli und Verlisha erzählt, über die Glenfrees und die Schule und alles über deine Arbeit als Ärztin, aber kein Wort über die wahre Danielle.«

»Und was«, fragte Danielle äußerst belustigt, »soll ich dir über die wahre Danielle erzählen? Wer ist das überhaupt?«

»Das Mädchen, das Ehefrau und Mutter und gleichzeitig Ärztin werden wollte. Erinnerst du dich denn nicht mehr, wie du mir vor langer Zeit in Green Gates erzählt hast, du wolltest all das haben?«

»Ich erinnere mich wohl«, sagte Danielle lächelnd. »Ich war sehr jung – und ein wenig arrogant, vermute ich. Die wenigsten Menschen bekommen alles, was sie sich vom Leben wünschen. Ich hatte das Glück, das meiste zu bekommen.«

Glennys zog sich das Nachthemd über den Kopf. Als ihr Gesicht wieder auftauchte, fauchte Danielle unwillig: »Um Himmels willen, Glennys, sieh mich nicht mit diesen traurigen braunen Hundeaugen an. Mein Leben gefällt mir verdammt gut – obwohl ich nie geheiratet habe, und meine Antwort auf die Frage, die du gerade stellen willst, lautet: Nein, meine jugendliche Vernarrtheit in

Arend hat mein Leben nicht getrübt. Wenn du unbedingt die volle Wahrheit hören mußt...«

Sie unterbrach sich, stieg aus ihrem Kleid und zog sich ihr besticktes Hemd und den Unterrock aus.

»Deine Figur ist umwerfender denn je«, sagte Glennys mit einem neiderfüllten Seufzen.

»Vielen Dank«, sagte Danielle. »Dafür habe ich auch nie ein Kind geboren. Obwohl *du* wahrhaft keinen Grund zur Klage hast, wenn man bedenkt, daß du trotz deiner Schwangerschaft gertenschlank geblieben bist.«

»Deine Komplimente sind mir willkommen«, sagte Glennys trocken, »aber damit kannst du mich nicht vom Thema ablenken. Du wolltest mir die volle Wahrheit erzählen.«

»Ein Teil der Wahrheit ist, daß ich mir nie aus jemandem soviel gemacht habe wie aus Arend, aber du irrst dich sehr, wenn du darin eine Tragödie siehst. Ich bin nicht etwa allein, weil ich nur Arend lieben kann. Ich bin allein, weil ich sehr gern allein bin. Ich werde als Ärztin akzeptiert, muß mich nicht mehr, wie in der ersten Zeit im Cornwall, auf Papa berufen. Ich verdiene mir meinen Lebensunterhalt und wohne nur bei meinen Eltern, weil ich es so haben will, und nicht etwa, weil ich mir kein eigenes Häuschen leisten könnte.«

»Nein«, sagte sie, als Glennys ihr ins Wort fallen wollte, »laß mich ausreden. Soviel mehr ist es nicht. Ich bin frei und unabhängig, Glennys. Ich komme und gehe, wie es mir paßt, und niemand hinterfragt, was ich tue. Eine solche Freiheit ist mir so wichtig wie die Luft, die ich atme. Wie viele Frauen können sich damit brüsten, diese Freiheit zu haben?«

»Das will ich nicht bestreiten«, sagte Glennys eindringlich, »aber Mam hat vor vielen Jahren einmal gesagt, man könne ein Leben nicht aufgeben, solange man nicht wirklich weiß, was man aufgibt.«

»Ich war zwar nie verheiratet«, sagte Danielle schelmisch, »aber ich habe fünf Heiratsanträge bekommen und zwei davon zeitweilig angenommen. Noch wichtiger – weil das dich doch so brennend interessiert – ist, ich habe meine unerwünschte Jungfräulichkeit vor langer Zeit dahingegeben.«

»Danielle!«

»Habe ich dich etwa schockiert? Glennys, ich dachte, du seist liberaler in deinen Vorstellungen...«

»Ich bin verletzt und schockiert«, erklärte Glennys empört, »weil du mir in deinen Briefen nichts von alldem berichtet hast.«

Danielle bog sich vor Lachen. »O Glennys! Gott sei Dank hast du dich in allen entscheidenden Punkten keine Spur verändert. Hier offenbare ich mich dir als eine Frau mit liederlichem Lebenswandel, und du bist nur wütend, weil ich bisher nie mit dir darüber geredet habe.«

»Erzähl mir nicht diesen allgemeinen Unfug«, schalt Glennys ihre Freundin. »Erzähl mir lieber alle Einzelheiten.«

»Ich muß zugeben, daß ich sehr gemischte Gefühle hatte, als wir ins Cornwall kamen. Ich war immer noch traurig, weil Arend mich hat gehen lassen, obwohl er wußte, daß das richtige Wort aus seinem Mund mich dazu bewegt hätte, in Amerika zu bleiben. In der Medizin war ich mir meines Könnens nicht so sicher wie heute. Es hat mich bekümmert, zu Hause nach Verlishas Geburt so viele Freunde verloren zu haben. Ich habe dich vermißt. Ich habe meine Schwestern vermißt. Ich habe Grace Hall vermißt – Green Gates... Und daher habe ich mich Gabriel Glenfree zugewandt, einem Teil meiner glücklichen Vergangenheit. Da war er also und behauptete, mich immer noch zu lieben und mich heiraten zu wollen. Ich habe die Freundschaft mit ihm sehr genossen; es erschien mir so einfach, ein Leben mit jemandem zu planen, der nichts dagegen hatte, eine Jüdin zu heiraten, und dem als Sohn eines freigelassenen Sklaven durchaus klar war, daß Kinder von uns beiden weiß, schwarz oder mittelbraun zur Welt kommen könnten.«

Danielle verstummte und schien tief in Gedanken zu sein.

»Warum hast du es dir anders überlegt?« fragte Glennys schließlich.

»Du hast recht, es war meine Entscheidung. Ich mochte Gabriel sehr. Ich mag ihn immer noch. Es erschien mir unfair, ihn zu nehmen, weil er eine gar so leichte Lösung all meiner Probleme gewesen wäre. Ich glaube, er war nicht allzu sehr erstaunt, als ich unsere Verlobung gelöst habe. Und auch nicht gerade von Kummer überwältigt. Ein Jahr später hat er Colette kennengelernt, die als Musiklehrerin an die Schule kam. Sie und ich sind, wie du aus meinen Briefen weißt, sehr gut miteinander befreundet.«

»Und war Gabriel derjenige...?« fragte Glennys zögernd.

»Nein, obwohl ich ihn dafür in Betracht gezogen habe. Auch das wäre die einfachste Lösung gewesen, aber da wir beide im selben Ort weiterleben wollten, schien es besser, es nicht zu tun. Ich wohnte zu nah. Ich hatte Glück. Im Jahr darauf lernte ich einen Künstler kennen, der nur ins Cornwall gekommen war, um dort im Juni und im Juli zu malen. Nachdem wir uns kennengelernt hatten, blieb er bis Ende Oktober. Es war eine Idylle, ein schöner Sommer und ein schöner Herbst. Als er fortgegangen ist, hat er mir gefehlt. Ich habe es vermißt, mit einem Mann zu schlafen, aber doch nicht so sehr, daß ich meine Freiheit für irgendeine Ehe aufgegeben hätte.«

»Wollte er dich auch heiraten?«

Danielle schüttelte den Kopf. »Der doch nicht! Er war noch mehr auf seine Freiheit aus als ich! In seinen Augen war es mit Sicherheit besonders verlockend, daß ich ihn und nicht die Ehe wollte.«

»Erzähl weiter.«

»Der zweite Antrag kam von einem anderen Lehrer, der an der Schule unterrichtete; er ist schon lange fort und hat mir nie gefehlt. Dann gab es einen altersschwachen Witwer, der mich eher als eine im Haus lebende Ärztin haben wollte, und mir nur deshalb einen Heiratsantrag gemacht hat. Dann, laß mich nachdenken, ach ja, dann kam ein mittelloser Gentleman, der glaubte, ich könnte ihm einen besseren Lebensstil gewährleisten als er sich selbst. Der letzte war dann wieder ein reisender Künstler, einer, der weniger an seiner Freiheit hing als der erste. In einem schwachen – Moment – mein dreißigster Geburtstag stand sehr dicht bevor – habe ich seinen Antrag angenommen. Als ich dann tatsächlich dreißig wurde und die Erde nicht vor Schrecken bebte, habe ich mich entschlossen, mein Leben doch nicht zu ändern, und ich fürchte, ich habe wieder einmal gekniffen.«

»War der Künstler, ich meine, der erste Künstler«, sagte Glennys zögernd, »der einzige, mit dem – mit dem...«

»Mit dem ich geschlafen habe?« sprang Danielle hilfreich ein. »Nein, es hat noch einen gegeben, einen Offizier im Ruhestand, der etwa eine Meile von unserem Haus ein kleines Häuschen gemietet hat. Wir haben ein sehr schönes Jahr miteinander verbracht.«

»Warum hast du ihn sitzenlassen?«

»Er hat mich sitzen lassen, Glennys. Er ist gestorben.«

»Ach, verdammt noch mal, Danielle!« Glennys fing plötzlich an zu weinen. »Ganz gleich, was du sagst, es klingt alles so traurig und auswegslos.«

»Ist dein Leben traurig und auswegslos gewesen, weil du es ohne Jack verbracht hast?«

»Nein, natürlich nicht.«

»Dann glaube mir bitte, daß das bei mir auch nicht der Fall ist. Kompromisse, Glennys, Kompromisse. Es ist ein wunderbares Wort, das wunderbare Lebensumstände nach sich ziehen kann. Für jede Frau, die weiß, wie man Kompromisse schließt, kann das Leben schön sein und glücklich verlaufen.«

45. Kapitel

Lieber Matt, als du Ende Juni aufgebrochen bist, habe ich versprochen, dir sofort Bescheid zu geben, wenn wir etwas Neues über Edward oder deinen Cousin Nicky erfahren. Du warst kaum nach Suffolk abgereist, als es soweit war. Papa und Onkel Arend sind nach Portsmouth gefahren, und wir waren alle so aufgeregt, daß ...

»Danielle! Glennys!«

Die leise Stimme mußte schon minutenlang ihre Namen geflüstert haben, als Danielle, die nächtliche Störungen eher gewohnt war als Glennys, wach wurde.

Leisa stand mit einer Kerze in der Hand an ihrem Bett.

»Was ist, Tante Leisa?«

»Ist etwas passiert, Mama?«

»Dein Vater und Arend sind zurückgekommen. Wir brauchen einen Arzt.«

Die Worte waren kaum über ihre Lippen gekommen, als Danielle schon aus dem Bett sprang und nach ihrem Morgenmantel griff. Glennys, die immer noch gegen den Schlaf ankämpfte, setzte sich auf und fragte benommen: »Wer ist krank?«

»Edward.«

»Edward!« Glennys war sofort hellwach. »Er ist gesund und am Leben?« rief sie aus, und Tränen liefen über ihre Wangen.

»Am Leben ja, aber alles andere als gesund. Danielle, bitte, eil dich. Sind das deine Hausschuhe?«

»Danke«, sagte Danielle.

Alle hatten sich in dem grünen Gästezimmer versammelt, Arend und Papa und Jack, Fithian und Mrs. Treadwell, die Haushälterin. Edward lag auf dem Bauch im Bett und hatte ihnen sein ausgemergeltes, unrasiertes Gesicht zugewandt. Seine fiebrigen, verschleierten Augen schienen Glennys nicht zu erkennen.

Während Danielle leise mit Thorne und Arend sprach, kniete sich Glennys ans Bett und nahm Edwards Hand, die sich trocken und heiß anfühlte, als sie sie mit ihren Lippen streifte.

»Edward«, flüsterte sie. »Mein lieber, lieber Edward, ich bin ja so froh. Wie sehr sich dein Vater freuen wird!«

Edward stöhnte nur, und es war nicht der leise, klagende Laut, den sie an ihm kannte, wenn er früher krank gewesen war und sie ihn gepflegt hatte. Es war der Aufschrei eines Mannes, der Höllenqualen erlitt, und Glennys' Blut erstarrte in den Venen.

»Was ist ihm zugestoßen, Papa?« fragte sie entsetzt.

»Ich brauche eine Schale heißes Wasser«, sagte Danielle zur Haushälterin. Sie öffnete ihre Tasche und holte eine Schere heraus. »Geh bitte zur Seite, Glennys.« Sie beugte sich über Edward. »Ich muß ihm das Hemd vom Rücken schneiden.«

»Warum, Danielle? Wie schlimm ist es? Wird er es überleben?«

»Er wird es überleben«, sagte Danielle barsch, »aber ich fürchte, das Leben wird ihm in der nächsten Zeit keine Freude machen.«

»Was ist?« fragte Glennys außer sich. »Was soll ich meinem Mann schreiben?«

Jack nahm ihre Hände. »Du wirst ihm schreiben, daß sein Sohn am Leben ist und sich bald so weit von seinem Fieber erholt haben wird, daß er die Heimreise antreten kann.«

»Wenn es nur wahr ist!«

»Es ist wahr«, sagte Thorne. »Jack hat recht. Beschränk dich auf das Fieber. Es würde Ben zwecklose Qualen bereiten, wenn er wüßte, daß Edward ausgepeitscht worden ist.«

»Ausgepeitscht!« schrie Glennys und sah im selben Moment die entzündeten Striemen.

»Du wirst jetzt nicht ohnmächtig, Glennys«, sagte Jacks Stimme in ihr Ohr. »Danielle hat jetzt keine Zeit, sich mit *dir* abzugeben.«

»Das ist Nickys bester Freund, Leisa«, sagte Arend tonlos. »Es könnte ebenso gut mein Sohn sein.«

»Arend, Arend, quäl dich nicht so. Edward ist hier, er ist am Leben, und er wird wieder gesund, und ich fühle in meinem Herzen, daß wir auch von Nicky bald etwas hören werden.«

»Ich habe lange nicht mehr gebetet, Leisa, aber jetzt bete ich, daß meinem Sohn nicht dasselbe passiert ist. Glaubst du, *Er* wird mich strafen, indem *Er* mich nicht erhört?«

»Wir beten alle um Nicky, Arend. Natürlich wird *Er* uns erhören.«

Thorne gesellte sich zu ihnen und drückte seinem Schwager ein kleines Glas Cognac in die Hand. »Ich werde noch einmal nach London fahren«, sagte er. »Ich schwöre dir, Arend, daß ich nicht ruhen werde, ehe Nicholas frei ist.«

Glennys hörte das Stimmengemurmel und sah erst Edward an, dann Jack.

Jack, mein guter Junge, du bist wirklich ein Mann geworden, dachte sie. Selbst wenn sie ihn wieder in England zurücklassen mußte, bereitete ihr das Wissen Freude, daß er nicht mehr nur ihre Liebe, sondern auch ihren Stolz für sich beanspruchen konnte.

»So«, sagte Danielle, nachdem sie Edwards Wunden behandelt und Jack ihn dabei festgehalten hatte. »Und jetzt halte seinen Kopf, Jack.« Sie goß eine Flüssigkeit auf einen Löffel. »Das wird seine Schmerzen lindern und ihm das Einschlafen erleichtern.« Sie steckte den Löffel gewaltsam durch Edwards Lippen. »Der Schlaf ist im Augenblick sein bester Freund.«

46. Kapitel

Mein geliebter Ben, endlich kann ich dir die freudige Nachricht übersenden, auf die du schon so lange wartest. Edward ist frei und bei mir im Schloß...

Als Edward die Augen aufschlug, hätte er beim besten Willen nicht sagen können, wo er war. Er sah nur sofort, daß er nicht auf dem Schiff war, in dieser schwimmenden Hölle.

Sein Rücken tat entsetzlich weh, sobald er sich bewegen wollte, und eine zarte Stimme sagte: »Bleib ganz still liegen, Edward. Dann geht es dir gleich wieder besser.« Er roch den süßlichen Duft, der ihn einhüllte.

Sie nannte ihn bei seinem Namen; folglich mußte er sie kennen. Aber woher?

Sie hatte seidiges nachtschwarzes Haar, das wie eine duftige Wolke auf ihren Rücken fiel. Sie hatte dunkle Augen, und ihre Haut war so rosig wie Blütenblätter, ihr Mund zu einem besorgten, wohlwollenden Lächeln verzogen.

»Verflucht und zur Hölle! Ich bin also doch noch auf dem Schiff. Aber ich bin gestorben und in den Himmel gekommen. Aber wenn du ein Engel bist, warum tut mein Rücken dann noch so höllisch weh?«

»Du bist nicht gestorben, das versichere ich dir, und ich bin kein Engel. Du mußt still liegen, weil dein armer Rücken entsetzlich geschunden worden ist. Wir schämen uns so sehr, daß das auf einem britischen Schiff passiert ist, und Glennys...«

»Du kennst Glennys?« fragte er.

»Natürlich kenne ich Glennys«, sagte sie fröhlich. »Sie ist ganz in der Nähe. Soll ich sie holen?«

»Ja. Nein, nicht jetzt gleich.« Er streckte die Hand aus und erwischte einen Rockzipfel. Sie versuchte nicht, sich loszureißen, sondern blieb gedudlig stehen und wartete.

»Wer bist du? Warum bin ich hier? Warum ist Glennys hier? Wo, zum Teufel, sind wir überhaupt?«

»Das hier ist das Schloß Wadsworth, in dem Glennys aufgewachsen ist. Wir sind ihre Familie. Ich bin ihre Schwester.«

»Ihre Schwester?« Er sah sie genauer an. »Glennys' Schwester ist – sie *war* ein kleines Mädchen.«

»Ja, als Glennys deinen Vater geheiratet hat, aber das war ja auch nicht gestern«, hob sie hervor und lächelte ihn an. »Vielleicht ist es dir nicht aufgefallen, aber ich bin ganz und gar erwachsen. Und jetzt werde ich Glennys holen.«

»Wie heißt du überhaupt?« fragte er, als sie die Tür aufmachte.

»Tina.«

»Ehe du Glennys holst, Tina, wollte ich dir noch sagen, daß du, mein naseweises Püppchen, ein Engel bist, ob ich nun im Himmel, in der Hölle oder in einem englischen Schloß bin.«

Tina starrte ihn an und wußte nicht, ob sie sich geschmeichelt fühlen sollte, ob sie wütend werden sollte, oder ob ein Zwischending angebracht war.

»Und jetzt«, sagte er herablassend, »ist es mir recht, wenn du Glennys holst.«

Jetzt wußte Tina, was sie von ihm hielt. »Gewiß, Eure Lordschaft«, sagte sie mit triefender Ironie. »Jeder Wunsch Eurer Lordschaft ist mir Befehl.«

»Dein Stiefsohn ist wach und munter und verlangt nach dir«, teilte Tina ihrer Schwester durch die offene Tür der Bibliothek verdrossen mit.

»Das ist ja wunderbar!« Glennys sprang mit einem seligen Lächeln auf. Dann blinzelte sie Tina an und fragte erstaunt: »Gehe ich fehl in der Annahme, daß du verärgert wirkst?«

»Ich ärgere mich überhaupt nicht«, murrte Tina. »Aber er scheint ein ziemlich unverschämter Kerl zu sein.«

Glennys strahlte. »Genau«, stimmte sie ihrer Schwester freudig zu. »Es scheint ihm wirklich besser zu gehen.«

Sie kam in dem Moment ins grüne Gästezimmer, in dem Edward versuchte, aus dem Bett aufzustehen.

»Leg dich hin, du dämlicher Esel«, rief sie aus.

»Und warum?«

»Edward, du brauchst Ruhe, damit dein Rücken heilen kann. Danielle will, daß du im Bett bleibst.«

»Danielle? Danielle ist auch hier?«

»Ja, sie hat mich gerade besucht, als Papa und Onkel Arend dich hierhergebracht haben, und sie ist länger geblieben, um sich um dich zu kümmern.«

»Onkel Arend? Soll das heißen, daß Mr. van Gulik hier ist – und Nicky? Gott sei Dank. Gott sei Dank. Sie haben uns auf verschiedene Schiffe gebracht, und ich dachte schon...«

»Nein, Edward, ich muß dich enttäuschen, aber von Nicky haben wir noch nichts gehört und auch nicht von den beiden anderen. Glaub mir, es wird alles Erdenkliche unternommen, um sie ausfindig zu machen. Der Premierminister, zwei Admiräle...«

Edward fluchte so laut, daß Tina ins Zimmer kam.

»Himmel Herrgott«, fauchte Edward, »kann man denn in diesem verfluchten Schloß keinen Moment lang seine Ruhe haben?«

Im nächsten Moment murmelte er: »Schon gut. Tut mir leid, Glennys. Wenn du wüßtest, wie froh ich in Wirklichkeit bin, euch alle zu sehen! Komm, gib mir einen Kuß, du meine Stiefmama.«

Glennys kniete sich vor sein Bett, gab ihm einen dikken Kuß und ließ sich von ihm umarmen.

Edward lächele Tina über ihre Schulter an. »Da wir mehr oder weniger verwandt miteinander sind, könntest du mir doch eigentlich auch einen Kuß geben, oder nicht?«

Tina warf den Kopf zurück. »Ganz bestimmt nicht!« gab sie unwirsch zurück.

Edward lächelte sie weiterhin an, ein spöttisches Lächeln, das unverschämt und gleichzeitig provozierend war. Sein Blick schien sich auf ihren Mund zu heften.

Tina fuhr sich mit der Zunge über die Lippen. »Herr im Himmel!« sagte sie ohne ersichtlichen Anlaß und stürmte aus dem Zimmer.

»Setz dich zu mir«, sagte Edward zu Glennys. Sie setzte sich auf die Bettkante und nahm seine Hand.

»Warum bist du ohne Pa hier?« fragte er. »Glennys – Pa...«

»Bitte, Edward, reg dich nicht zu sehr auf. Dein Vater war zu krank und hat mich an seiner Stelle geschickt. Um mir meinen Seelenfrieden wiederzugeben, hat er sich bereit erklärt, bei meinen Eltern in Green Gates zu bleiben. Du kannst sicher sein, daß er dort bestens versorgt wird. Mam hält mich auf dem Laufenden. Wenn du willst, kann ich dir jederzeit all ihre Briefe zeigen.«

»War es das Herz?«

»Ja, Edward, aber ich versichere dir...«

»Beruhige dich, Glennys, ich glaube dir, aber du verstehst doch sicher, wie versessen ich darauf bin, wieder nach Hause zu kommen, um ihm die Angst um mich zu nehmen und ihm im Geschäft zu helfen.«

»Natürlich verstehe ich das. Wenige Stunden nach deiner Ankunft habe ich deinem Vater einen Brief geschrieben, und seit da an schreibe ich ihm täglich. Ich habe nur von deinem Fieber berichtet, weil ich ihm keine überflüssigen Qualen bereiten wollte, aber ich mußte ihm erklären, warum sich unsere Heimreise verzögert. Lange vor unserer Ankunft wird er wissen, daß du frei bist und daß wir unterwegs sind. Ich habe vor, das Versprechen, das ich ihm gegeben habe, voll und ganz zu halten, Edward«, sagte sie mit zitternder Stimme, »nämlich, seinen geliebten Sohn zu finden und ihn nach Hause zu bringen.«

»Du weißt doch«, sagte Edward, »daß ich den Tag, an dem mein Vater dich geheiratet hat, für einen Glückstag für die beiden Ladds halte, Stiefmama?«

»Für mich war es auch ein Glückstag, Edward«, sagte sie mit belegter Stimme.

Einen Moment lang schwiegen beide. »Deine Schwester«, sagte er dann abrupt, »Tina, wie kommt es, daß sie vorhin allein mit mir war?«

»Sie war schon oft allein mit dir in diesem Zimmer«, antwortete Glennys überrascht. »Wie wir alle. Mama, Danielle, die Haushälterin und meine bescheidene Person. Du brauchtest nicht nur ärztliche Behandlung, sondern auch Pflege. Salben, die wir auf deinen Rücken geschmiert haben. Medikamente, die wir dir eingeflößt haben. Sogar, als du nicht bei Bewußtsein warst, hast du dich ständig gegen uns gewehrt. Du warst wie immer ein unangenehmer Patient, Edward.«

»Ich habe vor, jetzt ein um so besserer Patient zu sein«, sagte er, »damit wir uns so schnell wie möglich auf die Heimreise machen können.«

In Gedanken schien er weit weg zu sein. Nach einer Weile sagte er: »Deine Schwester ist ganz anders als du.«

»Ich finde es nicht allzu nett von dir«, sagte Glennys, »derart herauszustreichen, daß Tina viel jünger, viel hübscher und viel ausgeglichener ist als ich.«

»Ich meinte diese riesigen schwarzen Augen und diese Woge von dunklem Haar...«

»Du darfst nicht vergessen«, tastete sich Glennys behutsam vor, »daß wir nicht blutsverwandt sind.«

Edward tat Glennys' Äußerung mit einem Achselzukken ab. »Tina ist so schön wie ein Engel«, sagte er beiläufig, »aber ihr seid doch gemeinsam aufgewachsen, oder nicht? Von eurem Temperament her gleicht ihr einander, glaube ich, wie ein Ei dem anderen.«

»Tina ist wirklich unglaublich hübsch«, stimmte ihm Glennys zu. Sie war alarmiert. »Falls dir der Ring, den sie trägt, entgangen ist – sie ist außerdem schon seit einer Weile verlobt und hat vor, Captain Trelawney zu heiraten, sobald er das nächste Mal Fronturlaub hat.«

Sie seufzte erleichtert, als Edward keineswegs niedergeschlagen wirkte. »Die allerschönsten Mädchen scheinen immer verlobt zu sein. Fronturlaub? Dann ist er beim Militär?«

»Er ist bei der Marine. Er befehligt die Fregatte *Gloriana*.«

»Ein Marinekommandant. Ich bin enttäuscht. Ich hätte gedacht, wenn jemand deine Schwester ist, besäße er mehr Geschmack.«

»Willst du mir nicht erzählen, was dir zugestoßen ist, Edward?« platzte Glenn heraus. »Oder willst du lieber nicht darüber reden?«

»Ich möchte nicht darüber reden. Fassen wir es kurz: Ich habe dem Kommandanten des britischen Höllenschiffs eines Tages gesagt, was ich von dem Vorgehen der Engländer auf hoher See halte, und das hat genügt. Er wollte mir meine Meinung austreiben. Wenn es einen Krieg gibt, Glennys, dann kannst du sicher sein, daß ich mich sofort melde, um unter dem Banner unserer Unabhängigkeit zu kämpfen.«

47. Kapitel

Liebe Phoebe, es war ein Geschenk Gottes für uns, daß Danielle zufällig gerade bei uns war. Seit ich 1779 als Krankenschwester im Grace Hall Hospital gearbeitet habe, habe ich keinem Arzt mehr getraut, wenn sein oder ihr Name nicht Ben Asher war. Hier scheint sich eine äußerst seltsame Lage zusammenzubrauen. Thorne lacht mich aus, aber ich weiß, daß...

»Mama«, sagte Tina beim Frühstück und sah von ihrem Brief auf. »Philip ist schon zu Hause und kommt in zwei Tagen hier an.«

Leisa murmelte etwas Nichtssagendes und sagte dann: »Mrs. Treadwell soll ihm sein Zimmer bereitmachen.«

»Edward liegt in dem Zimmer, in dem Philip sonst gewohnt hat«, wandte Tina ein. »Es wäre ein Unding, ihn auszuquartieren.«

»Gut, dann bringen wir ihn eben in einem anderen Zimmer unter«, sagte Leisa bereitwillig und mied Thornes Blick.

»Er will, daß ich den Termin für die Hochzeit bestimme.«

»Das ist verständlich«, sagte Tinas Vater.

»Wir haben noch nie eine Hochzeit im Schloß gefeiert!« rief Leisa aus, während Glennys und Danielle beide gleichzeitig ausriefen: »Wie aufregend!«

Nur Arend sah stumm auf seinen Teller, und Jack, der seine kleine Schwester mit gerunzelter Stirn ansah, sagte auch kein Wort.

Zwei Tage später tauchte der Fregattenkapitän im Schloß auf. Als er nach dem Mittagessen sein Bestes tat, um Tina für sich allein zu haben, stellte sich ihm niemand in den Weg. Es war sein gutes Recht.

»Ich muß mit dir reden«, sagte Tina heftig, als er sie im Musikzimmer in seine Arme zu ziehen versuchte.

»Nach Herzenslust, aber doch nicht jetzt gleich«, sagte er. »Ich war lange fort, vergiß das nicht.«

»Ganz bestimmt nicht«, sagte Tina, »und mit der Zeit ändert sich manches. Ich muß dir Fragen stellen, die du mir beantworten mußt. Du bist der Kommandant eines Schiffes, Philip. Du dienst deinem Land, ob im Krieg oder Frieden, nicht wahr?«

»Ich bin stolz, meinem Land dienen zu dürfen«, sagte er hochtrabend.

»Dann sag mir, ob du je etwas tust, was der Ehre Englands schadet.«

»Mein Gott, Katrina, eher würde ich sterben, als England Schande zu machen.«

»Kannst du mir versichern, daß auf keinem der Schiffe, die du je befehligt hast oder auf denen du gedient hast, je ein Seemann gegen seinen Willen zum Militärdienst verpflichtet worden ist?«

»Natürlich nicht. Wir sind auf jeden Mann angewiesen.«

»Du sprichst von Engländern?«

»Ja, sicher.«

»Und was ist mit Amerikanern? Holt ihr euch nur Deserteure zurück, oder könntet ihr irrtümlich kräftig gebaute Amerikaner in eure Dienste nehmen?«

»Natürlich kommt so etwas manchmal vor. Was soll der ganze Unsinn, Tina? Warum, zum Teufel, interessiert dich das plötzlich?«

»Das sage ich dir gern – aber vorher muß ich dir noch eine Frage stellen. Hast du je angeordnet, daß auf deinem Schiff gemeine Matrosen ausgepeitscht werden, Philip?«

»Katrina, das ist kein Thema...«

»Hast du es getan, Philip?«

»Manchmal«, sagte er barsch. »Wenn es sich nicht vermeiden ließ.«

»Wie oft?«

»Willst du genaue Zahlen? Verdammt noch mal, Tina, dein Vater war selbst beim Militär. Er kann dir all das genausogut beantworten. Unsere Seeleute sind der Abschaum aus den Elendsvierteln, den Gefängnissen, sie sind Trinker, Halunken und miese Kerle. Wir haben keine Chance gegen Napoleon, wenn wir sie nicht bei der Stange halten, und die einzige Sprache, die sie verstehen, ist die Peitsche. Und jetzt bestehe ich darauf, daß du mir sagst, was all das heißen soll.«

»Das kannst du einfacher haben. Komm bitte einen Moment lang mit mir nach oben. Ich werde dir etwas zeigen.«

Seite an Seite liefen sie die Treppe hinauf. Er war wütend und verärgert, Tina war äußerlich ruhig und zitterte innerlich.

Ohne anzuklopfen, führte sie ihn in Edwards Zimmer. »Edward«, sagte sie, »das ist Commander Philip Trelawney, der Kapitän der Fregatte *Gloriana*. Zeig ihm bitte deinen Rücken.«

Wortlos kam er ihrem Wunsch nach. Die offenen Wunden waren inzwischen fast verheilt und sollten doch sein Leben lang zeigen, was ihm angetan worden war.

»Dieser Gentleman, Philip«, sagte Tina vollkommen ruhig, »ist der Stiefsohn meiner Schwester Glennys. Seine Familienangehörigen sind seit vier Generationen in Amerika geboren. Man hat ihn von der *Gallant Lady*, dem Handelsschiff seines eigenen Vaters, geholt und gar nicht erst so getan, als könne er Engländer sein. Er hat es lediglich gewagt, sich einer solchen Behandlung verbal zu widersetzen. Danke, Edward«, sagte sie, während Philip noch nach Worten suchte. Sie lächelte Edward an. »Komm jetzt, Philip.«

Die Tür schloß sich leise hinter ihnen.

Im Gang zog sich Tina den Verlobungsring vom Finger. »Ich kann dich nicht heiraten, Philip«, sagte sie.

»Du willst mich nicht heiraten«, fragte er ungläubig,

»weil ein anderer Kapitän einen beklagenswerten Fehler gemacht hat? Was hat das mit mir oder mit dir zu tun? Ich verstehe dich nicht, Katrina.«

»Nein«, stimmte sie ihm zu, »du verstehst mich wirklich nicht. Wie könntest du auch, wenn ich selbst gerade erst begonnen habe, mich zu verstehen? Keiner von uns beiden versteht den anderen, Philip. Unsere Verlobung war ein Irrtum, aber eine Eheschließung wäre zweifellos eine Katastrophe.«

Erst am Abend kam Tina wieder zu Edward. Er sah sie ernst an. »Darf ich deine Hand sehen?« fragte er.

Sie wußte, welche Hand er meinte, und als sie sie ausstreckte, küßte er ihren unberingten Finger. »Mama hat ihn eingeladen, über Nacht zu bleiben, aber er wollte sofort abreisen. Ja, er ist Gott sei Dank nicht mehr da.«

»Dank sei *Ihm*, und Dank sei dir, meine bezaubernde Tina.«

Sie konnte ihm nicht in die Augen sehen. »Ich – ich gehe jetzt. Ich dachte nur – du schläfst vielleicht besser, wenn du es weißt.«

»Ja und nein, Tina.« Er nahm ihre Hand. »Geh noch nicht, Tina. Es gibt soviel zu sagen…«

»Morgen«, sagte sie. »Nicht heute abend.«

»Dann eben morgen«, willigte er ein und ließ ihre Hand los. »Morgen wird ein wunderbarer Tag sein.«

Tina strahlte ihn dankbar an, ehe sie ging.

48. Kapitel

Danielle, meine liebe Danielle, ich weiß, daß du wegen Edward schon länger geblieben bist, als wir von dir erwarten durften, aber hättest du deinen Besuch nur noch um eine weitere Woche ausgedehnt, dann hättest du Arend vielleicht helfen können. Er ist so tief in seinen Kummer, seine Wut und seine Bitterkeit versunken, daß keiner von uns, noch nicht einmal Mama zu ihm vordringen kann. Gleichzeitig strahlt er eine solche Apathie aus, eine solche Abkapselung, daß es schon erschreckend ist. Ich habe das Gefühl, wir alle haben das Gefühl, daß er nicht mehr mit seinem Leben zurechtkommt...

An dem Tag, an dem Danielle abreiste, stand Glennys bei der Kutsche, und unter dem Vorwand, das Pferd zu tätscheln, beobachtete sie aus dem Augenwinkel, wie sich ihr Onkel und ihre Freundin voneinander verabschiedeten.

Sie schüttelten einander freundschaftlich und ohne jede offenkundige Zuneigung die Hände. Glennys wandte sich seufzend ab und belächelte ihre eigenen albernen Vorstellungen, doch in dem Moment hielt sie den Atem an, denn sie sah den glühenden Blick, den Danielle und Arend miteinander tauschten.

Glennys blieb wie angewurzelt stehen; dieser Blick, in dem eine so außerordentliche Liebe und ein solches Verlangen lagen, erschütterte sie zutiefst, und ein Schluchzen schwang mit, als sie keuchend nach Luft schnappte. Wenigstens gab es für sie und Jack Erinnerungen, und sie hatten sich nicht nur einmal, sondern zweimal unter der Eiche geliebt.

Danielle und Arend hatten wenig schöne Erinnerungen; keiner von beiden hatte eine wahre Liebe oder die Erfüllung ihrer Träume erleben dürfen. Sie hätte am liebsten um die beiden geweint, doch sie zwang sich, lachend von ihrer Freundin Abschied zu nehmen, ganz so, als würden sie einander bald wiedersehen.

Wenige Stunden später kam ein Kurier des Premierministers zu Thorne. Er wurde aufgefordert, augenblicklich nach London zu kommen.

»Geht es um Nicholas?« fragte Arend begierig, und alle hielten den Atem an und warteten auf die Antwort.

»Ich glaube nicht, Arend«, sagte Thorne kläglich. »Sonst hätte er bestimmt etwas davon gesagt.« Er hielt seinem Schwager den Brief zum Lesen hin. »Wie du siehst, spricht er von Staatsangelegenheiten.« Das kann alles Mögliche heißen, vom letzten Anfall an Wahnsinn, den unser König durchmacht, bis hin zur neuesten Flamme des Prinzregenten.«

»Ich fahre trotzdem mit dir nach London«, erklärte Arend entschlossen. »Es ist besser, als hier zu warten. Ich muß etwas tun.«

Thorne sah den Blick, den seine Frau ihm zuwarf. »Ja, unter allen Umständen«, stimmte er heiter zu. »Ich freue mich über deine Gesellschaft. Laß uns morgen in aller Frühe aufbrechen. Leisa«, sagte er zu seiner Frau, »würdest du...«

Leisa warf einen Blick auf Glennys und Jack und dann auf Tina und Edward, der seit zwei Tagen zu den Mahlzeiten erschien und an einem Stock humpelte.

»Ich glaube, ich werde hier gebraucht«, sagte Leisa zu ihrem Mann. Thorne stellte keine weiteren Fragen, denn er wußte, daß sie ihm noch am selben Abend die Antworten geben würde, wenn sie miteinander allein waren.

Fünf Tage nach der Abreise von Lord Holloway und seinem amerikanischen Schwager kam ein Eilbrief aus London, der an Jack gerichtet war und den Absender seines Vaters trug. Die fünf Familienangehörigen saßen im Salon und warteten gespannt, als Jack den Umschlag aufriß und die kurze Nachricht las.

Sie sahen, daß er bleich wurde, und mehr als ein Herz zog sich zusammen, als er auf Leisas Sessel zuging, sich zu ihr herunterbeugte, eine Hand auf ihre Schulter legte und mit erstickter Stimme sagte: »Es sind schlechte Nachrichten, Mama.«

Leisa legte ihre Handarbeit zur Seite und streckte die Hand aus. »Laß mich den Brief deines Vaters lesen.«

»Mama?« fragte Glennys besorgt, während Tina vom Klavier aufstand, sich neben Edward setzte und seine Hand nahm.

Als Leisa von dem Brief aufblickte, standen Tränen in ihren Augen. »Er ist tot«, sagte sie. »Der einzige Sohn meines Bruders. Der arme, unglückliche Junge, der sich hier im Schloß vor unseren Augen in einen so wunderbar frechen kleinen Kerl verwandelt hat. So wenige Jahre des Glücks – und sein ganzes Leben hätte noch vor ihm gelegen.«

Sie bedeckte ihr Gesicht mit den Händen, und Jack war hin- und hergerissen. Er wußte nicht mehr, ob er sie trösten sollte oder ob er zu Glennys gehen sollte, die so heftig schluchzte, daß ihr ganzer Körper bebte. Auch über Edwards Gesicht strömte ungeniert Tränen um seinen Freund, doch Tina klammerte sich an seinen Arm und flüsterte ihm tröstliche Worte zu.

Als sich Leisa die Augen wischte und sich wieder dem Brief zuwandte, ging Jack zu Glennys, die nur zu gern in seine Arme wankte, um sich trösten zu lassen.

»Was ist passiert, Mama?« brachte sie abgehackt heraus.

Leisa machte eine Geste der Hilflosigkeit, und Jack antwortete an ihrer Stelle. »Sie lagen in einem Hafen, und ein amerikanisches Kriegsschiff lag dicht neben ihnen vor Anker. Die drei haben versucht, zu entkommen und in die Freiheit zu schwimmen. Sie hatten ein gutes Stück zurückgelegt, und offensichtlich hat der britische Kommandant den Befehl gegeben, auf sie zu schießen. Papa berichtet keine näheren Einzelheiten, nur, daß die beiden anderen das amerikanische Schiff erreicht haben und unser Cousin nicht. Als sie ihn aus dem Wasser holten, war er schon tot.«

»Dein Vater bringt Arend nach Hause«, sagte Leisa und wischte sich neuerliche Tränen aus den Augen. »Oh, mein armer Bruder!« schluchzte sie. »Wie soll er damit fertig werden? Er hat so wenig Glück in seinem Leben erlebt.«

Alle waren bereit, ihren eigenen Kummer hintanzustellen und den Vater des Jungen zu trösten, doch als Thorne mit Arend zurückkehrte, hatte er sich in einer Welt aus Kummer und Verzweiflung hinter so undurchdringlichen Barrieren verschanzt, daß keiner ihn erreichen konnte. Selbst seine Schwester und der beste Freund seines Sohnes waren machtlos.

Die Lage verschlimmerte sich noch mehr, als der Sarg gebracht wurde und Nicky auf dem Friedhof des Schlosses zur letzten Ruhe gebettet wurde.

»Er ist nicht allein«, sagte Leisa zaghaft zu ihrem Bruder. »Wir werden ihm täglich Blumen bringen, und wenn es soweit ist, werde ich neben ihm liegen und Thorne neben mir.«

Nach dem Begräbnis sah sich Glennys achtundvierzig Stunden lang an, wie ihr Onkel den Schein des alltäglichen Lebens wahrte. Er saß bei ihnen, ohne ein Wort zu sagen, er saß mit ihnen bei Tisch, ohne einen Bissen zu essen, und er lächelte so pflichtbewußt und so trübsinnig, wenn sie versuchten, ihn wieder ins Leben zurückzurufen, daß es ihnen weit lieber gewesen wäre, wenn er geweint hätte.

Am dritten Morgen sprach Glennys ein Stoßgebet aus, daß sie richtig handelte. Dann setzte sie sich an den Schreibtisch ihres Vaters und begann einen Brief. »Danielle, liebe Danielle, ich weiß, daß du ohnehin schon länger geblieben bist... Du, meine liebste Freundin«, beendete sie ihren Appell, »wenn ich mich irre, dann zerreiße diesen Brief in kleine Stücke und vertrau sie den Winden des Cornwall an. Das letzte, was Onkel jetzt will, ist Mitleid. Jedes Mitleid würde er verächtlich von sich weisen, aber Liebe – Liebe ist etwas ganz anderes. Ich glaube, daß er danach lechzt. Verzeih mir, aber ich habe gesehen, wie ihr beide euch voneinander verabschiedet habt... Ich habe eure Augen gesehen, deine und seine. Unsere Liebe zu ihm reicht nicht aus, um ihm über diese Tragödie hinwegzuhelfen; deine Liebe könnte seine Rettung sein.«

Sie erzählte niemandem etwas von dem Brief, noch nicht einmal Leisa. Wenn Danielle sich entschied, ihre Bitte abzulehnen oder sich in Schweigen zu hüllen, dann wußte Glennys, woran sie war, und niemand sonst brauchte etwas davon zu erfahren. Arend würde nicht mehr leiden als ohnehin schon.

Edward und sie hatten mit Thorne gesprochen, ehe er nach London gefahren war, um die Vorkehrungen für ihre Heimreise zu treffen. Sogar Danielle hatte als Ärztin gesagt, er sei jetzt reisefähig.

Arends derzeitiger Zustand brachte sie dazu, noch ein wenig zu warten. Eine weitere Woche änderte auch nicht mehr viel. Es wäre nicht nett gewesen, ihn jetzt zu drängen, und Glennys sagte sich insgeheim, daß sie in dieser Zeit eine wie auch immer geartete Reaktion von Danielle bekommen würde.

Sogar noch eher, als Glennys es sich erträumt oder erhofft hatte, beantwortete Danielle ihren Brief. Sie erschien persönlich. Diesmal war ihr Eintreffen unerwartet.

Fithian unterrichtete Glennys und Leisa davon, und beide eilten ihr entgegen. Leisa war weit mehr erstaunt als ihre Tochter.

»War es richtig, dir den Brief zu schicken?« fragte Glennys, und Leisa sah sie an. Ihr Verdacht bestätigte sich, als Danielle nickte und ruhig antwortete: »Es war richtig.« Dann sah sie sich um und fragte: »Wo sind die anderen?«

»Jack ist mit seinem Vater ausgeritten, und Tina«, sagte Leisa seufzend und lächelte dann, »Tina ist wie gewöhnlich mit Edward im Rosengarten.«

»Und Arend?«

»Arend unternimmt Tag für Tag einsame Spaziergänge – in die Wälder, auf den Friedhof, zum See.«

»Bis auf einen kleinen Handkoffer habe ich nichts mitgebracht«, sagte Danielle leichthin. »Macht euch keine Sorgen«, rief sie über die Schulter zurück, als sie die beiden Frauen stehen ließ. »Ich werde ihn schon finden.«

»Und was«, sagte Leisa und stemmte die Hände in die Hüften, »wird passieren, wenn sie ihn findet?«

»Sie wird ihn wieder zum Leben erwecken«, antwortete Glennys zuversichtlich. Dann sah sie Danielle nach und fügte hinzu: »Bitte, lieber Gott.«

Arend war weder auf dem Friedhof, noch am See. Danielle stolperte fast über ihn, als sie noch gar nicht weit gelaufen war. Er saß auf dem Boden und lehnte am Stamm derselben Eiche, die Glennys als ihr persönliches Eigentum empfand, doch das konnte er nicht ahnen.

Er war ganz tief in sich gekehrt, und Danielle mußte seinen Namen mehrfach aussprechen, erst sanft, dann eindringlicher, ehe er seinen Blick auf sie richtete und erkannte, daß sie bei ihm war und nicht in seiner entrückten Traumwelt existierte.

Er streckte verwundert die Hand aus, als sie sich neben ihn kniete, ohne sich etwas aus den Grasflecken auf ihrem hellen, geblümten Kleid zu machen.

»Danielle«, sagte er erstaunt und berührte sachte ihr Gesicht. »Du bist wirklich da.«

»Ja, allerdings.«

»Ich dachte, du seist in Cornwall. Ich dachte, ich würde dich nie wiedersehen.«

»Das dachte ich auch.«

»Was hat dich zurückgeführt?«

»Zum Teufel, Arend!« sagte sie aufbrausend und hockte sich auf ihre Fersen. »Wie kannst du das auch nur fragen? Ich bin gekommen, weil du mich brauchst. Wußtest du denn nicht, daß ich immer für dich da bin?«

Arend bog die Schultern sichtlich zurück. »Das ist sehr

nett von dir«, setzte er an, doch sie schnitt ihm das Wort in ihrer Wut ab, stürzte sich auf ihn und schlug mit ihren Fäusten auf seinen Kopf und seine Brust ein.

»Nett!« kreischte Danielle. »Nett, du Lump! Bist du derart in dein Selbstmitleid versunken, daß du deinen Kummer mit niemandem teilen kannst? Dieser Junge war wie ein kleiner Bruder für mich, *mein* kleiner Bruder!«

Arend erholte sich von seiner anfänglichen Verblüffung. Er hielt ihre Handgelenke fest und stieß sie zurück. Da sie jetzt nicht mehr mit ihren Fäusten auf ihn einschlagen konnte, drosch sie mit Worten und mit sengenden Blicken auf ihn ein.

»Gott steh mir bei, aber ich habe den Vater deines Sohnes immer geliebt, was nur heißen kann, daß ich genauso gestört sein muß wie Miranda, denn Gott weiß, warum ich mein Leben und meine Liebe an einen so dummen, sturen, gefühllosen Holländer wie dich verschwendet habe. Du hast noch nicht einmal...«

Arend, der immer noch erbarmungslos ihre Handgelenke umklammerte, unterbrach ihre Tirade damit, daß er sie plötzlich auf seinen Schoß riß.

Er war mit unerwarteter Heftigkeit unter die Lebenden zurückgekehrt, und seine blauen Augen loderten nicht weniger als ihre. »Bist du endlich fertig?« schrie er sie an.

»Fertig? Ich – und fertig? Ich habe gerade erst angefangen. Ich habe gerade erst...«

Arend ließ ihre Handgelenke los, zog sie an seine Brust, hielt sie umklammert und küßte sie so heftig und so ausdauernd, daß beide um Luft rangen, als er sie endlich losließ.

Arend hielt sie auf seinem Schoß fest und rieb sachte ihre Handgelenke. »Als ich mich in dich verliebt habe, Danielle, warst du noch mehr Kind als Frau, wenn ich auch Jahre gebraucht habe, um es mir einzugestehen.«

»Und auch dann nur dir selbst, Arend«, seufzte Danielle traurig, »und nie mir.«

»Welchen Sinn hätte es gehabt, mit dir darüber zu reden?« fragte er matt. »Das Netteste, was ich für dich tun konnte, war, mich von dir fernzuhalten und dich einen anderen finden zu lassen. Nachdem du mir das unglaubliche Angebot gemacht hast, meine Mätresse zu werden«, sagte er, und seine Stimme wurde sanfter, »habe ich Anwälte damit beauftragt, die Möglichkeit einer Scheidung von Miranda zu erkunden. Es hat sich als unmöglich erwiesen.« Er zuckte die Achseln.

Danielle sagte fröhlich: »Du wolltest dich scheiden lassen, um *mich* zu heiraten?«

Sie schnurrte zufrieden. »Wenn das so ist, bleibe ich bei dir, Arend. Ich werde versuchen, dich für dein bisheriges Unglück zu entschädigen.«

»Mein Gott, Mädchen, hast du denn kein Wort von dem gehört, was ich gesagt habe? Es gibt kein Glück für uns, weder für uns beide zusammen, noch für mich ohne dich. Bisher habe ich wenigstens Nicholas gehabt. Jetzt habe ich das Gefühl, nicht einmal mehr ein Zuhause oder eine Heimat zu haben. Ich kann nicht in diesem verfluchten Land bleiben, das mir meinen Sohn genommen hat. Und die Vorstellung, ins Holland Haus zurückzukehren, macht mich sterbenskrank. Was soll ich mit meinem Haus, mit meinem leerstehenden Haus, wenn es kein Fleisch von meinem Fleisch und kein Blut von meinem Blut gibt, dem ich es hinterlassen könnte?«

»Nicky ist nie zu ersetzen, weder in deinem Herzen, noch in meinem, aber dein Haus braucht nicht leerzustehen, Arend. Ich werde dort sein. Ich kann es mit unseren Kindern füllen. Vielleicht nur noch zwei oder drei, da wir doch etwas gar so spät damit anfangen.«

»Ich werde dich nicht als meine Mätresse nach New Jersey mitnehmen.«

»Nein, natürlich nicht!« stimmte Danielle ihm zu. »Du wirst mich als deine Frau mitnehmen.«

»Hast du mir denn überhaupt nicht zugehört?« rief er

verzweifelt aus. »Ich habe dir doch gesagt, daß eine Scheidung nicht machbar ist. Oder – wolltest du mir zufällig Bigamie antragen?«

»Gewiß nicht«, widersprach Danielle lebhaft. »Das wäre schließlich ungesetzlich. Aber wer wird es bezweifeln, wenn du die Neuigkeit ausbreitest, daß deine arme Frau im Irrenhaus in Philadelphia gestorben ist und dich zum Witwer gemacht hat? Und wenn ich deinen Ring am Finger trage und mich Dr. van Gulik nenne und wir behaupten, daß wir hochdramatisch auf dem Schloß deiner Schwester in England geheiratet haben, hältst du es dann für unwahrscheinlich, daß man uns glauben wird?«

Arend starrte sie mit weit aufgerissenem Mund an. »Mein Gott!« sagte er, und sie sah genau hin, als er mit seinen eigensten Dämonen und Versuchungen rang. Sein Gesichtsausdruck sagte ihr, was er sagen wollte, ehe er den Mund auch nur aufgemacht hatte. Sie kam ihm zuvor.

»Es sei denn«, sagte sie bedächtig und traurig, »es gibt Gründe, aus denen du mir deinen Namen nicht geben willst.«

Arend sah sie verblüfft und nicht ohne Argwohn an.

»Wovon, zum Teufel, redest du?«

»Ich entspreche nicht der gängigen Vorstellungen einer Frau, die bequem im Umgang ist«, sagte sie kläglich. »Schließlich habe ich vor, meinen Beruf auch weiterhin auszuüben. Die meisten Männer ziehen es vor, keine Ärztin zur Ehefrau zu haben. Und mir ist klar, daß ich für manche durch meinen jüdischen Glauben indiskutabel bin. Und dann kann ich dir natürlich nicht garantieren, daß diese Kinder, die ich dir versprochen habe, weiß geboren werden, was heißt...«

Arend zog es vor, ihr nicht in Worten zu widersprechen, sondern sich auf sie zu stürzen.

»Wenn du je wieder so mit mir sprichst, und sei es im

Scherz, dann bekommst du eine Tracht Prügel, das verspreche ich dir.«

Danielle wand sich lustvoll unter ihm.

»Ich nehme dein Angebot an, Dr. van Gulik. Ich weiß, daß ich es eigentlich nicht tun dürfte, aber ich habe nicht mehr die Kraft, dir noch länger zu widerstehen. Ich bin zu egoistisch, und ich brauche dich zu sehr. Ich liebe dich. Ich will dich haben. In meinem Haus. In meinem Bett. In meinem Leben.«

»Ist dir eigentlich klar«, sagte Danielle mit Tränen in den Augen, »daß ich mehr als mein halbes Leben darauf gewartet habe, diese Worte von dir zu hören?«

»Du wirst sie noch viel öfter hören, wenn du darauf bestehst, aber im Moment würde ich dich bitten, etwas mit diesem verflucht engen Kleidungsstück anzustellen. Ich habe dein halbes Leben lang darauf gewartet, dich zur Meinen zu machen. Ich habe nicht die Absicht, auch nur noch eine Minute länger zu warten. Die Welt um uns herum ist kalt und grausam, Danielle. Es scheint doch noch so, mein kostbares Geschöpf, daß du und nur du mich warmhalten kannst.«

49. Kapitel

Meine liebe Phoebe, mein lieber Eli,
Danielle hat mir versprochen, euch diesen Brief persönlich zu übergeben, obwohl sie seinen Inhalt kennt und nicht damit einverstanden ist. Ich bitte euch beide, mir zu glauben, daß weder Thorne noch ich einen Beitrag zu diesem verrückten Plan geleistet haben, den Eure Tochter und mein Bruder ersonnen haben. Ganz gleich, wieviel Glück es ihm bringen mag, mußte ich mich doch um ihretwillen dagen verwehren. Ebensogut hätte ich den Regen bitten können, nicht länger zu fallen. Sie sind wild entschlossen zu dieser Ehe, und wenn ihr den beiden nicht klar machen könnt, daß es Irrsinn ist ...

Danielle verbrachte ihre letzte Nacht im Schloß in Glennys' Zimmer.

»Heute nacht«, sagte sie, als sie sich das Haar bürstete, »bin ich noch Dr. Ben Asher. Morgen nacht in einem Gasthaus auf dem Weg ins Cornwall, *voilà!*, werde ich Dr. Danielle van Gulik.«

»Morgen nacht!« wiederholte Glennys. »Das heißt, ihr wartet nicht einmal, bis ihr im Cornwall seid?«

Danielles Augen funkelten fröhlich. »Ich glaube, es ist besser, meine Eltern vor die vollendeten Tatsachen zustellen. Aber wenn du die unbeschönigte Wahrheit hören willst, Glennys...«

»Ja, das will ich.«

»Wir haben die Hochzeitsnacht – soll ich es so sagen: bereits vorweggenommen?«

»Die Hoch... Wann? Wo?«

»Heute nachmittag im Freien. Erinnerst du dich noch an die alte Eiche, nicht weit vom See?«

»Ich erinnere mich.« Zum Erstaunen ihrer Freundin traten Tränen in Glennys' Augen. »Es ist ein – ein sehr geeigneter Ort für eine erste Liebe«, sagte Glennys mit unsicherer Stimme.

Glennys stand aus dem Bett auf und wühlte in einem Schmuckkasten aus Perlmutt, bis sie einen breiten Goldring fand. »Das war der Ring meiner Großmutter Mellicent Craig St. John, Danielle. Mir war er etwas zu breit, fand Ben, als wir uns verlobt haben.« Sie hielt die Hand hoch. »Er wollte, daß ich diesen schmaleren Ring mit den Rubinen trage.«

»Ein Familienerbstück sollte in der Familie bleiben.«

»Wenn du ihn trägst, bleibt er in der Familie, Danielle. Du bist mir ebensosehr eine Schwester wie Tina, und Onkel Arend ist Mamas Bruder. Ich bin sicher, daß Mam damit einverstanden ist.«

»Für den Moment nehme ich ihn gern an. Danke, Glennys. In Amerika kann Arend mir dann einen anderen Ring kaufen, und ich gebe ihn dir für Alexandra Rose zurück.«

Glennys blinzelte ihre Tränen zurück. »Ich wünsche euch beiden alles Glück auf Erden und ein langes, gemeinsames Leben, um gar nicht erst von ein paar lärmenden Kindern zu sprechen.«

Als sie beide im Bett lagen und es dunkel im Zimmer war, rührte sich Glennys immer noch unruhig.

»Welche Pläne habt ihr beide für die Heimkehr?« fragte sie.

»Wir haben vergessen, über den Besuch in Cornwall hinauszuplanen, aber ich muß Mama und Papa beschwichtigen und mich verabschieden«, gestand die zukünftige Frau Dr. van Gulik. »Wir hatten keine Zeit für weitere Pläne.«

»Glaubst du, daß du noch einmal ins Schloß kommst?«

»Ich sehe keinen Sinn darin, den Weg zweimal zurückzulegen. Es gibt wesentlich nähere Häfen, in denen wir uns einschiffen können, aber andererseits weiß ich, daß Arend Edward und dich auf der Reise unter seine Fittiche nehmen will, und daher ist es doch gut möglich.«

»Vielleicht könnten wir ins Cornwall kommen«, schlug Glennys vor. »Oder uns irgendwo auf halbem Wege treffen.«

»Morgen fragen wir Arend, was er davon hält«, sagte Danielle zufrieden. »Schlaf jetzt, Glennys. Ich bin restlos erschöpft.«

Am nächsten Morgen frühstückten sie noch zusammen, und Glennys bekam währenddessen zwei Briefe, beide von Craig.

Sie breitete die Seiten vor sich aus und las den ersten Brief mit sichtlichem Vergnügen. Der zweite begann dort, wo der erste geendet hatte, und Danielle bemerkte sofort die Wandlung, die sich in Glennys' Gesicht vollzog.

Als nach dem Frühstück die große Aufbruchshektik

einsetzte, konnte Glennys unter vier Augen mit Danielle reden. »Möglicherweise kann ich nicht auf Arend und dich warten. In Mamas Brief steht, daß Ben wieder einen Anfall gehabt hat, einen noch schwereren. Mam«, sagte sie stockend, und ihre Kehle schnürte sich zu, »Mam bittet mich, auf der Stelle nach Hause zu kommen, ob mit oder ohne Edward, wenn ich auch nur eine Chance wahrnehmen möchte, ihn noch einmal zu sehen, ehe – ehe...«

Danielle legte einen Arm um sie. »Glennys, es tut mir so leid. Wenn wir doch nur – aber es geht nicht. Ich muß ins Cornwall fahren. Ich kann England nicht verlassen, ohne mich von Mama und Papa und Verlisha zu verabschieden. Aber wir brauchen nicht so lange zu bleiben, wie wir es vorhatten. Wenn es deinem Vater gelingt, eine Passage von einem beliebigen Hafen zwischen hier und Cornwall zu buchen, dann gib uns Bescheid, wann und wo, und wir treffen uns dort.«

Glennys nickte. »Wenn es geht, lasse ich von mir hören, aber wenn es ein Schiff gibt, das bald ausläuft, und sei es schon morgen, dann muß ich sofort aufbrechen. Ich verspreche aber, dir eine Nachricht zukommen zu lassen. Sowie ihr beide fort seid, werde ich es den anderen erzählen, erst Edward und dann Mama und Papa.« Die Worte ›und Jack‹ blieben unausgesprochen und fielen damit noch mehr auf.

»Edward, laß uns zum Friedhof gehen und Nicky Blumen bringen«, schlug Glennys vor, sowie die beiden aufgebrochen waren. »Ich möchte mit dir allein sprechen.«

Als sie auf dem Gras neben Nickys Grab saßen, sagte sie offen: »Ich habe heute schlechte Nachrichten erhalten, Edward. Dein Vater hat wieder einen Herzanfall gehabt, diesmal einen noch schlimmeren.«

»Glennys versuchst du, mir schonend beizubringen, daß Papa tot ist?«

»Nein, nur, daß er im Sterben liegt. Mam schreibt«,

fuhr sie unter Tränen fort, »daß er nur noch aus einem Grund durchhält – um uns beide noch einmal zu sehen.«

»Aber deine Mutter«, fragte er zögernd, »glaubt eigentlich nicht, daß er durchhält, bis wir kommen?«

»Nein, Edward, sie glaubt es nicht. Und die Ärzte glauben auch nicht daran.«

Er nahm ihre Hand. »Aber wir beide wissen es besser, nicht wahr, Glennys? Wenn Papa sagt, daß er auf uns wartet, und wenn es nur für eine Stunde oder einen Tag ist, dann wird er, bei Gott, auf uns warten.«

»Ja, Edward«, sagte sie und lächelte unter Tränen, »wir wissen, daß er auf uns warten wird.«

»Laß uns zum Haus zurückgehen«, entschied Edward, und Glennys sprang auf und half ihrem Stiefsohn auf die Füße.

»Du wirst deinem Vater sagen, daß wir augenblicklich abreisen wollen?« fragte er schweratmend und stützte sich auf ihren Arm.

»Selbstverständlich, Edward«, sagte sie und reichte ihm den Stock.

Als sie das Friedhofstor hinter sich schloß und sie den Hügel hinabliefen, fragte Glennys behutsam: »Was ist mit Tina?«

Edwards Lippen wurden schmaler. »Ich würde alles dafür geben, sie mitnehmen zu können, aber natürlich verstehe ich, daß deine Eltern etwas dagegen haben, wenn sie es nicht sogar rundheraus ablehnen. Es wäre auch nicht angemessen. Wir haben keine Zeit für eine Hochzeit, und ich kann mir nicht vorstellen, unverheiratet mit ihr an das Sterbebett meines Vaters zu treten. Wenn deine Eltern sehen, daß unsere Gefühle füreinander nicht schwächer geworden sind, sind sie in einem Jahr vielleicht bereit, sie zu mir nach Amerika zu bringen. Aber wenn sie es vorziehen, daß wir hier heiraten, komme ich natürlich zurück.«

»Und was«, erkundigte sich Glennys noch sachter, »sagt Tina zu all diesen Plänen?«

»Wir haben uns noch nicht ausführlich darüber unterhalten«, sagte Edward steif, »aber sie wird natürlich jede vernünftige Lösung akzeptieren.«

Glennys sah ihn beeindruckt an. »Seit du ins Schloß gekommen bist, warst du fast ständig in Gesellschaft meiner kleinen Schwester, Edward. Und du glaubst immer noch, daß sie einen vernünftigen Vorschlag annimmt, den andere machen? Du mußt noch viel über die Frauen lernen, mein lieber Stiefsohn«, schimpfte sie mit einem grimmigen Lachen, »und insbesondere über Tina.«

»Mit Tina kann ich umgehen«, antwortete Edward noch steifer, und Glennys lachte jetzt offen, während ihr die Tränen über die Wangen liefen.

50. Kapitel

Ben, mein geliebter Mann, dein Sohn und ich kommen zu dir nach Hause. Halte durch, mein Geliebter, ich bitte dich darum. Wir verlassen uns darauf, daß du für uns da bist, wenn ...

Glennys hatte schon angefangen zu packen, als Thorne aufbrach, um die frühestmögliche Überfahrt auf einem ordentlichen Schiff zu buchen, das sie sicher nach Amerika brachte. Am nächsten Tag kam er kurz nach der Abendessenszeit nach Hause, weit eher, als sie mit ihm gerechnet hatten.

»Konntest du etwa alles so schnell arrangieren?« rief Glennys selig aus.

»Wann reisen wir ab?« fragte Edward.

Nur Leisa hatte Thorne genauer angesehen, und sie

trat eilig zu ihm: »Worin liegen die Schwierigkeiten, mein Liebling?«

Ehe er ihre Frage beantwortete, wandte er sich an Fithian. »Ich habe seit dem Frühstück nichts gegessen. Ein Teller mit kaltem Braten und ein Bier würden genügen.«

Fithian eilte davon, um das Essen zu besorgen, und Edward wiederholte ungeduldig seine Frage. Thorne schloß die Türen des Salons, damit das Personal im Vorbeigehen nichts hören konnte.

»Ich habe keine Überfahrt für euch gebucht«, sagte Lord Holloway schroff. »Es war nichts zu machen.«

Sie sahen ihn alle besorgt an.

»Kein englisches Schiff wird in absehbarer Zeit, Gott weiß für wie lange, einen amerikanischen Hafen anlaufen. Seit dem achtzehnten Juni liegen die Vereinigten Staaten mit England im Krieg.* Der Kongreß in Washington hat eine Kriegserklärung abgegeben. Es fahren keine englischen Schiffe zu friedlichen Zwecken nach Amerika und keine amerikanischen nach England.«

Ein schockiertes Schweigen machte sich im Raum breit, und Fithian kam mit einem Tablett.

Als der Butler wieder gegangen war, fühlte sich Thorne trotz seines Hungers nicht in der Lage, etwas zu essen.

»Glennys – Edward – es tut mir leid.« Er drückte die Hilflosigkeit, die sie bei ihm nicht gewohnt waren, in einer Geste aus. »Tröstet euch damit«, fügte er begütigend hinzu, »daß Benjamin Ladd der erste wäre, der sagen würde, daß ihm nichts wichtiger ist, als euch in Sicherheit zu wissen.«

»Aber es gibt doch bestimmt eine andere Möglichkeit«, protestierte Edward. »Wir könnten uns zu einem neutralen Hafen einschiffen – vielleicht Halifax. Es wäre zwar

* 1812–1814 erneuter englisch-amerikanischer Krieg, beendet durch den Frieden von Cent. Anmerkung des Verlages

mühsam, aber irgendwie kommen wir von Nova Scotia aus schon nach Hause.«

»Die Meere sind unsicher, Edward. Würdet ihr auf einem englischen Schiff reisen, könnte es sowohl von den Franzosen, als auch von euren eigenen Landsleuten angegriffen werden. Und selbst, wenn ihr jetzt ein amerikanisches Schiff in England fändet, wäret ihr durch jedes englische Kriegsschiff gefährdet.«

Glennys gab Edward, der weitere Einwände erheben wollte, ein Zeichen. Jack kniff die Augen zusammen, als er die Andeutung eines Kopfschüttelns sah, das zu besagen schien: nicht jetzt.

Dann wurde seine Aufmerksamkeit wie auch die aller anderen auf seine Mutter gelenkt.

»Krieg zwischen unseren Ländern«, sagte Leisa mit bebender Stimme und ließ sich unvermittelt auf den nächsten Stuhl sinken. »Ich glaube nicht, daß ich das noch einmal durchstehe. Ich glaube, ich schaffe das einfach nicht.«

Thorne war in Sekundenschnelle an ihrer Seite, nahm ihre Hände und flüsterte ihr tröstliche Worte zu.

Während die beiden miteinander redeten, sagte Glennys so leise, daß nur er es hören konnte, zu Edward: »Ich komme heute nacht in dein Zimmer.«

Er nickte stumm, und unbewußt fanden sich ihre Hände. Sie waren jetzt nicht mehr nur Bens Frau und Sohn, sondern plötzlich auch Verbündete.

Tina warf mehr als nur einen argwöhnischen Blick auf die beiden, und als Edward sich ein paar Minuten später auf seine Müdigkeit berief und sich ungewohnt früh zurückzog, folgte sie ihm aus dem Zimmer.

»Edward!« rief sie herrisch, und er blieb stehen. Sie ging auf ihn zu. »Edward, fehlt dir etwas?«

»Nicky liegt auf dem Friedhof der Holloways unter der frisch aufgeschütteten Erde, und ich bin verkrüppelt, vielleicht für den Rest meines Lebens. Mein Vater liegt auf der anderen Seite des Atlantiks im Sterben, und unsere Länder liegen im Krieg miteinander. Ansonsten«, sagte er mit einem bösen Lächeln, »fehlt mir nichts.«

»Du bist wütend auf England, Edward, nicht auf mich. Ich hege keinen Groll gegen Amerika oder gegen dich. Trotzdem läßt sich nichts daran ändern, daß ich in England geboren und aufgewachsen bin. Ändert sich für dich etwas zwischen uns, weil wir jetzt im Krieg liegen? Wenn ja, Edward, dann möchte ich es auf der Stelle wissen.«

»Ich liebe dich.«

»Man kann denselben Menschen lieben und hassen«, sagte sie bedächtig. Sie legte eine Hand auf seinen Ärmel. »Ich habe eingewilligt, den Atlantik zu überqueren und alles zurückzulassen, was mir lieb und vertraut ist. Das kann ich nicht tun, wenn deine Liebe zu mir durch Vorwürfe oder Bitterkeit getrübt ist. Es macht mir nichts aus, wenn dein Körper verkrüppelt ist, Edward, aber ich bin nicht bereit, ein verkrüppeltes Herz hinzunehmen.«

Seine Züge wurden sanfter. Er strich mit einer Hand über ihren Nacken und durch ihr seidiges Haar. »Mein Herz ist intakt, und es schlägt für dich, Tina. Zweifellos gehört es zu den mühsamsten Aufgaben einer Frau, sich das Murren ihres Mannes anzuhören, wenn er auf Dinge keinen Einfluß hat.«

»Und damit gesteht er ein, daß er ihr unterlegen ist«, sagte sie.

»Ach?«

»Keine Frau wird je zugeben, daß es etwas gibt, worauf sie keinen Einfluß hat. Oder jemanden.«

Er zog sie so abrupt an sich, daß es ein Wunder war, daß beide aufrecht stehenblieben. Sie küßten sich lange und leidenschaftlich.

»Wirst du auf mich warten, wenn es auch länger dauert, mein Mädchen?« fragte er atemlos, und Tina antwortete genauso atemlos. »Das weißt du doch.« Dann fanden sich ihre Lippen wieder.

Es dauerte eine Weile, bis sie sich voneinander gelöst hatten. »Ich werde dich auf dieses Versprechen festnageln, Tina«, murmelte Edward in ihr Haar. »Wenn der Krieg vorbei ist, komme ich und hole dich.«

Er sah nicht, daß ihre Augen schmaler wurden, und er hörte auch nicht, daß sie scharf einatmete. Als sie sich von ihm losriß und spöttisch knickste, war er verwundert. »Gute Nacht, Edward.«

»Gute Nacht, Tina.«

Glennys war die nächste, die den Salon verließ. Ihr war es nur recht, daß die Eltern in ihre eigenen Sorgen vertieft waren und nicht bemerkten, wie inbrünstig sie sie umarmte und daß ihre Stimme zitterte, als sie ihnen eine gute Nacht wünschte.

Als sie sich an Jack wandte, war sie seltsam blaß, und ihre Kehle war so zugeschnürt, daß sie kaum noch reden konnte. »Gute Nacht, lieber Jack.« Zögernd, fast furchtsam, streckte sie die Hand nach ihm aus.

Ehe sie ihre Hand zurückziehen konnte, griff er nach ihren beiden Händen. »Du zitterst«, sagte er, »und du bist totenbleich, und doch glänzen deine Augen fiebrig.«

»Hast du nicht gehört, wie dein Vater sagte, daß England und Amerika miteinander im Krieg liegen? Ich fühle mich beiden Ländern zugehörig. Für mich ist es unmöglich, mich für eins von ihnen zu entscheiden.«

Jack ignorierte ihre Bemerkung. »Komm mit.« Es war keine Bitte, sondern eine Forderung. »Ich will in Ruhe mit dir reden.«

Sie verließen gemeinsam den Salon und stiegen wortlos die Treppe hinauf. Vor ihrer Schlafzimmertür drehte sich Jack provozierend zu ihr um. »Aber du hast deine Wahl getroffen, Glennys, nicht wahr? Ich habe dein Gesicht gesehen, als Papa gesag hat, die Reise sei zu gefährlich. Er konnte dich nicht überzeugen.«

»Es geht nicht darum, ob ich der Überzeugung bin oder nicht, sondern darum, was ich für richtig halte.«

»Dann hast du also vor, ihn zu überreden, daß er eine Möglichkeit für eure Rückkehr nach Amerika auftut?«

»Ja, Jack, das habe ich vor.«

»Glennys, all diese vielen Monate über habe ich, um dir nahe sein zu dürfen und einen Teil der Vergangenheit wieder einzufangen, deinen älteren Bruder gespielt, deinen Kindheitsfreund, deinen Gastgeber, deinen Verwandten, jede der verfluchten Rollen, die es dir ermöglicht haben, normal mit mir umzugehen. Ich war grenzenlos vorsichtig, um dein heikles Gewissen nicht zu belasten. Du bist hergekommen, um alles für deinen Stiefsohn zu tun, was in deiner Macht steht. Das habe ich respektiert. Ich habe dir geholfen. Edward ist aufgefunden worden, und du hast ihn gesund gepflegt, damit du ihn zu seinem Vater zurückbringen kannst. Auch das habe ich respektiert. Deine Ehre forderte, daß nichts zwischen uns geschähe, was den Beigeschmack von Untreue und Betrug hatte. Das war hart für mich – nur Gott weiß, wie hart, denn du schienst es nicht zu bemerken – aber irgendwie ist es mir gelungen, meine prekäre Neutralität beizubehalten.«

»Jack, ich...«

»Sei still!« sagte er barsch. »Ich bin noch nicht am Ende. Der Brief deiner Mutter ist gekommen – das weiß ich, weil du Mama den Brief gezeigt hast, und ich darauf bestanden habe, daß sie mir sagt, was los ist –, der Brief, in dem sie dich bittet, nach Hause zu kommen, aber sie schreibt auch, es sei ausgeschlossen, daß du rechtzeitig bei deinem Mann eintriffst. Wenn du dir auch noch so oft vormachst, es käme zu einer ergreifenden Szene auf dem Totenbett – dazu wird es nicht kommen. So gütig ist die Natur nicht. Dein Mann siecht dahin, und selbst, wenn sein Wille noch so stark ist, wird sein Körper nicht mitmachen. Dein Abschied wird auf einem Friedhof stattfinden und nirgendwo sonst. Dasselbe gilt für Edward. Obwohl ich das wußte und fest daran geglaubt habe, habe ich immer noch keine Einwände erhoben. Ich habe mir gesagt, daß es trotzdem eine Notwendigkeit für dich ist, dein Versprechen gegenüber Ben zu halten, dem Mann, der dir beigestanden hat, als ich nicht für dich da war.«

Er legte seine Hand unter ihr Kinn und zwang sie, ihn anzusehen. »Ich schwöre dir, daß ich deinem Mann nie etwas Böses gewünscht habe, aber ich konnte dir nicht einfach ins Gesicht sagen, wie klar mir war, was geschehen würde. Ein Brief würde aus Amerika kommen und uns von Bens Tod unterrichten. Ich hatte vor, mich augenblicklich auf den Weg zu dir zu machen. Wir hätten dort heiraten können, aber wenn es dir zu schnell gegangen wäre, hätte ich dich aus Amerika nach Hause geholt. Nach Hause, Glennys. So sehr du dich auch dagegen wehrst, aber dieses Schloß ist dein Zuhause, England ist dein Zuhause! Ich hätte dich nach Hause gebracht, dahin, wohin du gehörst, und wir wären zusammen gewesen, wie es uns von Anfang an bestimmt war.«

»Jack, bitte. Ich glaube nicht, daß ich das jetzt ertrage«, flehte sie.

»Bei Gott, wenn ich die Last meiner Einsamkeit in all diesen Jahren ertragen habe, dann kannst du es ertragen, wenn ich darüber spreche.« Er schleuderte ihre Hände von sich. »Bis jetzt habe ich versucht, dir jeden Wunsch zu erfüllen. *Du* hast bestimmt, was zu geschehen hat, und ich habe mich gefügt. Aber damit ist jetzt Schluß. Glaube mir, wenn ich dir sage, daß du die Spielregeln nicht mehr festlegst. Hast du mich gehört, Glennys St. John?«

Ihr Inneres zog sich zusammen, und ihre Knie wurden weich, doch Glennys sah ihn mit einem zornigen Lächeln auf den Lippen an, und ihre Augen sprühten. »Ich bin sicher, daß man dich bis nach London hören kann«, antwortete sie verächtlich, »und auch auf der anderen Seite des Kanals. Jeder, der nicht taub ist, kann dich hören. Und jetzt sage ich dir einmal etwas. Erstens, Jack, heiße ich Ladd, Mrs. Benjamin Ladd, und das scheint dir entgangen zu sein. Solange die Erde seinen Sarg nicht bedeckt, bin ich nach wie vor Bens Frau, und ihm und keinem anderen bin ich verpflichtet und loyal. Ich habe ihm versprochen, ihm seinen Sohn zurückzubringen, und genau das werde ich tun! Das ist kein Spiel, Jack, sondern die kalte, harte Wirklichkeit.«

»Die Wirklichkeit!« schrie er. »Ein Krieg ist erklärt worden und wird ausgefochten. Das ist die Wirklichkeit. Es ist zu gefährlich für dich, den Atlantik zu überqueren. Kannst du leugnen, daß Ben der erste wäre, der das sagen würde?«

»Nein«, sagte Glennys bedächtig. »Das kann ich nicht leugnen. Ben würde in erster Linie daran denken, was das Beste für Edward und mich ist! Aber es ist nun einmal so, daß Edward und ich anderer Meinung sind. Uns liegt vor allem am Herzen, was das Beste für Ben ist.«

»Mein Gott, du stures – hast du dich so in diesen Irrsinn verbissen, daß du die Gefahr nicht mehr siehst?«

»Siehst *du* nicht, daß es sichere, wenn auch weniger direkte Reiserouten gibt? Es gibt neutrale Schiffe – Schiffe, die weder unter der englischen, noch unter der amerikanischen oder der französischen Flagge fahren. Auf diesen Schiffen kann uns auf der Reise nichts zustoßen.«

»Neutrale Schiffe sind nicht zwangsläufig sicher. Ist es nicht immer eine der größten Klagen der Amerikaner gewesen, daß England in seinem Bestreben, Napoleon in die Knie zu zwingen, nicht immer die Neutralität und die Rechte der Schiffe anderer Nationen gewahrt hat?«

»Das Risiko müssen wir eingehen«, sagte Glennys mit ruhiger Stimme.

»Ganz bestimmt nicht! Und wenn ich dich in deinem Zimmer einschließen und deine Fenster verriegeln muß! Und wenn ich dich an dein Bett fesseln muß!« fauchte Jack. »Edward kann von mir aus aufbrechen, wenn er will. Ich kann ihn nicht zurückhalten. Aber krieg endlich in deinen sturen Schädel, daß ich nicht zulassen werde, daß du ihn begleitest!«

»Zulassen?« sagte Glennys feurig. »Zulassen, Jack? Eher gefriert die Hölle, als daß du mir etwas verbietest, wozu ich mich entschlossen habe!«

»Ich war nie so dumm, zu glauben, daß du mir dieses Recht einräumst, aber ich werde es mir nehmen. In dem Punkt kannst du wetten, daß Mama und Papa sich ganz auf *meine* Seite stellen werden.«

»Vielleicht«, räumte Glennys ein, »aber vielleicht auch nicht. Ich finde es allerdings interessant, mit welcher erstaunlichen Schnelligkeit du zu dem Schluß gekommen bist, daß ich, wenn auch nicht zwangsläufig Edward, am sichersten bin, wenn ich in England bleibe. Oder wird deine Sorge vielleicht von deiner eigenen Bequemlichkeit diktiert?«

»Wenn du ein Mann wärst«, sagte Jack durch zusammengebissene Zähne, »wäre es mir ein Vergnügen, dich gründlich zu verdreschen.«

»Sag mir nur eins, Jack. Als deine Frau im Sterben lag, hast du dir je gesagt: ›Daphne braucht mich doch eigentlich gar nicht. Schließlich sind ihre und meine Eltern bei ihr. Sie hat die besten Ärzte aus London, die man für Geld kaufen kann und sie hat Krankenschwestern, die Tag und Nacht für sie sorgen. Es gibt nichts, was ich für sie tun könnte, was nicht ohnehin von anderen getan wird!‹ Bist du dann, nachdem du dich vergewissert hattest, daß du in Wadsworth nicht gebraucht wirst – außer, um einer Sterbenden in ihren letzten Tagen beizustehen –, sofort nach Amerika aufgebrochen, um dir mich und dein eigenes Glück zu sichern?«

»Du weißt genau, daß ich nichts dergleichen getan habe.«

»Und warum hast du es nicht getan? Wie du wußtest, war ich damals noch nicht verheiratet. Zweifellos eine reife Frucht, die du nur noch zu pflücken brauchtest.«

»Du weißt, daß ich das nicht tun konnte.«

»Ich weiß, daß du es nicht getan hättest, aber warum nicht?«

»Mein Gott, Glennys, du weißt genauso gut wie ich, daß kein anständiger Mann so handeln könnte, wie du es eben beschrieben hast.«

»Und was ist mit einer anständigen Frau? Einer Frau, die ihre Ehre hat? Hat sie etwa nicht dieselben Verpflichtungen? Oder ist die Ehre einer Frau nichts wert?«

»Verdammt noch mal!« schrie er. »Leg mir nicht Worte in den Mund, die ich nie gesagt habe! Ich weiß deinen Anstand und dein Ehrgefühl wirklich zu schätzen. Aber als ich meine Entscheidung getroffen habe, waren unsere Länder im Frieden miteinander, und jetzt herrscht Krieg! So untragbar es dir auch erscheint, aber der erste Instinkt eines Mannes in schwierigen Zeiten ist der, alles zu tun, um seine Frau zu beschützen.«

»Aber ich bin nicht deine Frau, Jack. Ich bin Bens Frau.«

»Wie gern du mich immer wieder daran erinnerst! Dreh ruhig dein Messer in der Wunde. Sag, was du willst, Glennys, aber du strafst den Mann, der ich heute bin, immer noch für die Dummheit des Jungen, der ich damals war! Ich frage mich – selbst wenn der Tag kommt, an dem du mir gehören wirst –, ob du mir verzeihen wirst, daß ich dich damals zurückgewiesen habe, ob du uns je gestatten wirst, glücklich miteinander zu werden.«

Die Tränen, die sie zurückgehalten hatte, rannen über ihre Wangen. »Ja«, sagte sie leblos, »das frage ich mich auch.«

Er streckte seine Hand aus. »Glennys, mein Liebling...«

Sie wich zurück und wehrte seine Hände ab. »Nein, Jack, bitte nicht. Ich glaube nicht – für heute reicht es.«

»Ob du willst oder nicht, Glennys, du wirst in Wadsworth bleiben. Du kannst deine Flüche gen Himmel schreien und mich mit jedem verletzenden Wort strafen, das dir nur einfällt – es ändert nichts. Du gehörst mir, Glennys, *mir*, und ich habe nicht vor, dich je wieder fortgehen zu lassen!«

Als sie den Mund aufmachte, legte er eine Hand auf ihre Lippen. »*Deine* Ehre wird nicht beschmutzt«, versicherte er ihr ironisch. »Alle Schuld wird auf mich fallen, den selbstgerechten Engländer, der dich zwingt, in seinem Land zu bleiben. Von mir aus kannst du mich lieben oder hassen, aber zumindest wirst du lernen, wohin du gehörst und zu wem du gehörst.«

Als Schritte auf der Treppe zu hören waren, stieß er ihre Zimmertür auf und gab ihr einen Schubs über die Türschwelle.

»Gute Nacht, Glennys«, sagte er seelenruhig. »Schlaf gut.«

»Gute Nacht«, sagte Glennys benommen und schloß die Tür leise hinter sich.

»Die Geschichte«, flüsterte Glennys vor sich hin, »unserer erbärmlichen Liebe scheint sich somit zu wiederholen.«

51. Kapitel

Liebe Leisa, lieber Thorne,
weder Phoebe noch ich haben auch nur einen Moment lang geglaubt, daß ihr etwas mit der ›Heirat‹ von Danielle und Arend zu tun hattet. Wir hoffen, daß ihr uns in dieser Angelegenheit ebenso wenig schuldig befindet...

Glennys schlich sich leise und ohne anzuklopfen in Edwards Zimmer. Sie schloß die Tür lautlos hinter sich.

»Gott sei Dank! Ich habe mir schon Sorgen gemacht,

daß du nicht mehr kommst. Ich dachte schon, du hättest es dir anders überlegt.«

»Wie kommst du darauf?« fragte sie hochmütig.

»Wie du selbst ganz richtig bemerkt hast, hätte man Jack bis London hören können. Er wirkte recht entschlossen, dich zurückzuhalten.«

»Deshalb glaube ich auch, wir sollten heute nacht noch aufbrechen.«

»Heute nacht!«

»Psst! Ab morgen werden uns alle im Auge behalten, auch Papa und Mama und die Dienstboten, und Tina kannst du nichts vormachen. Wir werden keine Pferde nehmen, sondern reiten. Das bringt uns schneller voran.«

»Sie werden uns einholen, ehe wir auf dem Schiff sind.«

»Nein, denn unsere Abschiedsbriefe werden sie auf eine falsche Fährte locken.«

»Und wohin reiten wir?«

»Nach Cornwall natürlich, denn dort können wir mit Danielle und Onkel Arend abreisen.«

»Aber vergeuden wir nicht kostbare Zeit, wenn wir sie in Cornwall abholen?«

Glennys schüttelte den Kopf. »Wir holen sie nicht ab, Edward, wir nutzen ihre Beziehungen. Cornwall ist das reinste Schmugglerparadies. Wir können Onkel Eli anpumpen, und für das entsprechende Geld wird sich jemand finden lassen, der uns nach Frankreich bringt. Dort finden wir gewiß ein Schiff nach Amerika. Wenn nicht am selben Tag, dann am Tag darauf.«

»Glennys, du bist genial!«

Sie lachte. »Wir können bald aufbrechen. Laß uns die Zeit nutzen, um unsere Abschiedsbriefe zu schreiben, du an Tina und ich an Mama und Papa.«

»Glennys?«

»Ja?«

»Wirst du keinen Brief an Jack schreiben?«

»Ich wüßte nicht, was ich ihm schreiben sollte. Er wird mir kein Wort glauben und nur noch wütender werden.«

»Du liebst ihn doch, oder?«

»Edward, ich habe deinem Vater nie...«

»Glennys.« Er packte sie an den Schultern und schüttelte sie. »Du brauchst mir nichts zu erklären. Papa hat mir vor langer Zeit gesagt, er hätte nur das Glück gehabt, dich zur Frau zu bekommen, weil es einen Mann gab, den du geliebt hast und nicht heiraten konntest. Er wollte, daß ich es weiß. Er hat gesagt, es sei damit zu rechnen, daß er viele Jahre vor dir stirbt, und er wollte nicht, daß ich schlecht von dir denke, wenn du dich wiederverheiratest. Als ob ich das getan hätte! Glaubst du, ich wüßte nicht, was du für meinen Vater getan hast? Du hast Sonnenschein in sein tristes Dasein und Frohsinn in unser Haus gebracht. Du hast ihm die Wärme, die Liebe und das Glück gegeben, das meine Mutter ihm nie gegeben hat. Weißt du denn nicht«, sagte er und wischte eine Tränenspur von ihren Wangen, »wie dankbar ich dir dafür immer gewesen bin? Wie viele Hunderte von Malen ich dir dafür Segen gewünscht habe?«

Glennys lächelte durch ihren Tränenschleier und drückte Edward an sich. Beide erschraken, als eine nicht sehr freundliche Stimme bemerkte: »Was für ein hübscher Anblick!«

Beide sprangen auf. »Ich – äh – ich wollte Glennys nur trösten, Tina«, erklärte Edward.

»Ach, ihr tröstet einander also«, schnurrte Tina. »Was für ein braver Stiefsohn du doch bist«, sagte sie zu Edward. Sie stemmte die Hände in die Hüften, und ihre Augen sprühten Funken. »Für wie blöd haltet ihr mich eigentlich?« fragte sie erbost.

»Psst!« sagte Edward und Glennys gleichzeitig. »Sprich nicht so laut.«

»Ihr meint, Mama und Papa und Jack sollen eure tröstenden Worte nicht hören?« fragte Tina ironisch. »Und jetzt«, sagte sie, »werdet ihr mich in eure Pläne einweihen, oder ich werde das ganze Haus zusammenschreien, das schwöre ich euch.«

»Warum, Tina?« fragte Edward schockiert.

Glennys' heruntergezogene Mundwinkel sagten ihrer Schwester, daß *sie* sie genau verstanden hatte.

»Weil ich entweder in eurem Plan vorkomme oder ihn platzen lasse«, sagte Tina.

Edward warf Glennys einen hilfesuchenden Blick zu.

Glennys zuckte die Achseln und setzte sich wieder. »Erzähl es ihr, Edward. Sie meint es ernst.«

Sie weihten sie in ihre Pläne ein.

»Das klingt machbar«, sagte Tina stirnrunzelnd. Dann lächelte sie strahlend. »Wann brechen wir auf?«

»Wir!« stöhnte Edward, und Glennys musterte die Zimmerdecke.

»Wir!« wiederholte Tina. »Alle drei – oder keiner.«

»Glennys«, flehte Edward.

»Ich glaube, sie meint es ernst.«

»Das kannst du glauben! Verdammt noch mal, Edward!« sagte Tina. »Der letzte Krieg zwischen unseren Ländern hat sieben Jahre gedauert. Sieben, Edward, Neun, wenn du dir überlegst, daß das Friedensabkommen erst 1773 unterzeichnet worden ist. Bis dahin bin ich verheiratet und habe etliche Kinder. Aber wozu reden wir überhaupt darüber. Ich komme mit, und dabei bleibt es. Wozu also sollten wir diese albernen Auseinandersetzung weiterführen. Wann brechen wir auf, Glennys?«

»Wenn sich die Dienstboten zurückgezogen haben und die Abschiedsbriefe geschrieben sind. Dich halten sie im Moment für besonders durcheinander, Tina. Laß in deinem Brief einen versteckten Hinweis darauf fallen, daß wir auf dem Weg nach London sind. Aber drück dich nur nicht zu direkt aus.«

Liebe Mama, lieber Papa, lieber Jack,
verzeiht mir den Kummer, den ich euch bereite, aber ich habe keine andere Wahl – ich muß dem Ruf meines Herzens folgen. Als ich gemerkt habe, daß Glennys und Edward insgeheim planten, von London aus irgendwie nach Amerika zu reisen, stand mein Entschluß fest, sie zu begleiten.
Seid bitte nicht wütend auf Glennys oder Edward. Sie wollten mich mit allen Mitteln von meinem Entschluß abbringen, aber ihr kennt mich ja. Ich kann nicht abwarten, bis ein dämlicher Krieg zu Ende ist, um mein Leben dann erst zu beginnen.
Papa, denk daran, daß Mama vor langer Zeit aus Liebe zu dir nach England gekommen ist. Mama, ich weiß, daß du verstehen wirst, warum ich nicht still dasitzen kann, wenn mein Geliebter abreist.
Freut euch bitte für mich, denn ich weiß, daß ich das tue, was für Edward und mich richtig ist.
Ich habe euch alle sehr lieb, und ich werde euch schrecklich vermissen. Laßt uns beten, daß der Krieg bald vorbei ist und wir einander wiedersehen können.
Eure euch liebende Tochter Tina

Die Briefe lagen geöffnet neben dem Frühstück, das niemand angerührt hatte.

Leisa wischte sich die Tränen aus dem Gesicht, ehe sie sich an ihren ältesten Sohn wandte. »Und dein Brief, Jack?«

Jacks Hände zitterten, als er das Siegel des Umschlags aufbrach, der etwas dicker und unförmiger als die drei anderen war. Er enthielt keinen Brief. Nur ein schneeweißes neues Leinentaschentuch. Ein Taschentuch, das mit ungleichmäßigen Stichen gesäumt war und winzige Blutflecken aufwies. Das Monogramm, ein krummes, schiefes J, war in dem leuchtenden Blau seiner Augen aufgestickt.

52. Kapitel

»Festland unter den Füßen«, sagte Tina. »Warum«, fragte sie ihren Mann und die Ärztin, die mit ihrer Schwester befreundet war, »wanke ich dann immer noch wie Wäsche in einem Dezembersturm?«

Edward legte seinen Arm um ihre Schulter.

Arend meldete sich zu Wort. »Auf die Gefahr hin, euch wieder auf den Boden zurückzuholen, muß ich euch beide daran erinnern, daß dieses Land nicht unser Land ist. Hier in Kanada sind wir mehr oder weniger auf feindlichem Boden. Das hier ist Nova Scotia und nicht etwa New York.«

Tina stöhnte, und Edward grinste breit.

»Vor Anbruch der Nacht finde ich ein Schiff für uns«, sagte er heiter. »Soviel kann ich euch versprechen. Seht nur!« Er deutete auf ein frisch gestrichenes Schiff, daß *Sea Monarch* hieß und zur Ladd-Flotte gehörte. Als sie näherkamen, erkannte er auch den Kapitän, der für die Beauchamps fuhr, Geschäftsfreunde seines Vaters.

Edward führte eine Unterredung mit dem Kapitän, der sich bereiterklärte, sie in New York abzusetzen. Sie würden mit der Flut auslaufen und hatten vorher gerade noch Zeit, sich um ihr Gepäck zu kümmern und eine ordentliche Mahlzeit zu sich zu nehmen.

Es war das erste gute Essen seit der Abreise aus Cornwall. Nur Tina stocherte lustlos in einem Bohnengericht herum.

»Ist dir auf der Überfahrt der Appetit vergangen?« fragte Edward. »Du hast doch am Anfang der Reise noch so sehnsüchtig von frischem, leicht durchgebratenem Fleisch geredet.«

Tina preßte sich ihr Taschentuch auf den Mund. »Bitte, sag so etwas nicht«, sagte sie mit belegter Stimme und wandte den Blick von den Tellern ab.

Edward musterte sie besorgt, doch Danielle sagte fröhlich: »Edward, man sieht einer Frau die Schwangerschaft nicht gleich an, aber in den ersten Monaten kommt es häufig zu einem Eßekel.«

Edward ließ Messer und Gabel fallen. »Mein Gott«, sagte er, »das kann doch nicht sein!«

Glennys war noch fröhlicher als Danielle. »Das mußt *du* doch am besten wissen, Edward, aber ich würde behaupten...«

»Tina?« erkundigte er sich.

»Ja, Edward, Liebling. Ich glaube, es stimmt.«

Glennys verzog sich unauffällig auf die Veranda, und Edward folgte ihr bald darauf. »Ich gratuliere dir, Edward«, sagte sie. »Es freut mich so sehr für euch beide.«

»Danke, Glennys. Danke für alles, darunter auch für meine Frau. Sind es nicht wunderbare Neuigkeiten für Papa?«

»Die allerbesten.«

»Du glaubst doch, daß er noch am Leben sein wird, wenn wir kommen, Glennys?«

»Ja, natürlich«, sagte Glennys. »Er hat es doch selbst gesagt, oder nicht? Wann hätte dein Vater je sein Wort nicht gehalten? Aber sagtest du nicht, der Nachtisch würde serviert?«

Arm in Arm kehrten sie ins Lokal zurück, und eine halbe Stunde später gingen sie zu fünft an Bord der *Sea Monarch*.

Den größten Teil der stürmischen Reise legten sie in Küstennähe zurück. Sie segelten unter der englischen Flagge, die sie während der Reise einholten und durch die amerikanische ersetzten. Es mochte unpatriotisch sein, solche Sitten mitzumachen, aber sie konnten es sich nicht leisten, sich darüber aufzuregen.

»Liebling, wir sind in amerikanischen Gewässern!« rief Edward aus und ließ sich neben Tina fallen.

Tina stöhnte nur.

»Du wirst dich besser fühlen, wenn wir erst in Boston sind«, versicherte er ihr, und sie stöhnte ungläubig. Zu ihrem Erstaunen sollte Edward recht behalten.

In New York verabschiedeten sie sich am Kai von Danielle und Arend und machten aus, sich bald in New Jersey zu treffen.

»Wir sind zu Hause, Tina, zu Hause!« rief Edward überschwenglich aus, als sie in einer gemieteten Kutsche zur Pearl Street fuhren.

Mrs. Peyser öffnete ihnen die Haustür und begrüßte sie mit Freudentränen. »Ihr guter Vater ist immer noch bei Mrs. Ladds Eltern in Green Gates«, sagte sie auf Edwards erste Frage hin.

»Wann haben Sie das letzte Mal etwas von Green Gates gehört?« warf Glennys eilig ein.

»Ich habe eine Nachricht von Mr. Glendenning bekommen, Moment, das war vor fünf Tagen. Einer von ihnen hat mir jede Woche geschrieben, Mrs. Ladd, damit ich bei Ihrer Ankunft auf dem neuesten Stand bin.«

»Dann seien Sie doch bitte so gut, Mr Peyser«, sagte Glennys und tätschelte die Hand der alten Frau, »uns eine schnelle Mahlzeit zu richten. Wir ziehen uns nur um und machen uns dann gleich auf den Weg.«

»Und lassen Sie im Stall Bescheid geben, daß die Kutsche fertiggemacht wird. Ich will die schnellsten Pferde haben«, forderte Edward. »Tina, du fühlst dich nicht wohl, meine Liebe. Vielleicht solltest du hierbleiben und auf uns warten.« Sie sah sehr blaß und ausgezehrt aus. »Auf unsere gute Mrs. Peyser kann man sich verlassen. Sie wird bestens für dich sorgen.«

»Edward Ladd«, sagte Tina mit geröteten Wangen und blinkenden Augen, »auf dem Ritt nach Cornwall habe ich Tag und Nacht ohne Pause auf dem Pferd gesessen. Ich habe eine gräßliche, um nicht zu sagen gefährliche Überfahrt von England nach Frankreich in einem Schmugglerboot hinter mich gebracht, in dem es nach

Fisch und Wein gestunken hat. Ich habe mich auf einem portugiesischen Schiff von einem Kapitän trauen lassen, der kein Wort Englisch sprach, und daher weiß nur Gott – ich jedenfalls nicht –, welche Gelübde ich dir abgelegt habe. Und außerdem weiß ebenfalls nur Gott, was dieses arme Kind in meinem Bauch über die Lebens- und Eßgewohnheiten seiner Mutter denkt. Und jetzt, nach der Mühsal und Gefahr anstrengender Monate, sind wir endlich in New York angelangt, am Ziel unserer Reise. Wie kannst du es wagen, mir den Vorschlag zu machen, daß ich hierbleibe, während du mit Glennys meinen Schwiegervater besuchst? Und meine Familie in Green Gates? Wenn du uns jetzt nicht mitnimmst, wirst du bei deiner Rückkehr feststellen, daß deine Frau und dein Kind nach England zurückgefahren sind.«

»Natürlich nehmen wir dich mit, Liebling«, beschwichtigte Edward sie besorgt, während Mrs. Peyser begeistert die Hände zusammenschlug, als sie zu ihrer größten Freude vernahm, daß Mr. Edward verheiratet war und seine Frau bereits ein Kind bekam.

Glennys verschwand unauffällig, um ein heißes Bad zu nehmen. Dann zog sie eines von Bens Lieblingskleidern an und steckte ihr Haar auf, ehe sie sich mit Tina und Edward an den Eßtisch setzte.

53. Kapitel

»Bitte, lieber Gott. Bitte, lieber Gott. Bitte, lieber Gott!«

Immer wieder flüsterte Glennys stumm diese Worte vor sich hin, als die Kutsche durch die leuchtend grünen Tore rollte.

Sowie die Kutsche anhielt, sprang sie heraus. Die

Haustür ging auf, und Craig und Robbie kamen aus dem Haus. Glennys rannte ihnen entgegen, und ihre Eltern kamen auf sie zu.

Sie trafen sich auf halber Strecke, und ihre ersten Worte, während sie einander noch umarmten, waren: »Ist Ben...«

»Er ist am Leben«, sagte ihr Vater sofort, und Glennys, die bis zu diesem Moment nicht gewußt hatte, wie groß ihre Angst gewesen war, lehnte sich an ihn und schluchzte. »O Gott, ich danke Dir. Es hat so lange gedauert, und ich habe mich so gesorgt, mich so geängstigt.«

»Er hat gesagt, ihr würdet kommen, ihr beide, du und Edward. Du mußt dir darüber klar sein, Glennys«, fuhr Craig besorgt fort, »daß er sehr krank und sehr schwach ist. Ich glaube, er hat nur durchgehalten, um euch beide noch einmal zu sehen.«

»Ja, Mam, das ist mir klar. Edward auch. Glaub mir, wir haben keine falschen Erwartungen. Wir wollten nur bei ihm sein, wenn...«

»Himmel!« rief Craig aus. »Wer ist die Frau, die mit Edward gekommen ist? Einen Moment lang dachte ich wirklich – sie sieht Tina so ähnlich.«

»Es ist Tina. Sie und Edward haben geheiratet.«

»Gütiger Himmel«, entfuhr es Robert Glendenning. »Ich dachte, Tina sei mit einem britischen Marinekommandanten verlobt.«

»Das war sie auch, bis sie Edward kennengelernt hat«, lachte Glennys. »Wir erzählen euch später alles genz genau, im Moment möchte ich nur wissen, wo Ben ist.«

»In deinem Zimmer natürlich.«

»Ich gehe erst allein rauf. Ihr könnt Edward dann später zu uns schicken.«

Glennys rannte die Treppe hinauf und stieß mit einem Dienstmädchen zusammen. Ihr Herz schlug schnell und ungleichmäßig, als sie die Tür ihres Zimmers öffnete. Sie trat an das Bett und setzte sich sachte auf die Bettkante und nahm eine bleiche, welke Hand, ehe sie sich an den Mann mit dem grauen Gesicht wandte, der dort lag.

»Ben«, flüsterte sie mit zarter Stimme. »Ben, mein Geliebter, ich bin zu dir zurückgekommen.«

Wenigstens hatten sich seine Augen nicht verändert. Sie waren so kühn und schwarz wie immer. Als sich sein Blick auf ihr Gesicht richtete und er erkannte, daß sie wirklich da war, preßten sich seine dürren, knochigen Finger schmerzhaft um ihre Hand zusammen.

»Du hast dir sehr viel Zeit gelassen, mein Liebling«, sagte er vernehmlich. »Dachtest du, ich könnte ewig warten?«

»Ich wußte – wir wußten beide, daß du auf uns warten würdest, solange es eben nötig ist. Es war nicht leicht zurückzukommen, da ganz Amerika und England entschlossen waren, uns nicht zusammen kommen zu lassen.«

»Uns«, wiederholte er. »Uns! Edward ist hier – mit dir?«

Sie zog die Augenbrauen hoch, als hätte seine Frage sie in Erstaunen versetzt.

»Natürlich ist Edward hier. Habe ich diese gräßliche Reise denn nicht unternommen, um ihn zu dir zurückzubringen, und zu keinem anderen Zweck?«

Seine Augen schlossen sich einen Moment lang. Sie sah Tränen in seinen Wimpern hängen und küßte sie von seinen Augen.

»Meine Frau. Mein Sohn. Meine über alles geliebte Familie«, sagte er mit belegter Stimme. »O Glennys, meine Glennys, ich war fest entschlossen, nicht zu sterben, ehe ich dich noch einmal gesehen, dich noch einmal in meinen Armen gehalten habe.«

Sie legte sich neben ihn und umarmte ihn. »Mir wäre es lieber, wenn du nicht in dem Moment stirbst, in dem dir dieser Wunsch erfüllt wird«, sagte sie, »aber ich freue mich auch sehr, wieder in deinen Armen zu liegen.«

Als Edward anklopfte, stand Glennys eilig auf.

»Papa, für diesen Moment habe ich gelebt.«

»Ich auch, Edward. Gott sei gepriesen für diesen Tag, mein Sohn.«

Edward sah Glennys mit feuchten Augen an. »Hast du es ihm gesagt?«

»Das habe ich dir überlassen.«

Ben hatte die Augen wieder geschlossen. Edward sah Glennys besorgt an.

»Er hört dich«, versicherte sie ihm. »Er ist nur müde.«

»Papa, ich habe wunderbare Neuigkeiten für dich. Glennys und ich sind nicht allein aus England zurückgekommen.«

Ben schlug die Augen auf. »Nein?«

»Nein. Ich habe meine Frau mitgebracht. Ich habe in England geheiratet, Papa, und du wirst nie raten, wen.«

Ben lächelte. »Dann sag es mir.«

»Tina Holloway. Sie ist Glennys' kleine Schwester.«

Ben sah nicht mehr seinen Sohn, sondern wieder seine Frau an. »Deine kleine Schwester«, murmelte er. »Hat sie irgendwelche Ähnlichkeit mit dir, mein Liebling?«

»Sie hat dunkles Haar und dunkle Augen und ist viel hübscher als ich«, war Glennys lachende Antwort.

»Aber sonst ist sie ihr in jeder Hinsicht sehr ähnlich«, warf Edward eilig ein. »Temperamentvoll, gutgelaunt, unabhängig, intelligent...«

»Stur, eigenwillig, leidenschaftlich, aufregend – o ja, ich weiß das alles«, bestätigte Ben. »Ich möchte deine Traumfrau gern sehen, Edward.«

Edward sprang auf. »Ich hole sie schon.«

Als sich die Tür hinter ihm schloß, setzte sich Glennys wieder auf Bens Bettkante. Sie wußte, daß er ihre Hand halten und ihre starke Lebenskraft spüren wollte, die die ersterbende Glut in ihm wieder entfachte.

»Ist es eine gute Ehe, Glennys, mein Liebling?« fragte er sie.

»Sie hätten füreinander geschaffen sein können«, versicherte ihm Glennys eifrig. »Du wirst es merken, sowie du die beiden zusammen siehst, Ben. Es wird eine sehr gute Ehe werden; dessen bin ich mir sicher.«

»Wenn sie dir auch nur halbwegs ähnlich ist, bin ich zufrieden. Ich habe immer darum gebetet, daß mein Sohn nie das Elend einer trostlosen Ehe erlebt, die Einsamkeit...«

»Psst, mein Liebling, laß mich lieber reden«, sagte Glennys, die sah, wie erschöpft er war, und hörte, wie matt seine Stimme klang. »Hab keine Angst um Edward. Er hat eine gute Wahl getroffen. Oder vielleicht sollte ich lieber sagen, daß Tina eine gute Wahl getroffen hat, wenn man bedenkt, wie erbarmungslos sie ihren früheren Verlobten über Bord geworfen hat, sowie sie Edward kennengelernt hatte. Sogar Mama und Papa – die keineswegs glücklich darüber waren, noch eine Tochter an einen amerikanischen Mann zu verlieren – war Edward lieber als ihr britischer Kommandant.«

»Es werden Schiffe benötigt«, sagte Ben. »Das wird ein Seekrieg. Edward muß die Schiffahrtslinie weiterführen – mit deiner Hilfe – laß nicht zu, daß er zum Militär geht – Irrsinn – Männer in Uniform haufenweise, aber – aber Schiffahrt...«

»Mach dir keine Sorgen«, unterbrach Glennys sein abgehacktes Stammeln. »Du machst dir keine Vorstellung davon, wie reif dein Sohn geworden ist. Er wird wissen, worin seine Aufgabe liegt und wie er seinem Land am besten dienen kann.«

»Es ist schön, das zu hören.« Ben seufzte. »Aber wenn er es irgendwann nicht weiß, verlasse ich mich darauf, daß du ihm den rechten Weg weist. Mein armer Liebling. Immer wieder lade ich Pflichten auf dich. Ich verlange soviel von dir – du hast mir soviel gegeben.«

»Sag das nicht!« rief Glennys aus. »Es klingt so einseitig, und das ist es nie gewesen. Ben, du hast mir ein ausgefülltes Leben geboten, du hast mich so glücklich gemacht. Denk nur nie, ich hätte weniger bekommen, als ich gegeben habe. In unserem Haus bin ich die Königin gewesen. In deinen Armen habe ich Leidenschaft, Freude und Liebe gefunden.«

»Und ich – war... Du hast mich zum König gemacht.«

Er schien wieder eingeschlafen zu sein und wachte erst auf, als Glennys wieder Platz für Edward machte.

»Papa«, sagte Edward eindringlich.

Unter größten Anstrengungen schlug Ben die Augen wieder auf.

»Das ist Tina, meine Frau.«

Tina kniete sich an sein Bett. »Papa Ladd«, sagte sie und nahm seine kalte Hand zwischen ihre warmen Hände, »ich liebe deinen Sohn. Ich verspreche dir, ihn glücklich zu machen. Und ich trage bereits deinen Enkel.«

»Ein Kind – eine größere Freude hättet ihr...«

Sie hielt ganz still, als er in einen Halbschlaf fiel und Minuten später wieder plötzlich zu sich kam und sagte: »Glennys. Meine Glennys. Ich will nicht, daß sie einsam ist.«

»Ich verspreche dir, daß Edward und ich uns immer um Glennys kümmern werden.«

Er wandte seinen Blick von ihr ab. »Edward?« flüsterte er.

»Hier bin ich, Pa.« Er bedeutete Tina zu gehen, und er und Glennys setzten sich auf die Bettkanten und nahmen jeder eine kalte Hand.

»Ich bin auch hier, Ben.«

»Ihr beide – alle beide – meine Zeit läuft ab.« Er lächelte wie ein zufriedenes Kind und fiel in einen unruhigen Schlaf.

Während des restlichen Tages und des darauffolgenden hielten Glennys und Edward an seinem Bett Wache, und andere Familienmitglieder kamen und gingen. Ein Arzt maß Ben in regelmäßigen Abständen den Puls und schüttelte den Kopf, als könne er nicht fassen, daß der Patient noch am Leben war.

Kurz vor der Morgendämmerung des dritten Tages schlug Ben die Augen weit auf und lächelte erst seinen Sohn und dann seine Frau mit jenem verschmitzten Lächeln an, das beide so gut an ihm kannten.

»Was für ein wunderbares Paar von Bastarden wir doch gewesen sind, mein Herz!« sagte er laut und vernehmlich.

»Ein großartiges Paar«, stimmte ihm seine Frau mit stockender Stimme zu, und noch während sie es sagte, schlossen sich die Lider über den kühn blickenden schwarzen Augen. Lächelnd entschlummerte er.

54. Kapitel

Nach Benjamins Tod und seiner Beerdigung auf dem Friedhof von Green Gates überschrieb Glennys Edward das Haus in der Pearl Street, doch sie wohnte weiterhin dort, da Tina darauf bestanden hatte, sie müsse bis zu der Geburt ihres Kindes bei ihnen bleiben.

Als Benjamin Thorne Ladd mit einem Monat getauft wurde, nahm Glennys die Patenschaft an. Anschließend mußte Tina wider Willen einsehen, daß Glennys sich eine eigene Bleibe suchen wollte.

»Aber wag es nicht«, sagte Tina, »ein Haus zu kaufen, das weiter als eine Meile von uns entfernt liegt.«

Glennys kam trotz aller Gelübde nicht dazu, ein Haus zu kaufen, da sie mehr als ein Jahr lang Verwandte besuchte.

Die ersten Monate verbrachte sie natürlich mit Mam und Daddy und Alexandra Rose in Green Gates. Dann bestanden Arend und Danielle auf ihrem Besuch, und auch dort sollte sie bleiben, bis Danielle ihr Kind bekommen hatte.

Glennys kam diesem Wunsch natürlich nur zu gern nach.

Nach den Naturgesetzen konnte diese späte Geburt schwierig werden. Das wußten sie alle. Doch wie ihre Mutter bei Verlishas Geburt kam Danielle kaum dazu, sich auszuziehen und ins Bett zu legen, als auch schon das fröhliche Krähen des Neugeborenen im Holland Haus zu hören war.

Der Arzt und die Hebamme konnten bei ihrem Eintreffen nur noch mit einem Glas Wein auf die glücklichen Eltern anstoßen, doch alles andere, was Mutter und Kind brauchten, hatten Glennys und die fähige Haushälterin bereits erledigt.

Als Arend zwischendurch ins Zimmer gestürzt war, hatten sie ihm nur ein Bündel zugeworfen, das in eine Decke gewickelt war, und Glennys hatte gesagt: »Bewundere sie dort drüben am Feuer, Onkel. Hier bist du uns im Weg.«

»Sie!« hatte Arend gejauchzt. »O Danielle, sie ist unwahrscheinlich hübsch.«

»Sie ist rot und runzlig und hat einen gequetschten Kopf«, hatte Danielle eingewandt. »Aber wenn *du* sie schön findest, mein Liebling, dann muß sie wohl schön sein.«

Einen Monat später hielt Glennys wieder einen kleinen, sich windenden Säugling auf einem bestickten Kissen, während ein Rabbi aus der kleinen Gemeinde von Newark erklärte, ihr Name sei Janna, was auf Hebräisch ›von Gott gegeben‹ bedeutete.

Die ganze Familie war erschienen, und Glennys fühlte sich sehr allein. Sie alle waren ihre Angehörigen, und doch gehörte sie zu niemandem.

»Glennys.« Ein Arm hing sich bei ihr ein. Craig fragte sie: »Hast du in der letzten Zeit etwas von Leisa gehört?«

»Vor weniger als einem Monat habe ich einen Brief bekommen, über Kanada. Wie er je nach New York gelangt ist, wage ich mir nicht auszumalen.«

»Wie geht es ihnen? Gibt es etwas Neues?«

»Es geht ihnen gut. Sie möchten Tinas Kind kennenlernen, sobald der Krieg vorüber ist, und Matt scheint sich demnächst verloben zu wollen.«

»Und was ist mit Jack?«

»Mama schreibt, daß es ihm gut geht. Mehr schreibt sie nicht über ihn. Und, denn das willst du doch eigentlich wissen, er selbst hat nicht geschrieben, schreibt nicht und wird auch nicht schreiben.«

»Glennys!«

»Mam, er hat zehn Jahre gewartet und schließlich ein Ultimatum gestellt, das ich nicht nur mißachtet habe, sondern in seinen Augen habe ich alle anderen ihm vorgezogen. Ben und Edward, sogar Danielle und Onkel Arend. Was zwischen uns war, ist vorbei.«

»Ist es dann nicht an der Zeit, daß du dein Leben wieder selbst in die Hand nimmst?«

Glennys zog spöttisch die Augenbrauen hoch. »Mir scheint, dasselbe Gespräch haben wir schon einmal geführt, Mam.«

»Heute ist es noch wichtiger als damals, Glennys. Du wirst nicht jünger. Man kann auf mehr als eine Weise zum Märtyrer werden, Glennys. Den Tod zu wählen, ist nicht das einzige Mittel, das Leben zu beenden.«

Glennys sah ihre Mutter erst erstaunt, dann gequält an. »Ich werde dir sagen, was ich vorhabe, sobald ich es weiß, Mam.«

Als sie einen Monat später ihre Pläne verkündete, war, wie zu erwarten, Edward der einzige, der keine Einwände erhob.

Glennys hatte sich entschlossen, nach Alexandria zu gehen. Dort hatte sie ein Haus, ein paar Freunde aus alten Zeiten mit Ben und vor allem eine Aufgabe. Eine nützliche Aufgabe.

»Als Ben im Sterben lag, hat er mich gebeten, Edward in der Firma zu helfen«, erklärte Glennys Craig und Rob. »Er hat mir zugetraut, mehr als nur eine kunstvoll herausgeputzte Puppe in seinem Salon zu sein. Ich habe Edward monatelang geholfen, als ich mit ihm und Tina in der Pearl Street gewohnt habe, und ihm war es nicht peinlich, mich später in Briefen manchmal um Rat zu fragen.«

Sie wandte sich an ihre Mutter. »Als du mich letzten Monat im Holland Haus nach meinen Plänen gefragt hast, habe ich die halbe Nacht lang wachgelegen, und mir ist klar geworden, daß ich viel lieber *etwas* als *jemanden* haben will, wie etwa eine nützliche Arbeit. Ich kann meinen geringfügigen Beitrag zu diesem Krieg leisten und gleichzeitig Edwards Zukunft sichern.«

Ihre Stimme wurde fester. »Ihr habt in eurem Krieg gelitten, Mam und Daddy. Mein Gott, wie sehr ihr damals gelitten habt! Glaubt mir, ich habe nicht vor, auch nur ein Zehntel dessen durchzumachen, was ihr damals gelitten habt. Aber zumindest will ich eines Tages, wenn alles vorbei ist, nicht beschämt über die Rolle dastehen, die ich in Amerikas zweitem Krieg um seine Unabhängigkeit gespielt habe. Ich will nicht untätig dasitzen, bis jemand mir vielleicht die Qual der Wahl zwischen den beiden Ländern abnimmt.«

Ein benommenes Schweigen senkte sich über den Raum. Dann sprach Rob für beide: »Geh nach Alexandria, Glennys. Lebe, wo du willst. Tu, was du tun mußt. Was es auch sein wird, du sollst jetzt und für alle Zeiten wissen, daß unsere Liebe und unser Respekt dir gehören, und daher hast du unsere volle Unterstützung.«

55. Kapitel

In einem der seltenen Momente, in denen sie sich die Zeit nahm, trotz ihrer Arbeit in Ruhe nachzudenken, fiel Glennys auf, wie merkwürdig es war, daß sich ausgerechnet Alexandria als der Ort ›ihrer Heilung‹, wie sie es für sich nannte, erweisen sollte.

Gerade in Alexandria hatten sie früher die Gespräche der Frauen gelangweilt. Gerade hier hatte sie nicht an den Unterhaltungen der Männer teilhaben können. Als Witwe lehnte sie jede Einladung zu Abendgesellschaften ab, bis sie von Dolly Madison in Washington eingeladen wurde.

Geschmeichelt und mehr als nur ein wenig neugierig überquerte Benjamin Ladds Witwe den Potomac, um mit der Gattin des Präsidenten Tee zu trinken, und sie wurde mit einem herrlichen Nachmittag belohnt. Mrs. Madisons Wärme, ihre Geistesgegenwart und ihre übersprühende gute Laune nahmen sie sofort für sie ein.

»Ich mag schöne Kleider wirklich gern«, hatte ihre Gastgeberin im Rahmen des Gesprächs gesagt, »und ich lasse sie mir auch gern aus Frankreich schicken. Mein armer James muß derart halsabschneiderische Zölle dafür zahlen, daß ich jetzt hier zu Hause arbeiten lasse. Und doch ist es mir ein großes Vergnügen, mich mit einer Frau über andere Dinge als Mode und Haushaltsangelegenheiten zu unterhalten. Mich fasziniert, was ich über Ihre Geschäftsführung gehört habe. Wie sehr ich Sie dafür bewundere!«

Glennys hatte von ihrem Tee genippt und etwas gemurmelt, um ihre Verlegenheit mit Humor zu tragen.

»Sagen Sie mir eins«, fuhr Präsident Madisons Frau fort, »suchen Sie die Seeleute für die Schiffe persönlich aus? Arbeiten Sie zu Hause, oder gehen Sie jeden Tag zur Arbeit, wie es die Männer tun? Und gibt es Männer, die unter Ihnen arbeiten und denen die Galle hochkommt, wenn sie Anweisungen von einer Frau entgegennehmen müssen?« Sie lachte unbeschwert. »Ich versichere Ihnen, daß es den Männern hier, wo die Regierung sitzt, übel aufstoßen würde. Ich kenne wenige Männer außer meinem, die sich eingestehen, daß wir

Frauen mit genausoviel Verstand, Kraft und Mut zur Welt kommen wie sie.«

Da es sie wirklich brennend zu interessieren schien, erklärte Glennys, daß man sie fünf bis sechs Tage in der Woche in den Büros der Schiffahrtslinie Ladd am Hafen vorfinden könnte. Als Mitinhaberin der Firma traf sie morgens früher ein als die meisten Angestellten und war unter den letzten, die abends nach Hause gingen.

Ja, anfangs hatte sie Schwierigkeiten gehabt. Viele der Männer, vor allem die älteren, hatten sie mit gönnerhafter Herablassung behandelt, die um so mehr traf, weil sie unausgesprochen blieb.

»Ich konnte nicht auf Beleidigungen reagieren, die nie laut geäußert wurden«, sagte Glennys trocken. »Und ich konnte mich auch nicht auf einen Krieg einlassen, wenn ich anscheinend nicht angegriffen wurde.«

Mrs. Madison nickte. »Ich weiß genau, wie Sie sich gefühlt haben müssen«, sagte sie mitfühlend zu ihrem Gast. »Wenn ich je aus dem ausbreche, was manche hier als die mir zustehende Rolle der Gastgeberin ansehen, schlägt mir diese kalte Woge der Kritik von allen Seiten entgegen. Sagen Sie, meine Liebe, wie haben Sie es angestellt, Ihre Feinde zu schlagen?«

»Mit männlicher Hilfe, fürchte ich«, räumte Glennys heiter ein. »Edward Ladd, mein Stiefsohn, ist hergekommen, als ich den ersten Monat hier gearbeitet habe. Eine Woche lang ist er täglich ins Büro gekommen und hat nicht nur unterstrichen, daß er meine Mitarbeit ernst nimmt, sondern er hat auch betont in einigen entscheidenden Dingen mein Urteil über sein eigenes gestellt. Es wurde allzu deutlich klargestellt, daß ich nicht probeweise arbeite. Wer mich nicht akzeptieren oder respektieren konnte, wurde offen aufgefordert, seine Kündigung einzureichen. Niemand sonst wurde als unersetzlich hingestellt, aber es wurde deutlich gemacht, daß *ich* bleibe.«

Dolly klatschte vor Freude in die Hände. »Großartig!«

begeisterte sie sich. »Solche Geschichten machen mir Hoffnung für die Zukunft. Ich gestehe, daß es mir oft so erschien – und Mrs. John Adams hat sich angeblich ähnlich geäußert –, als seien die Freiheiten, die durch die Revolution für unsere Männer gewonnen wurden, den Frauen in einem entsprechenden Verhältnis genommen worden.«

»Ich wünschte, Sie könnten meine Mutter und einige meiner Tanten kennenlernen. In unserem ersten Unabhängigkeitskrieg haben sie alle sogenannte Männerarbeit geleistet, und sie verleihen den Gefühlen, die Sie gerade angesprochen haben, noch vehementeren Ausdruck.«

Vergnüglich setzten die Frau des Präsidenten und die Mitbesitzerin einer mächtigen Schiffahrtsgesellschaft ihre Unterhaltung fort. Als Glennys zum Abschied respektvoll einen Knicks machte, nahm Dolly mit großer Herzlichkeit ihre Hände und drückte ihr einen Kuß auf die Wange. Sie forderte sie auf, doch bald wieder zu Besuch zu kommen.

Glennys kannte den englischen Charakter, und sie wußte, daß es mit der Zeit zu britischen Angriffen auch auf amerikanische Ortschaften kommen würde. Doch wurden ihre Vorhaltungen im Stadtrat nicht geduldet, und allgemein hieß es in den amerikanischen Zeitungen, die Engländer wüßten doch gar nicht, was sie mit einem Schmutznest wie Washington, die selbst die Amerikaner als Hauptstadt kaum akzeptierten, anfangen sollten. Auch von Alexandria hieß es, es sei zu klein und unbedeutend, um den Briten auch nur aufzufallen.

Als jedoch eines Tages eines der großen Handelsschiffe der Ladd-Linie einlief, ordnete Glennys an, es mit der Ware in ihren berstend vollen Speichern zu beladen.

»Das ist Wahnsinn, Mrs. Ladd«, protestierte ein langjähriger höherer Angestellter, der zu schockiert war, um taktvoll zu bleiben. Ein halbes Dutzend Köpfe an den umliegenden Schreibtischen nickte zustimmend. »Was haben wir zu gewinnen, wenn wir die *Sea Rider* wieder auslaufen lassen?«

»Unsere Fracht«, sagte Glennys, »und unser Schiff. Ich habe nicht vor, es hier im Hafen zu versenken und meine Speicher anzuzünden, aber beides täte ich lieber als zuzulassen, daß die Schiffe und die Fracht in britische Hände fallen.«

»Die Briten werden nicht kommen, Ma'am«, protestierte ihr Sekretär.

»Haben Sie Ihnen das gesagt, Mr. Sayers?« fragte Glennys ironisch. »Meine Herren, keiner von uns kann mit Sicherheit sagen, was die Engländer unternehmen werden. Für mich steht nur eins fest. Solange ich hier das Sagen habe, machen wir dem Feind kein Schiff und keine Ladung der Firma Ladd zum Geschenk. Wenn ich mich irre, dann können Sie hinterher alle über meine weibliche Panikmache lachen. Ich fürchte mich weniger davor, ausgelacht zu werden, als davor, ein gutes Schiff und eine wertvolle Fracht für eine britische Flotte bereitzuhalten, die nur noch zuzugreifen braucht.«

Glennys beorderte Kapitän Rushmore in ihr Büro, da sie wollte, daß die *Sea Rider* augenblicklich zum Auslaufen bereitgemacht wurde.

»Sie haben mir nicht widersprochen, Captain Rushmore«, sagte sie, als er in ihrem Büro saß.

Er machte eine kleine Verbeugung. »Auf meinem Schiff habe *ich* das Kommando. An Land haben Sie es.«

»Das stimmt. Aber ich würde doch gern – ohne mich unbedingt danach zu richten – Ihre Meinung zu meinem Plan hören.«

»Ich bin ganz Ihrer Meinung, Mrs. Ladd. Die Briten haben Bladensburg besetzt, und ich glaube, sie werden auch nach Washington kommen. Die Flotte – ich habe sie selbst gesehen und bin daher so eilig nach Alexandria zurückgekommen – ist so riesig, daß sie mindestens einen Angriff über drei Flanken geplant haben müssen. Über den Potomac, über den Chesapeake und, um uns noch besser in die Zange zu nehmen, über den Patuxent.«

»Ich dachte, sie könnten durch einen seiner Nebenarme heimlich auslaufen.«

Er schüttelte den Kopf. »Nein, ich denke mir, daß sie auf dem Potomac nur bis zur Hauptstadt segeln werden und nicht weiter in den Norden hinauf – jedenfalls noch nicht. Dort ist für sie nichts zu holen, und der Fluß wird zu schmal für eine solche Flotte. Wenn ich einen ausreichenden Vorsprung habe...«

Glennys sah sich die Landkarte genauer an und nickte dann entschieden. »Ich verlasse mich darauf, daß Sie sich diesen Vorsprung verschaffen, Captain Rushmore. Geben Sie jeden Befehl, den Sie für notwendig halten. Ich werde Ihnen in jedem Fall den Rücken decken.«

Sie begleitete ihn zur Tür. »Gott sei mit Ihnen«, sagte sie leise. »Aber nehmen Sie genügend Rettungsboote mit, Sir, für den Fall, daß Gott ein wenig menschliche Hilfe braucht. Mir wäre es lieber, wenn die *Sea Rider* auf dem Meer verbrennt, als wenn sie den Briten zur Beute fiele.«

Als sich Glennys wieder über die Landkarte beugte, um neue Lösungen zu finden, klopfte es an ihrer Tür.

»Herein!« rief sie unwillig.

»Entschuldigen Sie, Ma'am, aber das ist vor ein paar Stunden für Sie abgegeben worden. Wir haben es in der Aufregung ganz vergessen.«

Glennys packte das Päckchen aus und wurde totenblaß, als sie das Taschentuch vorfand, das sie Jack am Tag ihrer Abreise aus England anstelle eines Abschiedsbriefes hinterlassen hatte. Sie hatte es ihm in der Nacht vor zwei Jahren hingelegt, als sie und Edward und Tina sich heimlich aus dem Schloß geschlichen hatten.

Was wollte er ihr damit sagen, daß er es mit dieser Verzögerung zurückwies? War es ein endgültiger Abschied? Oder vielleicht eine Art weißer Fahne, um einen Waffenstillstand zu vereinbaren?

Nein, das sah Jack gar nicht ähnlich. Fast hätte sie es laut gesagt. Sie schüttelte den Kopf. Keine der beiden Möglichkeiten paßte zu ihm.

Sie preßte das Taschentuch an ihr Gesicht. Sie kam nicht dahinter, was es zu bedeuten hatte. Sie wußte nur, daß eine Kampfansage an sie ergangen war. Und sie wußte auch, von wem.

Sie hatte keine Ahnung, wie oder warum oder auch nur wann der Augenblick der Abrechnung kommen würde.

56. Kapitel

Glennys kam in Begleitung ihres Dieners Joseph und dessen Sohn Colin, der einen Wagen mit zwei Pferden lenkte, nach Washington geritten, während die meisten Einwohner der Stadt panisch aufbrachen und möglichst schnell entkommen wollten.

Im Weißen Haus konnte sie sich mühelos Zutritt verschaffen. Die Türen standen weit offen, und ein steter Strom von Menschen ging ein und aus.

Dolly Madison saß zwischen einer Schar von Freunden, Verwandten und Bediensteten. Sie sah von dem Brief auf, den sie gerade schrieb, und begrüßte ihre junge Freundin so seelenruhig, als sei sie zum Tee eingeladen.

»Liebe Glennys, Sie scheinen so ziemlich der einzige Mensch außer dem Feind zu sein, der heute nach Washington kommt, aber Sie sollten doch lieber mit uns aufbrechen. Mein Mann hat uns benachrichtigt, daß wir fliehen sollen.«

»Ich konnte einfach nicht untätig dasitzen und abwarten, was geschehen wird. Ich habe vorsichtshalber einen Wagen mitgebracht, weil ich ein wenig um Ihre Sicherheit gebangt habe.«

»Einen Wagen!« rief Mrs. Madison erfreut aus, während entliche der anderen Gesichter in ihrem Umkreis zu strahlen begannen. »Genau das hat uns gefehlt!«

Augenblicklich liefen die Anwesenden auseinander und kehrten innerhalb kürzester Zeit mit ihren Wertsachen in den Armen zurück. Glennys sah von einem Fenster aus zu, wie Unmengen von Silber, Stapel von Büchern, kistenweise Papiere und noch etwas auf die Ladefläche des Wagens geworfen wurde, was wie ein Haufen roter Samtvorhänge aussah.

Sie wandte sich wieder an die Frau des Präsidenten. »Sollten Sie sich nicht auch zum Aufbruch bereitmachen?« fragte sie. Um sie herum lärmten Handwerker, die auf Leitern standen und anscheinend versuchten, das berühmte Porträt von Präsident George Washington abzuhängen, das die Westwand einnahm.

»Exakt, Ma'am«, sagte ein junger Herr. Glennys erkannte in ihm den Berater des Präsidenten. »Wenn wir nicht in den Rückzug der Truppen geraten wollen...« Er sah sie flehentlich an.

»Mr. Carroll ist recht verärgert über mich, fürchte ich«, sagte Dolly sehr gefaßt, »aber ich kann wirklich nicht aufbrechen, ehe ich dafür gesorgt habe, daß das Porträt in Sicherheit gebracht wird. Erst gestern hat der Präsident Mr. George Washington Custis versichert, daß wir es unter keinen Umständen zurücklassen werden.«

Mr. Carroll stieg jetzt selbst auf eine Leiter, und ein anderer Gentleman wollte ihm helfen. Das Porträt schien sich nicht von der Stelle rühren zu wollen.

Nachdem Mr. Carroll sich wieder zum Präsidenten begeben hatte, begannen die Hausangestellten, den Rahmen mit einer Axt in Stücke zu hacken. Als das kostbare Porträt – nur noch auf dem Keilrahmen aufgezogen –

von zwei Herren aus New York in Verwahrung genommen wurde, erklärte sich die Gattin des Präsidenten endlich bereit, aus dem Weißen Haus zu fliehen.

Sie streckte den Kopf durch das Fenster der Kutsche, als sie schon davonfuhr, und drängte Glennys, mit ihnen nach Georgetown zu kommen.

Glennys stand auf der Straße und wandte sich an Joseph und Colin. Bei all diesem Drunter und Drüber war ihnen nur ein Pferd geblieben, die alte Maggie, und selbst diese üble Lage sollte sich noch recht schnell verschlechtern.

Kavallerie und Fußvolk stürmten durch die Straßen, und das Pferd erwies sich als eine zu unwiderstehliche Beute. Joseph wollte um es kämpfen, doch Glennys redete ihm den Versuch aus. »Es ist zwecklos! Die anderen sind in der Überzahl!«

»Das nenne ich eine vernünftige Frau«, sagte ein Milizsoldat grinsend und stieg auf. Als er auf Maggie davonritt, machte Glennys ein außerordentlich unanständiges Zeichen, das sie von einem ihrer Matrosen gelernt hatte.

Die Menschenmassen auf den Straßen waren jetzt bedrohlich dicht. Alle wollten aus der Stadt entkommen, doch niemand schien zu wissen, wohin.

»Wir sollten am besten wieder ins Weiße Haus gehen und nicht in diesem Trubel bleiben«, schlug Glennys vor. »Dort können wir uns überlegen, was wir tun.«

Im Weißen Haus war ›French John‹ Sioussa, der Pförtner der Madisons gerade dabei, die Unterkünfte des Präsidenten so systematisch und seelenruhig abzuschließen, als sei die Familie gerade zu einer Vergnügungsreise aufgebrochen und nicht vor dem Feind geflohen, der schon vor den Toren stand.

Er fand Verstecke für kleine Wertegenstände, die zurückgelassen worden waren, und mit Colins Hilfe stellte er Wassertröge und Weinflaschen für den Fall auf, daß durstige amerikanische Soldaten vorbeikommen könnten. Der Ara des Präsidenten wurde ein paar Straßen weiter in Pflege gegeben, und Glennys und Joseph einigten sich darauf, wenn die Straßen sich ein wenig geleert hatten – falls sie sich leeren sollten –, zum Fluß hinunterzulaufen und dort ein kleines Boot zu mieten oder notfalls sogar auszuleihen, ohne auch nur zu fragen, solange sie nur ein seetüchtiges Gefährt fanden, das sie nach Alexandria brachte.

Nachdem sie gemeinsam zu diesem Schluß gekommen waren, sah Joseph seine Herrin besorgt an. »Ich habe keine Angst um Colin und um mich, Mistress«, sagte er offen zu ihr, »aber Soldaten, ob Amerikaner *oder* Briten, rotten sich manchmal zu Untaten zusammen. Ich hätte ein besseres Gefühl, wenn Sie keinen Rock trügen.«

Glennys sprang auf. »Das ist eine großartige Idee!« stimmte sie ihm zu. »Ich laufe nur schnell nach oben und suche mir eine Hose.«

Zwanzig Minuten später kam sie mit polierten Herrenstiefeln und einer Hose, die sie an der Taille zusammengebunden hatte, wieder durch das elegante Treppenhaus nach unten. Sie trug ein langärmeliges weißes Hemd und eine dunkle Baumwollweste. Beides fiel weit bis über ihre Hüften und verbarg den schlechten Sitz der Hose, die ihr viel zu weit war. Ihr Haar hatte sie unter einem altmodischen Hut aufgesteckt.

»Ich wollte mir einen Umhang überziehen, aber bei dieser Hitze ist das unerträglich«, sagte sie zu Joseph, um sich für ihren Aufzug zu entschuldigen. »Die Stiefel mußte ich mit zusammengeknülltem Papier ausstopfen.«

Colin kicherte, und sein Vater sah ihn streng an. »Einer näheren Inspektion würden Sie nicht standhalten, Mrs. Ladd, aber da Sie zwischen uns beiden laufen werden, bezweifle ich, daß jemand Sie genauer in Augenschein nehmen wird.«

Mr. Sioussa hatte inzwischen sämtliche Türen und Fenster geschlossen, und Glennys lachte etwas hysterisch über die absurde Vorstellung, diese Vorkehrungen könnten die Briten daran hindern, ins Haus einzudringen.

»Ich muß jetzt die Haustür abschließen, damit ich gehen kann, Mrs. Ladd«, sagte er ernst zu ihr, und es gelang ihr, gewichtig zu nicken.

»Falls sich mir eine Gelegenheit dazu bietet, werde ich Mrs. Madison erzählen, wie getreulich Sie Ihre Pflicht erfüllt haben.«

»Merci, Madame. Falls Sie den Präsidenten eher wiedersehen sollten als ich, würden Sie ihm dann sagen, daß ich den Hausschlüssel in der Wohnung des russischen Gesandten abgegeben habe?«

»Avec plaisir, Monsieur.« Glennys nickte feierlich und hob sich ihr Gelächter auf, bis die Eingangstür zum Weißen Haus abgeschlossen war und ›French John‹ mit dem kostbaren Schlüssel in der Hand davongeeilt war.

»Ich weiß wirklich nicht, was Sie hier komisch finden, Mrs. Ladd«, schalt Joseph sie, als sie zu dritt um das Gebäude herumliefen.

»Wenn ich nicht lachen würde, müßte ich weinen. Ach, verdammt noch mal!«

Die beiden sahen sie fragend an.

»Wir hätten eine der Weinflaschen mitnehmen sollen.«

»Ich laufe los und hole eine«, erbot sich Colin eifrig und schoß davon, ehe sein Vater etwas dagegen einwenden konnte. Kurz darauf kehrte er mit *zwei* offenen Flaschen zurück, und als sie beide geleert hatten und Colin noch einmal losgelaufen war, um eine dritte Flasche zu holen, waren die drei, die auf dem Rasen hinter dem Weißen Haus lagen, äußerst heiter.

Es ging schon auf den Abend zu, als sie entschieden, es sei jetzt ruhig genug für einen Versuch, den Fluß zu erreichen.

»Wir sind reingelegt worden«, sagte Glennys fröhlich und stolperte über ihre eigenen Füße. »Verdammt, aber diese Stiefel sind wirklich unbequem.«

»Wir sind betrunken«, sagte Joseph würdevoll. »Hängen Sie sich bei mir ein, Mrs. Ladd. Wenn Sie hinfallen, merkt jeder sofort, daß Sie eine Frau sind. Colin, bleib dicht neben ihr.«

»Meine Güte, ist das eine helle Nacht«, sagte Colin. »Wir können den Weg nicht verfehlen.«

Die beiden anderen waren so schockiert, daß sie aus ihrer beschwipsten Fröhlichkeit herausgerissen wurden.

»Gütiger Himmel!« sagte Glennys. »Das ist nicht nur die Augusthitze oder der Mondschein. Es brennt.«

»Sie zünden die Stadt an!«

»Wer zündet sie an?« fragte Colin mit weit aufgerissenen Augen.

»Wen interessiert das jetzt noch, Junge? Die Stadt brennt.«

Plötzlich schien es überall von britischen Soldaten zu wimmeln. Sie beachteten die drei nicht weiter, sondern waren nur noch darauf aus, ihre Aufgabe zu beenden.

Der ganze Himmel war von einer leuchtendroten Glut, die wie der Widerschein des Höllenfeuers wirkte. Die Menschen und die Gebäude waren so klar zu erkennen wie bei Tageslicht, aber dieses Licht tauchte alles in einen fremden, gespenstischen, beängstigenden Glanz.

Sie hörten, wie Holz verhackt und Glas zersplittert wurde, und dann kam das sengender Feuer immer näher. Glennys mußte ihren Hosenbund festhalten, als sie anfingen zu rennen, doch dann stolperte sie in ihren zu großen Stiefeln und fiel längelang auf den Boden.

»Sie zerstören unser Kapitol!« rief sie gequält und wütend aus und hob den Kopf zu dem gräßlichen Anblick. Alle um sie herum starrten gebannt. Sogar die Briten blieben stehen und sahen beschämt und triumphierend zugleich in die lodernden Flammen. Als die beiden Flügel Feuer fingen, schlug Glennys in ihrer Ohnmacht mit den Fäusten auf den heißen, harten Boden und schluchzte: »Diese verfluchten britischen Bastarde brennen unser Kapitol nieder!«

Joseph und Colin bückten sich, um sie hochzuziehen, doch ein Zivilist in einem kurzärmeligen Hemd kam ihnen zuvor. Als die Wände des Kapitols einzustürzen begannen, hob er Glennys auf und stellte sie auf die Füße.

Die Tränen hatten eine Schmutzspur auf ihrem verschwitzten Gesicht hinterlassen. Sie bebte nicht etwa vor Angst, sondern vor Wut. »Ihr verfluchten britischen Halunken!« schrie sie auf und schüttelte ihre geballten Fäuste.

»Psst, Mistreß. Seien Sie vorsichtig«, warnte Joseph sie mit einem Seitenblick auf ihren Retter. Er mochte zwar Zivilist sein, doch er machte entschieden einen britischen Eindruck.

»Psst?« wiederholte der Herr. »Sei vorsichtig! Allein schon die Bedeutung dieser Worte ist ihr fremd. Glennys St. John, es hieß, du seist in Alexandria in Sicherheit!« sagte er und schüttelte sie heftig. »Was, zum Teufel, tust du mitten in Washington, während es vom Feind angegriffen wird?«

Glennys hörte auf zu zittern und starrte ungläubig in die leuchtend blauen Augen, von denen eins, wie üblich, unter einer Haarlocke verborgen war.

»Du verfluchter britischer Brandstifter!«

Glennys schlug Jordan Jacques Joris Jolloway mit aller Kraft erst auf die eine und dann auf die andere Wange.

57. Kapitel

Vier bewaffnete Soldaten liefen vor ihnen her, vier hinter ihnen. Glennys und Colin saßen zu zweit auf einem Pferd, das von Joseph geführt wurde, während Jack neben ihnen herlief.

»Erzähl mir nur nicht, du seist nicht auf einem Marineschiff hergekommen«, fauchte Glennys.

»Doch, natürlich«, sagte Jack. »Es gab nämlich kein anderes Schiff, das mich mitten im Krieg nach Amerika gebracht hätte.«

»Und es war natürlich eine Frage von Leben und Tod, gerade jetzt nach Amerika kommen zu müssen.«

»Wenn man die Vergangenheit bedenkt, hast du verdammt recht. Schließlich ist es uns nicht immer gelungen, gleichzeitig verwitwet zu sein. Wenn ich mir zu lange Zeit gelassen hätte, hätte es sein können, daß ich dich wieder verheiratet vorfinde. Das Ende *einer* Ehe konnte ich abwarten. Das Ende einer zweiten Ehe abzuwarten, wäre sogar mir unmöglich gewesen. Bis ich dich bekommen hätte, hätte ich vielleicht gar nicht mehr gewußt, was ich überhaupt von dir wollte.«

»Wenn du glaubst«, erklärte Glennys hochmütig, »du seist als Eroberer willkommen...«

»Verdammt noch mal, Glennys! Ich bin kein Soldat, noch nicht einmal ein einfacher Matrose und schon gar kein Eroberer. Papa und ein oder zwei andere Lords haben es mir ermöglicht, als ziviler Beobachter, der über die Kriegsführung und die Vorkommnisse beim Militär berichtet, an Bord eines Kriegsschiffes mitreisen zu dürfen. Ich mache Aufzeichnungen. Ich werde ein paar langatmige Berichte schreiben, die so uninteressant sind, daß sie garantiert auf irgendeinem Schreibtisch hängen bleiben. Wen, zum Teufel, interessiert, wie ich hergekommen bin, solange ich es geschafft habe?«

»Also, mir scheint...«

»Glennys«, brüllte er jetzt, »sei einmal in deinem Leben still und hör zu! Nach den ersten Monaten, in denen ich das überwältigende Verlangen hatte, dich mit bloßen Händen zu erwürgen, kamen endlich die Berichte, daß Ben – daraufhin habe ich mich entschlossen, nach Amerika zu kommen, und zwar egal wie!«

Plötzlich fing er an zu lachen.

»All diese schlaflosen Nächte im Schloß! Diese endlosen Tage auf See! Und während all dem habe ich von unserer zärtlichen Versöhnung geträumt. Zärtlich! Und das mit dir! Himmel, werde ich denn nie etwas dazulernen? Vielleicht habe ich gar keinen gebrochenen Kiefer, aber ich glaube, ein paar Zähne haben sich mindestens gelokkert.«

»Entschuldige bitte«, sagte Glennys gesittet. »Du mußt entschuldigen, daß ich auf eine Schaustellung britischer Kultur auf höchstem Niveau barbarisch reagiert habe.«

»Ich empfinde es als eine schäbige Tat, euer Kapitol zu zerstören. Das habe ich schon vor einer Stunde gesagt und werde es wohl noch häufiger sagen. Ich habe versucht, es zu verhindern. Ich habe damit gedroht, es im Ausland publik zu machen, und ich habe mit Strafen zu Hause gedroht, aber ich will verflucht sein, wenn ich zulasse, daß du mir die Schuld zuschiebst. Ich wiederhole, daß ich nicht schuld daran bin. Ich bin nicht beim Militär. Es stand nicht in meiner Macht, es zu unterbinden. Gott sei Dank!«

Dieser letzte Ausruf hatte nichts mit dem vorher Gesagten zu tun, sondern galt dem Blick auf den Fluß, der vor ihnen lag.

»Wehe, du wartest nicht in Alexandria, bis ich komme«, sagte Jack. Dann küßte er Glennys und setzte sie mit Joseph und Colin in ein Boot.

Als sie ausstiegen, zog Glennys ihre Stiefel aus. Sie hatte Blasen an den Füßen und zog es vor, barfuß den Hügel zu ihrem Haus hinaufzulaufen.

Sie lief mit matten Schritten und hängenden Schultern und hielt einen Stiefel in jeder Hand. Vielleicht konnte sie sie eines Tages ihrem rechtmäßigen Besitzer wieder übergeben, doch das war unwahrscheinlich. Das Weiße Haus hatte sicher dasselbe Schicksal ereilt wie das Kapitol.

Ihr Haus lag im Dunkeln, und nur in ihrem eigenen Zimmer brannte eine einzige Kerze. Dort saß Polly, eine Hausgehilfin, die auf Glennys' Schaukelstuhl eingeschlafen war.

Als Glennys die Stiefel fallen ließ, erwachte sie von dem Lärm. Sie rieb sich die Augen, sah sich um und brach in Tränen aus.

»O Mrs. Ladd, wir hatten solche Angst um Sie. Wir konnten das Feuer sehen, und der schreckliche Rauchgeruch hing in der Luft, und wir haben so schlimme Geschichten gehört.«

»Alle sind in Sicherheit. Mrs. Madison konnte fliehen, die Regierung auch, aber sie haben die Stadt angezündet. Nicht aus militärischen Gründen, sondern nur aus sinnloser Rachsucht und Zerstörungswut. Unser schönes Kapitol – all die Bücher.«

Glennys setzte sich auf ihr Bett und schluchzte, wie es niemand in ihrem Haushalt bisher bei ihr erlebt hatte.

»Und er war bei ihnen. Wie soll ich ihm je verzeihen, daß er dabei war, als sich diese sinnlose Zerstörungswut ausgetobt hatte?«

Als Polly zurückkam, um Glennys ein heißes Bad einzulassen, konnte sie ihre schlafende Herrin nur noch zudecken und die Kerze auspusten.

58. Kapitel

Glennys sollte Alexandria nie verzeihen, daß die Stadt einen Ausschuß bildete, um mit dem britischen Schwadronskommandanten Captain Gordon zu verhandeln, da man von sich aus entschlossen war, zu kapitulieren.

Brigadegeneral Hungerford war weniger als fünfundzwanzig Meilen von Alexandria entfernt und brachte eilig Entlastungstruppen nach Alexandria, doch zu ihrer ewigen Schande lag der Stadt nichts ferner, als ihn um eine Rettung zu bitten, nein, der Ausschuß schickte einen Boten, um Hungerford anzuflehen, er solle sich fernhalten und sich einer friedlichen Kapitulation nicht in den Weg stellen.

Es war nur ein kleiner Trost, daß Glennys recht gehabt hatte, als sie ihre Speicher geleert und die *Sea Rider* fortgeschickt hatte, denn sonst wäre wirklich alles an die Briten gefallen.

Nicht etwa die Briten, sondern der Ausschuß der Stadt, erteilte Glennys die Anweisung, die *Sea Rider* mit ihrer kompletten Fracht nach Alexandria zurückzubeordern.

»Das geht nicht«, sagte Glennys kühl. »Ich weiß nicht, wohin sie gefahren ist, und ich weiß noch nicht einmal, ob sie es geschafft hat, von hier fortzukommen.«

Der Ausschuß zitterte, Alexandria könne für die Unnachgiebigkeit dieser Frau zahlen, die aufreizend recht gehabt hatte, als es um die Briten ging, wogegen sie alle sich so aufreizend geirrt hatten. Sie meldeten Captain Gordon, Mrs. Ladd sei das unüberwindliche Hindernis bei der Beschaffung der *Sea Rider*.

Einige Stunden später wurde Glennys in ihrem Büro verhaftet. Sie wurde auf Captain Gordons Schiff gebracht und von ihm gefragt: »Madame, Sie beharren auf dieser Lüge, Sie wüßten nicht, wo Ihr Schiff, die *Sea Rider* aufzufinden ist?« fragte er, ohne auch nur von seinem Schreibtisch aufzusehen.

»Wie Sie es so charmant formuliert haben, Sir, beharre ich auf meiner *Aussage*, daß ich nicht die leiseste Ahnung habe, wo sich die *Sea Rider* derzeit aufhält.«

Captain Gordon stand auf und erhob sich mit Verspätung. »Aber Sie sind ja eine englische Lady!«

»Sir, ich bin die Tochter von Lord und Lady Wadsworth auf Schloß Wadsworth in England. Ich bin während des *ersten* amerikanischen Unabhängigkeitskrieges im Hafen von New York auf einem englischen Gefangenenschiff geboren worden. Es ist schlicht eine Tatsache, daß ich mich als Amerikanerin betrachte und in der allerletzten Woche doppelt dankbar dafür war. Nach dem, was in Washington passiert ist, würde ich mich schämen, wenn ich mich als Engländerin ansähe.«

»Die Bedingungen, die ich für die Kapitulation von Alexandria diktiert habe, kann ich nicht zurücknehmen!« erklärte Captain Gordon matt. »Es würde als ein Zeichen von Schwäche ausgelegt, wenn ich eine Ausnahme mache.«

Glennys gähnte und hielt sich affektiert die Fingerspitzen vor den Mund. »Ich fürchte, das ist Ihr Problem, Sir. Ich kann Ihnen keine Informationen geben, die ich selbst nicht habe.«

Und Sie wagen es nicht, Lord Wadsworths Tochter Ungelegenheiten zu bereiten! Hinter ihrer Maske der Gleichgültigkeit sprudelte sie vor Freude über das Dilemma, in dem er steckte.

Mit finsterem Gesicht schickte Captain Gordon sie nach Alexandria zurück, nicht etwa in ihr Büro, sondern in ihr Haus. Sie wurde unter Hausarrest gestellt. Am nächsten Tag brachte man sie erneut auf das Schiff.

Diesmal wurde sie in eine kleine Kabine unter Deck geführt. Sie versuchte, aus dem Bullauge zu sehen, doch ein Soldat stand davor und verstellte ihr den Blick. Behutsam drehte sie den Türknopf um; die Tür war abgeschlossen. Es gab keinen Stuhl. Nach einer Weile setzte sie sich auf die Pritsche. Es war heiß und stickig, und sie hatte Hunger.

Als die Sonne unterging, öffnete ein bewaffneter Soldat die Tür und blieb stehen, ohne sie aus den Augen zu lassen, während ein Matrose ein Tablett in die Kabine brachte. Als er fortgegangen war, fiel Glennys gierig über das Essen her. Kaltes Fleisch, dünner Tee und altes Brot.

Sie aß soviel, wie sie nur irgend in sich hineinbrachte, rollte sich dann auf der Pritsche zusammen und schlief endlich ein.

Jemand mußte während der Nacht in ihre Kabine gekommen sein, denn als sie aufwachte, war das Tablett fort, und frisches Wasser stand in einer Schüssel bereit.

Sie wusch sich das Gesicht, fuhr sich mit den Fingern durch das Haar, um halbwegs gekämmt zu erscheinen, und wartete. Eine Stunde später wurde die Tür aufgeschlossen und geöffnet, und wieder stand ein bewaffneter Soldat da, aber anstelle des Matrosen von gestern betrat Jordan Jacques Joris Holloway blitzsauber und elegant gekleidet ihre Kabine. Als sie von ihrer Pritsche aufsprang, reichte ein Blick aus, damit er sich vor Lachen bog.

Sie stürzte sich auf ihn, fauchte wie eine Katze und streckte die Finger wie Krallen aus, mit denen sie ihn zerkratzen wollte. Er lachte immer noch, als er sie von sich abhielt.

»Du steckst dahinter! Du steckst dahinter! Du – du – du...« Ihr fiel kein Schimpfwort ein, das schlimm genug für ihn war.

»Himmel, Glennys, sei nicht ganz so blöde!« sagte er barsch, denn er hatte es satt, sich ständig zu wehren. Er setzte sie auf die Pritsche und hielt sie fest. »Ich habe dir doch oft genug gesagt, daß ich nicht beim Militär bin. Ich hatte nichts mit den Bedingungen, die für die Kapitulation von Alexandria ausgehandelt worden sind, zu tun. Aber als ich hergekommen bin und feststellen mußte, wie diese Bedingungen aussahen – und wer, keineswegs zu meinem Erstaunen, den meisten Ärger gemacht hat, habe ich die Lage natürlich zu meinem Vorteil genutzt, und das kannst du mir doch wohl kaum vorwerfen.«

»Zu deinem Vorteil – wie?«

»Meine liebe Glennys, Captain Gordon muß einen

Ausweg aus seinem Dilemma finden, und ich habe ihm eine äußerst einfache Lösung vorgeschlagen. Du wirst bedingt entlassen und meinem Gewahrsam unterstellt, damit ich dich in die Sicherheit und Geborgenheit des Hauses von Lord und Lady Wadsworth zurückbringe.«

Glennys sah ihn argwöhisch an. »Und was noch?«

»Es hätte noch eine Alternative gegeben«, sagte er. »Du könntest hier auf diesem Schiff bleiben und langsam, ganz, ganz langsam nach Norden reisen, wobei ständig die Möglichkeit bestünde, in eine Schlacht zu geraten, ehe du in London ankommst, und dort würde Papa natürlich das ganze Parlament verrückt machen, und schließlich würdest du dann unvermeidlich und augenblicklich freigelassen. Es wäre natürlich ein recht langweiliges Jahr für dich, und vielleicht wäre es sogar gefährlich. Dieses Schiff hier ist ausschließlich ein Kriegsschiff.«

Glennys schluckte.

»Ich nehme an, du hast dich für die bedingte Haftentlassung ausgesprochen?«

Sie sah ihm mißtrauisch in die blauen Augen, die nach wie vor so verschmitzt lächelte, daß sie ihren Seelenfrieden nicht finden konnte. »Ja«, sagte sie erbittert. »Welche andere Wahl bleibt mir denn?«

»Ich bin froh, daß du es *so* ausgedrückt hast«, sagte er leise. »Siehst du, zufällig ist auch an *meine* Bereitschaft, die Last der Verantwortung für dich zu übernehmen, eine Bedingung geknüpft.«

»Und das wäre?«

»Eine absolut unbedeutende Kleinigkeit, ein Zeremoniell, das sich Hochzeit nennt.«

»Oh, du übler Halunke!«

»Nenn mich, wie du willst, Glennys, solange dir klar ist, daß du mich außerdem als deinen Ehemann zu akzeptieren hast.« Er schlenderte zur Tür und pochte. Sie wurde auf der Stelle von dem bewaffneten Soldaten aufgeschlossen. »Ich habe nicht vor, dich in die Enge zu treiben. Es wäre nur fair, wenn ich dir den Rest des Tages Zeit lasse, um es dir zu überlegen«, sagte er beiläufig und trat durch die Tür.

»Nein!« kreischte sie. Der Gedanke an einen weiteren langen heißen Tag in der verschlossenen Kabine war ihr unerträglich. »Ich meine, ja«, sagte sie. »Ich brauche es mir nicht mehr zu überlegen. Ich habe mich entschieden.«

»Wozu?«

»Dazu, dich zu heiraten.«

»Ausgezeichnet.« Sein Gesicht war plötzlich ausdruckslos. Glennys konnte weder Befriedigung, noch Triumph darin erkennen – aber auch keine besondere Freude. Er winkte den Soldaten zur Seite und bot ihr seinen Arm an. »Dann bringen wir es hinter uns.«

»Jetzt? Auf der Stelle?«

»Gibt es einen bestimmten Grund dafür, noch abzuwarten?«

»Nein, ich wollte mich lediglich waschen, mir vielleicht das Haar kämmen und dafür sorgen, daß ich etwas menschlicher aussehe. Soviel Rücksicht sollte man selbst von einer Frau erwarten können, die zum zweitenmal heiratet. Oder«, sagte sie, als er sie merkwürdig ansah, »fürchtest du, ich könnte über Bord springen, wenn man mich auch nur ein paar Minuten lang allein läßt?«

»Vielleicht. Vielleicht auch nicht. Aber ich ziehe vor, das Risiko nicht einzugehen. Du bist zu den meisten Dummheiten fähig, Glennys, warum also nicht zu der?«

Wieder bot er ihr wortlos seinen Arm an. Sie biß die Zähne zusammen und hing sich bei ihm ein, als sei sie von ihm angewidert.

Er führte sie auf das Deck, und dort lehnte sie sich gegen die Reling und wurde fast ohnmächtig. Es war eine solche Erleichterung, nicht mehr in der stickigen, beengten Kabine zu sein.

»Der Kapitän ist bereit, die Trauung vorzunehmen.«

Glennys drehte sich um und sah Jack ungläubig an. »Du erwartest von mir«, brachte sie mühsam heraus, »daß ich mich von dem Mann trauen lasse, der erst die Bedingungen der Kapitulation von Alexandria diktiert hat und mich dann verhaften hat lassen? Gibt es denn niemanden sonst?«

»Nein«, sagte Captain Gordon gehässig. »Es gibt nur mich.«

»Dann bringen wir es hinter uns«, sagte Glennys angewidert und lehnte sich an die Reling.

Nachdem sie mürrisch ihr Ja-Wort gegeben hatte, sagte Captain Gordon: »Ein Boot liegt bereit, um Sie zur *Morrisania* zu bringen. Seien Sie so freundlich, meine Männer nicht warten zu lassen.«

Im nächsten Moment stieg Glennys eine Strickleiter herunter und rief Jack, der ihr folgte, zu: »Was ist mit dieser *Morrisania?*«

»Sie wird uns nach Kanada bringen, und dort können wir eine sichere Weiterreise nach England organisieren.«

»Nach England? Du mußt verrückt sein! Ich kann jetzt unmöglich nach England gehen.«

»Und warum nicht?« fragte er gelassen.

»Warum nicht? Erstens liegen unsere Länder im Krieg miteinander. Zweitens habe ich hier einen Beruf. Ich leite eine Firma. Und drittens wären alle – meine Familie, meine Freunde, meine Hausangestellten – außer sich vor Sorge, weil niemand wüßte, was aus mir geworden ist.«

»Man stelle sich das einmal vor«, sagte Jack. »Das ist ja fast so wie damals, als du das Ausreißen von Tina und Edward befürwortet hast und ihr alle drei bei Nacht und Nebel verschwunden seid. Aber diesmal liegt die Entscheidung, Menschen, die du liebst, solche Sorgen zu bereiten, nicht bei dir. Diesmal treffe ich sie für dich.«

Glennys sah ihn an und sperrte den Mund weit auf.

Dann schluckte sie, schloß den Mund wieder und schüttelte den Kopf.

»Selbst, wenn ich dich damals verletzt habe«, sagte sie kleinlaut, »ist es nicht fair, jetzt Mam und Daddy dafür büßen zu lassen, Alexandra und Edward, Danielle und...«

»Du brauchst dir keine Sorgen zu machen, Glennys«, sagte er matt. »Ich habe den größten Teil des gestrigen Tages damit zugebracht, eine Menge Briefe zu schreiben, die in Alexandria aufgegeben werden, sowie die *Morrisania* ausgelaufen ist. Dein gesamtes Gepäck ist schon an Bord – eine gewisse Polly hat deine Sachen mit strömenden Tränen gepackt und wünscht dir alles Gute. Alle werden wissen, wo du bist, mit wem du zusammen bist und daß es jetzt nichts Wichtigeres mehr für dich geben darf als mich – nicht Edward, nicht deine Geschäfte, nicht deine amerikanische Familie, nichts und niemand außer mir. Wenn du es brauchst, um glücklich zu werden, kannst du später in England eine Schiffahrtslinie betreiben. Wenn ich es mir nicht leisten kann, kannst du dir wahrscheinlich selbst eine kaufen. Ich habe den Verdacht, daß du eventuell noch reicher bist als ich. Du kannst tun, was du willst, Glennys, solange ich dich nicht aus den Augen verliere. So habe ich lange genug gelebt, und es war kein...«

»Kein was?« fragte sie, nachdem ein längeres Schweigen eingetreten war.

»Kein glückliches Leben«, sagte er leise. »Ich kann nicht behaupten, daß ich mich immer elend gefühlt habe, Glennys. So war es nicht. Aber ich habe auch kein echtes Glück gefunden, schon seit dem Tag nicht mehr, an dem du aus England abgereist bist. Wir wissen beide, daß du damals fortgehen mußtest und daß die Schuld ausschließlich bei mir lag. *Ich* habe uns auseinandergebracht, aber vergiß nicht, Glennys, daß ich auch derjenige war, der am bittersten dafür büßen mußte. Ich habe länger als du dafür gebüßt – vor allem in den letzten beiden Jahren. Mein Gott, Mädchen, es gab Zeiten, in denen mir viel mehr danach zumute war, dich zu erdrosseln, als dich zu lieben. Und ich wollte dich wahrhaft lieben...«

Er richtete seinen Blick grimmig auf den Boden.

»Jetzt dauert es doch nicht mehr lange, bis du mich lieben wirst«, sagte Glennys heiter. »Warum bist du so niedergeschlagen?«

Er starrte sie mit fragenden Augen an.

»Wirst du denn auf der *Morrisania* nicht mit mir schlafen?« fragte sie in aller Unschuld.

Er zog sie auf seinen Schoß, ohne sich an den grinsenden Matrosen zu stören.

»So, wie noch niemand je mit dir geschlafen hat, du, meine Frau«, flüsterte er ihr ins Ohr.

Offensichtlich erwartete man sie schon auf der *Morrisania*. Man wies ihnen eine geräumige, hübsch eingerichtete Luxuskabine zu, die sich von der Kabine, in der Glennys die letzte Nacht verbracht hatte, doch sehr unterschied. Glennys sah sich um und begann, ein paar Dinge auszupacken. Dann bestellte sie etwas zu essen, und in Rekordzeit wurde ein Tablett mit den appetitlichsten Gerichten serviert.

Sowie der Steward gegangen war, fiel Glennys über das Essen her. »Ich wußte gar nicht mehr, daß Essen so gut schmecken kann«, sagte sie. »Willst du auch etwas haben, Jack? Andererseits hast du gestern sicher besser als ich gegessen und kannst nicht ganz so ausgehungert sein.«

»Ich bin seit vielen Jahren ausgehungert«, sagte Jack ernst. »Aber nicht nach etwas Eßbarem.«

Ihre Blicke trafen sich. Sie sah ihn fragend an, und in seinen Augen stand eine solche Glut, eine solche Liebe und ein solches Verlangen, daß ihre Hand etwas zitterte, als sie einen Pfirsich, in den sie gerade beißen wollte, in den Obstkorb zurücklegte.

Glennys stand auf. »Schließ die Tür ab!« sagte sie, und als er es getan hatte und sich wieder zu ihr umdrehte, war sie schon dabei, aus ihrem Kleid zu schlüpfen.

»Ich bin ungewaschen, ungekämmt und schmutzig«, erinnerte sie ihn, als sie ihren Unterrock auszog.

»Du bist Glennys.«

Als sie gänzlich unbekleidet auf ihn zukam, war Jack noch dabei, sich auszuziehen. Sie half ihm dabei und warf sich dann auf ihn. »Ich will dich ganz spüren«, sagte sie liebevoll zu ihm.

»Ganz und gar«, stimmte er ihr zu. »Glennys, mein Gott, Glennys, es ist so lange her.«

»Für mich doch auch«, flüsterte sie. Er hatte sie umgedreht und sich auf sie gelegt. Jetzt streckte sie die Arme nach ihm aus, um ihn noch enger an sich zu ziehen. »Lieb mich«, forderte sie ihn eindringlich auf. »Lieb mich, so roh du willst.«

»So, Liebling?«

»Ja, oh, ja!«

»Und so?«

»Ja, o Gott, ja!«

Als sie sich voneinander lösten, gähnte Glennys und streckte sich lustvoll. »Himmel, ist diese Pritsche hart«, stöhnte sie.

»Es mag deiner Aufmerksamkeit entgangen sein«, sagte er träge, »aber wir befinden uns auf dem Fußboden. Wir sind schon vor mindestens einer Stunde aus dem Bett gefallen.«

»Ist das wahr?« fragte Glennys. »Ach ja, jetzt erinnere ich mich wieder.« Sie lachte herzlich. »Meinst du, wir könnten uns vielleicht irgendwann, nicht jetzt gleich, wieder ins Bett legen? Dort könnte es wesentlich bequemer sein.«

»Gut möglich, aber ich bezweifle, daß ich im Moment die Kraft habe, aufzustehen. Vielleicht in zehn Minuten. Nein, sagen wir lieber gleich zwanzig.«

»Ganz, wie du willst.« Glennys schmiegte sich an ihn, und ihre Beine hielten ihn umschlungen. »Weißt du, ich liebe dich«, sagte sie mit schläfriger Stimme. »Ich habe nie aufgehört, dich zu lieben – selbst dann nicht, wenn ich dich gleichzeitig gehaßt habe.«

Er brummte unwillig. »Du hast dir reichlich Zeit gelassen, um mir das zu sagen. Dieses tröstliche Wissen hätte ich schon vor verdammt langer Zeit gebrauchen können.«

»Aber ich habe dir *jedes* Jahr zum Geburtstag ein Taschentuch geschickt, Jack. Sogar als ich das letzte Mal aus England aufgebrochen bin, habe ich dir eins dagelassen.« Sie hob den Kopf und sah auf ihn herunter. »Wie, zum Teufel, ist es dir gelungen, mir dieses Taschentuch zukommen zu lassen?«

»In dem Moment, in dem wir angelegt haben, habe ich einen amerikanischen Bauernjungen bestochen.«

Sie ließ den Kopf wieder auf seine Brust fallen. »Ich muß gestehen, daß ich reichlich schockiert war. O Gott!«

»Was ist denn jetzt?«

»Mir ist gerade etwas eingefallen. Dolly Madison, die Frau des Präsidenten«, klagte sie. »Sie wird mir nie verzeihen, daß ich einen Engländer geheiratet habe.«

»Und warum nicht?«

»Sie hält euch Briten alle für verfluchte Halunken.«

»Und was meinst du dazu?«

»Ich *weiß*, daß du ein verfluchter Halunke bist«, sagte Glennys. »Deshalb passen wir ja auch so gut zusammen.« Sie fuhr mit der Fingerspitze um seinen Nabel und knabberte zart an seiner Schulter. »Trotzdem bin ich froh, daß das nächste Baby, das wir machen, kein Bastard sein wird. Davon gibt es schon genügend in unserer Familie, meinst du nicht auch?«

»Mehr als genug«, stimmte Jack ihr zu.

Sie dösten ein paar Minuten vor sich hin.

»In unserem fortgeschrittenen Alter«, sagte Jack dann, »sollten wir, wenn wir wirklich ein Baby oder vielleicht sogar mehrere haben wollen, zielstrebiger daran arbeiten als die meisten anderen.«

Glennys spielte mit den Haaren auf seiner Brust. »Was schlägst du vor?« fragte sie. »Wir können doch nicht – jedenfalls nicht in dieser Stellung – oder doch?«

»O doch, und wie«, sagte ihr Mann lächelnd, und es stellte sich heraus, daß er recht hatte.

HEYNE BÜCHER

Romane für »SIE«

Romane um Liebe, Abenteuer, Leidenschaft und Verrat – vom großen historischen Liebesroman bis zum modernen Roman aus der Glitzerwelt des Jet-Set. Ausgewählte internationale Autoren des Genres garantieren Spannung und Lesevergnügen.

04/1

04/2

04/3

04/4

04/5

04/6

Wilhelm Heyne Verlag München